나의 친절하고 위험한 친구들

YOU ARE NOT ALONE

나의
친절하고
위험한
친구들

YOU ARE NOT ALONE

그리어 헨드릭스
세라 페카넨
이영아 옮김

INFLUENTIAL
인 플 루 엔 셜

내가 벽을 깨고 나올 수 있게
늘 용기를 주는 로버트에게
　　　　　　　　　—그리어

벤, 태미 그리고 빌리에게
　　　　　　　　　—세라

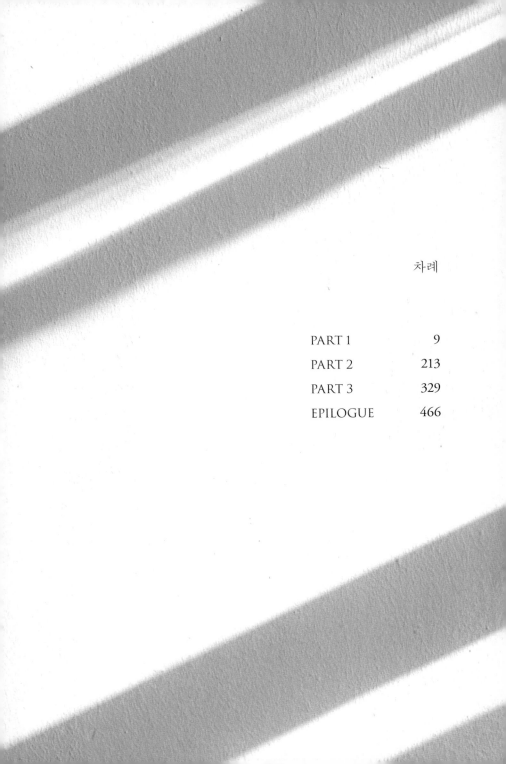

차례

PART 1   9
PART 2   213
PART 3   329
EPILOGUE   466

일러두기

- 소설 속 통계 자료는 다양한 출처의 자료 및 저자의 지식을 바탕으로 재구성한 것입니다.
- 본문의 주는 모두 옮긴이가 독자의 이해를 돕기 위해 붙인 것입니다.
- 고유명사는 국립국어원 외래어표기법을 따르되, 굳어진 몇몇 경우는 예외로 했습니다.

PART **1**

1

세이

숫자는 절대 거짓말을 하지 않는다. 통계, 도표, 백분율은 숨은 의도도 회색 지대도 없다. 순수하며 진실하다. 사람이 개입해 손대고 가공하기 시작하면 그때부터 거짓이 생긴다.

—데이터북, 1쪽

커피 테이블에 놓여 있는 와인 잔 두 개, 낭만적인 밤의 증거. 나는 잔을 치우며 그 아래 고인 루비 빛깔의 얼룩을 닦아낸다. 커피를 내리고 있어서 다크로스트 원두 향이 작은 부엌에 진동한다. 18개월 전 머리힐의 이 아파트에 들어왔을 때 션 덕분에 처음 알게 된 커피다.

자물쇠에 열쇠 끼우는 소리가 들려 고개를 돌려보니, 잠시 후 션이 플립플롭을 벗으며 들어온다. 기분 좋을 때면 늘 그렇듯 콧노래를 흥얼거리면서. 요즘 부쩍 콧노래를 자주 부른다.

"안녕." 보라색 튤립 한 다발이 비죽 튀어나와 있는 홀푸드마켓 봉투를 내려놓는 션을 향해 말한다. "일찍 일어났네." 그의 숱진 황갈색 머리 뒤쪽이 약간 뻗쳐 있는 걸 손가락으로 빗겨주고 싶은 충동이 들지만, 꾹 참는다.

"아침 사 왔어." 그가 봉투에서 달걀과 크루아상과 딸기를 꺼낸다.

커피 메이커의 유리 주전자를 집으려는데, 션의 침실 문이 열린다. 조디가 부엌으로 걸어 들어오자 션이 얼른 튤립 송이들을 그러모은다.

"안녕." 조디가 기지개를 켜며 말한다. 그녀는 션의 사각팬티를 입고 있는데, 큼직한 션의 후드티에 거의 다 가려져 있다. 곱슬머리는 높이 올려 묶고, 손톱은 진한 분홍색으로 칠했다.

션이 조디에게 튤립을 건네고는 키스를 한다. 나는 몸을 휙 돌려 부산스럽게 냉장고를 열고 아몬드밀크를 텀블러에 붓는다.

"아침 맛있게 먹어요." 내가 말한다. "난 볼일이 있어서 나가볼게."

"일요일에요?" 조디가 앙증맞은 코를 찡긋한다.

"이력서 좀 손보려고요. 내일 면접 있거든요."

나는 현관문 옆에 있는 벤치에서 노트북이 든 큼지막한 토트백을 집어 든다. 벤치 밑에는 션이 방금 벗은 플립플롭 옆에 조디의 샌들이 바싹 붙어 있다. 나는 발가락으로 그들의 신발을 살살 떨어뜨려 놓는다.

그러고는 계단으로 한 층 내려가 벌써부터 후텁지근한 8월의 아침 거리로 나선다.

모퉁이까지 가서야 텀블러를 부엌 조리대에 두고 왔다는 사실을 깨닫는다. 아파트로 돌아가지 말고 아이스라테나 사 먹어야겠다. 요즘엔 그 집에서 보내는 시간을 최대한 줄이고 있다.

숫자는 절대 거짓말을 하지 않으니까.

2 더하기 1은…… 너무 많다.

묵직한 유리문을 열어보니 스타벅스 매장 안은 사람들로 꽉 차 있다. 놀랄 일도 아니다. 미국 성인의 78퍼센트가 매일 커피를 마시고 있으며, 정기적으로 커피를 소비하는 사람은 남자보다 여자가 조금 더 많다. 그리고 뉴욕은 미국에서 네 번째로 커피에 미친 도시다.

나도 어쩔 수가 없다. 통계 수치로 세상을 바라보는 게 내 버릇이니까. 내가 기업들이 제품에 관한 결정을 내릴 수 있도록 데이터를 분석하는 시장조사원이라서만은 아니다. 어렸을 때부터 쭉 이런 식이었다. 다른 아이들이 일기를 쓰듯이 나는 열한 살부터 '데이터북'을 기록하기 시작했다.

"와, 저번에 왔을 때보다 몸무게가 5킬로그램 늘었구나."

중학교에 입학하기 전 여름, 패혈성 인두염 검사를 받았을 때 소아과 의사가 한 말이다.

"셰이, 넌 키가 제일 크니까 뒷줄에 설래?"

5학년 때 학급 사진을 찍던 날 선생님에게 들은 말이다.

둘 모두 부정적인 어조는 아니었지만, 그와 더불어 자주 듣던 다른 말들 덕분에 나는 세상 사람들이 나를 바라보는 시선에 숫자가 영향을 미친다는 사실을 깨달았다.

그후로 나는 키와 몸무게, 그리고 축구 경기에서 내가 올린 득점을 기록하곤 했다. 그뿐 아니라, 돼지 저금통에 들어 있는 동전의 종류, 매달 도서관에서 읽은 책의 권수, 〈아메리칸 아이돌〉 투표 순위, 미국이 올림픽에서 딴 금은동 메달 개수 같은 데이터도 수집했다. 얼마 전부터는 내 몸을 있는 그대로 받아들이고 건강과 체력으로 초점을 돌리면서, 체중계가 보여주는 숫자 대신 10킬로미터 달리기 완주 시간과 데드리프트 운동을 할 수 있는 바벨 무게를 기록하고 있다.

나는 스타벅스 매장 안을 힐끗 둘러본다. 한 여자가 노트북 위로 몸을 숙인 채 열심히 자판을 두드리고 있다. 나란히 앉은 한 쌍의 연인은 서로 다리를 꼰 채 무릎에 《뉴욕타임스》를 펼쳐놓고 있다. 양키스 모자를 맞춰 쓴 아버지와 어린 아들은 카운터에서 음료가 나오기를 기다리고 있다.

최근 나의 통계는 썩 좋지 않은 것 같다. 나이는 서른한 살, 사귀는 사람은 없다. 지난달 상관의 사무실에 불려갔을 때 나는 승진하는 줄 알았다. 하지만 승진은커녕 인원 감축으로 인한 해고를 통보받았다. 느릿느릿 도는 소용돌이 속에 갇힌 기분이다.

나는 전세를 역전시키기 위해 필사적으로 싸우고 있는 중이다.

첫째, 취직. 그런 다음 데이팅 사이트에 가입해야지. 내 인생에서 션이 차지했던 자리가 뻥 뚫려 있다. 그가 조디를 만나기 전 우리는 일주일에 한 번은 중국 음식을 시켜 먹고, 넷플릭스에서 시리즈물을 골라 한꺼번에 몰아 봤다. 션은 항상 열쇠를 제자리에 두지 않는다. "셰이?"라고 부르는 말투만 들어도 열쇠 찾아달라는 소리라는 걸 바로 알 수 있다. 션은 우리가 '프레드'라고 이름 붙인 화분에 물을 주고, 나는 우편물을 챙긴다.

션은 내가 대학 시절 사귀던 남자친구와 헤어진 후 처음으로 정말 좋아하게 된 남자다. 나는 몇 달 전부터 션에게 빠지기 시작했다. 션도 나와 같은 마음인 줄 알았다.

바리스타가 카운터에 내 라테를 내려놓자 나는 컵을 휙 집어 들고 문밖으로 나선다.

오전 9시가 조금 지났을 뿐인데 숨이 막힐 듯 후텁지근하다. 33번 가의 지하철역으로 향하는 동안 열기에 삼켜지는 기분이다. 머리카락이 뒷덜미에 들러붙자 걸음을 멈추고 가방에서 고무줄을 꺼내 머리를 묶는다.

이 단순한 행동 하나에 22초나 걸린다.

더러운 계단을 내려가 터널로 들어가자, 내가 방금 놓친 열차가 쌩하고 달리며 역에서 멀어져 간다. 그 차에서 내린 듯한 몇몇 사람이 계단을 올라온다. 플랫폼까지 내려가니 열차가 남기고 간 미풍이 느껴진다. 천장에 달린 형광등은 깜박거리고, 쓰레기통은 넘쳐흐르고 있다. 지하철을 기다리는 사람이 나 말고는 딱 한 명뿐인데, 나와 10미터 정도 떨어져 있다.

저 남자는 왜 방금 떠난 열차를 안 탔을까?

누군가가 내 안에 불안감을 불러일으킨다면, 보통은 그럴 만한 이유가 있다. 염소수염을 기른 남자가 일요일 아침 한산한 지하철 플랫폼에서 백팩을 메고 빈둥거리고 있다는 이유 하나만으로 내 맥박이 빨라지지는 않는다.

하지만 그가 나를 바라보는 시선이 왠지 신경 쓰인다.

갑자기 움직이지나 않을까 경계하며 곁눈으로 그를 지켜보는 동안 머릿속이 복잡하게 돌아간다. 내 바로 뒤에 계단이 있다. 남자가 나를 해코지하려 들면 재빨리 계단을 뛰어 올라가면 되겠지. 하지만 개찰구에서 막힐 수도 있는데.

다른 탈출구는 찾을 수가 없다.

남자가 느릿하게 내 쪽으로 한 발짝 뗀다.

나는 다른 누군가가 오고 있기를 기대하며 고개를 휙 돌린다.

그제야 나 혼자가 아니라는 사실을 깨닫는다. 흰 도트 무늬 녹색 원피스를 입은 한 여자가 남자와 반대쪽 끝 저 멀리 서 있다. 큼직한 기둥의 그늘에 그녀의 몸이 조금 가려져 있다.

나는 남자를 시야에서 놓치지 않으면서 여자 쪽으로 더 가까이 움직인다. 하지만 그는 계단을 향해 계속 걸어가더니 결국엔 계단을 올라가 사라진다. 나는 과잉 반응한 나 자신을 꾸짖는다. 아마도 그는 내가 전에 그랬듯 상행 플랫폼 대신 하행 플랫폼으로 잘못 들어왔을 것이다. 그가 계속 쳐다보고 있던 건 내가 아니라 출구였나 보다.

나는 천천히 숨을 내쉰 다음, 전광판을 힐끔 올려다본다. 다음 열차가 2분 후 도착할 예정이다. 몇 명이 더 플랫폼으로 들어온다.

역으로 다가오는 열차의 덜커덩거리는 바퀴 소리가 희미하게 들린다. 내 일상의 친숙한 배경 음악이다. 이제야 안심이 된다.

여자가 내 쪽을 힐끔거린다. 그녀는 나처럼 키가 178센티미터 정도 돼 보이고 나이도 비슷한 듯하지만, 머리는 더 짧고 더 밝은색이다. 얼굴은 호감형이어서, 만약 길을 잃으면 망설임 없이 도움을 청할 수 있을 것 같다.

나는 그녀에게 눈을 떼고 아래를 내려다본다. 플랫폼의 칙칙한 콘크리트에서 뭔가가 반짝이고 있다. 어떤 액세서리다. 팔찌인가 싶어 허리를 굽혀 주워보니, 활활 타오르는 태양 모양의 펜던트가 달린 금목걸이다. 저 여자가 떨어뜨렸을까? 그녀에게 막 물어보려는데 열차가 굉음을 내며 들어온다.

그녀가 플랫폼 가장자리로 다가간다.

나는 속으로 소리를 지르며 경고한다. '너무 가까워요!'

그 순간, 나는 그녀가 지하철을 타려고 여기 있는 것이 아니라는 사실을 깨닫는다.

나는 손을 뻗으며 그녀에게 뭐라고 외친다. "안 돼요!" 혹은 "그러지 말아요!" ……하지만 너무 늦었다.

우리의 눈이 마주친다. 터널 입구에 열차가 나타난다. 그리고 그녀가 뛰어내린다.

찰나의 순간, 그녀는 무용수처럼 두 팔을 머리 위로 쳐든 채 얼어붙어 허공에 떠 있는 것처럼 보인다.

열차가 휙 지나가면서 바퀴가 선로를 심하게 긁는다. 내 평생 이렇게 높고 날카로운 소리는 들어본 적이 없다. 속이 울렁거려 몸을 숙이고 토한다. 이 경악스러운 사건에 온몸이 주체할 수 없이 떨리는 동안 머릿속으론 어떻게든 상황을 이해해보려 미친 듯이 애쓰고 있다.

누군가가 계속 소리를 질러대고 있다. "911에 신고해요!"

열차가 멈춘다. 나는 억지로 눈을 들어 여자가 있던 곳을 본다. 여자의 흔적은 어디에도 없다.

분명히 이 세상에 존재했던 여자가 다음 순간 지워져버렸다. 나는 벽 옆의 벤치로 가서 털썩 주저앉는다.

그 후 무표정한 얼굴의 형사에게 진술하고, 경찰의 안내를 받아 범죄 현장 테이프를 지난 다음 거리로 올라가고, 집까지 일곱 블록을 걸어가는 내내, 그 여자가 뛰어내리기 직전 나와 마주쳤던 그 눈이 계속 떠오른다. 내가 그 속에서 본 건 절망도 두려움도 결의도 아니었다.

그녀의 두 눈은 텅 비어 있었다.

2

커샌드라와 제인

어맨다 에빙거는 스물아홉 살이었다. 싱글. 자녀 없음. 그녀는 그랜
드센트럴역에서 멀지 않은 머리힐의 작은 아파트에 살았다. 시립병원
에서 응급실 간호사로 일했는데, 너무 힘들고 정신없이 바쁜 직업이
라 동료들과 친분을 쌓을 여유가 없었다.

그녀는 완벽한 후보처럼 보였다. 지하철 바퀴 밑으로 자기 몸을
내던지기 전까지는.

어맨다가 죽고 이틀이 지난 밤, 커샌드라 무어와 제인 무어는 맨해
튼 트라이베카에 있는 커샌드라의 아파트에서 함께 소파에 앉아 노
트북 화면을 보고 있다.

거실의 깨끗한 가구들에는 비둘기색과 크림색 천이 씌워져 있고,
밝은색의 쿠션 몇 개가 멋을 더해주고 있다. 낮에는 바닥에서 천장
까지 쭉 이어진 통창으로 햇빛이 환하게 들어오고, 허드슨강이 시원

하게 내다보인다.

두 사람에게 어울리는 세련되고 우아한 아파트다.

서른두 살의 커샌드라는 제인보다 두 살 많다. 윤기 흐르는 기다란 검은 머리, 금빛 어린 갈색 눈동자, 크림색 피부. 누가 봐도 두 사람은 자매지간이다. 하지만 커샌드라는 호리호리한 몸을 지녔고, 제인은 더 부드럽고 굴곡 있는 몸매에 목소리는 하이톤의 미성이다.

커샌드라가 사진들을 쭉쭉 내리는 동안 제인은 얼굴을 찡그린다. 그들이 가지고 있는 어맨다 사진은 지난 몇 달 사이에 찍은 최근 것들뿐이다. 프로스펙트 공원에서 피크닉 매트를 깔고 책상다리로 앉아 있는 어맨다, 제인의 생일 파티 때 마가리타 잔을 들어 올리며 건배하는 어맨다, 유방암 연구 후원을 위한 자선 걷기 대회에서 결승선을 통과하는 어맨다. 대부분의 사진 속에서 어맨다는 미소 짓고 있는 여섯 명의 여자들에게 둘러싸여 있다. 무어 자매가 체계적으로 모아서 조합한 그룹. 이 여자들은 직업도 출신 배경도 상당히 다르지만, 좀 더 중요하고 비밀스러운 공통점을 갖고 있다.

"어맨다 혼자 찍은 사진이 필요해." 제인이 말한다.

"잠깐." 커샌드라는, 가까운 창으로 쏟아져 들어온 햇빛을 온몸에 받으며 삼색털 고양이를 안고 앉아 있는 어맨다의 사진을 띄운다.

제인은 몸을 앞으로 구부려 사진을 보더니 고개를 끄덕인다. "괜찮네. 끝부분을 조금 잘라내면 어디서 찍은 사진인지 아무도 모르겠어."

자매는 아무 말 없이 사진을 물끄러미 바라본다. 불과 몇 주 전, 어맨다는 바로 이 소파 옆 회색 의자에 널브러져 있었다. 여기 올 때면 보통 그 자리에 앉았다. 그녀는 신발을 툭 차서 벗어버리고 기다란 다리를 쭉 뻗어 의자 팔걸이에 걸쳐놓고는, 뺑소니 사고를 당한 노인을 네 시간 동안 전력을 다해 살려낸 얘기를 들려주었다. "오늘 환자 딸이 자기가 직접 만든 쿠키를 선물해줬어요. 정말 다정한 카드도 남겨주고." 어맨다는 평소처럼 말을 마구 쏟아냈다. "이럴 땐 내 일이 정말 좋아요."

어맨다가 죽다니, 그것도 그렇게나 폭력적인 방식으로 인생을 끝내다니 믿을 수가 없다.

"이렇게 될 줄은 꿈에도 몰랐어." 커샌드라가 마침내 입을 연다.

"우리가 어맨다를 잘 안다고 생각했는데 아니었나 봐." 제인이 답한다.

어맨다의 자살로 두 자매는 어떻게든 답을 찾아야 할 의문들이 생겼다. 어맨다는 죽기 전 며칠 동안 어디에 있었을까? 누구와 얘기했을까? 유서 같은 어떤 증거라도 남겼을까?

그들은 예비용 열쇠를 사용해 곧장 어맨다의 아파트를 샅샅이 뒤졌다. 그곳에서 어맨다의 노트북을 가져와, 강하게 결속되어 있는 그들의 일원인 사이버 보안 컨설턴트에게 잠금을 풀어달라고 부탁했다. 그녀는 사전 공격*을 시도해 수천 개의 가능한 패스워드를 돌린 끝에 드디어 어맨다의 패스워드를 풀었다. 그런 다음 무어 자매는 어맨다의 통신 기록을 알아보았다. 안타깝게도 어맨다의 휴대전화는 열차 바퀴에 뭉개져서 조사할 수가 없었다.

어맨다가 살았던 건물은 사건 후 두 시간 만에 감시 대상이 되었다. 델라웨어주에서 기차를 타고 제일 처음 찾아온 어맨다의 어머니는 슬픔에 젖은 어맨다의 친구들 중 한 명에게 차를 같이 마시자는 초대를 받았다. 장소를 술집으로 바꾼 어맨다의 어머니는 두 시간 넘게 대화를 나누는 동안 샤르도네 와인을 네 잔이나 마셨지만, 도

* 단어를 입력하여 패스워드나 암호를 푸는 컴퓨터 해킹 방법.

움될 만한 정보는 뱉지 않았다.

목요일 저녁 미드타운의 어느 회원제 클럽에서 열릴 추도식은 하나의 예방책이다. 종교적인 성격을 띠지 않은 간소한 의식을 열자는 건 커샌드라의 생각이었다. 어맨다와 인연이 있었던 사람이라면 누구든 나타나지 않을까.

이제 어맨다가 갖고 있던 연락처를 손에 넣은 자매는 지난 6개월 동안 어맨다와 연락을 주고받은 모든 사람을 초대할 생각이다.

초대장을 찍어서 어맨다의 아파트 건물 정문, 병원의 간호사 휴게실, 그리고 어맨다가 자주 가던 피트니스센터 탈의실에도 붙여놓을 계획이다.

그리고 추도식 방명록으로 조문객들의 이름을 수집할 것이다.

"잘 넘길 수 있겠지?" 제인이 커샌드라에게 묻는다. 두 자매는 진이 다 빠져 있다. 눈 밑에는 연한 자줏빛 그늘이 져 있고, 커샌드라는 살이 빠져서 광대뼈가 전보다 훨씬 더 튀어나왔다.

"우린 항상 그렇잖아." 커샌드라가 답한다.

"와인이나 마시자." 제인이 일어나면서 커샌드라의 어깨를 한 번 꼭 쥐어준다.

커샌드라는 고맙다는 인사로 고개를 끄덕이며, 노트북 화면에 띄워져 있는 추도식 안내문 견본에 어맨다의 사진을 넣는다. 안내문 내용은 처음부터 끝까지 다 외우고 있지만, 마지막으로 한 번 더 점검해본다.

'이 정도면 될까?' 그녀는 이런 생각을 하며 인쇄 키를 누른다.

죽기 전 며칠 사이에 어맨다가 하지 말아야 할 말을 누군가에게, 혹은 아무에게나 했다면, 그 사람은 추도식에 꼭 참석해야겠다고 느낄까?

두 자매는 어맨다가 미소 짓고 있는 사진 밑에 넣을 문구를 의논하다가 단순한 메시지를 미끼로 던지기로 했다. '꼭 와주세요. 누구나 환영합니다.'

3

셰이

뉴욕시 지하철 시스템 통계: 1일 이용객 500만 명 이상. 24시간 운행. 정차역 472개 (전 세계 지하철 시스템 중 최다). 이용객 수 세계 7위. 전체 선로 길이 1000킬로미터 이상. 작년 한 해 동안 발생한 자살 혹은 자살 시도 43건.

—데이터북, 4쪽

　나는 아파트로 들어와 집 안을 둘러본다. 겨우 두 시간 집을 비웠다는 게 믿기지 않는다. 보라색 튤립은 코발트색 꽃병에 꽂혀 있다. 싱크대에는 프라이팬이 놓여 있다. 현관문 옆 벤치 밑에 있던 션과 조디의 신발은 사라지고 없다.

　곧장 욕실로 가서 빨간 티셔츠와 카키색 반바지를 벗는다. 샤워기에서 뿜어져 나오는 뜨거운 물을 맞으며 서 있는 내내 그 여자밖에 생각나지 않는다. 그녀의 상냥한 얼굴과 예쁜 도트 무늬 원피스. 그리고 그 텅 빈 눈동자도.

23

그녀가 사라졌다는 걸 누군가가 알아채는 데 얼마나 걸릴까? 그녀의 남편이 어두컴컴한 아파트에 들어갈 때? 그녀가 직장에 나타나지 않을 때?

하지만 결혼을 하지 않았을지도 모른다. 친한 직장 동료가 없었을지도 모른다. 그녀의 부재가 알려지기까지 시간이 조금 걸릴 수도 있다. 만약 내가 없어진다면, 누군가가 알아채는 데 시간이 걸리겠지.

밤에 침대에 누워서도, 염소수염을 기른 남자에게서 도망치려고 그 여자 쪽으로 슬금슬금 움직이던 순간부터 시작해 그 마지막 장면까지 내 머릿속에서 자꾸 재생된다. 가만히 구경만 하고 있던 날 계속 꾸짖게 된다. 손을 뻗어 그녀를 붙잡거나, 아니면 "안 돼요!"라고 더 빨리 외쳤어야 했는데.

상냥한 얼굴의 그 여자를 봤을 때, 그녀가 나를 구해줄 수 있으리라는 생각뿐이었다. 하지만 내가 그녀를 구했어야 했다.

내 방 벽이 어둠 속에서 점점 좁혀 들어오는 기분이다.

손을 뻗어 옆 테이블에 있는 스탠드를 켜자, 갑작스러운 빛이 따가워 눈을 깜박인다. 아침 9시에 글로벌 메트릭스에서 중요한 면접이 있으니 자야 한다. 여기 취직하지 못하면 계속 임시직으로 일해야 할 텐데. 운 좋게도 명망 있는 법률사무소의 비정규직 조사원으로 일하고 있기는 하지만, 급료가 별로인 데다 옛 직장에서 가입했던 의료 보험이 몇 달 후면 만료가 된다.

하지만 잠이 통 오질 않는다. 휴대전화로 테드 강연을 들으며 잡념을 없애보려 하지만, 또다시 스멀스멀 그녀가 생각나기 시작한다.

그녀는 어떤 사람이었을까?

나는 인터넷 검색창에 '뉴욕시 33번가 지하철역 자살'을 입력해본다. 검색 결과로 나타나는 짧은 기사는 내 의문을 하나도 풀어주지 못한다. 그녀가 올해 뉴욕에서 지하철 앞으로 뛰어든 스물일곱 번째 사람이라는 사실만 새롭게 알았을 뿐.

이 도시의 시끌벅적한 부산함 밑에 흐르는 물처럼 숨어서 고통받고 있는 수많은 사람들. 그들이 최후의, 절박한 선을 넘고 마는 이유는 뭘까?

그녀는 갑작스러운 비극 때문에 벼랑 끝으로 내몰렸을까? 아니면 그녀도 나처럼 느릿느릿 도는 소용돌이 속에 갇힌 기분이었을까?

나는 휴대전화를 내려놓으며 속으로 중얼거린다. '이제 그만.' 우리 둘을 비교하는 짓은 그만두자. 내 미래는 그녀와 같지 않을 테니까.

오전 7시가 되자 나는 진한 커피를 내리고, 좋아하는 회색 정장을 입고, 엄마에게 크리스마스 선물로 받은 조그만 세포라 메이크업 팔레트를 꺼낸다.

아파트 문을 닫고 나가면서 생각해보니, 이력서를 하나도 업데이트하지 않았다. 수정할 내용이 그리 많지 않으니 면접을 잘 봐서 메우면 되겠지.

전 직장에서 해고된 이유를 어떻게 설명할지, 걸으면서 연습해본다. 인원 감축으로 다섯 명이 잘렸는데, 나한테 덜 불리하게 작용하기를 바랄 뿐이다. 그때 지하철역으로 내려가는 타일 계단을 표시하는 친숙한 녹색 기둥이 얼핏 보인다.

나는 마치 감전당한 것처럼 움찔하며 뒤로 휘청거린다.

"이봐요, 조심해요." 누군가가 나를 스쳐 지나가며 말한다.

두 발이 시멘트에 붙어버린 것 같다. 내가 어제 그랬던 것처럼, 그 전에 수천 번 그랬던 것처럼, 출근하기 위해 저 어두운 구멍 속으로 사라지는 사람들이 보인다. 하지만 지금은 눈앞에 큰 반점들이 아른

거리고 머릿속에서는 쉭쉭하는 소리가 울려댄다. 나와 입구 사이에 있는 지하철 환풍구 철망조차 지나갈 수가 없다.

앞으로 나아가지 못하고 쩔쩔매며 서 있는 시간이 길어질수록 공황 상태가 점점 더 심해진다. 역으로 들어오는 지하철 소리가 희미하게 들려오자 숨이 제대로 쉬어지지 않는다. 겨드랑이가 축축해지고 안경이 코끝으로 흘러내린다.

휴대전화를 꺼내 보니 8시 25분이다.

나는 떨리는 다리를 이끌고 모퉁이로 가서 손을 흔들어 택시를 부르지만, 출근 시간대라 도로가 많이 막힌다. 긴장되고 초조한 상태로 글로벌 메트릭스에 10분 늦게 도착한다. 안내 직원을 따라 인사부장인 스탠 데커의 사무실로 가는 동안, 심호흡을 몇 번 하고 손바닥을 정장 바지에 닦는다.

일반적으로 사람의 첫인상은 7초 안에 결정된다. 그래서 나는 인사부장을 만나자 몸을 곧게 펴고 서서, 그와 힘차게 악수를 나누고, 내 자신감을 전달하기 위해 시선을 계속 마주친다.

스탠 데커는 40대 초반처럼 보인다. 탈모 때문에 점점 넓어지고 있는 이마, 두툼한 금으로 된 결혼반지, 책상에 놓인 많은 액자 사진들. 전부 그를 향해 돌려져 있지만, 아마도 아내와 아이들 사진일 것이다.

"자, 셰이, 왜 당신이 우리 회사에 잘 맞을 거라고 생각하죠?" 자리에 앉자마자 그가 질문을 시작한다.

예상하고 있던 쉬운 질문이다. "저는 리서치 일을 좋아해요. 무의식적인 요인들이 사람들의 버릇이나 판단에 미치는 영향에 대해 항상 관심이 많았어요. 통계학을 전공했고, 데이터 분석이 부전공이었죠. 소비자들이 공감할 만한 전략적인 메시지를 만들 때, 필요한 정보를 수집하고 해석하는 제 능력이 귀사에 도움이 될 거라고 생각합니다."

스탠이 고개를 끄덕이고는 두 손의 끝을 모아 뾰족탑을 만든다. "가장 성공적이었던 프로젝트 몇 가지만 말해봐요." 이것도 면접에 많이 나오는 질문 10위 안에 든다.

"전 회사의 클라이언트 중에 유기농 요구르트 회사가 있었는데, 밀레니얼 세대를 공략해서 시장 점유율을 높이고 싶어 했죠."

가방 안에서 휴대전화가 윙윙거린다. 나는 움찔한다. 면접에서 가장 기본 중의 기본인 '휴대전화 꺼놓기'를 잊다니, 기가 막힌다.

스탠 데커가 내 토트백을 획 쳐다본다.

"정말 죄송해요. 몇 분 늦는다고 연락드린 후에 깜박하고 안 껐나 봐요."

이 말이 입에서 나가자마자 나 자신을 발로 차고 싶어진다. 왜 굳이 내가 지각한 걸 상기시키는 거야?

나는 토트백 안을 더듬어 휴대전화를 찾는다. 끄기 전에 알림이 화면에 뜬다. 지역번호 212의 어떤 낯선 번호가 남긴 음성 메시지.

어제 내 진술을 받았던 그 형사님인가? 오늘 또 추가 진술을 해야 할지도 모른다고 했는데.

"요구르트 회사 얘기 이어서 해보시죠." 스탠이 재촉한다.

"네……" 뺨이 뜨거워진다. 얼굴이 시뻘겋게 불타오르는 것처럼 보이겠지.

마음을 가다듬으려 애써봐도 도무지 집중이 안 된다. 내 휴대전화에 어떤 메시지가 기다리고 있을지 너무 신경 쓰인다.

어제의 소음과 광경이 되살아나는 것만 같다. 열차 바퀴가 날카롭게 끼익하는 소리, 그 여자가 뛰어내릴 때 펄럭이던 녹색 도트 무늬 원피스. 그 모든 것이 자꾸만 떠오른다.

더듬더듬 답하며 간신히 면접을 끝냈지만, 불합격이라는 건 건물을 나서기도 전에 이미 알 것 같다.

글로벌 메트릭스 앞의 인도로 나가자마자 나는 휴대전화를 꺼낸다.

내 생각이 맞았다. 윌리엄스 형사다. 그녀가 내 진술 내용을 전화로 한 번 더 확인하고 싶다고 말한다. 확인을 마치자 나는 죽은 여자의 이름을 물어본다. 왠지 알아야 할 것 같은 기분이 든다.

"가까운 친족한테 통보했으니까 이젠 이름을 알려줄 수 있겠네요. 어맨다 에빙거예요."

나는 눈을 감고 속으로 그 이름을 되뇌어본다. 아주 예쁜 이름이다. 평생 그 이름을 잊지 못할 것 같다.

집까지 마흔 블록을 걸으면서, 남은 하루를 어떻게 보낼까 억지로 계획을 세워본다. 이력서를 업데이트해서 새로운 헤드헌터들한테 보내야지. 그런 다음 기분을 좋게 하는 엔도르핀이 샘솟도록 나가서 달리는 거야. 그리고 이번 주에 한잔하러 오라고 초대한 친구 멜라니의 아기에게 줄 작은 선물을 골라야 한다.

집으로 가는 길에 나는 한 가지 일을 더 한다. 지하철 환풍구 철망 위를 지나가지 않아도 되는 경로를 짜는 것이다.

4

커샌드라와 제인

어맨다가 열차 앞으로 몸을 던지고 나서 며칠 뒤, 제인은 긴급한 전화를 받는다. 어맨다의 어머니가 아닌 다른 사람이 어맨다가 살던 아파트 건물에 나타났다는 것이다.

제인은 휴대전화를 움켜쥔 채, 옆에 붙어 있는 커샌드라의 사무실로 급하게 들어간다. 설리번 거리에 있는 그들의 작고 세련된 회사, '무어 퍼블릭 릴레이션스'는 분주한 아침을 맞고 있다. 전화를 받기 전까지는 평소와 다름없는 업무를 처리하고 있었다. 전도유망한 핸드백 디자이너를 만나고, 그들의 클라이언트인 한 아티스트의 전시회 오프닝과 관련한 세부 사항을 조율하고, 새로 개업한 아시아 퓨전 식당에 관해 입소문을 퍼뜨려줄 인플루언서 명단을 정리했다.

하지만 일하는 내내 그들은 신경을 곤두세운 채 휴대전화를 항상 곁에 두고 있었다.

그룹에서 가장 젊은 스물아홉 살의 스테이시가 통화 상대다. 스테이시는 11학년까지 마친 후 학교를 중퇴했지만 나중에 고졸 학력 인증 시험을 통과하고 최신 기술을 열심히 독학해, 지금은 잘나가는 사이버 보안 컨설턴트로 일하고 있다. 운동 신경이 뛰어난 데 반해 체구는 아담하니 깡말랐고, 두뇌는 비상하지만 말투가 거칠고 가끔은 불경스럽기까지 해서 사람들에게 과소평가되는 경우가 많다.

그들이 고른 여성들 가운데 스테이시야말로 가장 가치 있는 선택이었다는 게 무어 자매의 생각이다.

어맨다의 노트북을 해킹한 사람도 스테이시였다. 또 그녀는 어맨다의 아파트 앞에 있는 가로등에 감시 카메라를 설치해 원격으로 실시간 영상에 접속할 만큼 실력이 좋다. 한 블록 떨어진 커피숍에서 스테이시는 일과 감시를 동시에 하고 있었다. "그 여자는 조금 머물다 갔고, 아무하고도 말 안 했어요"라는 스테이시의 보고를 들으며, 제인은 열려 있는 문을 지나 커샌드라의 사무실로 들어간다.

커샌드라는 제인의 표정을 보고는, 컴퓨터 자판을 두드리던 길고 우아한 손가락을 뚝 멈춘다. 그녀가 의자에 앉은 채 몸을 앞으로 숙이자 자그마한 어깨로 머리카락이 쏟아져 내린다. 제인은 문을 닫고, 통화 모드를 스피커폰으로 바꾼다.

"지금 언니랑 같이 있어요. 처음부터 다시 얘기해봐요."

무어 자매는 오전 11시 5분에 뿔테 안경을 끼고 큰 키에 탄탄한 체구인 갈색 머리의 30대 여자가 어맨다의 아파트 건물 계단을 올라갔다는 사실을 알게 된다. 이 방문자가 작은 아파트들이 촘촘히 들어선 오래된 적갈색 사암 건물을 바라보며 서 있는 모습이 스테이시의 카메라에 잡혔다. 낯선 그녀를 본 스테이시는 뭔가가 잘못됐다는 걸 직감했다.

방문자는 초인종도 누르지 않았다. 90초 정도 지났을까, 그녀는 맨 위 계단 구석에 노란 백일홍을 한 송이 내려놓았다. 자매가 합판으로 만든 추도식 안내문에서 겨우 몇 발 떨어진 곳에.

그런 다음 그녀는 몸을 돌려 떠났다. 스테이시는 그 여자를 미행하기 위해 서둘러 짐을 챙겨 아파트로 달려갔지만, 너무 멀리 떨어져 있어서 따라잡지 못했다.

"바로 영상 보내줘요." 커샌드라가 지시를 내린다. "만약 그 여자가 또 오면……."

"알아요." 스테이시는 커샌드라의 말을 끊어버린다. "다음번엔 절대로 안 놓칠 거예요."

영상을 받자마자 자매는 자세히 들여다본다.

커샌드라는 그 젊은 여자가 가장 선명하게 나온 장면에서 영상을 정지시킨다. 얼마 전 어맨다의 사진이 그랬듯, 그녀가 컴퓨터 화면을 가득 메운다.

"머리색은 달라도 어맨다처럼 키가 커." 커샌드라가 말한다. "혹시 우리가 모르는 친척일까?"

제인은 어깨를 으쓱한다. "어맨다한테는 비밀이 있었잖아. 이 여자도 그중 하나인가 보지."

커샌드라는 몸을 화면 쪽으로 더 가까이 기울여, 정체를 알 수 없는 방문자의 넓은 미간과 파란 눈, 그리고 가운데가 살짝 갈라진 턱을 들여다본다. 그러다가 손을 뻗어, 손가락 끝으로 여자의 뺨을 따라 곡선을 그려본다.

커샌드라의 목소리는 속삭이듯 부드럽지만, 눈 한번 깜박이지 않는 시선이 날카롭다.

"당신은 누구지?"

5

셰이

작년 한 해 동안 뉴욕시에서 552명이 자살한 것으로 보고되었으며, 그중 약 3분의 1이 여성이었다. 그 여성들의 48퍼센트는 싱글이었다. 여성들 중에는 백인의 자살률이 가장 높았다. 그리고 뉴욕시의 다섯 자치구 내에서 자살이 가장 많이 일어난 곳은 맨해튼이었다.

—데이터북, 6쪽

면접을 망친 후 며칠이 지난 오늘 밤, 나는 브루클린에 있는 멜라니의 아파트 부엌에서 내가 가져온 페리에 병 뚜껑을 비틀어 열고 있다. 멜라니가 심하게 보채며 울어대는 젖먹이 딸 릴라를 가슴에 띠로 묶고서 아래위로 살살 흔들며 달래주는 사이, 나는 유리잔 두 잔을 채우고 쇼핑백에서 치즈와 크래커를 꺼낸다.

소파에는 분홍색과 노란색 수유 베개가, 조리대에는 아기용 거즈 수건이 쌓여 있는 멜라니의 집은 어수선하긴 하지만 기분 좋은 활기가 느껴진다. 작고 동그란 식탁 옆에는 전동 흔들 침대가 처박혀 있다. 멜라니의 남편이 작년에 산 레코드플레이어에서 비틀스의 〈옐로 서브머린〉이 흐르고 있다.

어맨다의 자살이라는 무서운 일을 여기까지 끌고 오고 싶지는 않았지만, 멜라니는 이상한 낌새를 알아차린다. 나는 원래 감정을 숨기는 데 서툴다.

"셰이, 얼마나 끔찍했을지 난 상상도 못 하겠어." 내가 이야기를 끝내자 멜라니는 몸서리를 치며 이렇게 말하고는, 릴라를 꼭 껴안는다.

나는 지하철 대신 버스와 25달러짜리 우버 택시를 타고 여기까지 왔다는 사실은 털어놓지 않는다. 월요일에 면접을 보러 갔을 때, 그리고 어제 임시직으로 일하고 있는 회사에 출근하면서 지하철을 타려고 했을 때처럼, 오늘 저녁에도 공황 상태에 빠지고 말았다. 지하철역의 짙은 녹색 기둥에 가까워지자 심장은 터질 것만 같고 두 다리는 앞으로 움직일 생각을 하지 않았다. 또 지하철 자살을 목격할 일은 없으리라는 걸 논리적으로는 알고 있다. 그럴 확률이 얼마나 희박한지 통계가 증명해주고 있으니까. 하지만 내가 본 광경이 머릿속에서 쉴 새 없이 재생되니 문제다.

"오늘 아침에 그 여자 집에 찾아갔었어. 어맨다 집에."

멜라니는 릴라가 뱉어버린 고무젖꼭지를 다시 쏙 집어넣으며 딸을 더 빨리 흔든다. "뭘 했다고? 왜 그랬어?"

지금 내 꼴도 멜라니만큼 피곤해 보일 것이다. 어젯밤 무서운 꿈을 꾸다 깨어났다. 덜커덩덜커덩 돌진해오는 바퀴 소리가 악몽의 배경음이었다. 깨고 나서는 도통 잠이 오질 않아서 화이트페이지* 웹사이트에 어맨다의 이름을 검색해 주소를 알아냈다.

* 주소와 연락처 같은 인터넷 사용자의 기본 정보를 담은 데이터베이스 서비스.

"그 여자에 대해서 더 알고 싶었어. 그런 식으로 자살하는 건 너무 폭력적이잖아. 너무 극단적이고……. 그냥 왜 그랬는지 알고 싶어."

멜라니는 고개를 끄덕이지만, 표정을 보아하니 내 행동이 이상해 보이는 모양이다. "그래서 뭐라도 알아냈어?"

나는 손목에 찬 스마트워치 핏빗(Fitbit)을 만지작거린다. 평소와 달리 지하철을 이용하지 않았더니 지난 며칠 동안 걸음 수가 거의 두 배로 늘었다.

"내일 밤에 추도식이 열린대." 나는 멜라니의 질문에 직접 답하는 대신 이렇게 말한다. "갈까 생각 중이야."

멜라니는 얼굴을 찡그린다. "괜찮겠어?"

가스레인지에는 세 종류의 콩을 넣은 칠리 콘 카르네*가 돌아가고 있고 냉장고엔 베이비 요가 수업의 엽서가 붙어 있는 이 아늑한 아파트에 사는 멜라니에게는 이상해 보일 만도 하다.

멜라니라면 어맨다의 자살을 목격했다 해도 떨쳐내기가 그리 힘들지 않았을 것이다. 두 사람 사이에는 공통점이 전혀 없으니까.

나는 핏빗을 또 건드리고 싶은 충동을 억누른다. 예전에는 어딜 가나 쉽게 눈에 띄었는데 요즘엔 차고 다니는 사람이 별로 없는 것 같다. 하지만 어맨다가 살던 건물 정문 옆에 붙어 있는 사진을 보니 그녀의 손목에도 핏빗이 채워져 있었다. 그걸 알아챘을 때 나는 가슴이 철렁 내려앉는 기분이었다. 우리 사이의 또 다른 연결 고리.

이 사실도 멜라니에게는 말하지 않는다. 멜라니는 그 누구보다 나를 잘 알았던 친구다. 우리는 보스턴 대학 신입생 시절 룸메이트였고 뉴욕에 처음 왔을 때도 같이 살았지만, 이젠 서로 다른 세상에 살고 있다. 그저 사는 곳이 달라서만은 아니다.

* 다진 소고기와 콩, 칠리파우더를 넣고 끓인 미국의 대표적 스튜.

"다른 얘기 하자." 내가 말한다. "복직하는 기분이 어때? 아기 맡길 데는 찾았어?"

"응, 사무실에서 한 블록 떨어진 곳에 좋은 시설이 하나 있어. 매일 점심시간에 릴라를 볼 수 있대."

"잘됐네! 이제부터는 이유식용 당근 말고 다른 것도 좀 먹어."

멜라니가 웃고 둘이서 잠깐 얘기를 나누는데, 릴라가 더 시끄럽게 보채기 시작한다. 아기 기분이 안 좋으니 멜라니도 대화에 집중을 못 하는 것 같다.

"이제 그만 가봐야겠다." 나는 빈 유리잔을 내려놓는다.

멜라니는 내가 사 온 조그마한 코끼리 인형을 집더니 내게 흔들어 보이며 말한다. "언제든 전화해."

"너도." 나는 멜라니의 뺨에 입을 맞춘 다음, 고개를 숙여 릴라의 향기로운 머리에 뽀뽀를 한다.

나는 맨해튼 쪽으로 계속 걷다가 날이 어두워지자 우버 택시를 부른다. 고맙게도 운전기사가 에어컨을 틀어놓았다.

멜라니네 있는 동안 엄마가 메시지를 남겨놨길래 엄마에게 전화를 건다.

엄마는 곧장 전화를 받는다. "안녕, 우리 딸. 너도 여기 있으면 좋을 텐데! 오늘 저녁에 멕시코 요리를 먹을 거거든. 배리하고 같이 과카몰리랑 스키니 마가리타* 만들었어!"

"맛있겠네요!" 나는 엄마의 열성에 애써 장단을 맞춘다.

밑단을 커팅해 올이 풀린 청바지에 탱크톱을 입고 곱슬곱슬한 밤색 머리를 화려한 반다나로 넘긴 엄마가, 몇 년 전 배리가 만든 돌바

• 테킬라와 라임 주스만 넣어 칼로리가 낮은 마가리타 칵테일.

닥 테라스를 한가롭게 거니는 모습이 눈앞에 보이는 것만 같다. 엄마는 몸집이 작고 피부는 올리브색이다. 나는 어깨가 떡 벌어지고 팔다리가 긴 아버지의 체형을 물려받았다. 어릴 땐 사람들이 우리 둘을 보면 모녀지간이라는 사실을 과연 알까 하는 생각이 들기도 했다. 너무 안 닮기도 했지만, 엄마는 학교 친구들의 엄마들보다 훨씬 더 젊었으니까.

엄마는 겨우 열아홉 살에 나를 가졌다. 엄마는 뉴저지주 트렌턴에서 안내 데스크 직원으로 일하고 있었고, 아버지는 프린스턴 대학에서 경제학을 전공하는 스물한 살의 대학생이었다. 두 사람은 내가 태어나기 전에 헤어졌다. 집안이 부유한 아버지는 내 양육비를 대주었다. 하지만 지금까지 아버지를 몇 번밖에 만나지 못했다. 아버지가 스탠퍼드 경영대학원에 들어간 뒤로 쭉 캘리포니아에 남았기 때문이다.

엄마의 인생은 아주 달랐다. 건설 회사에서 일하던 엄마는 내가 열한 살이었을 때 현장감독인 배리와 결혼했다.

"요즘 어떻게 지내?" 이제 엄마가 묻는다. "일주일 내내 통화를 못 했잖니."

"임시직으로 일하는 게 너무 편해서 조느라 바빴나 보지." 내가 뭐라 대답하기도 전에 휴대전화 너머로 배리의 목소리가 크게 들려온다.

내가 엄마를 보러 집에 잘 가지 않는 가장 큰 이유가 바로 배리다.

그의 말에 나는 웃는 척한다. 잠시 후 배리가 케사디야를 먹으라며 엄마를 부르자, 다행히도 전화를 끊을 핑곗거리가 생긴다.

택시가 브루클린브리지를 건너는 동안, 나는 안경을 벗고 콧등을 문지른 다음 안경을 다시 끼고 등을 기대앉아 맨해튼의 스카이라인을 감상한다. 아무리 봐도 질리지 않는 풍경이지만, 해가 져서 어스름해질 때 자줏빛과 주황빛으로 물든 하늘로 장엄한 건물들이 우뚝 솟아 있는 경관은 특히 더 아름답다.

해마다 많은 사람들이 이 다리를 찾는다. 아름다운 경치나 여유로운 산책을 즐기기 위해.

혹은 뛰어내려 죽기 위해.

그 생각에 온몸이 감전된 것처럼 찌릿하다.

나는 강철 기둥들과 저 아래 은은한 빛이 아른거리는 시커먼 이스트강에서 고개를 획 돌려버린다.

다리를 다 건너고 나서도 한참이나 눈을 내리깐 채 택시 바닥에 깔린 고무 매트만 뚫어져라 노려본다.

6

커샌드라와 제인

어맨다의 추도식이 시작되기 한 시간 전. 다섯 명의 여자들이 로즈우드 클럽의 프라이빗 룸에 모여, 달콤한 디저트류를 즐겨 먹고 핏빗으로 걸음 수를 세곤 했던 명랑한 성격의 응급실 간호사를 애도한다.

그들은 반원형으로 놓인 소파와 의자에 앉아 나지막이 얘기를 나누고 있다. 한 명이 어깨를 떨며 울자, 다른 한 명이 그녀를 달래며 등을 쓰다듬어준다.

커샌드라의 사진 속에서 어맨다와 함께 있던 바로 그 여자들이다.

한 명만 이 자리에 없다. 그녀는 오늘 밤 해결해야 할 더 중요한 일이 있어서 추도식에 참석하지 않았다.

커샌드라와 제인은 방 안을 둘러본다. 모든 것이 제자리에 있다. 구석 바에는 혀를 풀어줄 술이 잔뜩 쌓여 있다. 뷔페 테이블에는 이런저런 치즈들과 티타임용 작은 샌드위치들이 준비되어 있고, 이젤에는 어맨다가 삼색털 고양이를 안고 있는 모습을 확대한 사진이 놓여 있다. 그 옆의 작은 테이블에는 방명록이 펼쳐져 있다.

커샌드라는 문을 닫고는 방 한가운데로 성큼성큼 걸어가 잠시 아무 말 없이 서 있다. 흑단같이 새까만 실크 드레스가 그녀의 늘씬하고 쭉 뻗은 몸을 휘감고 있다. 화사한 색깔은 빨간 립스틱 하나뿐이다.

지난 며칠 동안의 긴장감과 압박감에도 그녀의 강렬하고 이색적인 아름다움은 퇴색하지 않았다. 오히려 이목구비는 마치 조각한 듯 훨씬 더 또렷해졌고, 호박색 눈동자는 사람을 홀릴 듯 매혹적이다.

"제인과 나만큼이나 여러분도 어맨다의 죽음에 큰 충격을 받았을 거예요." 커샌드라가 입을 열고는 살짝 고개를 숙인다. "어맨다는 우리와 뜻을 함께한 사람이었으니까요."

여자들은 그녀의 말에 동의하며 소곤거린다. 커샌드라는 고개를 들고, 그들을 한 명씩 차례로 바라본다.

스테이시, 왜소한 몸집에 공격적이고 똑똑한 여자, 열 장은 족히 넘을 마블 티셔츠와 불같은 성격, 그리고 무한한 의리의 소유자.

대프니, 서른두 살에 웨스트빌리지에 자기 이름을 내건 멋진 부티크를 열고, 고객들을 유혹할 매력적인 디자이너들과 스타일을 쉽게 예측할 줄 아는, 세련된 취향을 타고난 여자. 대프니는 언제든 사진 찍을 준비가 되어 있는 사람처럼 보인다. 버터 빛깔의 금발은 일주일에 두 번씩 전문가에게 관리를 받고, 메이크업은 흠 잡을 데 없이 완벽하다.

그리고 마지막으로 보스턴 출신의 베스, 서른네 살의 국선변호사로 감정을 못 이기고 허둥거릴 때가 많다. 그래서인지 가방에 구겨진 영수증, 먹다 만 그래놀라바, 머리띠, 동전들이 한가득 들어 있다. 하지만 사람을 직관적으로 파악하는 능력이 예리하고 뛰어나다.

커샌드라는 이 여성들을 높이 평가한다. 똑똑하고 의리 있는 사람들이다. 이들에게는 공통점이 한 가지 더 있는데, 실직부터 폭행, 암에 이르기까지 다양한 장애물을 극복해냈다는 점이다.

"믿기지가 않아요." 베스가 말한다. 그녀는 스트레스가 심한 직업을 갖고 있으면서도 웃음이 많은 편이다. 하지만 오늘은 뺨에 눈물이 반짝이고 있다. "마지막으로 어맨다 집에 갔을 때 어맨다가 정말 맛있는 버타스카치 치즈케이크를 만들어줬는데." 베스는 버터스카치를 '버타스카치'라고 발음한다. "어맨다 하면 디저트잖아요. 그리고 줄리아 로버츠의 새 영화를 같이 보러 가기로 약속도 했어요. 아직도 얼떨떨해요. 내가 뭔가 했어야 한다는 생각이 자꾸만 들어요. 어맨다가 속내를 털어놓을 수 있게 더 노력했어야 하는데."

"저기, 상황이 난감하게 됐다는 건 나도 알아요." 제인이 말한다. "어맨다가 우리의…… 경험 때문에 심란해한 건 분명한 사실이니까요."

"어맨다가 벽을 쌓는 대신 우리를 찾아왔으면 좋았을 텐데." 커샌드라는 헛기침을 하고는 말을 잇는다. "여러분한테 겁을 주려는 건 아니지만, 어맨다가 우리에 대해서 누군가에게 말했을 가능성도 고려해봐야 해요."

무어 자매가 다른 여자들에게 말해주지 않은 사실은, 어맨다가 죽었을 때 그녀의 목걸이, 커샌드라가 디자인하고 제작한 그 목걸이가 열차 바퀴 밑으로 사라지지 않았다는 것이다.

무어 자매가 그룹의 모든 멤버에게 나누어 준 태양 모양의 펜던트 안에는 GPS 추적기가 장착되어 있었다. 가끔 위험한 임무를 수행하기도 하는 그들을 지켜주기 위한 대비책이었지만, 막연히 어떤 불길한 예감이 들어서 그런 조치를 취했을지도 모른다. 그들의 목걸이가 단순한 액세서리가 아니라는 사실은 자매만이 알고 있다.

어맨다가 자살하고 며칠이 지난 뒤 자매는 휴대전화로 어맨다의 추적기 위치를 확인하면서 아무것도 안 보일 거라 예상했다. 보나 마나 목걸이가 망가졌을 테니까.

하지만 제인의 휴대전화 화면에 뜬 회색 아이콘을 보니, 33번가 지하철역에서 겨우 몇 블록 떨어진 머리힐의 어느 작은 아파트 건물에서 추적기 신호가 잡혔다.

제인이 이 소식을 알려주었을 때 커샌드라는 사색이 된 얼굴로 제인의 팔을 붙잡았다.

"누구지?" 커샌드라는 이렇게 속삭였다. "어맨다가 누구한테 그걸 줬을까?"

그 건물에는 20여 명이 살고 있다. 그들 중 누구라도 목걸이를 가지고 있을 수 있다.

지금 제인은 어맨다의 아파트 건물 앞에다 꽃 한 송이를 놓고 간, 뿔테 안경을 낀 젊은 여자의 사진을 나누어주고 있다.

스테이시는 사진을 힐끔 보더니 고개를 획 쳐든다. "잠깐, 내가 며칠 전 찍은 영상에서 뽑은 거네요." 이렇게 불쑥 내뱉고는 팔짱을 낀 채로 입을 다문다. 그녀는 몇 달마다 한 번씩 색깔을 바꿔가며 부분 염색을 하는데, 지금은 금발에 몇 가닥이 보라색으로 물들어 있고, 입술은 일자로 굳게 다물려 있다.

스테이시는 이 그룹에서 말수가 적은 편인데, 출신 배경과 최근 그녀의 개인사에 일어난 사건들을 생각하면 이런 고급스러운 곳이 불편하게 느껴질 만도 하다.

"이 여자를 전에 본 사람 있어요?" 제인이 묻는다. 여자들은 사진을 보며 한 명씩 고개를 젓는다.

"어맨다가 살던 아파트 앞에서 찍은 거예요?" 베스가 묻는다. "입구는 알아보겠는데요."

커샌드라는 고개를 끄덕인다. "맞아요, 이 여자가 어제 그 건물 정문 앞에 노란 백일홍을 두고 갔어요."

제인의 시선이 뷔페용 테이블과 벽난로 선반 위에 놓인 꽃다발로 향한다. 수십 송이의 노란 백일홍으로 만든 꽃다발들. 이건 커샌드라의 아이디어였다. 만약 그 꽃에 중요한 의미가 있다면, 그리고 그 방문자가 나타난다면, 무슨 반응이라도 보일 거라 계산에 넣은 것이다.

로즈우드 클럽 회원이라 추도식을 위해 이 방을 예약해준 대프니가 손을 들자, 폭이 넓은 커프형 에르메스 팔찌가 손목에서 쭉 미끄러져 내려간다. 아주 최근까지 그녀는 에르메스 스카프도 좋아했지만, 이제는 아주 얇은 목걸이 말고는 목에 아무것도 두르지 못한다.

"어맨다가 이 여자한테 얘기했을까요?" 대프니가 초조한 듯 높고 날카로운 목소리로 묻는다.

"어맨다가 다른 사람한테 얘기를 했는지 안 했는지 아직은 몰라요." 커샌드라가 답한다. "하지만 이 여자가 어맨다와 정확히 무슨 관계인지 알아내야 해요."

스테이시가 또 나선다. "어맨다가 죽은 직후에 기웃거리는 게 영 수상하단 말야." 이렇게 말하고는 두 발로 단단한 나무 바닥을 쿵쿵 구르기 시작한다.

"내 생각도 그래요." 베스가 맞장구를 친다.

제인은 고개를 끄덕인다. "오늘 사람들이 추도식에 올 거예요. 어맨다의 어머니와 이모는 당연하고, 직장 동료도 몇 명 오겠죠. 이 의문의 여자가 올 수도 있어요. 아니면 어맨다가 완전히 딴 사람한테 연락을 했을지도 모르고요." 제인은 잠시 말을 끊는다. "바로 이 부분에서 여러분의 도움이 필요해요."

"사람들 사이를 돌아다니면서 어울리세요." 커샌드라가 지시를 내린다. "'어맨다하고는 어떻게 아는 사이세요?', '최근에 만난 적 있어요?', '평소랑 조금이라도 달라 보이던가요?' 같은 질문으로 대화를 시작하는 거예요. 상대의 대답이든 우연히 들리는 말이든, 뭔가 이상한 낌새가 느껴지거든 곧장 제인이나 나를 찾아와요."

커샌드라가 방 안을 휙 훑어보고는 또다시 여자들을 한 명씩 차례로 바라본다. 제인은 커샌드라가 그들에게 미치는 영향을 지켜본다. 마치 커샌드라의 시선이 그들에게 맑고 밝은 에너지를 불어넣어 주는 것 같다. 몇 명은 허리를 더 곧게 펴거나 고개를 끄덕이기 시작한다.

"우리한테 어맨다를 어떻게 아느냐고 물어보면 어쩌죠?" 대프니가 묻는다.

"좋은 질문이에요." 제인이 말한다.

"어디 보자. 어맨다는 어머니 때문에 알코올중독자 치료 모임에 나가곤 했어요." 커샌드라가 말한다. "거기라면 우리가 어맨다를 만나기에 자연스러운 곳이긴 한데…… 아니, 아니야. 그쪽은 관두죠. 어맨다는 화요일마다 아침 일찍 42번가에 있는 피트니스센터에 가서 요가 수업을 들었어요. 그러니까……."

커샌드라는 고개를 젓는다. "아니, 그것도 안 통하겠어. 그 피트니스센터 사람이 오늘 밤에 올지도 모르니까. 독서 클럽으로 하는 게 어때요? 다들 괜찮겠어요?"

"그럼요." 대프니가 말한다.

제인이 이어서 말한다. "우리는 오랫동안 알고 지내진 않았지만 친한 사이가 됐어요. 그렇게 밀어붙이면 더 쉬울 거예요. 우리가 마지막으로 같이 읽은 책은《오만과 편견》이고요."

스테이시가 헛기침을 한다. "음, 난 독서 클럽에 별로 안 어울릴 것 같은데요."

"그 책을 안 읽었다 해도 걱정할 것 없어요." 커샌드라가 답한다. "그냥 와인 마시면서 대화나 나누려고 독서 클럽에 나가는 사람도 많으니까요."

오늘 그들이 모인 후 처음으로 방 안에 웃음소리가 퍼진다.

그때 베스가 의견을 낸다. "구체적인 내용을 추가하면 어때요? 어맨다가 레몬 파이를 만들곤 했었잖아요. 어맨다가 그걸 독서 클럽에 가져왔다고 할까요?"

"그래요, 좋은 생각이에요." 커샌드라가 말한다. "오늘 우리도 조문객으로 여기 와 있는 거예요. 우리가 느끼는 상실감과 고통은 진심이에요. 어맨다의 특별한 면모를 추억하면서 거기에 경의를 표하는 것도 좋죠."

커샌드라가 손목시계를 힐끔 본다. "시간이 조금 남았네요. 우리끼리 추억을 나눠볼까요?"

그녀가 빈 의자에 앉아 다리를 꼬자, 제인이 그 옆자리에 앉는다.

커샌드라의 허스키한 목소리가 달래는 투로 변한다. 두 손은 앞으로 편하게 깍지를 끼고 있다. 이렇듯 차분한 태도는 그녀의 자제력을 입증해주는 증거다.

"우리가 겪은 상실은 갈등을 불러일으킬 수도 있어요." 커샌드라는 말한다. "그런 일이 일어나지 않게 하겠다고, 바로 지금, 바로 여기서 맹세하도록 하죠. 어맨다가 세상을 떠나고 없으니, 그 어느 때보다 우리끼리 더 똘똘 뭉쳐야 해요……."

커샌드라는 팔을 뻗어 가장 가까이에 있는 제인과 베스의 손을 잡는다. 그들은 대프니와 스테이시에게 손을 뻗어 원을 만든 후 커샌드라의 말에 귀를 기울인다.

"애초에 우리가 여기 함께 온 이유를 잊지 말아요. 서로 간의 애정과 의리를 지켜야 안전할 수 있어요."

7

어맨다

열흘 전

어맨다는 침대에 누워 무릎을 가슴에 꼭 끌어안은 채 눈을 질끈 감고 있었다.

그녀의 머릿속에 생생한 기억들이 맴돌았다. 그녀의 술잔에 자기 술잔을 쨍하고 부딪치며 미소 짓던 한 남자. 혀를 톡 쏘던 위스키의 쓴맛. 서로 손을 잡고 살짝 비틀거리며 술집에서 나와 센트럴파크로 향하던 두 사람. 여름 밤공기를 가르며 맨팔에 닭살을 돋게 만든 산들바람.

시끄러운 벨 소리가 머릿속 광경에 끼어들었다. 그녀는 고개를 들었다. 건물 로비에서 누군가가 그녀의 아파트에 올라오려고 버튼을 집요하게 눌러대고 있었다.

어맨다는 숨을 죽이고 바짝 긴장했다.

두 손으로 귀를 막았지만, 초인종 소리는 그녀의 머릿속에서 고집스럽게 울려댔다.

'저 사람들은 절대 멈추지 않을 거야.' 그녀는 생각했다.

그때 소리가 뚝 멈췄다.

그녀는 어둑한 아파트를 둘러보았다. 블라인드가 쳐 있고, 창문은 잠겨 있고, 문에는 체인이 걸려 있었다. 불이란 불은 모조리 꺼져 있었다. 그녀는 며칠 동안 아파트에서 나가지 않았다. 누가 보면 비어 있는 집처럼 보일 수도 있었다.

그녀 자신을 구할 시간이 아직은 있을지도 모른다.

제대로 자지도 먹지도 못해 머리가 흐리멍덩했지만, 그래도 그녀는 계획을 세워보았다. 걸어야 할 전화, 챙겨야 할 필수품, 그곳까지 가장 안전하게 도착할 수 있는 경로.

성공할 수 있으리라는 확신이 거의 생겼을 때, 톡톡 하는 소리가 나지막하고 오싹하게 들려왔다.

손가락 마디로 리드미컬하게 문을 두드리는 소리였다. 그러다가 자물쇠에 끼워진 열쇠가 삐걱 돌아갔다.

어떤 목소리가 속삭이다시피 말했다. "거기 있는 거 다 알아요, 어맨다."

8

셰이

자살 시도의 약 50퍼센트는 충동적으로 이루어진다. 연구에 따르면, 자살 시도 후 죽을 고비를 넘기고 살아남은 사람들 중 4분의 1 이상이 자살을 생각하고 나서 5분도 채 지나지 않아 행동에 옮겼다고 한다.

—데이터북, 7쪽

목요일, 나는 수수한 검은색 원피스를 입고 출근하지만, 추도식에 갈지 말지 아직도 마음을 정하지 못했다.

적어도 속으로는 그렇게 되뇌는 중이다.

내 상관은 의뢰인과 저녁 식사를 함께하기 위해 일찍 퇴근하지만, 나는 남아서 회사 웹사이트에 새로 올라갈 내용을 점검하며 교정을 마친다. 상관이 시킨 일은 아니지만, 한 명이 더 본다고 해서 손해 볼 건 없겠지. 나는 오자를 하나 발견해 동그라미를 치고, 상관의 전망 좋은 사무실로 들어간다.

책상에 서류를 올려놓은 뒤, 상관이 방문객들을 위해 항상 책상에 비치해두는 유리병에서 리세스 미니 피넛버터컵 초콜릿을 하나 슬쩍 꺼낸다. 그런 다음 엘리베이터를 타고 로비로 내려가 밖으로 나간다.

늦은 오후에 들이닥친 폭풍우가 인도를 깨끗이 씻어 내리고 불볕더위를 식혔다.

먹을 것이 다 떨어졌으니 장을 본 다음 집에 가서 세탁기를 돌려야 한다.

하지만 난 이미 추도식이 열리는 곳을 향해 걷고 있다. 그곳의 주소는 앞에서부터 읽으나 뒤에서부터 읽으나 똑같은 숫자라 외우기 쉽다.

15분 후, 나는 로즈우드 클럽으로 들어간다. 외관은 소박하지만 내부는 놀라울 만큼 웅장하다. 바닥에는 무늬가 있는 두툼한 카펫이 깔려 있고, 인상적인 나선형 계단이 구불구불 2층으로 이어져 있다. 벽에는 금빛 액자에 끼워진 그림들이 걸려 있고, 그림마다 그 밑에 명판이 붙어 있다.

나는 그중 하나를 얼른 읽어본다. '존 싱어 사전트, 1888년작.' 그때 회색 정장 차림의 한 젊은 남자가 다가온다. "추도식 때문에 오셨나요?" 그는 정중하지만 어딘가 고압적인 투로 묻는다.

"네." 이 사람이 어떻게 알지? 오늘 밤 여기서 열리는 행사가 그것밖에 없는 모양이다.

"2층입니다." 그가 계단을 가리키며 말한다. "왼편에 있는 방으로 가시면 됩니다."

'몇 분만 있다가 빠져나와야지.' 카펫이 깔린 계단을 조용히 올라가며 속으로 중얼거린다. 내가 무슨 생각으로 여기 왔는지 딱 꼬집어 말하기는 어렵다. 뭔가를 알게 되면 죄책감을 덜고 이 일을 마무리 지을 수 있지 않을까 하는 기대감 때문일지도 모르겠다.

층계참에 도착하자 나는 왼쪽으로 몸을 돌린다. 가장 가까운 방의 문이 열려 있고, 그 안에 사람들이 돌아다니고 있다. 스무 명도 안 되어 보인다. 나는 의자가 여러 줄 놓여 있고, 누군가가 추도 연설을 하는 광경을 상상했었는데. 그러면 사람들 눈에 띄지 않게 슬그머니 들어가 뒷자리에 앉으면 될 줄 알았다.

이런 사적인 분위기의 모임에 온 건 실수였다. 어맨다의 아파트 문에 붙어 있던 안내문에 뭐라 쓰여 있었든, 여긴 내가 있을 곳이 아니다.

뒤로 물러서려는데 한 여자가 내게 다가온다. 모델과 배우가 넘쳐나는 이 도시에서도 눈에 확 띄는 여자다. 그저 아름답기 때문만은 아니다. 뭔가 설명하기 힘든, 자석처럼 사람을 끌어당기는 기운이 느껴진다. 우리는 나이대도 비슷하고 둘 다 검은 원피스를 입고 있다. 하지만 그녀는 딴 세상에 살고 있는 것처럼 보인다.

"어서 오세요." 그녀는 약간 목이 쉰 듯한 목소리로 말하고는 손을 내밀어 내 손을 잡는다. 악수를 하는 줄 알았더니, 두 손으로 내 손을 감싸 쥔다. 에어컨이 켜져 있는데도 그녀의 손은 따스하다. "와 주셔서 고마워요."

발을 빼기엔 너무 늦었다. 어떻게든 이 난관을 무사히 넘겨야 한다. "초대해주셔서 고맙습니다." 바보 같은 말을 해버렸다. 이 여자가 개인적으로 나를 초대한 것도 아닌데. 그녀는 계속 내 손을 붙잡고 있다.

"전 커샌드라 무어라고 해요." 그녀는 아몬드형 눈에 눈동자는 금빛 도는 갈색이고, 광대뼈가 또렷하게 튀어나와 있다. 어깨를 똑바로 펴고 서 있는 자세가 너무나 완벽해 보여서, 머리에다 책을 얹어놔도 안 떨어질 것 같다.

내가 그녀를 빤히 쳐다보고 있었다는 걸 깨닫곤 얼른 말한다. "셰이 밀러예요."

"셰이 밀러." 커샌드라가 불러주니 어쩐지 내 이름이 이국적으로 느껴진다. "어맨다하고는 어떻게 아는 사이셨죠?"

그녀에게 사실 그대로를 말할 수는 없다. 멜라니처럼 그녀도 이상하게 생각할 테니까. 그래서 나는 헛기침을 한 뒤 정신없이 방을 둘러본다. 두 가지가 눈에 띈다. 첫째, 단 두 명의 남자를 제외하곤 전부 여자고, 거의 모두가 내 또래다.

둘째, 포스터 크기의 사진 속에서 어맨다가 삼색털 고양이를 안고 있다.

"같은 동물병원에 다녔어요." 불쑥 말이 나와버린다. "우리 둘 다 고양이를 키웠거든요."

커샌드라가 내 손을 풀어준다. "어머, 그랬군요."

거짓말하지 말걸, 하는 후회가 곧장 밀려든다. 왜 그냥 같은 동네에 살았다고 말하지 않았을까?

커샌드라에게도 똑같은 질문을 던져 어맨다와의 관계를 알아내고 싶은데 그녀가 선수를 친다. "뭐라도 좀 먹지 그래요. 많이 준비해놨어요." 그녀가 가리키는 구석에 바와 뷔페 테이블이 보인다. "그리고 방명록에 꼭 이름 남기시고요."

나는 미소 지으며 고맙다고 인사한다.

"셰이?" 그녀가 돌아서는 나를 부른다.

나는 그녀를 돌아보다가 그 강렬한 존재감에 새삼스레 또 놀란다.

"오늘 와주셔서 정말 고마워요. 사람들이 더 많이 참석할 줄 알았는데, 요즘 다들 워낙 바쁘다 보니……. 각자 살기 바빠서 연락도 잘 못 하고 지내죠. 하지만 당신은 일부러 시간을 내서 여기까지 와줬잖아요."

방금 전 느꼈던 민망함과 수치심이 그녀의 말에 다 날아가버린다.

그뿐 아니라, 어색하기만 하던 이 자리가 편하게 느껴지기 시작한다.

나는 몸을 똑바로 펴고 구석에 있는 바로 가서 생수를 한 병 받은 다음, 방 여기저기를 돌아다닌다. 어떤 의식도, 어맨다의 다른 사진도 없다. 참 묘한 추도식이다.

어맨다의 사진 옆에 놓여 있는 큼직한 노란 백일홍 다발이 눈에 띄자 깜짝 놀라 다시 쳐다본다. '바로 이거야.' 어맨다의 집 앞에 둘 꽃을 고를 때 백합과 장미를 지나쳐 백일홍을 집으면서 이렇게 생각했던 기억이 난다.

심장이 빠르게 뛰기 시작한다. 어맨다의 집으로 가는 길에 들른 작은 델리에서 양동이에 담긴 그 많은 꽃 가운데 나는 왜 하필 저 꽃을 선택했을까? 어쩌면 어맨다도 그 가게를 이용했을지 모른다. 그 녀는 정말 백일홍을 좋아했을까?

나는 꽃다발에서 눈을 떼고, 커샌드라가 부탁한 대로 방명록에 서 명을 한다. '셰이 밀러'라고 성과 이름을 다 적지만, 주소를 쓰는 칸 은 비워둔다. 아마 어맨다의 가족을 위해 이 정보를 수집하는 거겠 지. 추도식에 참가한 어맨다의 친구들에게 감사 편지를 보내거나, 아 니면 그냥 연락이나 할 수 있도록.

나는 펜을 내려놓고, 어맨다의 사진 쪽으로 걸어간다. 그러고는 한 참이나 사진을 물끄러미 바라본다.

상냥해 보인다. 지하철역에서 내가 본 느낌대로다.

'도와주지 못해서 미안해요.' 나는 속으로 말한다. '더 빨리 알아 챘다면 좋았을 텐데. 정말 미안해요.'

내 뺨으로 눈물이 흘러내린다. 그때 무언가가 눈에 띈다. 사진 속의 어맨다는 금 펜던트가 달린 가느다란 목걸이를 하고 있다. 태양 모양의 펜던트.

충격적인 사실을 깨닫곤 닭살이 확 돋는다. 내가 지하철 플랫폼에서 주웠던 바로 그 목걸이다.

목걸이는 지금 어디 있지? 어맨다가 자살한 이후의 시간은 기억이 희미하다. 내 가방에 넣어뒀나? 토트백에 손을 집어넣어 조심스레 이리저리 더듬어보지만, 작고 날카로운 테두리는 전혀 손끝에 걸리지 않는다.

그 일이 벌어진 순간 너무 충격을 받아 목걸이를 떨어뜨렸을지도 모르지만, 혹시 모르니까 나중에 다시 확인해봐야겠다.

이젠 다른 두 여자도 어맨다의 사진을 보기 위해 내 옆에 와 있다.

"항상 내 억양을 놀려대던 어맨다가 그립다." 한 명이 말한다.

"보스턴 억양을 흉내 내던 그 목소리가 아직도 귀에 들리는 것만 같은데." 다른 여자가 덧붙여 말한다.

또 어떤 여자가 오더니 다른 두 명을 팔로 감싸 안는다. 세 명 모두 서른 살 즈음으로 보이는 것만 빼면, 외형적으로 닮은 부분이 거의 없다. 보스턴 억양의 여자는 마치 정돈 안 된 침대 같다. 셔츠는 쭈글쭈글하고, 붉은 머리는 제멋대로 헝클어져 있고, 손에는 꾸깃꾸깃한 종이 냅킨을 한 뭉치 쥐고 있다. 짙은 금발에 몇 가닥을 보라색으로 염색한 두 번째 여자는 작은 몸집에 거칠어 보인다. 세 번째 여자는 손톱 끝에서부터 가느다란 끈이 달린 붉은 샌들까지 어디 하나 흐트러진 곳 없이 화려한 분위기를 풍긴다.

세 여자 간의 애정이 손에 만져질 듯 선명하게 느껴진다. 그리고 이들과 아주 달라 보이던 어맨다도 이 그룹에 속해 있었던 것이 분명하다.

'대학 다닐 때 같은 여학생 클럽이었나 보구나.'

어맨다는 이 의리 있는 친구들에게 도움을 청했을까? 누가 봐도 이들은 어맨다를 무척 아꼈던 것 같다. 하지만 이런 친구들의 도움을 받아도 극복할 수 없을 만큼 어맨다는 심각한 문제와 씨름하고 있었을지도 모른다.

세 여자가 다시 머리를 맞대고 얘기하는 모습을 지켜보고 있는데, 머리 몇 가닥을 보라색으로 염색한 여자가 고개를 돌리더니 사이가 좁은 두 눈을 가늘게 뜨고서 나를 쳐다본다. 나머지 두 여자도 마찬가지다.

혹시 그들이 다가와 어맨다에 대해 얘기하려고 할까 봐 얼른 자리를 뜬다. 커샌드라가 반갑게 맞아주긴 했지만, 어쨌든 난 사기를 치고 있는 거니까.

문 쪽으로 걷기 시작할 때 또 다른 여자가 나를 막아선다. "괜찮아요?" 그녀가 연민 어린 미소를 짓자 오른쪽 뺨에 보조개가 팬다. "전 제인이라고 해요. 커샌드라 언니는 아까 만나셨죠."

둘이 자매지간이라는 건 쉽게 짐작할 수 있다. 흑단 같은 머리칼과 광채 나는 피부뿐만 아니라, 사람을 강하게 끌어당기는 매력까지 똑같다. 제인은 자기 언니보다 더 자그마한 몸집에 이목구비는 더 부드럽고, 목소리가 맑고 차분하다.

"고마워요." 나는 그녀가 내미는 티슈를 받아 들고, 안경 밑으로 손을 집어넣어 눈을 가볍게 두드린다. "그냥…… 어맨다를 돕지 못한 게 안타까워서 그런가 봐요."

제인이 내 쪽으로 한 걸음 다가오고, 나는 그녀의 몸에서 풍기는 향수의 달콤한 꽃향기를 들이마신다.

"그렇죠." 그녀가 비밀을 털어놓는 듯한 목소리로 말한다. "오늘은 마음이 다들 많이 착잡할 거예요. 저도 그렇고요."

'어맨다가 자살한 후에 다들 자책하고 있는 거겠죠.' 나는 속으로 생각한다.

어맨다를 만난 사연에 대해 꾸며낸 거짓말은 어떻게 해도 되돌릴 수 없으니, 지금만이라도 제인에게 솔직하게 말하는 수밖에. "잘 아는 사이는 아니었지만 계속 어맨다가 생각나요. 어맨다에 대해서 더 알고 싶은 마음에 여길 찾아 온 것 같아요."

"그렇군요." 제인은 방금 무언가가 떠오른 듯 고개를 갸웃한다. "저기, 추도식 후에 몇 명이서 한잔하러 갈 건데, 같이 가요."

"어, 어." 급작스러운 초대에 나는 말을 더듬는다. "저는, 어, 약속이 있어서요."

그녀는 실망한 표정을 짓는다. "아쉽네요. 방금 만났지만, 왠지 나눌 얘기가 많을 것 같은데."

내가 대답을 망설이는 동안, 커샌드라가 와인 잔을 든 채 울고 있는 어떤 나이 많은 여자와의 대화를 갑자기 끝내버린다. 커샌드라는 어맨다의 어머니처럼 보이는 그 여자를 안아주고는 나를 쳐다보며 우리 쪽으로 성큼성큼 걸어온다.

그녀는 내 팔에 가만히 손을 얹으며 말한다. "동생이랑 저는 상실감과 싸우는 게 얼마나 힘든지 잘 알아요. 얘기할 상대가 필요하면 언제든 연락하세요. 서로 마음을 주고받는 게 우리가 할 수 있는 가장 중요한 일이니까요. 전 그저 안타까워요. 어맨다가……."

나는 어느새 고개를 끄덕이고 있다. "저도 정말 그러고 싶어요."

커샌드라가 진심 어린 미소를 환하게 지어 보인다.

"여기요." 그녀가 명함을 내민다. 빳빳한 흰색 직사각형에 볼록하게 인쇄된 검은 글자가 눈에 확 띈다. '커샌드라 무어'. 업무상 연락처는 아무것도 없고, 전화번호와 이메일 주소만 적혀 있다.

"또 만날 수 있으면 좋겠네요, 셰이." 커샌드라가 내 팔뚝에서 손을 떼지만, 맨살에 그 온기가 여전히 남아 있다. 갑자기 떠나기 싫어진다.

이제, 어맨다에게 느끼는 동질감은 문제가 아니다. 그녀의 친구들과 교감을 나누고 싶다.

9

커샌드라와 제인

커샌드라와 제인은 잠깐의 만남을 통해 셰이에 관한 두 가지 사실을 알게 된다.

그녀는 거짓말에 서투르다. 동물병원에 관한 이야기를 지어낼 때 뺨을 붉히면서 자꾸 눈동자를 딴 곳으로 돌렸다.

그리고 셰이는 어맨다에게 기이하면서도 심상치 않은 애착을 느끼고 있다.

추도식에서 나가자마자 셰이는 작은 식당까지 걸어가 카운터에 앉는다. 마지막 여섯 번째 멤버로 유일하게 추도식에 참석하지 않은 밸러리가 그녀를 감시하고 있다.

뉴욕으로 오기 전 로스앤젤레스에서 배우로 활동했던 밸러리는 지금은 커샌드라와 제인의 홍보회사에서 일하면서, 업무뿐만 아니라 사적인 일도 도와주고 있다.

셰이가 자신이 관찰당하고 있다는 사실을 알아챌 위험은 거의 없다. 밸러리는 카멜레온 같은 사람이다. 오늘 밤에는 수수한 남색 원피스를 입고, 머리는 뒤로 넘겨 낮게 묶었다. 그녀는 관광객들이 차지하고 있는 높은 바 테이블 근처에 서서 별 어려움 없이 그들 속에 섞여 들어 있다.

처음엔, 정말 셰이에게 약속이 있는 듯 보인다. 하지만 시간이 지나도 계속 혼자인 걸 보면, 분명 그 얘기도 거짓말이다. 셰이는 맥주를 홀짝이고 햄버거를 먹다가 가끔 휴대전화를 내려다본다.

한 시간 정도 지나자 그녀는 식당에서 나간다. 바텐더는 이름을 확인하지도 않고, 그녀가 서명한 신용카드 전표를 얼른 가져가버린다.

셰이는 그녀의 아파트까지 서른여덟 블록을 운동선수처럼 큰 보폭으로 성큼성큼 걸어간다. 지하철을 타면 더 빨리 갈 수 있을 텐데, 지하철역을 몇 정거장이나 그냥 지나친다.

이 역시 특이한 점이다. 아마도 지하철이 어맨다에 대한 어두운 기억을 불러일으키는 모양이다.

그녀는 5층짜리 흰 벽돌 주택 안으로 사라진다.

무어 자매의 추적 장치에 따르면, 지금 어맨다의 목걸이가 있는 바로 그 건물이다.

밸러리는 계속 건물 입구를 지켜보지만, 셰이는 어맨다에 대한 어떤 비밀들을 품은 채 집 안에 남아 있다.

한 남자가 건물 안으로 들어가자 밸러리는 유용한 정보를 제공해줄 이웃 사람일지도 모른다는 생각에 사진을 찍으려 휴대전화를 들어 올린다. 그때 전화가 오고, 휴대전화 화면에 커샌드라의 이름이 뜬다.

"지금 대프니랑 같이 있어." 커샌드라가 말을 시작한다.

커샌드라의 어조에 밸러리는 반사적으로 휴대전화를 꽉 움켜쥔다.

"추도식이 열리는 사이에 한 형사가 대프니한테 메시지를 남겼대." 커샌드라가 말을 잇는다. "몇 가지 물어볼 게 있으니까 전화 좀 해달라고."

밸러리는 숨을 훅 들이마신다. "어맨다 때문에?"

"아니. 대프니가 열 달 전에 소개팅으로 만났던 제임스라는 남자 때문에."

10

대프니

10개월 전

대프니는 작은 이탈리아 식당 입구에 서서, 목에 감은 빈티지 스카프를 매만지고 있었다. 첫 데이트라면 많이 해봤지만, 이 순간이 되면 언제나 가슴이 설렜다.

그녀는 자신의 웨스트빌리지 부티크에 진열되어 있던 새하얀 울 원피스와 하이힐 부츠로 멋을 냈고, 점심시간에 헤어숍에서 드라이를 했다. "둘이 정말 잘 맞을 거예요." 소개팅을 주선한 부티크 고객인 키트는 이렇게 말했다. "제임스는 대학 다닐 때 내 남편이랑 같은 사교클럽 회원이었는데, 최근에 다시 연락이 됐어요. 정말 재미있는 남자예요."

문이 열리더니, 큰 키에 어깨가 떡 벌어진 남자가 들어왔다. "대프니 맞죠?" 그는 활짝 웃고는 몸을 숙여 그녀의 뺨에 입을 맞추었다. "제임스예요."

키트의 말대로 그는 매력적이었다. 게다가 문자를 주고받았을 때 칭찬을 잘하고 자상하기까지 했으니, 오늘 밤은 왠지 잘 풀릴 것 같은 예감이 들었다. 그는 대프니의 이름이 마음에 든다고 말했고, 그녀가 편하게 갈 수 있는 식당을 골랐다.

"여기 뇨키가 정말 끝내주거든요." 직원이 우리를 벽난로 근처의 분위기 좋은 테이블로 안내할 때 제임스가 말했다.

여기서 또 1점 추가. 만나서 술을 마시자고 제안하는 남자들이 많은데, 제임스는 그녀가 어떤 사람인지 알고 싶어 하는 것 같았다.

"와인 한 병 시킬까요?" 그가 물었고, 대프니가 그러자고 하자 그는 피노그리지오 화이트와인을 주문했다.

대프니는 레드와인을 더 좋아했지만, 그냥 넘어갔다.

웨이터가 물잔을 채우는 동안, 제임스는 자기 친구와 키트의 결혼식에서 밴드의 리드 보컬이 나타나지 않아서 생긴 재미있는 사연을 들려주었다. "그래서 우리가 차례로 돌아가면서 마이크를 잡고 노래를 불렀죠."

"무슨 노래를 불렀어요?"

그가 크게 웃어젖히기 시작하자 그녀도 웃음이 났다. 그의 웃음은 정말 멋졌다. 따스하고 매혹적이었다.

"말해줘요!"

"〈마이 하트 윌 고 온〉이요." 그는 목멘 소리로 간신히 답했다.

"셀린 디옹이요? 설마요!"

"니어, 파, 웨레버 유 아……." 그가 가성으로 노래를 불렀다.

"제발 영상으로 찍어놨다고 말해줘요!" 대프니는 마침내 긴장감을 내려놓고 와인을 한 모금 마셨다. 어쨌든 맛은 좋았다. 제임스는 세심하게 그의 뇨키를 조금 나누어주며, 그녀의 손님들에 대해 얘기 해달라고 했다.

그녀는 정말 오랜만에 최고의 첫 데이트를 하고 있다고 생각했다.

제임스가 그녀의 잔을 다시 채워주려 와인 병을 들자 그녀는 말 했다. "아, 난 조금만 마실게요." 그녀는 다음 날 일찍 일어나야 했다. 가게를 열어야 하니까.

"이러지 말아요." 그는 와인 잔을 채웠다. "주말이잖아요." 그가 병 을 내려놓을 때, 두툼하고 강해 보이는 그의 손가락이 눈에 띄었다.

식사를 하는 동안 대프니는 아무런 위험 신호도 느끼지 못했다. 바로 그 부분이 최악이었다. 나중에 그녀는 그날 밤을 병적으로 곱 씹으면서, 그녀가 놓친 단서가 하나라도 있었는지 자문해보았다. 그 녀가 지나쳐버린 위험의 조짐은 없었는지를.

계산서가 나오자, 나누어 계산하자고 제안할 겨를도 없이 제임스 가 얼른 집어버렸고, 그 모습이 기사처럼 멋져 보였다.

식당 밖으로 나갔을 때 제임스는 "집까지 같이 걸어갈까요?"라고 말했다.

순간 대프니는 그녀의 집이 근처라는 걸 제임스가 어떻게 알고 있 는지 의아스러웠다. 하지만 그가 식당을 고를 때 그녀가 오기 편한 위치를 고려해준 사실이 기억났다. 그러니 그로서는 당연히 그녀의 아파트가 근처에 있다고 추측할 만했다.

같이 걸으면서 그는 편하게 얘기했고, 중간에 한 번 멈춰 서서 지 나가던 스탠더드푸들을 쓰다듬었다. 주인은 미소 지으며 그 모습을 지켜보았다. 그러고 나서 제임스가 대프니의 손을 슬그머니 잡았다. 그의 손은 단단하고 따뜻하게 느껴졌다.

아파트 건물에 도착했을 때쯤 대프니는 작별 인사로 그가 키스해 주기를 기대하고 있었다.

"오늘 정말 즐거웠어요." 건물 입구에서 그녀는 조금은 수줍은 기분으로 그를 올려다보았다. 취향이 까다로운 탓에 몇 달 동안 남자와 키스 한번 하지 않았다. "저녁 잘 먹었어요."

그가 고개를 숙여 그녀에게 천천히 부드럽게 키스했다. 그녀는 그의 어깨로 두 손을 올렸다. 그는 그녀를 더 가까이 끌어당겼다. 키스는 계속 이어지고 그의 혀가 그녀의 입술을 벌리기 시작했다.

누군가가 그녀의 몸에 닿는 기분이, 누군가가 그녀를 원하는 기분이 무척이나 좋았다.

마침내 둘이 떨어졌을 때 그녀는 미소 지었다. "이것도 고마워요." 그녀는 이렇게 인사하고는 로비로 들어가려 몸을 돌렸다.

"저기요." 제임스가 부르자 그녀는 뒤돌아보았다. "잠깐 화장실 좀 쓸 수 있을까요?"

그녀는 눈을 깜박거렸다. 이상한 부탁처럼 느껴졌다.

"미안한데, 와인을 좀 많이 마셨나 봐요." 그가 웃었다.

방금 그녀에게 저녁 식사를 대접해준 이 착한 남자, 개를 좋아하고 그녀를 위해 문을 열어준 남자에게 어떻게 안 된다고 말할 수 있겠는가. "그래요."

수위 옆을 지나갈 때 그녀는 순간 어색한 기분이 들었다. 레이먼드는 그녀가 밤에 남자와 함께 돌아오는 걸 한 번도 본 적이 없지만, 낯선 남자를 집으로 데려가는 그녀를 보고도 놀란 티를 전혀 내지 않고 인사했다.

아마도 그녀와 제임스가 키스하는 모습을 본 모양이었다. 로비 입구는 유리 벽으로 되어 있어서 밖이 훤히 내다보이니까.

"좋은 밤 보내세요." 대프니는 지나가면서 레이먼드에게 인사했다.

"좋은 밤 보내요." 제임스도 이렇게 덧붙이자, 대프니는 이상하다 싶었다. 곧 떠날 사람이 왜? 하지만 무의식적으로 나온 말이겠거니 했다.

엘리베이터로 걸어가면서 제임스는 대프니의 등허리에 손바닥을 댔다. 엉덩이를 스칠 만큼 낮은 곳에.

대프니는 레이먼드가 이것도 보고 있을까 생각하며 얼굴을 붉혔다. 그녀는 손을 뒤로 돌려 그의 손을 떼어냈다.

그들은 엘리베이터 안에 나란히 서서 10층까지 올라갔다. 둘 사이에 오가던 편안한 대화에 제동이 걸렸다. 제임스는 더 이상 미소 짓지 않고 앞만 똑바로 쳐다보고 있었다.

그는 더 많은 걸 기대하고 있었던 걸까?

저녁 내내 두 사람이 서로 추파를 던지긴 했지만, 그렇다고 오늘 밤 당장 그와 자고 싶은 건 아니었다.

그녀는 아파트 문을 열어놓고 그 옆에 서 있기로 마음먹었다. 화장실 위치를 제임스에게 손짓으로 가르쳐주면 그만이다. 현관 근처에 화장실이 하나 있으니까. 그런 다음 나가달라는 몸짓을 할 생각이었다. 그러면 그도 그녀의 의사를 명확히 알아챌 것이다.

처음엔 대프니의 의도대로 흘러갔다. 변기 물이 내려가고 세면대에 물이 흐르는 소리가 들렸다. 그녀는 강해 보이던 그의 손이 문득 떠올랐다. 그때 제임스가 다시 나타났다.

그녀는 문밖으로 절반 정도 나가 있었다. 그가 그녀의 신호를 잘못 읽을 리는 없었다.

제임스가 다가왔다. 대프니는 그가 지나갈 수 있도록 몸을 조금 움직였다. 여전히 한 발은 아파트 안에, 다른 한 발은 복도에 나가 있었다. 하지만 그는 그녀 바로 앞에서 멈춰 섰다.

이제는 그도 문턱 양쪽으로 다리를 벌리고 서 있었다.

제임스는 또 그녀에게 키스하려 고개를 숙였다. 대프니는 키스를 허락하기로 순간적인 결정을 내렸다. 그를 쫓아낼 수 있는 가장 쉬운 방법 같았다.

완전히 딴 남자와 키스하는 기분이었다. 그의 입술은 더 이상 부드럽지 않았고, 그의 몸이 그녀를 짓눌러 댔다. 그의 숨에서 뇨키에 들어간 마늘 냄새가 났다.

그녀의 고객인 키트는 자기 남편과 제임스가 최근에 다시 연락이 닿았다고 말했었다. 그들은 제임스를 얼마나 잘 알고 있을까?

그러고 보니 대프니도 키트와 그리 잘 아는 사이가 아니었다.

대프니는 몸을 뒤로 뺐다. "오늘 고마웠어요."

하지만 그는 움직이지 않았다.

복도에는 불이 밝게 켜져 있었지만, 그녀의 아파트는 그렇지 않았다. 제임스의 얼굴이 절반은 어둠 속에, 절반은 빛 속에 있었다.

"여기서 끝낼 필요 있어요?"

그녀는 심장이 쿵쿵 뛰어대기 시작했지만, 억지로 미소 지었다. "내일 아침 일찍 나가봐야 해서요."

그때 대프니는 그의 눈빛이 변하는 것을 보았고, 제임스가 그녀의 집으로 올라가자고 했을 때부터 그녀 안에서 깜박거리던 경고 신호가 드디어 비명을 내지르듯 삑삑거리기 시작했다.

"정말 피곤해서 그래요." 그녀는 초조한 목소리로 말했다. "나중에 전화할게요."

"당연히 그렇겠죠." 그는 여전히 움직이지 않았다.

그녀의 온몸에 아드레날린이 마구 솟구쳤다. 주위에 다른 사람은 아무도 없었다. 수위는 10층 아래에 있었다. 그녀는 땡 하는 엘리베이터 소리가 들리고 이웃 사람이 나오길 기도했다. 하지만 복도는 고요했다.

그는 표정 없는 얼굴로 그녀를 뚫어지게 쳐다보고만 있었다.

"그럼……." 그녀의 목소리가 떨리기 시작했다. "시간도 늦고 했으니……."

그가 문밖으로 나가자마자 문을 쾅 닫고 얼른 잠가버려야지. 그리고 레이먼드에게 전화해서 제임스가 확실히 건물 밖으로 나갔는지 확인하는 거야.

영원처럼 길게 느껴지는 시간이 흐른 후 드디어 그가 발을 떼고 복도로 나갔다. 하지만 그녀에게 등을 돌리는 대신 몸을 옆으로 비스듬히 기울였다. 그래도 어쨌든 그는 문턱 밖으로 나가 있었다.

대프니는 아파트 안으로 잽싸게 들어가 문을 닫으려 했다.

그때 그의 팔이 툭 튀어나오더니, 그녀가 여전히 손바닥을 대고 있는 문을 반대 방향으로 난폭하게 밀쳤다. 하이힐을 신은 대프니는 불안정하게 뒤로 휘청거렸다.

문을 잠근 사람은 제임스였다.

그 후 며칠 동안 대프니는 경찰에 신고하려 전화를 여섯 번 정도 손에 들었다. 하지만 항상 신호가 가기도 전에 끊어버렸다.

그녀가 꼼짝 못 하고 누워 있는 동안 제임스의 손이 그녀의 목을 조르던 감촉이 좀처럼 사라지지 않았다. 그의 추잡한 말이 머릿속에서 계속 울려댔다. "당신도 거친 거 좋아하잖아."

증거라고는 목에 남은 희미한 멍뿐이었다. 검사가 이렇게 물을 게 뻔했다. "그 남자한테 그만두라고 말했습니까?"

누가 그녀의 말을 믿을까. 수위도 그들이 키스하는 모습을 목격한 것 같고, 그녀가 제임스를 엘리베이터로 데려가는 건 똑똑히 봤다. 그녀는 법의 보호를 받지 못한 여자들의 이야기를 알고 있었다. 정의가 승리하리라 확신할 수 없었다.

어느 늦은 밤, 그녀는 휴대전화를 집어 제임스에게 문자를 보냈다. '지옥으로 꺼져.' 그러고는 그의 번호를 차단했다. 하찮은 반항처럼 느껴졌지만, 달리 뭘 해야 할지 알 수 없었다.

처음엔 아무에게도 말하지 않았다. 대프니는 외동딸이었고, 늘그막에 그녀를 얻은 부모와 별로 가깝지 않았다. 그들은 아이를 가지려는 노력도 하지 않았고, 뭐든 혼자 알아서 하는 얌전한 딸이었음에도 키우는 걸 그다지 달가워하지 않는 것 같았다.

그녀는 웨스트사이드 하이웨이를 따라 오랫동안 지칠 정도로 달리는 일에 몰두했고, 살이 빠지기 시작했다. 식욕도 거의 사라졌다. 로비를 지날 때마다 레이먼드와 눈을 마주칠 수가 없었다.

사건이 있은 후 몇 주가 지난 어느 날, 부티크에 차임벨이 울렸다. 대프니는 혼자 있을 때면 가게 문을 잠가두고 벨을 누르라는 알림판을 내거는 습관이 생겼다.

시간이 더디게만 느껴지던 겨울날의 어느 화요일 오후, 눈이 녹기 시작하면서 바깥은 온통 진창길이었지만, 어찌 된 일인지 가게로 들어오는 두 여자의 기다란 가죽 부츠에는 인도의 지저분한 잿빛 눈이나 소금 따위가 전혀 묻어 있지 않았다. 대프니는 한 번도 그들을 본 적이 없었지만, 한눈에도 자매처럼 보였다.

"이 가게 앞을 수백 번 지나다니면서 항상 들어가 보고 싶었거든요." 커샌드라가 갑자기 말을 쏟아냈다.

"벌써부터 여기 단골이 될 것 같은 예감이 드는데요!" 제인은 쌓여 있는 캐시미어 스웨터들을 손가락 끝으로 쭉 훑으며 말했다.

그들은 한 시간 가까이 머물면서, 옷들을 입어보고 대프니가 마음에 드는 손님들에게 내주는 샴페인을 홀짝이며 편하게 이런저런 얘기를 나눴다. 그들은 대프니의 부티크를 찾는 대부분의 손님보다 훨씬 더 상냥했다. 두 자매는 진심으로 그녀를 알고 싶어 하는 것 같았다.

자매가 산 옷들을 번들번들한 쇼핑백에 싸줄 때쯤 대프니는 기분이 조금 가라앉았다. 마치 이 따뜻하고 생기 넘치고 강한 여자들의 존재가 그녀의 괴로운 감정을 막아주고 있었던 것처럼.

"조만간 또 올게요, 대프니!" 그곳을 떠나며 제인이 약속했다.

그리고 며칠 후 그들은 약속을 지켰다.

그로부터 일주일쯤 지났을 때 자매는 한잔하자며 대프니를 제인의 아파트로 초대했다. 부티크에서 함께 나누었던 술과 대화가 이어진 것처럼, 자연스럽고 당연한 일처럼 느껴졌다.

처음에 대프니는 제임스에게 폭행당한 사실을 자매에게 털어놓을 생각이 없었다. 어쨌든 잘 모르는 사람들이니까. 하지만 이유를 콕 집어 말할 수는 없지만 왠지 그들에게 믿음이 갔다. 그들은 무슨 말로 구슬려야 그녀가 속내를 드러낼지 정확히 아는 것 같았다. 그 집 소파에 앉아 제인의 귀여운 삼색털 고양이 헵번을 어루만지며, 대프니는 외로움이 조금씩 사그라드는 기분이 들었다.

커샌드라의 눈빛이 어두워져 있었다. "제임스는 범죄자예요. 당신을 강간했잖아요, 대프니."

제인은 한 팔로 대프니를 감싸 안았다. "우리가 어떻게 도와주면 될까요?"

"나도 모르겠어요." 대프니는 나지막한 목소리로 가만히 말했다.

"그냥 그 인간이 죗값을 치렀으면 좋겠어요."

나중에 무어 자매는 바로 그 순간 대프니가 그들과 동류라는 걸 알았다고 말했다.

그들이란 다섯 명으로 이루어진 그룹이었다. 먼저 커샌드라와 제인, 밸러리가 모였고, 그다음엔 밸러리와 같은 아파트 건물에 사는 베스가 합류했다. 그리고 얼마 지나지 않아 베스가 스테이시를 데려왔다.

투표 결과는 만장일치였다. 그들은 대프니를 여섯 번째 멤버로 받아들이기로 했다.

11

세이

공황발작을 가라앉히는 방법
1. 다섯을 셀 동안 코로 숨을 들이마시고, 다섯을 셀 동안 숨을 참다가, 다시 다섯을 셀 동안 입으로 숨을 뱉는다.
2. 100부터 거꾸로 셋씩 건너뛰며 숫자를 센다.
3. 눈에 보이는 것 네 가지, 만질 수 있는 것 세 가지, 냄새 맡을 수 있는 것 두 가지, 맛볼 수 있는 것 한 가지에 집중한다.
공황발작을 일으키지 않고 지하철역에 들어가려 시도한 횟수: 12번(모두 실패)
—데이터북, 11쪽

어맨다의 추도식에 다녀오면 뭔가 마무리 지은 듯한 기분이 들면서 상황이 나아질 줄 알았다.

그런데 더 심각해졌다.

그녀가 뛰어내리는 걸 본 뒤로 거의 2주나 지났건만, 여전히 지하철역 근처에도 못 가고 있다. 집도 전혀 편하지 않다. 조디는 방 두 개짜리 좁은 집에 다른 두 여자와 같이 살기 때문에 션은 그 집에 잘 가지 않는다. 그래서 두 사람은 항상 내 주변을 얼쩡거리면서 저녁 식사를 만들거나 텔레비전 앞 소파에서 껴안고 있다.

나는 가능하면 걷거나 버스를 타지만, 가끔은 택시를 타야 할 때도 있다. 며칠 전 버스가 고장 나서 출근 시간에 늦었을 때처럼. 교통비가 내 은행 잔고를 조금씩 깎아 먹고 있다.

지금은 지리가 내 모든 선택을 좌우하고 있다. 내 인생이 땅속으로 굴을 파고 들어가는 듯한 기분이다. 이젠 주말에는, 갈 때마다 마음이 평화로워지는 브루클린 식물원 대신 집에서 몇 블록 거리인 더 작은 공원에 간다. 좋아하는 크로스핏 클럽이 소호에 있지만, 집에서 가까운 작은 피트니스센터를 자주 찾기 시작했다.

가끔 토트백에 손을 집어넣다가 작고 날카로운 뭔가가 손끝을 스치면, '드디어 어맨다의 목걸이를 찾았구나' 하는 생각이 든다. 하지만 알고 보면 챕스틱 튜브나 선글라스 다리, 아니면 가방 바닥의 울퉁불퉁한 솔기일 뿐이다. 몇 번이나 토트백을 뒤집어봤지만, 목걸이는 없었다. 혹시 아직도 33번가 지하철역 어딘가에서 반짝거리고 있는 건 아닐까?

악몽이 기다린다는 걸 알고 있으니 잠들기도 두렵다. 최악의 악몽을 꾸었을 때는 땀에 흠뻑 젖은 채로 깨어났다. 꿈속에서 나는 어떻게든 어맨다가 뛰어내리지 못하게 막으려고 지하철역 플랫폼을 내달리지만, 결국 실패하리라는 걸 알고 있다. 그녀의 팔로 손을 뻗다가 그녀가 물러나는 바람에 허공만 할퀴는데, 그녀가 고개를 돌려 나를 바라본다.

하지만 내가 응시하고 있는 건 그녀의 얼굴이 아닌, 내 얼굴이었다.

그 꿈을 꾼 뒤 결국 나는 심리상담을 예약했다. 학위를 보거나 소개를 받아 심리치료사를 선택했다고 말하고 싶지만, 실은 보험 처리가 되고 걸어서 8분 만에 갈 수 있는 곳으로 골랐을 뿐이다.

폴라와의 첫 세션에서는 목표를 정하는 데 주력했다. 이스트 24번가에 있는 작고 실용적으로 꾸며진 사무실에 앉아 있는 동안 약간 긴장됐지만, 심리치료를 받는 건 정말 흔한 일이라고 속으로 되뇌었다. 미국인의 42퍼센트가 상담을 받아본 경험이 있다. 밀레니얼 세대는 현재 5명 중 1명이 심리치료를 받고 있다. 하지만 난 이번이 처음이었다.

폴라는 작은 목표를 세우라고 제안했다. 나는 실천 가능해 보이는 목표를 골랐고 그녀도 동의했다.

"첫걸음으로 괜찮을 거예요." 폴라의 말에 나는 드디어 옳은 방향을 찾았다고 확신했다.

하지만 두 번째 세션을 시작하려는 지금, 폴라가 지난 세션의 메모를 훑어보는 동안 테이블에 놓인 작은 일본식 모래정원을 자그마한 갈퀴로 아무 생각 없이 쓸면서 앉아 있자니, 그녀가 준 희망이 멀리 날아가버린 듯한 기분이 든다.

마침내 폴라가 고개를 들더니 빙긋 웃는다. "자, 좋아요. 지하철역 녹색 난간을 만지겠다는 목표는 달성했나요?"

나는 갈퀴를 내려놓고 가슴 위로 팔짱을 끼고는 맨팔을 아래위로 문지른다. 나를 쳐다보는 폴라의 시선이 느껴지지만, 차마 그녀와 눈을 마주치지 못하고 고개를 젓는다. "지하철 환풍구 가장자리까지만 겨우 갔어요." 이 말을 하는 동안 목구멍이 조여오는 기분이 든다.

폴라는 노트에다 뭐라고 쓴 다음 독서용 안경을 벗는다. "우리가 같이 얘기했던 다른 기법들은 시도해봤어요?"

나는 왼손을 들어 올려 손목에 걸린 파란색 고무줄을 보여준다.

공황 상태가 시작되려 하거든 고무줄을 세게 잡아당기라고 폴라가 말했었다. "그러면 마음을 딴 데로 돌릴 수 있을 거예요"라고 그녀는 장담했다. 그 외에도 감사 일기부터 공포증을 여러 단계로 나누기까지 다양한 요법을 제안했었다.

그중 아무것도 효과가 없었다. 유일하게 도움이 된 건, 허술해 보이는 캐나다 약품 웹사이트에서 산 수면제, 앰비엔뿐이다. 어젯밤에 처음으로 먹어봤다. 인사불성으로 정신이 혼미해져서 알람 소리도 못 듣고 자버렸지만, 악몽을 꾸는 것보다는 낫다.

폴라와 나는 더 작은 목표를 정하는 문제에 대해 조금 더 얘기를 나눈다.

"집에서 컴퓨터로 지하철 사진을 보는 방법도 있어요. 그러면 둔감해질 수 있으니까요. 그런 다음 지하철 환풍구 위를 걸어가 보는 거죠."

고개를 끄덕이지만, 그렇게 할 수 없으리라는 걸 이미 알고 있다. 상상만으로도 심장이 멎을 것 같다.

'내가 왜 이러는 거죠?' 비명이라도 지르고 싶다.

나는 목소리에 묻어날 떨림을 집어삼키며 묻는다. "나으려면 얼마나 오래 걸릴까요……. 다음 주에 또 면접이 있는데, 합격한다 해도 거기 다니려면 버스를 두 번이나 갈아타야 해요."

폴라가 노트를 덮자, 나는 그녀의 책상에 놓인 시계를 슬쩍 훔쳐본다.

"셰이, 당신은 특정한 한 사건 때문에 찾아왔지만, 내 생각엔 더 깊은 문제가 있는 것 같아요."

그녀의 말이 옳다는 걸 알기에 배 속이 죄어든다.

나는 내가 목격한 장면과 거리를 두기 위해 데이터를 분석하고, 어맨다의 비극을 객관적인 사실들로 정리하려 했다. 올해만도 20여

명의 사람들이 뉴욕시 지하철 앞으로 뛰어들었다. 작년에 뉴욕시에서는 100여 명의 보행자들과 10여 명의 자전거 이용자들이 차에 치여 치명상을 입었다. 고층 빌딩에서 뛰어내리는 건 뉴욕에서 네 번째로 흔한 자살 방법이며, 살인은 매일같이 일어난다.

이 끔찍한 죽음에는 거의 다 목격자들이 있다. 신문에서 그들의 목격담을 몇 개 읽어보았다. 다른 목격자들도 정신적으로 타격을 받는 것 같긴 하지만(그러지 않는 게 이상하다), 나처럼 이렇게 심한 충격에 시달리는 게 자연스러운 일일까?

'어쩌면 이런 일들이 일어나는 건 내가 목격한 장면 때문만은 아닐지도 몰라.' 나는 폴라의 맞은편 의자에 몸을 더 깊숙이 묻으며 생각한다. 그 사건 전 후텁지근한 일요일 아침의 비참한 심정과 불운이 내 안에서 켜지기만 기다리고 있던 어떤 스위치를 탁 눌러버린 모양이다.

"언제쯤 나아질지 나도 구체적으로 알려주고 싶지만, 그건 불가능해요." 폴라가 말한다.

"몇 주 정도면 될까요? 아니면 몇 달?" 나는 절박한 심정으로 묻는다.

"오, 셰이." 폴라는 진심으로 미안해하는 것 같다. "심리치료에 즉효 약 같은 건 없어요."

실낱같은 희망도 이렇게 저 멀리 날아가버린다.

출근 차림 그대로 선드레스에 단화를 신고 집까지 걸어가며, 나혼자 소파를 차지할 수 있도록 션과 조디가 없었으면, 하고 속으로 빈다. 지금 남아 있는 기력으로는 전자레인지에 튀긴 팝콘을 먹으면서 아무 생각 없이 텔레비전을 보는 것밖에 못 할 것 같다.

소원대로 아파트는 비어 있다.

나는 내 방으로 들어가 선드레스를 벗는다. 세탁한 옷들을 담아 놓은 바구니 맨 위에 있는 반바지를 꺼내다, 어맨다가 죽은 날 입었던 옷이라는 걸 깨닫고 망설인다.

하지만 이 정도는 도전해볼 만하다.

바지를 입어보니, 세탁기 안에서 세게 돌아간 탓인지 주머니가 뭉쳐져 있다. 탄산수를 가지러 부엌으로 걸어가면서, 주머니를 평평하게 펴려고 무심코 손을 집어넣는다.

두 발이 천천히 멈춰 선다.

나는 토트백을 뒤집어서 흔들고 솔기를 쭉 훑으면서 여러 번 확인했었다. 하지만 그날 입었던 옷의 주머니를 들여다볼 생각은 하지 못했다.

오른손을 천천히 꺼낸다. 손가락이 주머니에서 다 빠져나오기도 전에 내가 뭘 보게 될지 이미 알고 있다.

내내 여기에, 가까운 곳에 있었구나. 발견되기를 기다리면서.

그 사건을 떠오르게 하는 이 반바지가 싫어서 버렸다면 목걸이를 영영 못 찾을 뻔했다.

목걸이는 내 기억보다 더 무겁다. 처음 주웠던 순간부터 내가 겪었던 모든 감정의 무게가 이 목걸이에 실려 있는 것처럼 느껴져서일까.

어맨다가 플랫폼 끄트머리로 다가가고 열차 들어오는 소리가 들려온 후 어느 시점에 내가 목걸이를 주머니 속에 쑤셔 넣었나 보다.

모든 것이 바뀌기 전 내가 마지막으로 한 일이었다.

무언가가 내 폐를 꽉 죄고 있는 것 같은 느낌이다.

나는 태양 모양의 펜던트가 달린 목걸이를 손가락 사이로 달랑거리며 뚫어져라 쳐다본다.

이제는 이 목걸이가 어맨다의 것이라는 확신이 든다.

12

커샌드라와 제인

자매는 셰이의 인생을 은밀히 파헤치고 있다. 인터넷에 남은 그녀의 흔적을 샅샅이 뒤지고, 그녀의 일과를 분석하고, 그녀와 연락을 주고받는 사람들을 철저히 검토하고, 그녀의 이력을 파고들면서.

셰이의 링크드인 계정으로 판단컨대, 그녀는 보스턴 대학을 졸업한 후 세 군데의 직장을 다녔지만 지금은 월스트리트의 한 법률사무소에서 임시직으로 일하고 있다. 페이스북 프로필로 지인들을 추적해보니, 그녀와 가장 친한 친구인 멜라니가 얼마 전 아기를 낳았고 브루클린에 살고 있다.

그들은 셰이를 미행해서 훨씬 더 많은 사실을 알아낸다. 가령, 그녀의 아파트에서 몇 블록 떨어진 그리스 식당에서 팔라펠*을 즐겨 먹는다든가, 거의 매일 운동을 한다든가. "션이라는 룸메이트는 지금

---

* 병아리콩을 으깨 만든 경단을 빵과 함께 먹는 중동 음식.

진지하게 만나는 사람이 있어요." 션을 미행한 스테이시가 어느 술집의 해피 아워 때 그와 여자친구가 만나는 모습을 본 후 이렇게 보고한다. "그는 대학 입시 학원을 차리려고 애쓰는 중이고요."

그들의 조사 범위에는 가족까지 포함된다. 셰이의 어머니 재키는 인스타그램에 비키니 사진을 당당하게 올리고, 셰이의 계부는 시간이 날 때마다 자신의 포드 머스탱을 손질한다.

무어 자매가 여전히 모르는 사실은, 어떻게든 지하철역 근처에 안 가려고 갖은 애를 쓰는 이 정체불명의 여자가 대체 어맨다와 무슨 관계인가 하는 것이다.

"친척일 리는 없어. 장례식에서 어맨다 어머니한테 인사도 안 했으니까. 어맨다의 연락처에 이름이 없었던 걸 보면 친한 친구도 아니야." 커샌드라가 말한다.

두 여자의 인생이 자연스럽게 교차하는 지점은 전혀 없다. 그들은 같은 마을에서 자라지도, 같은 대학을 다니지도 않았다.

"사는 곳이 가까웠어." 오늘 저녁을 위해 빌린 링컨 타운카가 첼시의 한 미술관 앞에 멈춰 서자 커샌드라가 제인에게 말한다. "여섯 블록 떨어져 있었네."

자매는 혹시라도 운전기사가 엿들을까 봐, 신원이 드러날 만한 세부 내용이나 이름은 빼고 조심스럽게 대화를 이어나간다.

"그렇다고 둘이 꼭 만났다고는 할 수 없지. 뉴욕에서는 이웃이라도 서로 모르고 지내는 경우가 많으니까." 제인은 마치 지인에 관한 수다를 떨고 있는 것처럼 계속해서 가벼운 투로 말한다. "언니는 같은 건물에 사는 사람들 이름 전부 다 알아? 같이 요가 수업 듣는 사람들은?"

커샌드라가 제인의 말에 수긍하며 고개를 끄덕일 때 운전기사가 뒷문을 열어준다.

지금 당장은, 대프니와 제임스의 데이트에 관해 물어보려고 대프니에게 연락한 형사보다 셰이가 더 큰 골칫거리다. 대프니는 그 전화를 받고 심하게 동요했지만, 자매의 훌륭한 지도 덕에 짧은 경찰 조사를 아주 잘 버텨냈다.

대프니는 마샤 산티아고라는 여자 형사에게 지난가을 제임스와 딱 한 번 데이트를 했다고 말했다. 그는 매력적인 미남이었고, 그녀의 아파트에서 낭만적인 저녁을 끝냈다고.

그런 다음 곤란한 질문이 나왔다. "마음에 든 남자한테 왜 그런 악의적인 문자를 보냈죠?"

대프니는 연습한 대로 답했다. "그 사람이 전화하겠다고 약속해놓고 안 했거든요. 그래서 화가 났어요."

산티아고 형사는 한참이나 불편하게 그녀를 노려보고 있었다. 그러더니 수첩을 접으며 말했다. "나중에 또 질문드릴 수도 있어요."

이것이 2주 전의 일이었다. 그 후로는 아무 연락도 오지 않았다.

경찰이 대프니와 제임스 사이의 연관성을 계속 수사하고 있을 거라고 걱정할 이유는 전혀 없다.

커샌드라와 제인은 운전기사에게 고맙다고 인사한 다음, 차에서 내려 미술관 입구 쪽으로 걸어간다.

섹시한 붉은색 홀터 톱을 입어 맨살이 드러난 커샌드라의 어깨를 9월 초의 훈훈한 공기가 부드럽게 어루만진다. 그녀는 보드라운 가죽 레깅스에 하이힐 샌들을 신고 있다. 제인이 입고 있는 몸에 딱 붙는 원피스는 그녀의 가는 허리를 돋보이게 해준다. 그녀가 문을 당겨서 열자 골드와 플래티넘 소재의 가느다란 뱅글 팔찌가 짤랑거린다.

자매의 클라이언트인 유망한 젊은 아티스트 윌로 다나카의 전시회 오프닝 행사가 미술관에서 열리고 있다. 이번 주 《뉴욕 매거진》에 그녀를 소개하는 기사도 실렸다.

두 자매가 어깨를 펴고 환하게 미소 지으며 들어가자 사람들이 그들 쪽으로 고개를 돌린다. 그들은 이런 교양 넘치고 세련된 자리가 전혀 불편하지 않다. 어떤 옷을 입어야 하는지, 지나가는 웨이터가 주는 굴을 어떻게 먹어야 하는지, 비생산적인 대화에서 우아하게 탈출하려면 어떻게 해야 하는지 그들은 잘 알고 있다.

지금 이 순간 커샌드라와 제인을 보고 있는 사람들은 그들의 숨겨진 사연을 짐작조차 못 할 것이다. 제인이 아직 갓난아기였을 때 아버지가 세상을 떠났다. 어머니는 아등바등하며 겨우 생계를 꾸려나갔다. 두 자매는 물려받은 헌 옷을 입었고, 저녁에는 단둘이 텔레비전을 보면서 땅콩버터 샌드위치를 먹을 때가 많았다.

하지만 두 자매는 돈으로 살 수 없는 무언가를 가지고 있다. 인내심보다 더 굳세고 결단력보다 더 강력한 무언가를. 커샌드라와 제인은 그 힘으로 버티며 장학금과 대출금과 아르바이트비를 긁어모아 대학을 끝까지 마쳤고, 세계에서 제일 화려한 도시에서 누구나 부러워할 만한 인생을 살고 있다.

커샌드라는 웨이터에게서 샴페인 잔을 받아 들며 1만 7000달러가 매겨진 콜라주 작품을 바라본다.

열다섯 장의 캔버스 중 하나에 바닷가가 그려져 있다. 음산한 하늘 아래 거친 파도가 거품을 일으키며 잿빛 바위에 부서진다. 섬세하면서도 대담하고 명료하다. 적어도 첫눈에는 그렇게 보인다.

윌로의 작업실로도 쓰이는, 좁고 테레빈유 냄새가 나는 아파트에서 그녀의 작품을 봤을 때 자매는 홀린 듯 빠져들었다. 그녀의 붓놀림에 물감들이 겹겹이 쌓이며 깃털, 타자기의 키, 말린 버섯 같은 기묘한 사물들이 그려진다.

바로 지금, 윌로는 겨우 몇 발 떨어진 곳에서 그림을 사려는 듯한 어떤 사람과 얘기를 나누고 있다. 그녀의 모습은 자기 작품만큼이나 강렬하다. 밝은 백금발로 염색한 뭉툭한 단발이 붉고 진한 아이라인과 새까만 원피스와 대조를 이루고 있다.

"난 이게 마음에 들어." 커샌드라가 기소산맥 그림을 가리키며 동생에게 말한다.

콜라주에는 복어 눈알, 협죽도 꽃, 온도계에서 새어 나온 은빛 수은, 이 모든 것들이 하나로 엮여 있어서 하나하나 구분하려면 시간이 조금 걸린다.

윌로의 모든 작품이 그렇듯, 서로 전혀 달라 보이는 요소들에 한 가지 공통분모가 존재한다. 죽음과 연결되어 있다는 것이다. 타자기의 키마저 연쇄 살인범의 타자기에서 나온 것이다.

하지만 관련 정보를 모르면 하나같이 무해해 보인다.

'어쩌면 여기에 실마리가 있을지도 몰라.' 커샌드라는 속으로 생각한다. 그들은 지금까지 셰이와 관련된 사실들을 그러모으고 있었다. 하지만 이 모든 이질적인 부분을 한데 연결해줄 눈에 보이지 않는 요인을 놓치고 있다.

셰이 역시 무해해 보인다. 하지만 정말 그럴까?

윌로가 황급히 다가와 두 자매를 한꺼번에 껴안자 커샌드라의 생각은 끊겨버린다.

"건배해요." 제인이 자신의 샴페인 잔을 들어 올리고 윌로에게도 잔을 건네며 말한다. "오늘 밤은 대성공이에요."

"《타임스》에 극찬 기사가 실릴 거예요." 커샌드라가 말한다.

두 자매는 이 순간을 음미하고 싶지만, 다른 사람들의 연락과 구별되게 특정 음으로 설정해놓은 밸러리의 문자 알림음이 두 사람의 휴대전화에서 울려댄다.

밸러리는 오늘 밤 셰이를, 아니 좀 더 정확히 말하자면, 어찌 된 영문인지 셰이가 가지고 있는 어맨다의 목걸이에 장착된 추적기 신호를 감시하고 있다.

커샌드라와 제인은 서로 쳐다보지 않지만, 그들 사이에 어떤 기류가 찌릿찌릿 흐른다. 커샌드라가 윌로에게 양해를 구하는 사이, 제인이 몸을 돌려 핸드백에서 휴대전화를 꺼내는데 두 번째 문자가 날아온다.

'셰이가 방금 목걸이를 가지고 아파트에서 나왔어.'

이어서 '셰이가 업타운 쪽으로 가고 있어. 따라잡으려면 20분 정도 걸리겠어. 택시 탈게.'

커샌드라가 제인의 어깨 너머로 휴대전화를 볼 때 다음 문자가 도착한다. '지금 스타벅스를 지나서 지하철 쪽으로 가고 있어.'

어맨다가 생의 마지막 날 움직인 경로와 정확히 똑같다.

자매는 사람들 사이를 누비며 문 쪽으로 향하면서, 한 지인에게 손을 흔들고, 샴페인 잔을 빈 테이블에 슬며시 내려놓고, 미소 지으며 그들 앞을 막아서려는 남자를 휙 피한다. 걸음을 멈추지 않되, 급하게 미술관을 빠져나간다는 인상은 주지 않는다.

어맨다가 죽은 지 며칠이나 지났는데 셰이는 왜 이제 와서 목걸이를 가지고 움직이는 걸까? 그보다 더욱더 중요한 건, 대체 목걸이를 어디로 가져가고 있는 걸까?

출구에 거의 다 왔을 때 누군가가 제인의 팔에 손을 얹는다.

"자기들! 벌써 가게요? 이제 막 시작했는데!"

커샌드라와 제인이 윌로 외에 이곳에서 무시할 수 없는 단 한 사람, 미술관 관장인 올리버다. 자매는 처음 회사를 열었을 때 새로운 사무실 입구 통로에 걸 추상화 한 점을 비싼 값에 사들였다. 그 그림을 판 올리버는 그들에게 반해 이렇게 선언했다. "앞으로 내가 여러분을 팍팍 밀어드리죠!"

호리호리한 영국인 올리버는 호화로우면서도 편안한 분위기의 디너파티를 열어, 뉴욕시의 이런저런 유명 인사들을 끌어들이고 있다. 그는 자매들에게 윌로 외에도 좋은 클라이언트 둘을 더 연결해주었다.

"따라와요." 올리버가 빽빽하게 모여 있는 사람들 쪽으로 손짓을 하며 명령하듯 말한다. "두 사람한테 소개해줄 사람이 있어요!"

자매의 휴대전화에서 똑같은 소리가 또 터져 나온다. 미술관 여기저기서 사람들이 대화를 나누는 소음 때문에 들릴락 말락 작게 들린다. 하지만 두 자매의 귀에는 이 문자 알림음밖에 들어오지 않는다.

제인은 숨을 훅 들이마신다. 커샌드라는 핸드백 손잡이를 단단히 그러쥔다.

또 한 번의 알림음. 이제 자매는 자신뿐만 아니라 서로의 긴장감까지 고스란히 느낀다.

"정말 죄송한데, 급히 가봐야 해서요." 제인이 올리버에게 말한다.

"몸이 좀 안 좋은 것 같아요." 커샌드라가 배에 손을 얹는다. 핏기가 싹 가신 얼굴이 거짓말을 뒷받침해준다.

"이런 어쩌나, 어서 가서 쉬어요." 올리버가 그들에게 키스를 날린다.

이번에는 아무런 방해도 받지 않고 행사장을 떠난다.

그들은 휴대전화를 꺼내 밸러리가 보낸 새 문자들을 읽어본다.

'49번가야. 셰이가 방금 거리를 건넜어.'

'두 사람 지금 어디 있어?'

그러더니 '택시에서 내렸어. 이제 셰이 바로 뒤에 있어.'

제인이 운전기사에게 전화해 최대한 빨리 그들을 태우러 오라고 지시한다.

커샌드라는 밸러리에게 보낼 문자를 입력한다. '우리는 첼시에 있어, 가능한 한 빨리 갈게.'

"왜 이렇게 안 와!" 제인은 인도를 서성이며, 차가 오고 있나 보려고 고개를 길게 뺀다. 하지만 퇴근 시간 막바지라 도로가 꽉 막혀 있고, 타운카는 깜깜무소식이다.

내성적인 성격에 조용히 사는 것 같더니, 셰이가 그들을 속이고 있었던 걸까?

자매가 지금껏 쌓아 올린 모든 것이 그 여자 때문에 무너져 내릴 수도 있다.

마지막 문자가 온다.

제인이 언니의 팔을 붙잡자 커샌드라가 속삭인다. "맙소사."

'셰이가 방금 경찰서로 들어갔어.'

13

세이

외로움이 마치 바이러스처럼 점점 더 많은 사람에게 퍼져나가고 있다. 미국인의 약 40퍼센트가 주기적으로 소외감을 느낀다고 말한다. 1980년대에 20퍼센트였던 데 비해 두 배로 뛴 수치다. 한 설문조사에 따르면, Z세대(2001년 이후 태어난 사람들)가 가장 외로움을 많이 느끼고, 그다음은 밀레니얼 세대(1980~2000년에 태어난 사람들, 우리 세대)라고 한다.

—데이터북, 15쪽

경찰서 안에 들어와 보는 건 이번이 처음이지만, 텔레비전으로 본 게 있어서 그런지 17관할서가 그렇게 낯설지만은 않다. 거칠어 보이는 긴 의자 두 개가 복도 벽에 붙어 있고, 사각형의 리놀륨 타일 바닥은 여기저기 많이 긁혀 있다. 제복 차림의 한 경찰이 유리 칸막이 뒤에서 나를 쳐다보고 있다.

그는 내가 다가가는 내내 나를 지켜보지만, 먼저 말을 꺼낼 때까지 기다려준다. "셰이 밀러라고 해요. 오늘 윌리엄스 형사님이랑 통화했는데, 이걸 가져다 달라고 하셔서요."

나는 어맨다의 목걸이가 들어 있는 흰 우편 봉투를 핸드백에서 꺼낸다. 또 잃어버리는 불상사가 일어나지 않도록 봉투 겉면에 '윌리엄스 형사님께'라고 써놓았다.

유리 칸막이 밑의 구멍으로 봉투를 밀어 넣으려는데, 경찰이 "잠깐만요"라고 말하더니 전화기를 집는다. 그가 살짝 몸을 돌려서 대화 내용이 전혀 들리지 않는다.

그가 전화를 끊고는 몸을 빙 돌려 다시 나를 바라본다. "윌리엄스 형사님이 곧 나오실 겁니다."

"아." 아까 그녀와 통화할 땐 그저 어맨다의 가족에게 돌려주려고 목걸이를 가져오라는 줄 알았다. 그런데 직접 받고 싶은 모양이다.

뒤를 돌아보니, 흠집이 많이 난 기다란 나무 벤치들이 있다. 의자 다리가 바닥에 볼트로 고정되어 있다.

나는 잠깐 서 있다가 봉투를 든 채 가장 가까운 벤치로 걸어가 끄트머리에 걸터앉는다. 얇은 종이 안쪽으로 금속 체인과 정교한 펜던트가 느껴진다.

윌리엄스 형사에게 전화하기 전, 목걸이를 한참이나 뚫어지게 보고 있었다. 여전히 내게는 광선을 온갖 방향으로 뿜어내는 이글거리는 태양처럼 보였다. 금으로 된 체인은 튼튼하지만 가늘다. 비싸 보여서 어맨다의 가족이 유품으로 돌려받고 싶어 할 거란 생각이 들었다.

한 가지 사실이 더 눈에 띄었다. 목걸이 줄이 끊어져 있었다.

아마도 그래서 어맨다의 목에서 떨어져 지하철역 바닥에 있었나 보다. 하지만 경찰서로 걸어오는 동안 또 다른 가능성이 떠올랐다. 누군가가 그녀의 목에서 목걸이를 뜯어냈을지도 모른다. 아니면 그녀 스스로 확 잡아당겨 끊어버렸거나.

"셰이?" 고개를 들어보니, 윌리엄스 형사가 보안문으로 성큼성큼 걸어 나오고 있다. 주름 하나 없는 거무스름한 피부에 짧게 깎은 아프로 스타일의 머리. 처음 만났을 때 입었던 회색 정장과 비슷해 보이는 빳빳한 파란색 바지 정장을 입고, 어맨다의 자살 후에 지하철역 플랫폼에서 내게 질문했을 때와 똑같이 무표정한 얼굴이다.

"이쪽으로 오세요." 그녀가 부드러운 목소리로 말한다.

나는 이마를 찌푸린다. 또 내게 볼일이 있는 건가?

그녀를 뒤따라가며, 용의자들이 취조받는 곳처럼 보이는 작은 빈 방들이 양쪽에 줄지어 있는 복도를 지나, 책상과 의자로 가득 찬 어느 널찍한 공간으로 들어간다. 프렌치프라이 냄새가 나서 둘러보니, 저녁을 먹으면서 서류 작업을 하고 있는 어느 경관의 책상에 맥도날드 봉투가 올려져 있다.

"앉아요." 윌리엄스 형사가 이렇게 말하며 한 의자를 가리킨다. 권유하는 말 같지만, 말투는 살짝 명령처럼 들린다.

그녀가 책상의 반대편으로 돌아가 앉는다. 그러고는 천천히 신중하게 의자를 책상 쪽으로 더 가까이 끌어당긴다.

그녀가 맨 위 서랍에서 수첩과 펜을 꺼낸 다음 속을 헤아릴 수 없는 진갈색 눈으로 나를 빤히 쳐다보자, 입이 바짝 마른다.

아무래도 곤란한 상황에 처한 것 같다.

내가 어맨다의 죽음과 관련돼 있다고 의심하는 건가? 설마 그건 아니겠지?

그녀가 수첩의 빈 페이지를 편다. "그게 어맨다 에빙거의 목걸이라는 걸 어떻게 알았는지 다시 말해줘요."

"추도식에서 사진을 봤는데……." 아차. 윌리엄스 형사는 내가 왜 만난 적도 없는 여자의 추도식에 갔는지 궁금해할 것이다.

'내가 법을 어긴 것도 아니잖아.' 나는 속으로 미친 듯이 되뇐다. 하필 그때 그 장소에 있었던 것뿐이지.

하지만 나는 지금 어맨다의 끊어진 목걸이를 가지고 있고, 그녀가 전철 앞으로 뛰어내려 죽었을 때 그녀 옆에 있었다. 그녀를 붙잡으려고 손을 뻗었는데, 누군가에게는 혹시 내가 그녀를 밀고 있는 것처럼 보였을까?

숨이 너무 거칠어져서, 죄책감의 증거로 보일까 봐 걱정된다. 윌리엄스 형사가 기다리고 있다. 말 한마디 없이.

"이상해 보인다는 거 알아요." 나는 불쑥 말한다. "전 그냥…… 어맨다랑 인연이 있는 것처럼 느껴졌어요. 그 일 직전에 제가 거기 있었으니까요……." 나는 목멘 소리로 간신히 말을 뱉는다. "그게 다예요. 조의를 표하려고 간 거예요."

형사가 수첩에 뭔가를 쓴다. 엿보고 싶은 마음이 굴뚝같지만, 삐뚤삐뚤 휘갈겨 쓴 작은 글씨를, 그것도 거꾸로 보이는 상태에선 읽을 수가 없다. 언제까지 쓸 작정일까.

그녀가 다시 고개를 든다. 내가 한 말을 믿는 건지 알 수가 없다. "추도식은 어떻게 알고 갔죠?"

나는 속으로 움찔한다. 내가 일을 더 심각하게 만들고 있다. 윗입술과 이마가 땀에 젖는다. 심장이 너무 심하게 날뛰어서, 심장 박동에 맞춰 팔딱이는 셔츠가 윌리엄스 형사에게 보일 것만 같다. 그녀가 내게 품고 있는 의심을 뒷받침할 또 다른 증거가 되지 않을까. 결백한 사람들은 이렇게 공황 상태에 빠지지 않을 텐데.

"변호사를 구해야 할까요?" 나는 떨리는 목소리로 묻는다.

윌리엄스 형사가 얼굴을 찌푸린다. "왜 그렇게 생각하죠?"

나는 안경을 더 위로 밀어 올리고 침을 꿀꺽 삼킨다. "저기, 전 그냥…… 형사님한테 어맨다의 이름을 듣고 나서 주소를 찾았어요. 어맨다가 어떤 사람이었는지 궁금하던 참이었는데, 가까운 데 살았더라고요. 그래서 꽃을 가져가서 문간에 놔뒀죠. 거기서 추도식 안내문을 봤어요."

그 꽃이 노란 백일홍이고, 추도식에서 내가 어맨다와의 관계에 대해 거짓말했다는 사실을 형사는 이미 알고 있을까?

윌리엄스 형사는 한참이나 가만히 나를 쳐다본다. "더 하고 싶은 말 없어요? 아직도 어맨다의 집 주변을 서성거리고 있나요?"

나는 고개를 젓는다. "아니요, 그때 한 번뿐이었어요." 금방이라도 눈물이 날 것 같다. "그게 다예요, 정말이에요."

윌리엄스 형사가 수첩을 덮고는 한 손을 뻗는다. 내 손을 잡으려는 줄 알았는데, 그저 봉투를 집으려는 것뿐이다. 그녀에게 건네주면서 보니, 봉투가 쭈글쭈글하게 구겨져 있고 손바닥에서 난 땀 때문에 축축하다.

"오늘은 이 정도로 끝내죠." 형사가 일어선다.

나도 따라 일어나는데, 안도감에 두 다리가 풀리는 느낌이다.

아까 우리가 왔던 길로 되돌아가 복도를 지나는데 윌리엄스 형사가 내게 마지막 질문을 던진다. "이 일로 충격을 심하게 받은 것 같은데, 얘기할 사람은 있어요?"

'아니요, 아무도 없어요.' 한 시간 후, 집에서 몇 블록 떨어진 단골 그리스 식당의 2인용 테이블에서, 텅 빈 의자 맞은편에 앉아 이렇게 생각한다.

경찰서에서 나온 후 나는 션과 내가 좋아하는 맥주 블루문을 6개들이로 한 팩 사려고 델리에 들렀다. 조디가 집에 안 올 거라는 얘기를 션에게 들은 기억이 났고, 그를 독차지할 수 있지 않을까 하는 기대감이 생겼다.

지갑에서 신용카드를 꺼내다가 그 앞에 끼워져 있던 커샌드라 무어의 명함이 손가락 끝에 스쳤다.

"참, 오렌지를 깜박했네요." 나는 계산대 직원에게 말하고는 다시 달려가 오렌지를 하나 집었다. 우리는 블루문을 마실 때마다, 어느 바텐더가 우리에게 해준 것처럼 꼭 병목에 과일 조각을 끼워서 향을 더했다.

그런 식으로 과일을 얹는 방식이 어떻게 시작됐는지 궁금해서 얼마 전 검색을 해보았다. 회사의 공동 창립자가 일부 바텐더들이 레몬 조각과 함께 맥주를 내놓는 걸 보고는 아이디어를 냈다고 한다. 미국인들은 예전만큼 맥주를 많이 마시지 않지만, 최근 몇 년 사이 블루문의 소비량은 거의 두 배로 늘었다. 과일을 곁들여 변화를 줌으로써, 블루문 하면 떠오르는 독특한 이미지를 만들어낸 덕분이다.

직원에게 봉투를 건네받으며, 션과 내가 예전처럼 소파에 함께 앉아 대화하는 모습을 상상했다. 션은 이성적이면서도 친절한 사람이다. 나를 이상한 눈으로 볼 리 없다. 오히려 나를 도와주려 애쓰겠지.

하지만 우리의 아파트 문을 열었을 때 웃음소리가 들렸다. 벤치 밑에 조디의 은색 샌들이 처음 보는 신발 두 켤레와 함께 놓여 있었다.

"상그리아 좀 마실래?" 션은 우리 거실에 있는 또 다른 한 쌍의 연인에게 나를 소개한 후 이렇게 말했다. "조디가 만들었어. 우린 간단히 한잔하고 나가서 저녁 먹으려고."

"많이 만들어놨어요." 조디가 덧붙여 말했다. 따뜻한 말이었지만, 그녀의 말투는 별로 그렇지 못했다. 나는 예쁘장한 유리 주전자와

'행복에 왜 시간제한을 두나요?'라는 금색 문구가 적힌 분홍색 냅킨을 힐끔 쳐다보았다.

"고마워요." 나는 밝은 목소리로 말했다. "나도 그러고 싶지만 약속이 있어서요."

그런 다음 맥주며 봉투며 모든 걸 냉장고 속에 아무렇게나 던져 넣고는 최대한 빨리 집에서 나왔다.

3주 전에도 지금 앉아 있는 바로 이 그리스 식당에서 저녁을 먹었다.

그땐 따뜻하고 안락한 느낌이 들었었다. 이 식당을 운영하는 가족의 가장인 스티브가 가끔 단골손님에게 해주듯이 와인을 무료로 한 잔 더 가져다주었다. 그는 내가 휴대전화로 읽고 있던 말콤 글래드웰의 책에 대해 물었고, 나는 글래드웰이 주장하는 '1만 시간의 법칙'을 설명해주었다. 어떤 분야의 전문가가 되려면 1만 시간 동안 노력해야 한대요. 스티브는 자기들 요리 비법은 할머니에게서 물려받은 것이니 그들 가족에게는 '1세기의 법칙'이라며 농담을 했다. 나는 뜨겁고 풍미가 좋은 팔라펠을 맛있게 먹기 시작하며 그의 말에 맞장구를 쳤다.

나는 가까운 테이블에서 사람들이 나누는 대화 소리에 편안하게 감싸인 채 오래도록 머물렀다.

오늘 저녁 나는 그 자리에서 몇 테이블 떨어진 곳에 앉아, 그때와 똑같은 요리에, 그때와 똑같은 저렴한 화이트와인을 마시고 있다.

내 데이터북의 또 다른 통계 자료에 따르면, 일상적으로 혼자 식사를 하는 성인은 46~60퍼센트로 추정된다. 혼자 밥을 먹는 행위는 정신질환을 제외하고는 불행이라는 요인과 가장 강하게 연관되어 있다.

전에는 한 번도 이런 통계가 신경 쓰이지 않았다.

나는 평소에는 게걸스럽게 먹어치우는 팔라펠과 볶은 시금치를 깨작인다. 션과 조디, 그리고 다른 커플은 집에서 나갔으려나? 어서 앰비엔을 먹고 이불 속으로 기어들어가고 싶을 뿐이다.

남은 음식을 포장하고 계산서를 가져다 달라고 웨이트리스에게 부탁하려는데, 한 여자가 "미안! 미안!" 하고 소리치며 내 옆을 급하게 지나간다.

고개를 돌려보니, 그녀는 네 여자가 앉아 있는 테이블로 가서 한 바퀴 돌며 한 명씩 차례로 안아주고 있다. 모두 마흔 살 정도로 보이고, 오랜 친구 사이처럼 편안한 친근감이 느껴진다.

"걱정 마, 라임 추가한 보드카토닉 주문해놨어." 한 명이 말한다.

"네가 최고야." 여자가 얼른 답한다.

그들은 머리를 맞댄 채 너도나도 즐거운 농담을 던지며 큰 소리로 흥겹게 웃는다.

웨이터가 내 계산서를 가져오고, 나는 신용카드를 꺼내다가 이번에는 커샌드라의 명함도 함께 빼낸다.

추도식의 단편적인 기억들이 문득 떠오른다. 서로를 팔로 감싸 안은 채 어맨다의 사진을 유심히 보던 세 여자, 한 여자의 보스턴 억양, 내게 미소 짓는 제인의 볼에 오목 패던 보조개, 언제든 전화하라면서 내 팔뚝의 맨살에 손을 얹던 커샌드라의 따스한 감촉.

커샌드라의 말이 머릿속에 메아리처럼 울려 퍼진다. "서로 마음을 주고받는 게 우리가 할 수 있는 가장 중요한 일이니까요."

나는 내가 가진 것들을 당연하게 여겼었다. 나와 결혼하고 싶어 하던 대학 시절의 남자친구, 수다 떨다가 내 침대로 벌렁 드러눕던 멜라니, 목요일 밤마다 술집의 해피 아워에 모이던 전 직장 동료들까지.

하나씩 하나씩, 그들 모두 사라져버렸다.

나는 볼록하게 새겨진 커샌드라의 이름을 손가락 끝으로 훑어본다.

제인은 그날 밤 같이 한잔하러 가자며 나를 초대했었다.

그때로 돌아갈 수만 있다면 그러자고 대답할 텐데.

14

셰이

자살 목격자들에 관한 연구에서, 60퍼센트가 자기도 모르게 그 사건이 생각난다고 말했다. 30퍼센트는 그 사건이 떠오를 때마다 식은땀, 욕지기, 호흡곤란 같은 반응이 몸에 나타났다. 거의 100퍼센트에 달하는 사람들이 그 경험이 그들 인생에 큰 영향을 미쳤다고 말했다.

—데이터북, 17쪽

평상시 나의 아침 식사인 바나나와 아몬드버터를 섞은 스무디를 만들고 오전 8시에 집을 나선다. 출근하는 날의 내 일과다. 토트백에는 점심으로 먹을 터키 샌드위치와 사과, 프레첼이 들어 있다. 폴라에게 받던 심리상담은 보험 처리가 된다 해도 비싸서 그만뒀지만, 그녀가 제안한 방법 중 몇 가지는 실천하려고 노력 중이다. 지난주에는 임시직으로 있는 직장 근처의 지하철 계단을 절반 정도 내려가기까지 했다.

조디의 오빠가 고용한 적이 있다는 헤드헌터의 전화번호도 얻었다. 먼저 손을 내밀어준 그녀에게 고맙다고 인사하기는 했지만, 그녀가 정말 아무런 사심 없이 그랬는지는 의심스럽다. 나를 쫓아내고 션과 단둘이 아파트를 차지하고 싶겠지.

그리고 문제가 하나 더 있다. 며칠 전 조디가 우리 부엌에서 접시를 닦고 있었다. 정리 컨설턴트인 그녀가 들락거리기 시작하면서 우리 집은 훨씬 더 깔끔해졌다. 접시를 닦던 그녀는 서랍에서 작은 수건을 하나 꺼냈다. 거기에는 '터프 머더(Tough Mudder)•'라는 로고가 박혀 있었다.

"대체 어느 미치광이가 여기 나간 거야?" 그녀가 수건을 허공에 흔들어대며 물었다.

나는 속으로 약간 찔려서 멈칫했다.

그때 션이 불쑥 말했다. "우리 둘이 같이 나갔어. 8월에, 맞지, 셰이? 말도 마, 엄청 힘들었어."

"그래도 난 비틀비틀하면서 영웅처럼 맥주 텐트까지 갔지." 나는 장난스럽게 받아쳤다.

조디는 꾀꼬리 같은 소리로 작게 웃었다. 하지만 그녀의 표정은 별로 좋지 않았다. 조디는 부엌을 계속 청소하면서, 쓰지 않은 포장 음식 젓가락들, 그리고 션과 내가 좋아하는 아몬드밀크를 버렸다(조디는 우유와 크림을 반반씩 섞은 걸 좋아한다). 하지만 직전에 아몬드밀크를 사용한 나는 남은 양이 꽤 많다는 걸 알고 있었다.

나는 자리를 뜰 핑곗거리를 찾았다. 이제는 그러는 데 익숙해졌다. 하지만 휑뎅그렁해진 조리대를 스펀지로 싹싹 닦고 있는 조디를 뒤로하고 방문을 닫으며, 나도 조디가 없애고 싶어 하는 잡동사니가 아

• 진흙탕 속에서 장애물을 뛰어넘으며 달리는 익스트림 스포츠.

닐까 하는 느낌을 지울 수가 없었다.

그로부터 얼마 지나지 않아 조디가 헤드헌터의 연락처를 내게 주었다.

점심시간에 그에게 전화해볼 생각이다.

버스 정류장으로 출발하며 나는 도시의 변화를 느낀다. 9월 초가 되니, 8월에 한산하던 맨해튼이 다시 바쁘게 돌아가고 있다. 테이크 아웃 커피를 들고 출근하는 사람들은 이어폰을 귀에 꽂은 채 성큼 성큼 인도를 걷고, 새 가방을 멘 꼬마들은 부모나 보모의 손을 잡고 서 등교하고 있다.

공기는 탁하면서 따뜻하고, 하늘은 늦여름 폭풍우를 예고하며 잿빛으로 잔뜩 흐려져 있다. 정수리로 빗방울이 하나 톡 떨어진다. 집으로 돌아가 우산을 가져와야겠다.

바로 그때 그녀가 보인다.

황갈색 머리칼은 어깨에 늘어뜨려져 있고, 녹색 도트 무늬 원피스는 그녀의 걸음걸이에 맞추어 가볍게 흔들린다.

어맨다.

숨을 쉴 수도, 생각을 할 수도, 움직일 수도 없다. 그런데 마치 어떤 끈이 우리를 이어주고 있기라도 한 것처럼, 나는 그녀를 뒤쫓아 걷기 시작한다.

어맨다일 리가 없어, 나는 내 몸을 휘감고 있는 차가운 두려움과 싸우며 속으로 중얼거린다. 하지만 저 원피스를 악몽 속에서 얼마나 많이 봤던가. 청포도 같은 녹색, 허리 부분을 살짝 집은 심플한 스타일. 바로 그 원피스인 것 같다.

뉴욕에 사는 두 여자가 똑같은 원피스를 가지고 있다고 해서 이상할 건 없다. 하지만 머리색, 헤어스타일, 체형까지 똑같을 확률은 얼마나 될까? 말이 안 된다.

가슴이 답답하게 죄어오지만, 그래도 나는 걸음을 멈추지 않는다. 그녀가 내 시야에서 사라지게 둘 수 없다. 저 도트 무늬 원피스는 마치 어둠 속의 불빛처럼 검은 정장과 레인코트들 사이를 누비며 모퉁이를 돌아간다.

33번가 지하철역을 향해.

지금 내가 꿈을 꾸고 있는 걸까? 나는 미친 듯이 생각한다. 깨고 난 후에도 현실처럼 생생하게 느껴지는 그런 악몽을?

나는 손목에 끼고 있는 고무줄을 세게 튕긴다. 통증이 느껴진다. 빗방울이 가볍게 내 몸을 때리고, 모퉁이에 있는 한 음식 카트에서 크레이프 향이 날아온다. 하나같이 현실적이다.

그러니까 그녀도 진짜가 틀림없다.

온 세상이 흔들리고 빙글빙글 돌아가는 기분이지만, 나는 이 도시에 그녀만이 존재하는 것처럼 그녀에게 눈을 고정한 채 휘청거리다시피 하며 앞으로 밀고 나간다.

그녀는 고개 한번 돌리지 않고 계속 전진하기만 한다. 서두르는 것 같진 않지만 그렇다고 멈추지도 않는다. 메트로놈만큼이나 일정한 규칙적인 발걸음으로. 나는 그녀보다 4분의 1 블록 정도 뒤처져 있고, 뛰면 따라잡을 수도 있겠지만 그녀의 얼굴을 보기가 겁이 난다.

빗줄기가 더 거세지면서 빗방울이 안경을 뒤덮어 시야가 흐려진다. 나는 눈 쪽으로 손을 올려 습기를 닦아낸다. 이제 그녀는 지하철역 입구에 가까이 있다.

저 앞에 짙은 황록색 기둥과, 어두운 구멍 속으로 내려가는 계단이 보인다. 나는 걷는 속도를 높이다가 축축한 보도에 미끄러져 발목을 삐끗하고 만다. 넘어지지 않으려고 버둥거리다 손바닥을 보도에 긁히고 겨우 다시 몸을 일으켜 세운다. 주위에서 우산들이 탁탁 펴지고, 이제 더 이상 그녀가 보이지 않는다.

어디로 갔지? 나는 고개를 좌우로 돌리며 미친 듯이 그녀를 찾는다. 그때 그녀가 보인다.

그녀가 지하철 계단을 내려가기 시작한다.

"안 돼요!" 큰 소리로 외치고 싶지만, 목구멍이 꽉 막혀 쉰 목소리로 겨우 속삭인다.

또 현기증이 나면서 눈앞이 빙빙 도는 바람에 나는 지하철역 입구 기둥을 붙잡는다. 그녀를 뒤쫓아 가서 밖으로 끌어내고 싶다. 하지만 몸이 말을 듣지 않는다. 나는 또 시멘트 위에 못 박혀버린다. 옴짝달싹할 수가 없다.

뺨으로 눈물이 줄줄 흘러내려 비와 뒤섞인다. 옷은 살갗에 찰싹 들러붙어 있다. 지하철역 안에서 비를 피하려는 사람들이 급하게 나를 밀어젖히며 지나간다.

이제 그녀는 사라지기 일보 직전이다. 구멍이 그녀를 집어삼키기 전 마지막으로 그녀를 보려고 목을 길게 뺀다.

그녀가 가버렸다.

나는 호흡이 가빠지기 시작해 큰 소리로 거칠게 숨을 쉰다. 웅크려 앉아 두 손으로 귀를 막는다. 지하철이 끼익하는 소리를 내며 들어오길 기다리는 수밖에, 달리 할 수 있는 일이 아무것도 없다.

갑자기 비가 멎는다.

누군가가 내 옆에 서서 우리 위로 큼직한 우산을 들고 있다.

고개를 돌리고 눈을 깜박거리니 눈앞이 맑아진다. 내 옆에 서 있는 여자가 시야에 들어온다.

커샌드라 무어.

"난…… 난……." 나는 더듬더듬 말한다.

커샌드라 옆에는 그녀의 동생 제인이 똑같이 걱정스런 표정으로 나를 바라보고 있다.

"셰이." 커샌드라가 낮고 허스키한 목소리로 말한다. "괜찮아요?"

기적이라도 일어난 걸까. 내가 아는 사람들 가운데 유일하게 어맨다와 친하게 지낸 둘이 바로 내 곁에 서 있다니.

커샌드라가 내 팔꿈치를 잡고 내가 쓰러지지 않도록 지탱해준다. 마치 호랑이 눈처럼 갈색과 황금색이 뒤섞인 그녀의 눈동자에 걱정과 다정함이 그득하다.

"어맨다." 나는 숨을 헐떡이며 말한다. "바, 방금 어맨다를 봤어요. 지하철역으로 들어갔어요."

내가 손가락으로 그쪽을 가리키지만, 자매의 시선은 내게 고정되어 있다.

"누구요?" 커샌드라가 묻는다.

"어맨다요? 그럴 리가 없잖아요……." 제인이 말한다.

"부탁이에요." 나는 두 사람에게 애원한다. "저기, 확인이라도 해보면 안 될까요?"

"셰이……." 제인이 말을 하려다가, 내가 흐느껴 울자 입을 다물어버린다.

"어맨다를 도와줘야죠……." 나는 속삭이듯 말한다.

커샌드라가 눈 한번 깜박이지 않고 나를 뚫어져라 쳐다본다. 그러더니 놀라운 행동을 한다. "여기서 기다려요." 그녀는 내게 우산을 건네며 말한다. "가서 보고 올게요."

나는 빠른 걸음으로 계단을 내려가는 그녀를 지켜본다. 허리띠가 달린 다홍색 레인코트 밑으로 그녀의 맨다리가 언뜻언뜻 보인다.

저 멀리서 열차가 덜커덩덜커덩 달려오는 소리가 들린다.

'서둘러요.' 내가 본 것이 말도 안 된다는 걸 알면서도 속으로 그녀를 재촉한다.

"그냥 어맨다를 닮은 사람이 아니었을까요?" 제인이 묻는다.

나는 고개를 젓는다. 이가 딱딱거리며 맞부딪친다. "같은 사람이었어요. 정말 봤다니까요, 확실해요…… . 하지만 어떻게 어맨다가 나타날 수 있죠?"

커샌드라의 우산을 쓰고 서서, 끼익하는 열차 브레이크 쇳소리를 듣고 있자니 배 속이 죄어든다. 하지만 잠시 후 기차가 역을 떠나고, 천둥처럼 울리던 바퀴 소리도 점점 더 희미해진다.

아무 일도 벌어지지 않았다. 지하철은 평범하게 정차한 뒤 떠났다. 이 모든 일이 아예 없었던 게 아닐까, 내가 미친 건 아닐까 하는 생각마저 들려고 한다. 하지만 제인이 여전히 내 옆에 서 있고, 내 치마와 윗옷은 흠뻑 젖었고, 나는 커샌드라에게 받은 엄청 큰 우산의 매끄러운 나무 손잡이를 움켜잡고 있다.

커샌드라가 계단을 올라오며 다시 나타난다. 처음엔 윤기 흐르는 검은 머리의 정수리만 보이다가, 조화롭고 또렷한 이목구비에 이어 날씬한 체형까지 눈에 들어온다.

"아무 일도 없어요, 셰이." 추도식에서 그랬던 것처럼 그녀가 내 팔에 손을 얹는다. 그녀의 감촉만이 내 몸을 따스하게 데워주고 있다. "저 밑에 어맨다를 닮은 사람은 한 명도 없었어요."

"확실해요?" 나는 절박한 심정으로 묻는다. 심장 박동은 서서히 느려진다. 핑핑 돌던 세상이 자매들 덕분에 진정되어가고 있다.

커샌드라가 제인을 한 번 획 쳐다보더니 고개를 젓는다. "글쎄요, 놓쳤을지도 모르죠. 내가 내려가는 사이 지하철을 탔을지도 모르고요."

그건 불가능하다. 그 여자가 계단을 내려간 후 지금까지 열차는 딱 한 대 들어왔다.

내가 뭘 본 걸까. 나는 답을 찾으려 다시 애써본다. 하지만 도트무늬 원피스 부분에 이르기 직전 멈춘다. 어맨다를 닮은 여자를 본 거라면, 말이 된다. 하지만 옷까지 똑같이 입은 여자라면? 지금 난 미친 사람처럼 보이겠지. 비에 홀딱 젖은 채, 얼굴에 머리카락이 찰싹 달라붙은 후줄근한 꼴을 하고 있으니 더더욱. 그래서 난 그저 고개를 끄덕이기만 한다.

"그런가 봐요." 나는 침을 꿀꺽 삼킨다. "정말 미안해요……. 뭐가 어떻게 된 건지 모르겠어요……."

커샌드라가 내게 팔짱을 낀다. "우린 아침 회의가 취소됐거든요. 혹시 지금 바빠요?"

"언니랑 차 마시러 가던 중이었어요." 제인이 덧붙인다. "근처에 작은 카페가 하나 있는데, 같이 갈래요?"

나는 어리둥절해져서 그들을 쳐다본다. 그 소란을 겪고도 나랑 같이 있겠다고?

이건 친절한 행동을 넘어선다. 선물처럼 느껴진다.

바로 이 시점에 내가 무어 자매를 우연히 만날 확률은 얼마나 될까? 내 인생에서 그들과 어맨다가 다시 교차할 확률은? 불가능해 보인다. 하지만 여기 이렇게 그들이 있다.

지각할 것이 뻔한데도 나는 어느새 고개를 끄덕이고 있다. 사무실에 전화해서 급한 일이 생겼다고 알리고, 야근으로 때우면 된다.

이 여자들의 초대를 또 거절할 생각은 없다.

15

커샌드라와 제인

아직도 충격에서 못 벗어난 듯 셰이는 불안정하게 몸을 오들오들 떨며 커샌드라의 팔을 꼭 붙잡은 채, 자매가 이끄는 대로 축축하고 안개 자욱한 공기를 헤치며 카페로 향한다.

직원이 그들을 창가 자리로 안내하려 한다.

"저 칸막이 자리에 앉으면 안 될까요?" 커샌드라가 손가락으로 한 자리를 가리킨다. "저기가 더 포근해 보여서요. 친구가 비에 흠뻑 젖었거든요."

주위에 사람이 없어 더 조용한 자리이기도 하다. 고급스러운 분위기인 이곳엔 다른 손님들이 몇 명 더 있다.

직원은 빙긋 웃는 커샌드라에게 미소로 답하며 말한다. "그러세요."

셰이가 자리에 앉자 커샌드라는 레인코트를 벗어 셰이의 어깨에 걸쳐준다. "에어컨을 틀어놔서 춥겠어요. 뭐라도 좀 먹을래요?"

셰이가 고개를 젓자 커샌드라는 맞은편 의자로 살며시 옮겨 가 앉는다. 이제 두 자매는 셰이와 마주 보고 있다.

마른 재킷을 몸에 두르고 김이 모락모락 나는 캐모마일 찻잔을 두 손으로 감싸고 있자, 잠시 후 셰이의 떨림이 잦아든다.

하지만 그녀는 여전히 불안정하고 넋이 나간 듯 보인다. 자매가 원했던 그대로. 사람들은 약해지는 순간에 비밀을 잘 털어놓는다.

"얼마나 어맨다가 그리웠으면." 제인이 다정하게 말을 시작한다. "우리도 그래요. 항상 어맨다 얘기를 하죠."

셰이는 찻잔을 내려다본다. 추운 게 분명해 보이는데 뺨은 붉게 물든다. "음, 사실은……."

커샌드라는 바짝 긴장해 온몸이 뻣뻣하게 군는다. 제인은 의자 끄트머리에 걸터앉은 채 손톱으로 나무 테두리를 꽉 움켜쥔다. 하지만 자매의 얼굴은 여전히 평온하다. 셰이를 재촉해서 불안하게 만들면 안 된다.

"어맨다의 죽음이 왜 이렇게 절 힘들게 하는지 모르겠어요." 셰이는 딴 얘기를 꺼내더니, 찻잔을 들어 한 모금 홀짝인다.

커샌드라는 소리를 내지 않고 천천히 부드럽게 숨을 내쉰다. 제인은 손끝 하나 움직이지 않는다. 셰이는 결정적인 순간에 직면해 있다. 그녀를 잘못된 방향으로 흔들어서는 안 된다.

셰이는 찻잔에서 눈을 떼지 않는다. 자매는 서로를 슬그머니 쳐다볼 엄두도 못 내고 그저 기다린다.

"어맨다와 전 친구 사이가 아니었어요." 셰이가 나지막이 속삭인다. "잘 알지도 못해요."

두 자매 모두 혼이 다 빠져나가는 기분이지만, 엄청난 노력을 기울여 겉으로는 어떤 반응도 보이지 않는다. 이 말이 사실이라면, 셰이는 어맨다가 사는 곳을 어떻게 알았을까? 왜 집 앞에 꽃을 두고 싶은 마음이 들었을까? 그리고 어맨다의 죽음을 왜 이렇게 힘들어하는 것처럼 보일까?

몸도 제대로 못 펴고 움츠리고 있는 걸 보면, 분명 셰이는 죄책감을 느끼고 있다. 그래서 또 다른 거짓말을 하고 있는 건가?

너무 위험하다. 이 기회를 놓치면 영영 답을 못 얻을지도 모른다. 까딱 잘못했다간 셰이가 마음의 문을 닫거나, 아니면 달아나버릴 수도 있다.

"그래요?" 커샌드라의 말은 숨소리처럼 들릴 정도로 아주 부드럽다. "같은 동물병원에 다녔다고 하지 않았어요?"

셰이는 괴로운 표정으로 고개를 들어 커샌드라의 눈을 바라본다. 그다음엔 제인의 눈을.

셰이가 고개를 끄덕인다. "네, 음, 병원에서 한두 번 보기는 했지만, 그래서 추도식에 간 건 아니에요……. 실은, 어맨다가 지하철역 플랫폼에서 그랬을 때, 그러니까 죽었을 때 제가 바로 옆에 서 있었거든요. 자꾸 어맨다가 떠올라요……. 늘 생각이 나요. 왜 그런 짓을 했는지 궁금해서 미쳐버릴 것 같아요……."

셰이는 비난받을 준비라도 하는 것처럼 몸을 뒤로 푹 기댄다.

커샌드라는 몸의 긴장이 조금 풀린다. 제인은 의자를 붙잡고 있던 손을 푼다.

'셰이는 그저 운 나쁘게 그때 그 장소에 있었던 것뿐이야.' 자매는 머리를 열심히 굴리며 조각들을 끼워 맞추기 시작한다.

"아, 어맨다는 평생 간헐적으로 우울증을 앓았어요." 제인이 나지막이 말한다.

셰이는 고개를 끄덕인다.

"그럼 추도식은 어떻게 알고 온 거예요?" 커샌드라가 찻주전자를 들어 셰이의 잔에 차를 더 따라준다. 지금껏 쌓인 긴장감에 손이 살짝 떨리자, 커샌드라는 얼른 무릎 밑으로 손을 밀어 넣는다.

셰이는 눈치채지 못한 것 같다. 여전히 눈을 깜박이며 눈물을 참고 있다.

"그냥 애도를 표하는 뜻으로 꽃이나 두고 오려고 아파트에 갔다가 안내문을 봐서……."

"어맨다가 어디 사는지는 어떻게 알았어요?" 제인이 끼어든다.

커샌드라는 동생의 손을 살며시 톡톡 친다. '서두르지 마.'

"그 일…… 그 사건이 터진 후에 지하철역에서 형사님한테 몇 가지 질문을 받았어요. 마지막으로 형사님과 얘기했을 때 어맨다의 이름을 알게 됐고, 그 이름으로 주소를 찾았죠……."

형사라는 단어가 나오자 제인은 숨을 훅 들이마신다. 셰이의 말을 들어보면, 그녀는 경찰과 여러 번 대화를 나눈 것이 틀림없다. 게다가 얼마 전에는 17관할서에 찾아가기까지 했다.

전에는 한 가지 긴급한 문제가 있었다. 셰이는 어맨다를 어떻게 알았을까?

이제, 훨씬 더 다급한 문제가 생겼다. 셰이는 경찰에게 무슨 얘기를 했을까?

셰이가 목걸이를 17관할서에 두고 왔다는 사실은 이미 알고 있었다. 셰이가 경찰서를 떠난 후에도 밸러리의 휴대전화에서 회색 점이 그 장소에 계속 머물러 있었으니까. 하지만 그날 저녁 셰이의 동향이 너무 평범해서 의문이 생겼다. 만약 셰이가 경찰서에 폭탄을 떨어뜨렸다면, 그러니까 어맨다를 자살로 내몬 사건들을 설명했다면, 분명 더 긴장된 모습을 보였을 것이다. 혼자서 느긋하게 집까지 걸어갔을

리 없다. 건물 사이의 한적하고 어둑한 길을 뒤 한번 안 돌아보고 지나갔을 리가 없다.

셰이는 그들의 침묵을 잘못 해석한다. "화났어요? 저 때문에 오해했다면 정말 미안해요. 추도식에서 무슨 말을 해야 할지 몰라서 그랬어요."

제인은 고개를 젓는다. "화난 거 아니에요. 그리고 우리가 그런 일로 당신을 안 좋게 볼 리 없잖아요."

"조의를 표하러 와줘서 오히려 우리가 고맙죠." 커샌드라가 덧붙여 말한다.

셰이는 애석한 표정을 짓는다. "어맨다를 보면서 친해지고 싶다고 생각했던 기억이 나네요."

몇 개의 조각들이 더 맞춰진다. 셰이는 출근하는 날 점심시간이 되면 벤치에 앉아서 은박지에 싼 샌드위치를 가방에서 꺼내 혼자 먹는다. 버스를 타고 출근하거나 피트니스센터까지 걸어갈 때면 헤드셋을 끼고 수다를 떠는 대신, 생각에 잠긴 표정을 하고 있다. 밤에는 집에 머물 때가 더 많다.

셰이는 지독하게 외로운 사람이다.

커샌드라는 나중에 제인과 의논할 생각으로 그 중요한 정보를 머릿속에 정리해두지만, 제인도 이미 같은 결론에 다다랐을지도 모른다. 그들 자매는 동시에 똑같은 생각을 할 때가 종종 있으니까.

"어맨다는 정말 좋은 사람이었어요." 커샌드라가 말한다. "동물병원에서 대화를 나눠본 적은 없나요?"

셰이는 고개를 절레절레 흔든다. "아니요, 별로 없어요. 제 고양이는 작년에 죽었거든요, 그래서……"

"아." 커샌드라가 말한다. "아마 어맨다를 좋아했을 거예요, 어맨다도 당신을 좋아했을 거고요."

제인은 차를 한 모금 마시고는 대화의 방향을 바꾼다. "아까 그 여자가 지하철역으로 들어가는 걸 보고 왜 그렇게 겁에 질렸는지 이해가 되네요."

"그날 이후로 지하철을 탈 수가 없어요. 계단 근처에 가기도 힘들어요……. 그리고 그 여자는 어맨다랑 너무 닮았었어요." 셰이가 얼굴을 찡그린다. "하지만…… 제가 착각했나 봐요."

커샌드라와 제인이 시선을 주고받는다. 자매는 셰이가 추도식에서 어맨다의 사진을 뚫어져라 보며 눈물을 글썽이고, 나중에는 지하철 환풍구를 지나지 않으려고 거리를 여러 번 건너는 것을 보았다. 심리상담소로 확인된 사무실을 떠나는 모습도 목격되었다.

자매가 만들어낸 환각은 기대만큼 큰 효과를 거두었다. 지금 밸러리는 자신의 아파트로 돌아가는 중이다. 167센티미터인 키를 몇 센티미터 더 높여준 하이힐과 가발을 벗고, 코는 더 좁게 눈은 더 크게 만들어준 전문가의 메이크업을 지우고, 온라인 쇼핑몰에서 구매한 도트 무늬 원피스를 갈아입기 위해. 어맨다와 꼭 닮은 여자에서 완전히 다른, 예쁘지만 기억에 잘 안 남는 얼굴이라 사람들 틈에 섞이면 눈에 잘 띄지 않는 30대 여자로의 변신은 순식간에 끝날 것이다. 그녀의 연기는 끝났다. 또 필요할 경우를 대비해 밸러리는 원피스를 옷장 안쪽에 보관해둘 것이다.

자매는 입 밖에 내지 않은 의문들의 답을 모두 찾으면 셰이에게 평화롭게 이별을 고할 생각이었다. 커샌드라는 자기 역시 며칠 전 어맨다를 본 것 같다고, 그 후로 계속 심란하다고 거짓말을 할 것이었다. 제인은 '지인이 죽고 나면 그렇게 환각이 보이는 경우가 많은가 봐요'라고 말할 계획이었다.

하지만 그들은 그렇게 하지 않는다. 제인은 테이블 밑에서 커샌드라의 손을 꾹 누른다. 커샌드라는 그 신호를 알아차린다. 셰이와의 이 계획된 만남으로 어맨다의 죽음을 완전히 매듭지을 수 있을 줄 알았지만, 자매의 기대대로 되지 않았다. 차를 다 마시고 미련 없이 떠나기는 글렀다.

셰이는 여전히 동물병원에서 어맨다를 처음 만났다고 주장한다. 하지만, 무어 자매는 이 말이 거짓이라는 걸 알고 있다.

셰이는 어맨다와 잘 아는 사이도 아니었다고 말한다. 그런데 어떻게 어맨다의 목걸이를 가지고 있었을까.

또 무슨 거짓말을 하고 있을까?

커샌드라는 테이블에 엎어져 있는 셰이의 휴대전화를 가만히 바라본다. 저 안에는 어떤 정보가 담겨 있을까.

스테이시라면 금방 해킹해줄 텐데. 휴대전화에 스파이웨어를 심는 그녀의 솜씨는 이미 입증된 바 있었다.

대프니가 제임스 앤더스라는 남자에게 '지옥으로 꺼져'라는 한 줄의 문자를 보낸 직후 커샌드라와 제인이 대프니의 부티크에 들어간 건 우연의 일치가 아니었다.

자매는 제임스를 오래전부터 지켜보며 추적하고 있었다. 거의 목요일 밤마다 '트위스트'라는 바에 간다든지 하는 그의 습관과 일정을 데이터로 기록했다. 어느 날 밤 그가 방치해둔 휴대전화에 스테이시가 몰래 스파이웨어를 심은 덕분에 자매는 그의 문자를 읽을 수 있었다.

그들이 제임스를 응징할 이런저런 방법을 궁리하는 사이, 지역번호가 917인 어떤 번호로부터 신랄한 문자가 그의 휴대전화와 그들의 컴퓨터로 동시에 날아왔다.

밸러리는 제임스에게 당한 피해 여성이 보낸 문자일 거라고 직감했다. 자매는 그가 이전에도 최소 한 번은 강간을 시도한 적이 있다는 사실을 이미 알고 있었다.

문자 발신자의 번호를 추적한 스테이시는 30대 싱글 여성이 운영하는 '대프니스'라는 부티크를 찾아냈다. 그로부터 얼마 지나지 않아 커샌드라와 제인은 가게를 찾아가 그 주인과 친구가 되었다.

대프니가 경계심을 풀기까지는 오래 걸리지 않았다. 제임스가 대프니에게 저지른 짓에 대해 자매가 품고 있던 의혹은 사실로 확인되었다. 그때 그들은 대프니를 그룹에 받아들였다.

이제 커샌드라는 셰이의 휴대전화에서 눈을 뗀다. 스테이시가 지금 이 자리에 같이 없는 것이 안타까울 뿐이다. 셰이의 비밀을 캐낼 기회를 놓쳤구나, 하고 커샌드라는 생각한다. 그렇다면 다른 기회를 만드는 수밖에.

16

스테이시

14개월 전

프라이팬에 떨어진 버터가 지글지글 녹고 있었다.

스테이시는 통밀빵에 아메리칸 치즈 세 장을 올리며, 여기저기 흠집이 난 리놀륨 조리대 위에서 진동하고 있는 휴대전화를 힐끔 쳐다보았다. '지금 개밥 좀 갖다줘요'라는 문자가 왔다.

스테이시는 샌드위치를 프라이팬에 얹고 손가락을 핥은 다음, 휴대전화를 들어 답장을 보냈다. '15분만 기다려요.'

코카인이 아무리 급해도 기다리라지. 스테이시는 하루 종일 아무것도 먹지 못했다.

얇은 아파트 벽 너머에서 옆집의 어린 딸이 영화 〈피치 퍼펙트〉에 나오는 노래를 높은 목소리로 따라 부르며 무언가를 리드미컬하게 두드리는 소리가 들려왔다. "내가 떠나면, 내가 떠나면…… 넌 내가 그리울 거야……."

"숟가락 좀 그만 두드려." 아이의 어머니가 톡 쏘아붙였다.

스테이시는 샌드위치를 홱 뒤집었다. 아랫면은 노릇노릇하게 잘 구워졌고, 치즈가 밖으로 흘러나오기 시작했다. 그녀의 배에서 꼬르륵 소리가 났다. 그녀는 필라델피아 이글스 풋볼팀 로고가 선명하게 찍혀 있는 플라스틱 컵을 찬장에서 꺼냈다. 스테이시의 남자친구 애덤은 브롱크스에서 그녀와 몇 년이나 동거했는데도 여전히 고향 팀을 극성스럽게 응원하고 있었다. 그녀는 컵에 펩시를 가득 따랐다.

내일은 토요일, 교도소에 면회 가는 날이다. 그러니까, 매달 보는 지친 표정의 아내들과 아이들과 여자친구들과 함께 왕복 네 시간 동안 버스를 타야 한다는 뜻이었다. 그녀가 애덤과 함께 보낼 수 있는 시간은 한 시간이었다. 교도관들의 감시를 받으며 테이블 위로 서로의 손을 깍지 낀 채.

"나는 멀리 떠나는 티켓을 샀어……." 여자아이가 노래했다.

"닥치라니까." 아이 엄마는 이렇게 명령했지만, 적어도 다른 때에 비하면 심하게 열 받은 목소리는 아니었다. 여덟 살 정도로 보이는 소녀의 몸에는 가끔 멍이 들어 있었다. 한번은 팔에 깁스까지 했다. 스테이시가 그것에 대해 물어보려고 하자 아이는 겁먹은 생쥐처럼 후다닥 달아나버렸다.

"숟가락 그만 두드리라고 했지, 노래 부르지 말라는 소리는 안 했잖아요." 아이가 말했다.

스테이시는 뒤집개로 샌드위치를 꾹 눌렀다.

마약쟁이가 애덤의 휴대전화로 또 문자를 보냈다. '아직 멀었어요? 개가 배고프대요.'

애덤이 자리를 비운 사이 그의 고객들을 떠맡게 된 스테이시는 사업을 확장하는 대신, 최저임금이 보장되는 제대로 된 일자리를 구하기 전까지 집세를 낼 수 있을 정도로만 거래를 하고 있었다. 그녀가 작성한 지원서만 해도 수십 장이었다. 하지만 고등학교를 중퇴하고, 견실한 중산층 가족에게 버림받은 데다, 별로 매력적이지도 못한 그녀 같은 여자에게 기회는 많이 찾아오지 않았다.

스테이시는 펩시를 길게 한 모금 들이켜고 벽을 힐끔 쳐다보았다. 옆집이 조용했다. 노래도 멈췄다.

그녀가 샌드위치를 접시로 미끄러뜨릴 때 비명 소리가 들렸다.

스테이시는 눈을 감고 이를 악물었다.

"그만할게요! 이러지 마세요!" 아이가 악을 써댔다.

아이가 또 울부짖자, 프라이팬 손잡이를 쥐고 있던 스테이시의 손에 힘이 들어갔다.

그때 높고 새된 비명이 뚝 그쳤다.

소리가 들리지 않으니 훨씬 더 불안해졌다.

스테이시의 머리털이 곤두섰다. 그녀는 주저하지 않았다. 프라이팬을 들고 문밖으로 뛰쳐나가 옆집으로 쳐들어갔다. 부엌이 똑똑히 보였다. 아이 엄마가 광기 어린 눈을 하고서, 더러운 물과 접시들로 가득 찬 싱크대에 딸의 머리를 짓누르고 있었다.

"아이를 놔줘!" 스테이시는 프라이팬을 야구 방망이처럼 휘두르며 고함을 질렀다. 아이 엄마는 프라이팬에 머리를 맞고 부엌 바닥으로 쓰러졌다.

아이가 고개를 획 쳐들고 거칠게 숨을 들이마시더니 기침을 하기 시작했다. 그녀의 얼굴을 타고 흘러내린 물이 엘사 공주 잠옷으로 떨어졌다.

스테이시는 또 한 번 휘두르려고 프라이팬을 들어 올렸지만, 아이가 그만하라고 애원했다. 그래서 스테이시는 프라이팬을 내렸다.

그녀가 다시 한번 주위를 둘러보는 사이, 아이는 열려 있던 아파트 문으로 달아나버렸다. 짧은 인생 동안 그 많은 폭력을 당하면서 어떻게든 살아남으려고 예전에도 여러 번 그렇게 했겠지.

스테이시는 바닥에 쓰러져 있는 아이 엄마를 내버려둔 채 자신의 집으로 돌아갔다. 샌드위치를 다 먹기도 전에 제복을 입은 경찰 두 명이 문을 벌컥 열고 들어왔다.

그녀는 아이가 당한 일을 설명하려고 했지만, 아이 엄마는 스테이시가 도둑질을 하고 그녀를 폭행했다고 주장했다. 애덤의 고객에게 전해주려고 조리대에 올려놨던 코카인 봉지도 스테이시에게 불리하게 작용했다.

다음 날 스테이시가 침대 대용인 딱딱한 벤치에 기대어 앉아 멍하니 허공을 바라보고 있을 때, 교도관이 쇠창살을 두드리더니 면회 온 사람이 있다고 말했다.

그녀는 놀라서 눈만 깜박였다. 그녀가 거기 있는 걸 아는 사람은 아무도 없었다. 딱 한 번 할 수 있는 통화도 거절했다. 애덤과의 통화는 불가능했다. 아버지와 출세를 꿈꾸는 깐깐한 두 자매들과는 몇 년 전부터 연락을 끊었다. 약에 취한 애덤을 조카의 첫 생일 파티에 데려간 후로. 그때 애덤은 아직 아무도 안 건드린 케이크를 큼직한 서빙용 스푼으로 푹 퍼서는 자기 입속에 집어넣었다. 그리고 아버지 몰래 그녀와 연락을 주고받던 어머니는 알츠하이머병 초기였다.

교도관이 스테이시에게 수갑을 채우고는, 수감자들이 면회자를 맞는 작은 방으로 그녀를 데려갔다.

짧고 곱슬곱슬하게 지진 붉은 머리의 여자가 작은 테이블 옆에서 기다리고 있었다.

"안녕하세요, 스테이시. 전 당신 변호를 맡은 국선변호사예요." 그녀의 말에는 보스턴 억양이 강하게 배어 있었다. "베스 설리번이라고 해요."

스테이시의 변호사는 우수했지만, 불리한 증거가 너무 많았다. 그래도 베스는 스테이시의 형량을 4개월로 줄였다. 스테이시의 몸에서 약물이 검출되지 않았고(그녀는 한 번도 마약을 하지 않았다), 그녀가 실제로 코카인을 팔고 있다는 사실을 검찰 측이 입증하지 못했기 때문이다.

"말도 안 돼요." 판결이 내려지자 베스는 이렇게 말했다. "당신은 아이의 목숨을 구했잖아요."

베스는 목소리를 내지 못하는 사람들의 목소리가 되어주고 싶어서 변호사가 됐다고 말하며 고개를 가로저었다. 그런데 죄인들은 풀려나고 무고한 사람들이 철창신세를 지는 경우를 너무 많이 봤다고 했다. 남들에게 도움을 주기는커녕, 재판 제도에 대한 신뢰가 없어져버렸다고.

"스테이시를 만나봐요." 정기 모임에서 베스가 무어 자매에게 말했다. 밸러리가 베스를 커샌드라와 제인에게 소개한 후, 그들은 네 명의 끈끈한 그룹이 되었다.

보통 수준의 범죄를 저지른 사람들이 수감되어 있는 교도소로 베스와 함께 가서 스테이시를 만난 커샌드라와 제인은 얘기를 나누는 동안 끊임없이 눈알을 이리저리 굴려대는 작은 몸집의 금발 여자에게 곧장 반해버렸다. 언제 공격받을지 몰라 항상 신경을 곤두세우고 있어야 하는 사람처럼, 만만한 먹잇감으로 보이는 데 익숙해진 사람처럼 보였다.

"스테이시는 한 번 더 기회를 얻을 자격이 있어." 면회 시간이 끝나고 교도관들이 수감자들을 불러 모으는 모습을 지켜보며 커샌드라가 제인에게 말했다. "베스 말이 맞아."

감옥에서 풀려났을 때 스테이시는 파산한 전과자의 암울한 인생이 펼쳐지리라 예상했다. 쓰레기 같은 남자친구마저 범죄자들만 골라 사랑하는 어떤 여자애를 온라인에서 만난 뒤 스테이시를 차버렸다.

그런데 맨해튼 알파벳시티의 작은 원룸 아파트가 그녀를 기다리고 있었다. 감방의 까끌까끌한 이불에 비하면 천국처럼 느껴지는 보드랍고 산뜻한 이불이 소파 베드에 깔려 있었다. 냉장고 안에는 과일과 요구르트와 빵이 들어 있었다. 베스와 함께 여러 번 면회를 온 커샌드라와 제인은 그녀가 컴퓨터를 잘 다룬다는 사실을 알고는 사무실 일을 도와달라며 그녀를 고용했다.

그녀가 실력을 입증해 보이자마자, 자매는 화려한 추천서를 써주었다. 스테이시는 곧 자문 일을 구했고, 자매가 그녀를 위해 쓴 돈을 부득부득 갚았다. 그래도 그들에게 진 마음의 빚은 평생 갚지 못할 것 같았다.

그녀는 가족을 잃었지만, 또 다른 가족을 찾았다.

17

셰이

평균적으로 여자는 여덟 명의 친한 친구가 있다고 한다. 연구 결과에 따르면, 여자들은 스트레스를 받으면 동성 친구를 찾는 경향이 있다. 이때 부신 호르몬으로 인한 '싸움 혹은 도피' 반응만 경험하는 것이 아니라, '애정 호르몬'인 옥시토신이 분비되기도 한다. 이 현상에 '배려와 친교'라는 이름이 붙었다.

—데이터북, 18쪽

오늘 아침 카페에서 커샌드라와 제인에 대해 많은 걸 알게 되었다. 커샌드라는 재스민 차를, 제인은 로즈힙 차를 마시고, 제인은 남의 말을 귀 기울여 들을 때 눈썹이 살짝 위로 올라가고, 커샌드라는 가느다란 손가락으로 우아한 손짓을 한다.

작별 인사로 나를 안아주면서 커샌드라는 자기에게 우산이 있으니 레인코트는 내게 빌려주겠다고 했다. "문자 보내주면 우리가 알아서 할게요." 그녀는 이렇게 말하고는 제인과 함께 서둘러 도로변으로 나가서 택시를 불렀다. 기다렸다는 듯이 몇 초 만에 택시 한 대가 와서 섰다.

버스를 타고 사무실로 가는 동안, 고양이를 키운 적이 없다고 솔직하게 털어놓을 걸 그랬나 하는 생각이 들었다. 어맨다가 뛰어내렸을 때 그 옆에 있었고, 그래서 그녀의 죽음에 큰 충격을 받았다고 설명했으니, 적어도 거짓말 중 일부는 바로잡은 셈이다. 하지만 지하철 기둥을 붙잡고 있다가 그들과 마주쳤을 때 내 상태는 완전히 엉망진창이었다. 동물병원에 관한 이야기는 내가 지어낸 새빨간 거짓말이라고 어떻게 털어놓을 수 있겠는가. 그랬다면 허언증 환자로 보이지 않았을까.

더군다나 이런 여자들에게 그런 얘기를 할 순 없었다. 그들은 화려한 외모에 상당히 매력적일 뿐만 아니라, 크게 성공한 사람들이다. 인터넷으로 검색해보고, 그들이 20대 중반에 전문 홍보회사를 차렸으며 나도 아는 유명인 두어 명을 클라이언트로 두고 있다는 사실을 알았다. 커샌드라는 서른두 살, 제인은 서른 살이니 나이로는 내가 딱 그들의 중간이다. 이렇게 생각하면, 그들의 성취가 새삼 더 대단하게 느껴진다.

커샌드라가 자주 가는 요가 수업에는 명상을 위한 마음가짐보다는 기초적인 체력이 더 필요하다는 사실도 알았다.

"견상 자세에서 플랭크로." 요가 강사가 이렇게 지시하며, 내 쪽으로 와서 자세를 고쳐준다. 나는 저녁에 스피닝 수업을 들을 생각으로 챙겼던 레깅스와 탱크톱을 입고 있다. 커샌드라의 레인코트 주머니에서 시나몬향 알토이즈 캔디 한 통과 함께 이 요가 스튜디오의 10회권 카드를 발견하고는 계획을 바꾼 것이다.

저녁 8시 아쉬탕가 수업을 예약하려고 전화하면서 나는 아침에 쌓인 긴장과 피로를 풀고 마음을 진정시킬 수 있을 거라고 속으로 중얼거렸다. 하지만 내가 여기 있는 진짜 이유는 그게 아니다.

커샌드라와 제인은 능력 있고 자신만만하며 매혹적이다. 나와는 정반대다.

그냥 그들의 삶을 살짝 흉내 내보고 싶었던 것 같다.

혀로 이를 핥으니, 아직도 시나몬 맛이 희미하게 느껴진다. 캔디가 거의 꽉 차 있었으니까, 한 알 없어졌다고 해도 커샌드라는 눈치채지 못할 것이다.

"사바아사나를 준비하죠." 강사가 말한다.

나는 옆에 있는 여자를 힐끔 쳐다보며 어떤 자세인지 알아낸 다음, 드러누워 손바닥을 위로 향하게 한다.

"오늘의 단어는 '감사'입니다. 고마운 무언가 혹은 누군가로 마음을 가득 채워보세요." 강사가 이렇게 말하고는 종을 네 번 울린다. 맑고 은은한 소리가 메아리처럼 허공에 울려 퍼진다.

'커샌드라와 제인.' 그들이 곧장 떠오른다. 오늘 아침 지하철역 근처에 그들이 마법처럼 나타나지 않았다면, 무슨 일이 벌어졌을까. 산산이 부서져버릴 것만 같았을 때, 나는 그들 덕분에 다시 정신을 차렸다.

커샌드라와 제인처럼 인기 많고 특별한 사람들에게 나 같은 친구는 필요 없으리라는 걸 나도 알고 있다. 하지만 카페 직원에게 칸막이 자리를 달라고 할 적에 커샌드라의 말이 얼마나 따뜻하게 들렸던가.

그들의 이름마저 주문처럼 들린다.

나는 눈을 감고, 내 몸이 매트 속으로 녹아드는 걸 느낀다.

강사가 또 한 번 종을 울린다. 나는 천천히 일어나 사물함에서 물건을 챙긴다. 커샌드라의 레인코트도. 이 옷 덕분에 오늘 하루 따뜻했지만, 커샌드라와 제인과 마찬가지로 계속 내 곁에 둘 수는 없다.

나는 휴대전화를 집어 천천히 메시지를 입력한다. '오늘 정말 고마웠다고 다시 한 번 인사하고 싶어요. 괜찮으면 내일 두 분의 사무실에 들러서 레인코트 돌려줄게요.'

나는 휴대전화를 한참 쳐다보지만, 아무런 답이 오지 않는다.

9시 반이 다 돼서야 집에 돌아온 나는 계단으로 2C호까지 올라간 다음 가방을 뒤적인다. 내가 미처 열쇠를 찾기도 전에 션이 문을 연다.

나는 깜짝 놀라 한 걸음 물러선다. "아, 지금 나가는 중이야?"

"아니, 사실은 널 기다리고 있었어." 션이 헛기침을 한다. "잠깐 얘기 좀 할래?"

"그래."

그가 얼른 내 눈을 피한다. 말투가 평소보다 딱딱하다. 두 손을 어떻게 할지 몰라 고민하는 것 같더니 결국 자기 앞으로 깍지를 낀다.

아무래도 나쁜 소식을 전하려나 보다.

"맥주 마실래? 한 병 따려던 참이었거든."

별로 마시고 싶지 않다. 하지만 나는 며칠 전에 사 온 블루문 두 병을 꺼내고, 션은 내가 던져주는 오렌지를 얇게 썬다.

"그래, 무슨 얘긴데?"

션이 소파로 가서 앉자 내 심장이 쿵 떨어지는 기분이 든다.

하지만 션의 얘기가 끝난 후 나는 억지로 미소 짓는다. 그를 안아주기까지 한다. "난 괜찮아. 알았어. 그리고 축하해."

션이 예전처럼 같이 소파에서 영화나 한 편 보자고 한다.

"그러지 뭐. 난 아직 저녁 안 먹었으니까, 네가 영화를 고르면 내가 나가서 간식거리 좀 사 올게."

나는 모퉁이에 이르자마자 건물 벽면으로 푹 쓰러지듯 기대며 두 손에 얼굴을 묻는다.

조디의 임대 계약이 다음 달에 끝나고, 그들은 같이 살고 싶어 한다. "미안. 취직 문제도 그렇고 여러 가지로 많이 힘든 거 알아." 션이 말했다. "조디랑 내가 다른 아파트를 찾아봐도 되지만……."

하지만 나는 내가 나가겠다고 했다. "넌 여기 오래 살았잖아. 원래 네 집이기도 하고."

"서두르지 않아도 괜찮아." 션은 답했다.

직장도 없고, 남자친구도 없고, 집도 없는 신세가 됐구나.

나는 막막한 기분이 들어 숨을 크게 들이마시고는 한참이나 가만히 서 있는다.

그때 땡 하는 소리가 들린다. 요가 수업 때 들었던 종소리처럼 맑고 희미하게 허공에 울려 퍼진다.

나는 토트백에서 휴대전화를 꺼낸다. 화면에 새 문자가 떠 있다. '사무실로 가져다줘도 괜찮아요. 아니면 이번 주 목요일에 나랑 제인이랑 같이 한잔하면서 그때 줘도 되고요. xo, C.'

나는 문자를 두 번 읽어본다. 그런 다음 몸을 똑바로 펴고 건물 벽에서 떨어진다. 30초를 더 기다린 다음 메시지를 입력한다. '같이 한잔해요!'

이제 호흡이 안정적으로 돌아오고, 절망감이 줄어들기 시작한다.

전자레인지용 팝콘을 몇 봉지 사려고 델리로 걸어가는 동안, 왜 그 자매가 나를 또 만나고 싶어 할까 의아한 생각이 든다. 하긴, 어맨다도 커샌드라와 제인만큼 화려한 분위기는 아니었지만 그래도 그들과 친하게 지냈다.

그러니까 커샌드라와 제인의 세계에 내가 끼어들 자리가 있을지도 모른다.

18

셰이

사람은 자기와 비슷하게 느껴지는 사람을 선호하는 경향이 있다. 어떤 사람에 대해 알고 있는 정보가 적다면, 유사성이 느껴지는지 여부에 따라 호감도가 결정된다.

—데이터북, 19쪽

나는 아침 내내 그리고 오후 몇 시간 동안 인터넷으로 원룸 아파트를 검색해보고, 그중 두 집은 직접 찾아가 봤다. 첫 번째 집은 허름한 로비에 쥐덫들이 놓여 있고, 냉장고 밑에 물이 고여 있었다. '예스러운 멋이 있다'는 두 번째 집은 너무 좁아서 침대와 화장대밖에 안 들어갈 것 같았다.

오늘 저녁 커샌드라와 제인을 만나 한잔할 계획이 없었다면, 의기소침하게 걱정만 하고 있었을 것이다.

아파트들을 확인하고 난 뒤 나는 명품을 본떠 만든 옷을 파는 자라에 들른다. 두 자매를 두 번 만났는데 그때마다 그들은 유행에 따르지 않으면서도 세련된 차림이었다. 그들이 입고 있는 그런 옷은 내 형편으로는 꿈도 꿀 수 없다. 커샌드라가 빌려준 레인코트에 스텔라 매카트니라는 라벨이 붙어 있길래 인터넷에 검색해보니 1200달러짜리였다. 하지만 내 나름대로 노력해서 더 차려입을 수는 있다.

내가 도와달라고 부탁하자, 가게 직원이 머리끝부터 발끝까지 옷을 맞춰주고 신발과 팔찌도 골라준다. 그녀가 팔찌와 어울리는 귀여운 귀걸이도 보여주지만, 나는 귀를 뚫지 않았다고 말한다. 총금액을 듣고는 놀라서 몸이 움츠러들긴 해도 어쨌든 신용카드를 건넨다.

다음엔 세포라로 가서 매장 직원에게 조언을 구한다. 그녀는 내게 과한 메이크업을 해준다. 아이섀도는 너무 밝고, 라인이 그려진 입술은 낯설어 보인다. 그래도 립글로스를 하나 사고, 티슈 몇 장으로 얼굴을 두드려 메이크업을 조금 연하게 만든 다음 매장을 나온다.

집에 잠깐 들러 새 옷으로 갈아입고 쇼핑백들을 치운 뒤, 약속 장소까지 타고 갈 우버 택시를 부르는 데 거금을 쓴다. 바깥 날씨가 따뜻하다. 땀을 뻘뻘 흘리며 나타나서 이 모든 노력을 물거품으로 만들고 싶지는 않다. 나는 휴대전화에 식당 메뉴를 띄워 뭘 마실지 골라본다.

할라페뇨 마가리타가 맛있어 보이지만, 웨이터가 내게 제일 먼저 물어볼 경우에만 그걸 주문할 생각이다. 아니라면, 자매들을 따라 주문해야지. 자기들과 비슷한 선택을 해야 나를 더 편하게 느낄 테니까. 딱 붙는 검은 바지, 살짝 비치는 민소매 티, 레드 브라운 아이라인, 직접 칠한 매니큐어까지, 그들과 비슷해지려 애쓰지 않았다고 하면 거짓말이다.

수많은 연구 결과가 보여주듯, 사람들은 매력적이고 옷차림이 단정한 누군가를 보면 그에게 외모와 무관한 다른 장점들도 있을 거라 여긴다. 지적이고, 재미있고, 신뢰할 만한 사람일 거라고 말이다. 이를 후광 효과라 부르기도 한다.

아마도 그래서 나는 지금까지 있었던 그 어떤 데이트나 동창회, 입사 면접, 심지어는 내가 대표 들러리였던 멜라니의 결혼식 때보다 오늘 저녁 약속에 더 공을 들였는지도 모른다. 이 정도면 괜찮기를 바랄 뿐이다.

우버가 도로변에 멈춰 서자 나는 차에서 내린다. 커샌드라가 내게 주소와 '벨라스'라는 술집 이름을 보내줬는데, 그곳이 어디 있는지 알려주는 간판이 전혀 보이지 않는다.

그러다가 은색으로 242라는 숫자만 단순하게 쓰여 있는 검은색 문이 눈에 띈다. 내가 갖고 있는 주소와 일치한다.

나는 문을 열고 웨이트리스에게 걸어간다. 바깥은 아직 밝지만, 안쪽은 어둑하니 편안한 분위기다. 일반적인 칸막이 자리는 없고, 소파와 의자들이 군데군데 모여 있어 어느 집 거실에 와 있는 듯한 기분이 든다. 가구는 이런저런 종류가 뒤섞여 있지만, 서로 잘 어우러진다.

"예약하셨나요?" 웨이트리스가 묻는다.

나는 환하게 웃는다. "친구들 만날 거예요."

그때 저쪽에서 누군가가 내 이름을 부른다. "셰이! 여기예요!"

커샌드라와 제인이 안쪽의 낮고 동그란 테이블 옆에 서서 손을 흔들며 미소 짓고 있다. 나는 서둘러 그들 쪽으로 간다. 내가 그들에게 닿기도 전에 그들은 나를 안으려 두 팔을 활짝 벌린다.

"정말 잘 왔어요!" 제인이 말한다.

"오늘 정말 멋지네요!" 커샌드라가 덧붙여 말한다.

얼굴이 또 제멋대로 달아오르지만, 이번에는 기뻐서다. 어디서 읽은 적이 있는데, 진심 어린 칭찬은 아주 강력해서 뇌의 보상 중추를 활성화하고 돈을 받을 때와 똑같은 반응을 불러일으킨다고 한다. 정말 선물을 받은 것 같은 기분이다.

세련된 원피스에 악어가죽 무늬 벨트를 두른 커샌드라와 블랙진에 하이힐을 신고 크림색 가죽 재킷을 입은 제인을 보니, 옷차림에 신경 쓰길 잘했다는 생각이 든다. 근처 테이블에 남자들이 몇 명 앉아 있는데, 그중 한 명이 고개를 돌려 두 자매를 쳐다본다. 자매는 눈치도 못 챈 것 같다. 그들에게는 늘 일어나는 일이겠지.

그들은 서로 맞은편 의자에 앉았고, 그래서 내가 가운데 자리를 차지하게 된다.

"아, 까먹으면 안 되니까." 나는 튼튼한 룰루레몬 쇼핑백을 커샌드라에게 건넨다. 작년에 러닝용 레깅스를 한 벌 샀을 때 얻은 쇼핑백인데, 일반적인 종이봉투보다 훨씬 좋아서 간직해두고 있었다.

지금 그 안에 커샌드라의 다홍색 레인코트가 정성스럽게 개켜져 있다. 그녀의 요가 카드와 알토이즈 캔디 통은 원래대로 왼쪽 주머니에 들어 있다.

"고마워요!" 커샌드라는 내게 빌려준 물건을 돌려받은 게 아니라 무슨 선물이라도 받은 것처럼 흥분해서 외친다.

"팔 근육이 정말 탄탄해 보이네요!" 제인이 말한다. "룰루레몬 쇼핑백을 보니까 왜 그런지 알겠어요. 미셸 오바마랑 같은 트레이너 고용한 거 아니에요?"

"고마워요." 나는 조금 민망해져서 웃는다. "여기 정말 좋네요." 손님들로 꽉 차 있지만, 테이블이 서로 멀찍이 떨어져 있어서 편안하게 느껴진다.

"칵테일 마셔보면 더 반할걸요." 제인이 답한다. "우린 모스코뮬●을 좋아해요."

거기 뭐가 들어가는지도 모르지만, 웨이터가 오자 나는 모스코뮬을 주문한다.

커샌드라가 내게 더 가까이 몸을 기울인다. "기분은 좀 어때요?"

'오랜만에 정말 기분이 좋아요'라고 나는 속으로 생각한다. 취업, 집 문제, 심지어 새로 생긴 공포증에 대한 모든 걱정이 갑자기 줄어들었다. 오늘 저녁 약속에 나올 준비를 하느라 정신 없는 사이, 끈질기게 나를 괴롭히던 그 문제들은 뒤로 밀려나버렸다.

하지만 난 이렇게 말한다. "괜찮아요. 며칠 전엔 정말 고마웠어요. 잠도 잘 못 자고 힘들었거든요."

"우리도 겪어봐서 알아요." 제인이 내 팔뚝을 어루만지며 말한다. "몇 달 전에 결혼 생각까지 들었던 투자은행가랑 헤어졌거든요. 침대에서 나가지도 못했는데, 이 인간이!" 그녀가 엄지손가락으로 커샌드라를 쿡 찌른다. "계속 나한테 라테를 갖다주면서 사무실로 끌고 나가잖아요. 언니가 없었으면 난 아직도 이불 속에 숨어 있었을 거예요."

그녀의 도톰한 입술이 곡선을 그리며 미소 짓자 새하얀 이가 드러난다. '어떤 남자가 제인이랑 헤어져?' 하지만 커샌드라가 고개를 끄덕이며 말한다. "자매가 있으면 그래서 좋은 거지. 뭐, 동생이 아끼는 옷 훔쳐 입는 재미도 쏠쏠하고."

우리 모두 웃음을 터뜨린다. 지난번에 내가 조금 무너진 건 별로 창피하게 느껴지지 않는다.

"모스코뮬 세 잔 나왔습니다." 웨이터가 이렇게 말하며, 라임과 싱

● 보드카에 라임 주스와 진저에일 등을 섞은 칵테일.

싱한 민트 줄기로 장식한 구리 잔들을 내려놓는다.

커샌드라가 자기 잔을 들어 올린다. "건배."

그들 잔에 내 잔을 쨍그랑 부딪친 다음 한 모금 마셔본다. 진저에일 맛이 기분 좋게 톡 쏘니 상쾌하고, 얼음처럼 차갑다.

사람들에게 호감을 사기 위한 첫 번째 규칙은 그들에 대해 물어보는 것이다. 그래서 나는 한 가지 질문을 던진다.

"사무실이 이 근처예요?" 그렇다는 걸 나는 이미 알고 있다. 그들의 웹사이트를 확인하고, 그들의 고객들까지 몇 명 검색해봤으니까. 핸드백 디자이너, 미술관 관장, 그리고 곧 개봉할 독립영화에 출연한 젊은 배우.

그들은 회사 얘기를 잠깐 하다가 나에 대해 물어본다. 내 직업은 데이터분석가라고 설명하고, 지금은 법률사무소에서 임시직으로 일하고 있다고 알려준다. 하지만 마치 나를 찾는 곳이 엄청 많은 것처럼, 신나는 새 직장을 금방 찾을 수 있을 것처럼 말한다.

커샌드라와 제인은 내 쪽으로 몸을 기울인 채 열심히 들어준다. 제인은 보조개를 보이며 계속 미소 짓고, 커샌드라는 격려하듯 고개를 끄덕인다.

뭔가 이상한 일이 벌어지기 시작한다. 내게 찾아올지도 모를 기회에 대해 얘기하다 보니 정말 그 일이 실현되리라는 믿음이 생긴다. 내가 더 가치 있는 사람처럼 느껴지고, 나 자신에 대한 확신이 더 커진다. 그들의 자신감과 성공에 전염성이라도 있는 걸까.

웨이터가 또 구리 잔 세 개를 들고 나타난다. "모스코뮬 한 잔씩 더 하세요. 저기 있는 신사분들이 내시는 겁니다."

남자들이 있는 테이블을 힐끔 쳐다보니, 그중 한 명이 우리 쪽으로 술잔을 들어 올린다.

"잘 마실게요, 여러분." 커샌드라는 큰 소리로 말하고는 다시 내 쪽으로 고개를 돌린다. 마치 문을 열어준 사람에게 고맙다고 인사하듯이, 정중하지만 완전히 무심하다. 이런 일도 그들에게는 너무나 익숙한 모양이다.

나는 새로 받은 술을 마시기 시작한다. 속이 훈훈하게 데워지는 느낌인데, 술기운 때문인지 아니면 두 자매와 함께 있으니 좋아서 그런 건지 모르겠다.

커샌드라의 잔 테두리에는 완벽한 진홍색 초승달이 찍혀 있다. 그녀와 제인의 차이점이 있다면, 커샌드라는 화려하게 꾸미는 걸 좋아하는 반면, 제인은 좀 더 차분한 분위기다. 제인의 립스틱은 내 것처럼 연한 분홍색 자국을 남긴다.

커샌드라는 몸에 걸치고 있는 액세서리도 아주 인상적이다. 오른손에는 오닉스가 박힌 두툼한 칵테일 반지가 끼워져 있고, 귀에는 금빛 귀걸이가 달랑거린다. 하지만 그녀가 만지작거리고 있는 목걸이는……

나는 흠칫 놀라며 다시 본다.

태양 모양의 펜던트가 달린 심플한 금목걸이.

나는 넋이 나가버린 듯 아무 말도 하지 못한다.

처음엔 사라졌던 어맨다가 다시 나타나 지하철역으로 들어가는 것처럼 보이더니. 이번엔 내가 경찰에 넘겨줬던 목걸이가 다시 돌아왔다.

입을 떡 벌리고 있는 나를 본 커샌드라가 손을 치우자 목걸이가 더 잘 보인다.

"그 목걸이…… 그거……."

커샌드라는 자기가 목에 뭘 걸고 있는지조차 전혀 인식 못하고 있었다는 듯 목걸이를 힐끔 내려다본다.

나는 간신히 말한다. "어맨다도 똑같은 목걸이가 있었어요." 그렇게밖에 설명이 안 된다.

제인의 눈이 휘둥그레진다. "그건 아니에요. 내가 다른 한 짝을 갖고 있었는데 어맨다한테 빌려줬어요. 10대 때 우리 둘이 엄마한테 크리스마스 선물로 받은 거죠."

커샌드라는 그 기억이 떠오르는 듯 미소 짓는다. "엄마는 우리가 엄마의 햇살이라고 말하곤 했었죠. 그래서 우리한테 이 목걸이가 소중하게 느껴지나 봐요. 지금은 엄마와 별로 가깝지 않지만."

내 놀란 표정에 그녀는 어깨를 으쓱한다. "몇 년 전에 우리 가족 사이가 좀 틀어졌거든요."

제인이 아쉬워하며 말한다. "내 목걸이는 어맨다와 함께 영영 사라져버린 것 같아요."

의자에 몸을 푹 파묻어버리고 싶다. 제인에게 특별한 목걸이를 경찰에 넘겨주다니. 그녀에게 말해야 한다. 내가 그걸 어떻게 알았겠느냐고 해명해야 한다.

나는 침을 꿀꺽 삼킨다. "그 목걸이가 어디 있는지 알 것 같아요. 아니, 알아요."

"그래요?" 제인이 헉하고 숨을 몰아쉰다. "어떻게요?"

"어맨다가 그러는 걸 보기 직전에 지하철역 바닥에서 그 목걸이를 발견했어요. 며칠 전까지는 그게 나한테 있다는 사실도 잊고 있었어요."

제인이 몸을 앞으로 숙이며 내 손을 움켜잡는다. "당신이 갖고 있어요? 무슨 일이 있어도 꼭 되찾고 싶어요."

커샌드라는 내가 방금 그들의 문제를 싹 해결해준 것처럼 내게 빙긋 웃는다. "우리가 만난 것도 다 운명이었나 봐요."

나는 헛기침을 한다. "실은, 어맨다 목걸이인 줄 알고 경찰서에 갖다줬어요."

두 사람은 속상해하거나 어쩌면 화를 내겠지. 그런데 이상할 정도로 안도하는 표정이다. 제인은 천천히 숨을 내쉬며 다리를 다시 꼰다. 커샌드라는 칵테일을 길게 한 모금 들이켜고는 마침내 말을 꺼낸다. "당신은 할 일을 한 거예요."

"목걸이를 다시 찾아올 수도 있어요." 나는 불쑥 말해버린다.

"그래요?" 제인이 깜짝 놀라며 묻는다.

"경찰서에 가서 윌리엄스 형사님한테 내가 잘못 알았다고, 어맨다의 목걸이가 아니라고 설명하면 돼요. 그게 사실이잖아요."

윌리엄스 형사에게 이끌려 그 길고도 적막한 복도를 지나던 일이 언뜻 떠오른다. 하지만 나는 점점 죄어드는 공포감을 밀어낸다. 지금껏 살면서 두려움 때문에 하지 못한 일이 얼마나 많았던가. 지금 이 테이블에 두려움 따위는 낄 자리가 없다.

"그럼 더할 나위 없이 좋죠." 커샌드라가 말한다.

"정말 고마울 거예요." 제인이 덧붙여 말한다.

엔도르핀 때문인지 아니면 칵테일을 한 잔 더 마셔서 그런지, 오늘 밤엔 무슨 일이든 해낼 수 있을 것처럼 느껴진다.

이 자매에 대해, 어맨다에 대해 더 많이 알고 싶어 견딜 수가 없다. 인터넷으로는 찾을 수 없는 사적인 일들을 알고 싶다. 그래서 나는 그들에게 어떻게 어맨다를 만났느냐고 묻는다. 커샌드라와 제인이 어맨다의 추도식을 열었고 커샌드라는 어맨다의 어머니인 듯한 여자를 안고 있었으니, 어린 시절부터 어맨다와 아는 사이였을 거라는 느낌이 들었다.

하지만 내가 가족끼리 아는 사이였냐고 묻자, 커샌드라와 제인은 깜짝 놀란 표정을 짓는다.

제인은 고개를 젓는다. "아니요, 어맨다는 델라웨어 출신이에요. 우리가 어맨다를 만난 건 여기 뉴욕에서였어요."

커샌드라가 끼어든다. "참 이상하죠, 알고 지낸 지 얼마 되지도 않았는데 그냥 죽이 잘 맞았어요."

나는 몸을 앞으로 구부리며 열성적으로 고개를 끄덕인다.

"어맨다는 어렵게 자랐어요." 제인이 비밀을 털어놓듯 말한다. "자기를 챙겨주는 사람은 하나도 없었는데, 다른 사람을 도와주는 간호사가 됐으니 정말 존경할 만하죠. 어맨다가 다섯 살이었을 때 아버지가 돌아가시고, 어머니는 술을 심하게 마시기 시작했어요. 어머니는 재혼을 안 했죠. 불쌍한 어맨다가 초등학교에서 돌아와보면 엄마가 소파에 인사불성으로 쓰러져 있곤 했대요, 믿어져요? 어맨다는 아주 어렸을 때부터 자기가 직접 저녁을 챙겨 먹었대요."

"우리 자매도 부모님이 없는 거나 마찬가지라 어맨다랑 잘 통했을지도 몰라요." 커샌드라가 말한다. "가족과 가깝고, 정 많은 조부모님에 사촌들까지 있는 사람은 이해가 안 되겠지만…… 외로운 사람들은 서로를 알아보는 법이죠."

그녀의 말이 내 가슴에 콕콕 박혀 든다. 그녀는 내 깊은 갈망을 건드리고 있다.

"어떻게 보면 어맨다는 우리의 또 다른 자매가 된 거예요." 커샌드라가 말을 마친다.

최근만이 아니라 평생 동안 내가 염원해온 모든 것이 커샌드라의 단 몇 마디 속에 전부 담겨 있다. 물리적인 건축물로서의 집이 아니라, 서로를 사랑하고 지지해주는 이들과 함께하는 집.

"이해돼요." 나는 나지막이 속삭인다. "난 외동딸인데…… 부모님이랑 별로 안 친하거든요."

나는 이런 말을 한 번도 해본 적이 없다. 나 스스로도 그 사실을 인정하고 싶지 않았던 것 같다.

제인과 커샌드라가 시선을 주고받더니, 더 관심이 생긴 듯한 표정으로 나를 쳐다본다. "우리 사이에 이렇게 공통점이 많을 줄 몰랐어요." 제인이 말한다.

그녀의 말이 아주 가느다란 실처럼 우리 사이에 걸린다. 여기 있는 이 대단한 두 여자와 친구가 될 것 같은 느낌이 든다. 그 데이터가 사실인가 보다. 사적인 정보와 감정을 나누면 친근감이 높아진다.

우리는 한 시간 더 얘기를 나눈다. 자매가 내 인생의 모든 자잘한 것에 흥미를 보이다니 놀랍다. 초콜릿이라면 사족을 못 쓰는 버릇부터 션의 인생에 내가 끼어 있는 걸 불편해하는 조디까지.

대화를 나누는 내내 나는 이제 그들을 다시 만날 이유가 생겼음을 확실히 깨닫는다.

나는 오늘 저녁 그들의 겉모습을 흉내 내려 애썼다.

하지만 우리의 더 깊숙하고 은밀한 부분이 꼭 닮았다는 사실을 아는 것이 훨씬 더 큰 위력을 발휘한다.

19

커샌드라와 제인

20년 전

"여기가 네 방이야, 커샌드라." 계부가 이렇게 말하며 문을 열자, 잡지《틴》에서 툭 튀어나온 듯한 방이 나타났다. 제일 먼저 눈에 띈 건, 프릴이 달린 분홍색 누비이불과 장식용 베개들이 놓여 있는 하얀 캐노피 침대였다. 반들반들한 흰색 화장대와 거기에 어울리는 책상도 있었다. 벽은 조개 빛깔의 페인트로 덮여 있었는데, 칠한 지 얼마 안 돼서 아직도 그 냄새가 방 안 가득 진동했다.

"그리고, 제인, 네 방은 여기다." 계부가 복도를 건너가 또 다른 문을 열자 똑같은 방이 나왔다.

두 자매는 서로 한 번 쳐다본 다음 각자의 방향으로 움직이기 시작했다. 두툼한 카펫 위로 양말이 소리 없이 미끄러졌다. 그들은 방을 따로 쓴 적이 한 번도 없었다.

그들은 엄마가 팔꿈치로 쿡 찌르기도 전에 무슨 말을 해야 할지 알고 있었다. "고맙습니다!" 그들은 합창했다.

"정말 예뻐요." 제인이 덧붙여 말했다.

말수가 적은 계부는 고개를 끄덕인 뒤 몸을 돌려 계단을 내려갔다. 그의 무게를 못 이긴 계단이 크게 삐걱거렸다.

근사한 방은 그들 앞에 기다리고 있는 변화의 시작에 불과했다. 곧 뒤따라올 새 옷, 사립학교로의 전학, 피아노 레슨에 대해서는 엄마에게 이미 들었다.

"좀 씻는 게 어떻겠니? 저녁 식사는 6시야." 엄마는 허둥지둥 새 남편을 따라가며 딸들에게 지시했다. "도버솔*이랑 아스파라거스를 먹을 거란다."

이젠 그들의 엄마마저 예전과 달랐다. 더 고급스러운 단어를 쓰고, 담배도 끊었다. 손톱에 직접 매니큐어를 칠하는 대신 번화가에 가서 관리를 받기 시작했다. 예전보다 제스처도 훨씬 더 많아졌다. 큼직한 다이아몬드 반지가 끼워진 왼손을 마구 움직이면서.

커샌드라는 제인을 보며 어깨를 으쓱했다. 엄마가 캐럴 브래디*로 바뀌기라도 한 모양이었다. 하지만 계부는 전혀 마이크 브래디 같지 않았다. 약간 튀어나온 눈과 두툼한 입술 때문에 개구리를 닮았다.

"도버솔이 뭐야?" 제인이 속삭인 뒤, 자매는 같이 킥킥거렸다.

또 하나의 큰 변화가 있었다. 이제 그들에게 의붓오빠가 생겼다. 잘생기고 운동도 잘하는 금발의 10대 남학생인 그는 2주마다 한 번씩 찾아와 그들과 함께 주말을 보냈다. 자기 할아버지와 아버지에 이어

• 가자미와 비슷한 생선으로 파인다이닝 요리에 사용되는 고급 어종.
• 시트콤 〈브래디 번치〉 속 주인공 가족의 엄마로, 상냥하고 고상한 이미지.

세 번째로 똑같은 이름을 물려받은 남자라서 붙은 '트레이(Trey)'라는 애칭마저 멋졌다.

그를 처음 봤을 때, 자매는 뒤뜰 수영장 끄트머리에 앉아 염소로 소독한 차가운 물을 발로 차며 놀고 있었다.

그가 수영장 속으로 첨벙 들어오자 소녀들은 웃으며 머리카락을 흔들어 물기를 털었다.

"안녕." 그는 수월하게 물을 가르며 다가왔다. "물속에서 숨 오래 참기 대결 해볼까?"

계부가 있을 땐 박물관처럼 느껴지는 집도 한 달에 두 번 트레이가 오는 주말에는 활기가 돌았다. 트레이는 그들을 들어 올려 자기 어깨에 메고는 아버지의 비밀을 속삭였다. 침대 옆 테이블 속에 비아그라가 한 병 있다든가 하는. 커다란 나무 바와 거대한 텔레비전이 있는 지하의 게임 룸에서 트레이는 포켓볼을 가르쳐주며 그들 위로 몸을 굽혀 큐의 각도를 고쳐주었다. 그러면서 이렇게 말하곤 했다. "급하게 치지 마."

트레이는 바에서 잭 다니엘스나 테킬라를 슬쩍해 자매에게 술잔을 건넸고, 그들이 아주 살짝 홀짝인 다음 코를 찡그리면 웃음을 터뜨렸다.

그는 자매의 어머니에게 듣기 좋은 말만 해주고 항상 매너 있게 문을 열어주며 단숨에 그녀의 마음을 사로잡았다. 그리고 빈정대는 기미 없이 자기 아버지를 '아버님'이라고 불렀다. 청소하는 아주머니가 무거운 진공청소기를 들고 계단을 오르느라 낑낑대고 있으면 벌떡 일어나 그녀를 도와주었다. 어른들은 그를 무척 좋아했다.

"트레이는 진짜 신사야." 자매의 어머니는 이런 말을 자주 했다. "이런 의붓아들이라니, 더 바랄 게 없지."

이 집으로 들어온 뒤 몇 달이 지난 어느 날, 커샌드라와 제인은 유리문에 부딪혀 테라스에 기절해 있는 작은 참새 한 마리를 발견했다.

"불쌍해!" 제인이 울먹였다.

커샌드라가 수습에 나섰다. "우리를 쳐다보고 있잖아. 우리가 도와줘야 해."

그들은 안으로 뛰어 들어가, 이제 엄마에게 꽤 많이 생긴 튼튼한 구두 상자들 중 하나를 찾아서 부엌에 있는 키친타월로 그 안을 채워 넣었다.

"벌레를 먹이면 돼." 커샌드라가 이렇게 말할 때, 의붓오빠가 토요일 오후 경기를 마치고 바로 온 듯 라크로스 유니폼 차림으로 부엌에 어슬렁어슬렁 들어왔다.

"무슨 벌레를 먹여?" 트레이는 냉장고에서 우유를 꺼내더니 용기째로 마셨다.

"새를 한 마리 발견했거든." 커샌드라가 말했다. "너무 심하게 다쳐서 우리가 집을 만들었어."

"새 이름은 트위티야." 제인이 덧붙여 말했다.

트레이는 우유를 조리대에 내려놓고 그들을 따라 밖으로 나갔다.

참새는 아까와 똑같은 자리에서 쓰러진 채 반짝이는 눈으로 그들을 가만히 올려다보았다. 소녀들은 그 옆에 쪼그려 앉았다.

"그냥 들어 올리면 되려나?" 제인이 물었다.

하지만 두 자매 중 누구도 움직이지 않았다.

"너희 참 어설프구나." 트레이가 웃었다. "내가 좀 도와줘?"

"트위티를 상자에 넣어줄래?" 커샌드라가 물었다.

트레이가 한 걸음 더 가까이 다가오더니 허리를 굽혀 참새를 들어다보며 말했다. "안녕, 친구."

그러고는 여전히 스파이크 슈즈를 신고 있는 발을 높이 들어 올렸다가 내렸다.

으드득하는 소름 끼치는 소리가 허공을 가득 메웠다.

제인과 커샌드라가 상황을 파악하지 못하고 물끄러미 쳐다보고만 있자 의붓오빠가 말했다. "어차피 죽을 거였어."

트레이는 몸을 돌려 떠나버렸고, 두 자매는 돌바닥에 무릎을 꿇은 채 가만히 앉아 있었다. 충격이 가시자 울음이 터져 나왔다.

그들은 작은 새의 사체를 종이 타월로 감싸는 내내, 원래는 치료실로 쓰려 했지만 이젠 관이 되어버린 상자에 매직펜으로 '트위티'라고 쓰는 내내 흐느껴 울었다. 그런 다음 꽃과 무지개를 그려 넣어 상자를 꾸미고, 정원에서 가장 아름다운 곳인 노란 장미 덤불 아래를 묘지로 골랐다.

무덤 위의 흙을 반드럽게 편 후 자매는 서로 손을 잡았다.

"미안해." 커샌드라가 말했다. "널 지켜주지 못해서."

그 후로 그들은 의붓오빠를 피해 다녔다. 하지만 그는 여전히 그들 주위에서 얼쩡거렸다. 커샌드라의 아동용 브래지어 끈을 탁 튕기고, 복도에서 제인을 지나칠 때면 "못난이 제인 지나가신다!"라고 외쳤다. 자기 욕실이 따로 있는데도, 커샌드라와 제인이 잘 준비를 할 때 함께 쓰는 욕실에 자주 들어왔다.

"타이레놀 좀 찾으려고." 그는 노크도 없이 문을 벌컥 열면서 이렇게 말하곤 했다. 이런 일은 항상 두 자매 중 한 명이 샤워 중일 때 벌어지는 것 같았다. 귀를 기울이고 있다가 물소리가 들리면 그런 짓을 하는 게 분명했다. 물결무늬가 새겨진 유리문 너머에서 그가 음흉하게 쳐다보는 동안 자매는 몸을 가리려 애썼다.

하지만 그들은 트레이를 오래 피해 다닐 필요가 없었다. 엄마가 마치 첫 결혼인 양 기다란 흰색 레이스 드레스를 입고 예쁘게 눈물을 흘리며 결혼 서약을 읊은 지 17개월 만에 계부는 그들을 집에서 쫓아내고 이혼 소송을 걸었다.

인생의 변화와 혼돈을 겪으며 자매 사이는 훨씬 더 끈끈해졌다. 엄마가 예전보다 더 모질고 훨씬 더 차가워졌으니 더더욱. 비밀과 공통점으로 한데 뒤얽힌 커샌드라와 제인은 그들을 지켜줄 그들만의 세상을 지어 올리고 아무도 그 안에 들이지 않았다. 그들은 언제나 함께였다. 서로의 버팀목이 되어주고, 서로를 두둔하고, 서로를 사랑하면서.

서로를 지켜주었다.

20

셰이

미국에는 130만 명의 계부가 있다. 매일 1300가구 이상의 재혼 가정이 탄생하고, 13세 미만 아이들 가운데 50퍼센트 이상이 매일은 아니더라도 친부모 한 명, 새 부모 한 명과 함께 지낸다.

—데이터북, 21쪽

20년 전

내 열한 번째 생일이었던 토요일, 엄마는 나를 쇼핑몰로 데려갔다. 그리고 로드앤테일러 직원에게 특별한 날에 입을 특별한 옷을 골라 달라고 했다. 나는 분홍색 러플이나 레이스를 꿈꾸는 아이가 아니었다. 그보다는 축구와 수학 퍼즐을 더 좋아했다. 하지만 허리에 띠 장식이 달리고 무릎까지 내려오는 진보라색 원피스를 입어보니 특별한 사람이 된 것 같은 기분이 들었다.

나는 그 원피스를 입은 채 가게에서 나와 네일숍으로 향했고, 엄마와 나는 가죽으로 된 큼직한 안락의자에 앉아 손발톱 관리를 받았다. 잠시 후, 우리가 배리와 함께 살고 있는 목장 스타일의 집에 도착하자 계부가 색 바랜 청바지에 브루스 스프링스틴이 그려진 티셔츠를 입고 알루미늄 사다리에 서서 느슨한 지붕널에 망치질을 하고 있는 모습이 보였다.

현관문으로 걸어가는 동안 배리의 시선이 느껴졌다.

"왔구나, 멋쟁이 아가씨." 그가 나를 내려다보며 큰 소리로 말했고, 나는 고개를 숙인 채 어색하게 손을 흔들었다.

엄마가 저녁으로 내가 좋아하는 스파게티와 미트볼을 준비하고 나를 불렀을 때, 보드라운 감촉의 벨벳 원피스를 여전히 입고 있던 나는 옷에 음식이 튈까 봐 무릎에 조심스럽게 냅킨을 깔았다.

엄마는 평소에 배리의 음식을 제일 먼저 챙겼지만, 이날은 내 접시부터 채워주었다.

"어이, 여보, 내 파스타에 그레이비 조금만 더 부어주겠어?" 배리는 브롱크스 출신이었고 항상 토마토소스를 '그레이비'라고 불렀다. 나는 그가 그 용어를 쓰는 걸 처음 듣고 나서 내 데이터북에 적어 넣었다. 전에 기록해놓은 다른 지역 사투리들 옆에. 이를테면, 로드 아일랜드주에서 온 우리 반 여자애가 분수식 식수대(water fountain)라는 뜻으로 사용한 단어 '버블러(bubbler)'. 탄산음료(soda)를 의미하는 사투리 '팝(pop)'. 서부 해안, 특히 캘리포니아주 사람들이 고속도로(highway)라는 의미로 사용하는 단어 '프리웨이(freeway)'.

"알겠어." 엄마는 이렇게 말하며 토마토소스를 떠서 배리의 스파게티 위에 부어주었다.

저녁 식사를 하는 동안 배리는 쿠어스 맥주를 두 캔 마셨다. 이미 저녁을 먹으러 식탁으로 오는 길에도 빈 캔을 하나 버렸었다. 하룻밤에 맥주 두 캔은 드문 일이 아니었다. 하지만 세 캔 이상이라면 뭔가 문제가 있다는 뜻이었다. 그의 속이 뒤틀렸다는 신호였다. 봉급을 많이 주지 않는 사장 때문에, 퇴근길에 도로에서 끼어든 얼간이 BMW 운전자 때문에, 아니면 그가 힘들게 번 돈에 자꾸 세금을 매기는 정치인들 때문에.

엄마가 디저트를 가지러 가자 배리는 엄마를 따라가서 새 캔을 하나 들고 돌아왔다. 그가 캔을 따자 펑 하는 소리가 났다.

"생일 축하합니다." 엄마가 노래를 부르기 시작했다. 초콜릿을 입힌 컵케이크가 10여 개 담겨 있는 큰 접시를 들고서. 이것 역시 내가 좋아하는 음식이었다.

나는 눈을 감고, 껴안을 수 있는 강아지를 키우게 해달라고 소원을 빈 다음, 촛불을 불어서 껐다.

"네 소원이 이루어졌나 보자!" 엄마가 밝은 목소리로 말했다. "어서, 네 아빠가 보낸 선물이 뒤뜰에 있어." 엄마가 접시를 테이블에 내려놓았고, 나는 군침 도는 컵케이크도 잠시 참을 수 있을 만큼 신이 났다.

엄마는 내 손을 잡고서, 무용수 출신답게 우아하게 걸었다. 나는 그때 이미 엄마보다 5센티미터 더 컸고, 빠른 속도로 배리를 따라붙고 있었다. 내가 엄마에게 물려받은 거라곤, 가운데가 살짝 갈라진 턱과 약간 위로 들린 가느다란 코뿐이었다. 그에 반해, 작은 키에 탄탄한 몸, 숱진 검은 머리에 지중해 사람 같은 피부색을 가진 배리는 엄마와 육체적으로 완벽한 짝이었다.

안장에 큰 리본이 묶여 있는 반들반들한 빨간색 10단 변속 자전거가 차고에 기대어져 있었다.

"놀랐지!" 엄마가 소리 질렀다.

나는 눈물이 핑 돌았다. 강아지라면 내 단짝 친구가 돼서 항상 내 곁에 있어줄 텐데. 하지만 엄마가 알아채지 못하게 아랫입술을 세게 깨물며 얼른 기운을 차렸다.

"지금 타봐도 돼요?"

엄마는 내 원피스를 보며 말했다. "디저트 먼저 먹은 다음에 옷 갈아입고 타는 게 어때? 그때까지는 해가 안 질 텐데."

우리가 돌아갔을 때 배리는 여전히 식탁에 앉아 있었다. 쿠어스 캔을 왼손에 들고. 그는 몇 년 전 공사장에서 둥근 톱에 새끼손가락 끝을 잃었고, 손톱이 빠졌다. "선물은 마음에 들던?"

그의 말투에서 왠지 안 좋은 조짐이 느껴졌다. 나는 고개를 끄덕이고는 내 자리에 살며시 앉아, 그와 눈을 마주치지 않으려고 냅킨을 조심스럽게 정리했다. 배리가 하는 말을 어쩌다 들은 적이 있는데, 아빠가 엄마에게 매달 보내주는 양육비가 꽤 상당한 액수인 것 같았다.

"나는 꼬마였을 때 자전거가 생겼어. 하지만 내 돈으로 샀지. 신문 배달해서 번 돈으로."

"배리." 엄마가 부드럽게 말했다. "디저트나 먹어."

엄마는 먼저 그의 접시에 컵케이크를 얹은 다음, 나와 엄마의 접시를 채웠다.

두툼한 아이싱은 쫄깃쫄깃했고, 케이크 위에는 화려한 색의 바삭바삭한 스프링클이 뿌려져 있었다. 나는 좋아하는 부분인 스프링클을 조금 핥아서 그 달콤한 맛을 음미했다.

내가 욕심내서 크게 한 입 베어 먹으려고 입을 벌리는 순간, 배리가 다시 입을 열었다. "그런 원피스를 입으려면 컵케이크를 끊어야지."

나는 얼어붙었다. 그러고는 조심스럽게 컵케이크를 내려놓았다.

"배리! 왜 그런 못된 말을 해!" 엄마는 내 쪽으로 고개를 돌리며 말했다. "우리 딸, 오늘은 네 생일이잖아. 먹고 싶은 만큼 먹어."

배리는 악의가 없었다는 듯 두 팔을 넓게 벌렸다. "어이, 난 그냥 도우려는 거야. 남자들은 자기보다 큰 여자 싫어하거든."

난 더 이상 눈물을 참을 수 없었다. 우는 소리를 내지는 않았지만, 엄마는 내 뺨에 흘러내리는 눈물을 보더니 발개진 얼굴로 벌떡 일어났다. 계부에게 고함 한번 질러본 적 없는 엄마가 분노를 터뜨렸다.

"대체 왜 이러는 거야? 애한테 그런 식으로 말하지 마!"

나는 의자에서 슬그머니 일어나 조용히 말했다. "괜찮아요."

배리는 나를 쳐다보지도 않았다. 그의 사과는 오로지 엄마를 향한 것이었다. "미안해, 여보. 내가 잠깐 머리가 어떻게 됐나 봐. 이번 주에 정말 힘들었거든."

나는 뒤뜰로 달려가 자전거에 올라탔다. 부엌 창을 지나가면서 보니, 배리가 엄마를 자기 무릎으로 끌어당겨 엄마의 목에다 자기 얼굴을 비벼대고 있었다. 엄마는 웃고 있진 않았지만, 그를 막지도 않았다.

자전거를 타고 정처 없이 돌아다니다가 날이 어두워지기 시작하자 집으로 향했다. 자전거를 차고 안에 집어넣은 다음 조용히 집 안으로 들어갔다. 배리는 거실에서 텔레비전을 보고 있었지만, 엄마는 위층에서 나를 기다리고 있었다. 엄마는 나를 꼭 껴안고 속삭였다. "배리가 정말 미안하대. 그리고 내가 네 책상에 컵케이크랑 우유 놔뒀어."

컵케이크를 먹었지만, 처음의 그 달콤한 맛은 전혀 느껴지지 않았다.

그 생일날의 기억에 푹 빠진 나는 거의 무의식적으로 17관할서를 향해 걷고 있다.

어느 가게를 지나가다가 문득 유리창에 비친 내 모습이 눈에 들어온다. 어깨는 구부정하고 두 팔은 팔짱을 끼고 있다. 내가 뭘 하고 있는지 안다. 나를 더 작게 만들려고 애쓰고 있는 것이다. 그 생일 이후로 배리는 신경 써서 우리 둘이 있을 때만 그런 가시 돋친 말을 했지만, 그때의 상처는 지금까지 이렇게 남아 있다.

나는 걸음을 멈추고 몸을 돌려 내 모습을 똑바로 바라본다. 팔짱 꼈던 팔을 풀어 양옆으로 편하게 내려놓는다. 곧게 서서 어깨를 편다. 바로 몇 분 전 커샌드라와 제인과 함께 앉아 있던 그 여자로 돌아간다.

배리의 말은 제인의 몇 마디에 힘을 잃고 말았다. "팔 근육이 정말 탄탄해 보이네요! 미셸 오바마랑 같은 트레이너 고용한 거 아니에요?"

경찰서에 도착해 안으로 들어가, 나란히 놓여 있는 나무 벤치들을 지나간다. 이번에 입구를 지키고 있는 경관은 여자다. 그녀가 눈을 들어 나를 보고도 아무 말 않자, 이곳이 얼마나 위협적인지 새삼 느끼게 된다.

그래도 나는 밀어붙인다. "안녕하세요, 윌리엄스 형사님을 만나러 왔는데요."

"지금 안 계세요."

순간 맥이 빠지지만 얼른 정신을 차리고, 메모를 남겨도 되는지 물어본다.

경관이 고개를 끄덕이자 나는 토트백에서 펜과 오래된 영수증을 꺼내 이렇게 휘갈겨 쓴다. '전화 주세요. 그 목걸이 주인은 사실 어맨

다가 아니에요.'

나는 내 휴대전화 번호도 적는다. 윌리엄스 형사가 지워버렸을지도 모르니까.

목걸이가 어맨다 어머니 손에 들어가 있을 경우에 대비한 계획도 이미 세워놓았다. 그녀의 전화번호와 주소를 검색해서 찾아낸 다음 사실대로 설명하면 된다.

목걸이를 되찾으려고 내가 그렇게까지 애썼다는 걸 무어 자매에게는 알리지 않을 생각이다. 그저 좋은 소식만 전해줄 것이다.

21

커샌드라와 제인

자매는 꼭 필요할 때만 거짓말을 한다.

어떻게든 셰이의 자존심을 살려줘야 했고, 그래서 커샌드라는 제인의 실연 이야기를 지어냈다. 제인이 그녀에게 점점 많은 걸 요구하는 잘생긴 은행가와 헤어졌다고 말이다.

그 외에 그들이 꾸며낸 유일한 거짓말은 사라진 목걸이의 진짜 주인이 누구냐 하는 것이었다. 제인의 목걸이는 그녀의 보석 상자에 잘 모셔져 있었다.

셰이는 자매에게 목걸이를 되찾아주고 싶은 마음이 간절해 보였다. 자매는 셰이에게서 금방 연락이 올 거라 짐작하고 있었다. 셰이가 벨라스를 나선 순간부터 그 뒤를 밟은 밸러리는 셰이가 17관할서로 가는 모습을 목격했다. 아마도 목걸이를 되찾기 위해서였으리라.

하지만 그날 저녁 내내 셰이에게선 아무런 소식도 없었다. 며칠이 지난 지금까지도 셰이는 침묵을 지키고 있다. 셰이가 목걸이를 경찰서에 넘기자마자 자매는 목걸이의 위치를 감시하는 일을 중단했다. 혹시라도 경찰이 추적 장치를 발견할지 모르니, 흔적을 남기는 위험을 감수할 수는 없다.

커샌드라와 제인이 전략 회의를 열고 있을 때 비서가 문을 두드리며 급한 전화가 와 있다고 전한다. 순간 자매는 '셰이구나' 하고 생각한다.

하지만 전화선 너머로 대프니가 숨이 넘어갈 듯 헐떡이며 간신히 말을 뱉는다. "키트, 나한테 제임스를 소개해줬던 손님, 그 여자, 그 여자가 방금 전화했어요. 경찰이 찾아와서 묻더래요……."

"잠깐만요!" 커샌드라가 그녀의 말을 끊어버린다. 일반전화는 안전하지 않을지도 모른다. 스테이시가 경고하지 않았던가.

대프니도 알아챈 눈치다. "미안해요." 그녀의 목소리는 여전히 거칠지만, 말은 더 신중해졌다. "키트가 여기, 내 부티크로 오는 중이에요."

커샌드라와 제인은《포스트》의 새 칼럼니스트와 함께 점심 식사를 하기로 일정이 잡혀 있다. 하지만 대프니 혼자서 이 일을 감당하게 내버려둘 수는 없다. 커샌드라는 식당에 전화해 예약 인원을 세 명에서 두 명으로 바꾸고, 제인은 밖으로 뛰어나가 택시를 잡는다.

키트가 부티크로 급하게 들어오며 큼직한 검은색 선글라스를 정수리로 밀어 올릴 때, 제인은 가게 안쪽에서 가을 블레이저코트를 둘러보고 있다. 작은 부티크에 다른 손님은 아무도 없다.

키트가 두 팔을 획 내밀어 대프니를 껴안는다. "어떻게 이런 일이 있어요?" 그녀가 울먹이며 하는 말이 작은 공간에 크게 울려댄다. "오늘 아침에 필라테스 가려고 문을 열었는데, 어떤 남자가 주먹을 들고 서 있잖아요!"

대프니는 고개를 끄덕이고 가슴 위로 팔짱을 낀다. 분명 키트가 바라는 건 이런 미적지근한 반응이 아니다. "그냥 노크하려고 그랬던 거라지만, 그래도 얼마나 놀랐는지 몰라요. 어쨌든 그 남자가 형사 배지를 꺼내는 거예요. 바로 눈앞에서 보니까 텔레비전으로 보는 것보다 더 크더라고요. 그 형사가 이것저것 많이 물었어요. 제임스하고는 어떻게 아는 사이였느냐부터 시작해서 별 시시한 걸 다 묻더니 당신이 제임스랑 데이트한 일도 궁금해했어요. 이상하지 않아요?"

"조심해요." 제인의 나직한 속삭임은 너무 약해서 두 여자 모두에게 들리지 않는다.

"형사가 왜 그걸 물었을까요? 난 제임스랑 딱 한 번 만났을 뿐인데."

"내 말이 그거예요!" 키트가 격하게 외친다. "그것도 엄청 오래전이었는데! 제임스가 멋지긴 하지만 당신 타입은 아니라고 했잖아요. 제임스도 당신 얘기는 안 꺼냈고. 내가 경찰한테 다 설명했는……."

가게 안쪽에서 쿵 하는 소리가 요란하게 울리자 두 여자 모두 몸을 휙 돌린다.

"정말 미안해요!" 제인이 큰 소리로 말한다. "이렇게 칠칠맞지 못해서 어쩌죠!"

대프니가 서둘러 제인을 도와주러 가고, 제인은 X자로 맨 스카프와 벨트들을 걸친 채 쓰러져 있는 상반신 마네킹 옆에 무릎을 꿇고 앉아 있다.

"괜찮아요." 대프니가 말한다.

제인은 액세서리들을 줍는 대프니의 손이 떨리고 있음을 알아챈다. 키트가 와서는 그들 곁을 맴돌며 초조하게 몸을 흔들어댄다.

"회사에 입고 갈 만한 옷을 사고 싶은데. 좀 도와주실래요?" 제인이 대프니에게 말한다.

"그럼요." 대프니는 일어나서 마네킹을 테이블에 다시 올려놓는다. "원피스가 좋으세요? 아니면 슬랙스?"

"둘 다 괜찮아요. 옷들을 새로 다 사야 해서요."

키트는 실망한 표정으로 제인과 대프니를 번갈아 보다가 말한다. "난 이만 가야겠어요. 나중에 전화할게요!"

대프니는 키트가 문밖으로 나가는 모습을 제인과 함께 지켜보다가, 진열대 옆 안락의자에 털썩 앉는다. "경찰이 아직도 나에 대해 물을 줄은 생각도 못 했어요." 그녀의 얼굴이 핼쑥하고 창백하다.

형사는 대프니의 진술에서 큰 모순을 발견하고 거기에 집중한 것이 틀림없다. 대프니는 제임스와 친밀한 밤을 보내고 그녀의 아파트에서 그를 마지막으로 본 후 한 번도 연락이 오지 않았다고 경찰에 말했었다. 그래서 홧김에 제임스에게 지옥으로 꺼지라는 문자를 보냈다고 해명했다. 하지만 키트는 그날 저녁의 일을 다르게 진술했다. 대프니가 말하기를, 데이트는 즐거웠지만 제임스와 불꽃이 튀지는 않았다고 했다고.

이렇듯 사소하지만 왠지 거슬리는 실마리 하나로 모든 것이 드러날 수도 있다.

"아주 잘하고 있어요." 제인이 대프니의 어깨에 손을 얹으며 그녀를 안심시킨다. "걱정할 거 하나도 없어요."

이 거짓말 역시 필요했다. 대프니도 어맨다처럼 어긋나기 시작하면 곤란하니까.

22

셰이

사람들은 대개 대화 상대에게 호감을 얻고 유능하게 보이고 싶을 때 거짓말을 한다. 한 유명한 연구에 따르면, 60퍼센트의 사람들이 10분 동안 대화하면서 적어도 한 번은 거짓말을 한다고 한다. 사전에 거짓말을 계획하려면 이렇게 하면 된다.
- 그럴듯하게 만들 것
- 말하는 연습을 해볼 것
- 간결하게 끝낼 것
- 자신 있게 할 것

—데이터북, 24쪽

조디는 이번 달 말에야 들어온다고 하지만, 아파트에 들어가니 구석구석 그녀의 존재감이 느껴진다. 작은 꽃무늬 쿠션들이 여기저기 갈라진 갈색 소파를 장식하고 있고, 신발을 놓는 벤치 위에는 모네의 〈수련〉 포스터가 걸려 있다. 은색 액자에 끼워 넣은 조디와 션의 사진이 작은 테이블에 놓여 있다. 어제까지만 해도 이 테이블엔 컵받침들밖에 없었는데.

이 모든 것이 내가 이곳에서 지낼 시간이 얼마 남지 않았음을 일깨워준다. 굳이 이러지 않아도 잘 알고 있는데.

오늘 두 시간 동안 아파트먼츠닷컴 같은 부동산 정보 사이트들을 뒤져보다가, 마침내 괜찮아 보이는 곳을 발견했다. 하지만 부동산에 전화해보니 그 집은 사이트에 올라온 지 한 시간 만에 계약이 끝났다고 했다.

신발을 벗는 동안 조디의 목소리가 들린다. 그녀는 션과 함께 그의 방에 있다. 문을 닫아놨지만, 벽이 얇다.

"1분 법칙이라는 거야." 조디의 목소리가 평소보다 더 높고 날카롭다. "60초도 안 걸리는 일은 그 자리에서 바로 해치워야지. 그렇게 안 하니까 싱크대에 접시가 쌓이고 의자에 옷들이 널브러져 있잖아."

션이 연한 적갈색 머리를 손으로 빗어 넘기는 모습이 눈에 보이는 것만 같다. 그는 지저분한 편은 아니지만, 가끔 재활용 쓰레기를 쌓아놓거나 잘 상하지 않는 음식은 장바구니에서 꺼내지 않고 몇 시간씩 조리대에 방치해둘 때도 있다.

션의 목소리는 더 굵고 더 부드럽지만, 짜증이 섞여 있는 것 같다. "……피곤…… 쉬고 싶고……."

'1분도 안 걸리면 직접 하지 그래요, 조디?' 나는 속으로 생각한다.

"난 지저분한 데서 편하게 못 쉰단 말이야!" 이제 조디는 퉁명스럽게 딱딱거리고 있다.

가슴이 설레기 시작한다. 두 사람이 다투는 건 처음 듣는다. 그들이 헤어지면 난 이 집에서 나가지 않아도 된다.

션이 낮게 구시렁거리는 소리가 또 들린다. 그러고는 조디가 웃음을 터뜨린다. 그리고 그렇게 평화가 다시 찾아온다.

션은 재치 있는 말을 금방 생각해내 곤란한 상황을 모면하는 데능하다.

내가 그를 좋아하는 이유 중 하나다.

나는 출근할 때 입었던 바지와 윗옷을 레깅스와 낡은 티로 갈아입고 운동화를 신는다. 가을 끝자락에 이스트강을 따라 달리면 기분이 좋아진다.

나는 헤드폰을 챙기고 가벼운 재킷을 허리에 묶는다. 밖으로 나가기 전에 할 일이 한 가지 더 있다. 윌리엄스 형사에게 전화를 거는 것이다.

그녀는 내가 남긴 메모에 답을 해주지 않았다. 어제 두어 번 전화를 해봤지만 그녀는 현장에 나가 있었고, 나는 내 이름을 또 남기기가 민망했다. 아마 살인이나 절도 사건을 수사 중이라 내 메시지에 답하는 건 우선순위에서 한참 밀려나 있겠지.

이번에는 그녀가 전화를 받는다.

그녀에게 무슨 말을 할지는 전부 계획을 세워두었다. 하지만 그녀의 목소리를 듣기만 해도 긴장해버리는 버릇 때문에 생각처럼 말이 차분하게 나오지 않는다. "안녕하세요, 셰이 밀러예요. 제가 드렸던 목걸이가 실은 어맨다 물건이 아니라서요. 다른 친구가 어맨다한테 빌려준 거예요. 그러니까 제가 잠깐 들러서 목걸이를 받아와도 될까요?"

윌리엄스 형사는 아무런 대답이 없다. 그녀가 날 어떻게 생각할지는 짐작만 할 수 있을 뿐이다. 내게 이 모든 일을 잊고 전문가의 도움을 받으라고 했던 사람이니까.

더 이상 침묵을 견디기가 힘들어 나는 횡설수설하기 시작한다. "저, 이상하게 들리겠지만, 어맨다의 친구 몇 명을 우연히 만나서 얘기를 나눴는데, 어맨다는 그 목걸이 주인이 아니라고 하더라고요…… . 목걸이를 그 친구들한테 꼭 돌려줘야 해요…… . 그러겠다고 약속을…… ."

"잠깐만요." 나는 명령조의 목소리에 움찔한다. "어맨다의 친구들과 연락을 하고 있어요?"

"어쩌다 거리에서 마주쳤어요…… . 추도식에서 봐서 서로 얼굴을 알고 있었거든요."

윌리엄스 형사가 짜증 어린 목소리로 말한다. "이봐요, 셰이, 앞으로는 어맨다의 친구들하고 얘기하지 말아요. 목걸이는 이미 어맨다 어머니에게 우편으로 부쳤어요. 당신은 이 일에서 손 떼요."

그녀의 말투를 들으니, 이것으로 완전히 끝인 것 같다.

나는 막다른 길에 부딪히고 말았다. 목걸이를 되찾아주겠다고 말했을 때 기뻐하던 제인의 얼굴이 떠오른다. "우리가 만난 것도 다 운명이었나 봐요"라던 커샌드라의 말도.

"죄송해요." 윌리엄스 형사가 전화를 끊기 직전에 나는 이렇게 말한다.

그녀를 귀찮게 한 것이 미안해서 사과하는 게 아니다.

이 일에서 손을 떼지 않을 생각이라 사과하는 것이다.

"안녕하세요, 멜리사 다우닝이에요." 나는 시립병원의 응급실 데스크에 있는 여자에게 말한다. "어맨다라는 친절한 응급실 간호사분이랑 얘기 좀 하고 싶어서요."

여자의 눈이 휘둥그레진다. "아." 그녀는 선뜻 말을 잇지 못한다. 그녀의 머릿속이 복잡해지는 게 눈에 보일 정도다. "무슨 일 때문에 그러시는지 여쭤봐도 될까요?"

나는 입을 가로로 길게 늘여 미소 짓는다. 그럴듯한 거짓말을 지어낼 것. "몇 주 전에 여기 실려 왔었는데 그분이 당직이었거든요. 저를 정말 잘 챙겨주셨어요. 감사 인사 드리려고 다시 왔어요."

내 손에는 꽃다발이 쥐어져 있다. 이번에도 노란 백일홍으로.

나는 입이나 가슴이나 배를 가리지 않으려고 애쓴다. 진실을 말하고 있지 않다는 증거가 되니까.

"그렇군요. 잠깐만 기다려주시겠어요?"

"네." 나는 태연하게 뒤로 물러나 1인용 플라스틱 의자에 앉는다.

잠깐이라더니, 내가 15분 넘게 의자에 앉아 있는 동안 안내 데스크의 여자는 전화기에 대고 뭐라고 소곤거리고는 내 눈을 피하며 다시 컴퓨터를 붙잡고 일을 하기 시작한다.

모퉁이에 있는 텔레비전에서는 CNN이 무음으로 틀어진 채 하단에 자막이 흐르고 있다. 나 말고도 몇 명이 더 대기 중이지만, 심하게 아파 보이는 사람은 없다. 하지만 그리 멀지 않은 곳에서 누군가의 희미한 신음 소리가 들리더니, 한 남자가 소리를 지른다.

웬만한 동정심으로는 이런 곳에서 일하기 힘들 것이다. 업무에 능숙해야 하는 건 물론이고. 여기 오기 전에 간호사들에 관한 통계를 조사해봤는데, 간호사의 98퍼센트가 정신적으로도 육체적으로도 업무가 힘들다고 답했다는 연구 결과가 있었다.

어맨다도 그들 중 한 명이었을까? 거의 끊임없이 고통과 죽음을 목격해야 하니 버거울 수밖에 없겠지. 간호사들의 자살 확률이 일반 여성보다 23퍼센트 더 높다는 글도 있었다. 아무래도 치사량의 약물을 쉽게 구할 수 있는 간호사들이 많아서 그런 것 같다.

어맨다도 펜타닐, 옥시콘틴, 바리움, 퍼코셋, 바이코딘 같은 약들을 어렵지 않게 손에 넣을 수 있었을 것이다. 하지만 지하철 앞으로 뛰어드는 방법을 택했다.

나는 이 모든 걸 내 데이터북에 적어두었다. 이제 그녀의 자살이 조금은 이해가 될 것 같기도 하지만, 방식만큼은 그렇지가 않다.

"멜리사?"

나는 이름이 두 번 불리고 나서야 고개를 든다. 내 앞에 분홍색 수술복을 입은 간호사가 서 있다. 머리는 뒤로 넘겨 높게 묶었고, 화장기 없는 얼굴은 정말 피곤해 보인다. 간호사라는 직업이 훨씬 더 존경스러워진다. 교사들만큼이나 간호사들도 하는 일에 비해 너무 적은 보수를 받고 있다.

"아, 죄송해요. 딴생각하느라 못 들었어요." 나는 일어나 의아해하는 듯한 표정으로 그녀를 쳐다본다. 어맨다를 만나게 되리라 기대하고 있었던 것 같은 인상을 주기 위해.

"전 지나라고 해요. 어맨다의 상관이었죠. 잠깐 저쪽으로 가서 얘기할까요?" 그녀가 나를 비교적 조용한 구석으로 데려간다. "어맨다의 환자였다고요?"

"네." 나는 거짓말을 한다. "맹장이 터졌거든요."

병원 직원이 어맨다와 나의 진짜 관계를 알면 어맨다의 개인 정보를 알려주지 않을 확률이 높으니 이런 사연을 준비해왔다.

그녀는 고개를 끄덕인다. 내가 정말 입원한 적이 있는지 확인해본 사람이 아무도 없다니 다행이다.

"이런 말씀 드리게 돼서 정말 유감이지만, 어맨다는 몇 주 전에 죽었어요." 그녀의 사무적인 태도가 당황스럽다. 하긴, 하루 종일 이런 소식을 전해야 할 테니까.

"어머나! 어쩌다가요?"

"갑자기 예상치도 못하게 그렇게 됐어요." 지나는 흘러내린 머리 한 가닥을 귀 뒤로 넘긴다. 그러고는 한쪽 다리에 붕대를 감고 젊은 여자에게 팔을 기댄 채 문을 지나가는 남자를 힐끔 쳐다본 뒤 내 쪽으로 다시 고개를 돌린다. "하지만 어맨다가 살아 있었다면 당신이 찾아와준 걸 정말 고마워했을 거예요. 환자들을 진심으로 아끼는 사람이었으니까요."

나는 못 믿겠다는 듯 고개를 젓고 손에 쥔 꽃을 내려다본다. "이 꽃을 드리려고 했는데. 그분이 제 목숨을 구해주셨거든요."

구슬픈 사이렌 소리가 차츰 잦아들더니 널찍한 유리문 반대편에 구급차가 멈춰 선다. 이제 남은 시간이 별로 없다. 지나는 이미 무리해서 내게 이만큼 시간을 내어준 건지도 모른다.

나는 고개를 들고 눈을 깜박인다. "어맨다의 어머님, 에빙거 부인에게 편지를 쓰고 싶어요. 조문 카드를 보내서 어맨다가 얼마나 훌륭한 간호사였는지 말씀드려야 할 것 같아요."

지나가 대답하려는데 원내 안내 방송이 지직거린다. "안내 데스크에 카드 남겨두시면 우리가 보낼게요." 그녀가 걸음을 떼기 시작한다.

무어 자매의 말로는 어맨다의 어머니가 남편이 죽은 후로 재혼을 안 했다고 했으니, 어맨다와 그녀의 어머니는 같은 성을 썼을 것이다. 내가 어맨다의 어머니를 에빙거 부인이라고 불렀을 때 지나가 그냥 넘어간 걸 보면, 확실히 그런가 보다. 그래도 더 많은 데이터가 필요하다.

"어머님 성함을 좀 알려주실래요? 제가 직접 편지를 보내려고요."

또 안내 방송이 나오고, 지나가 건성으로 하는 대답이 간신히 들린다. "음, 엘런…… 아니, 아니지, 엘리너예요. 그냥 데스크에 카드 맡기고 가세요, 제가 대신 보내드릴게요."

엘리너 에빙거.

그녀가 델라웨어 출신이라는 건 이미 알고 있다. 이 조건에 모두 들어맞는 사람은 그리 많지 않을 것이다. 그중에서 어맨다의 어머니를 찾기만 하면 된다.

23

밸러리

밸러리는 찾아올 손님을 기다리며 청소를 하는 대신 집 안을 어지럽히기 시작한다. 이스트빌리지에 있는 아파트의 큰 방에서, 서랍장 안에 들어 있는 것들을 천천히 밖으로 내던지고 벽장 안의 여름옷과 겨울옷을 뒤섞는다. 안쪽에 걸려 있던 녹색 도트 무늬 원피스를 꺼내 블루밍데일 백화점 쇼핑백에 넣은 다음 침대 밑에 숨겨둔다. 신발 몇 켤레를 바닥에 흩트려놓고, 가벼운 재킷 두 벌을 의자 등에 툭 걸쳐놓는다. 정리 컨설턴트와 약속을 잡는 건 어렵지 않았다. 첫 통화에서 만날 시간을 정할 때 밸러리는 늦은 오후나 저녁에는 언제든 괜찮다고 말했다. 사실이었다. 커샌드라와 제인은 홍보회사 업무보다 이 일이 더 급하다고 했다.

조디는 그다음 날 오후 4시를 제안했다. "세 시간 정도가 가장 효율적이에요. 그 이상 넘어가면 고객분들이 지치시더라고요."

"정말 기대돼요." 밸러리가 바짝 붙어 통화를 듣고 있던 제인과 커샌드라를 바라보며 미소 지었다. "당신한테 큰 도움을 받을 수 있을 것 같아요."

목걸이를 되찾아주겠다고 약속했던 셰이에게서는 아무런 소식도 없다. 그리고 경찰은 예전보다 더 가까이 대프니의 주위를 맴도는 것 같다. 이제 자매가 선제공격에 나설 때가 왔다. 어쩌면 션의 여자 친구인 조디가 그의 수수께끼 같은 룸메이트에 대해 괜찮은 정보를 알려줄지도 모른다.

통화 후 24시간도 채 안 지난 지금, 밸러리는 아파트를 마지막으로 돌아다니며 신원 정보가 적힌 우편물과 개인적인 사진들을 치운다. 비용은 현금으로 지불할 계획이다.

밸러리는 최근 이혼했으며 약간 게으르고 부유한 여자라는 설정에 어울리는 복장으로 차려입는다. 플랫슈즈, 구제 느낌의 청바지, 200달러짜리 티셔츠. 추가적인 예방 조치로, 머리 길이와 스타일을 제대로 파악할 수 없도록 적당히 머리를 헝클어뜨린 후 틀어 올리고, 도수 없는 안경을 낀다.

밸러리는 약속 시간보다 10분 일찍 로비로 향한다. 조디가 도착하자, 따뜻한 미소로 그녀를 맞은 밸러리는 날씨 얘기를 떠들어대며 조디를 데리고 수위 앞을 지나간다. 대부분의 방문자들은 자기가 만날 사람의 이름을 수위에게 알리지만, 오늘은 그런 일이 일어나서는 안 된다. 조디에게 본명을 말하지 않았으니까.

밸러리는 6층 버튼을 누른 뒤 조디를 바라보며 빙긋 웃는다. 조디는 밸러리가 상상한 그대로다. 자그마한 몸집에 발랄하고, 프로다워 보이지만 허세가 약간 섞인 듯하다. 셰이는 커샌드라와 제인에게 조디를 아주 잘 묘사했다. 그녀가 걸을 때마다 통통 튀어대는 높이 묶은 머리까지.

"오, 디나, 집이 정말 예쁘네요!" 밸러리가 문을 열어 그녀를 안으로 들이자, 조디가 탄성을 지른다. "색 배합이 마음에 들어요. 화강암 조리대도요! 완벽한 부엌이에요."

"고마워요."

조디는 부엌 조리대로 걸어가서, 밝은색 작약이 꽂혀 있는 흰 꽃병을 만진다. 꽃병은 손을 거꾸로 뒤집은 모양을 하고 있고, 움푹 파인 손목에 꽃줄기가 꽂혀 있다.

"정말 재미있는 꽃병이네요! 어디서 샀는지 물어봐도 될까요? 고객들한테 추천해줄 제품을 항상 찾고 있거든요."

"아, 그건 선물로 받은 거예요."

"저어엉말 예뻐요." 조디가 말을 길게 늘이자 밸러리는 가벼운 웃음으로 답한다.

몇 분 더 잡담을 나눈 후 밸러리는 조디를 벽장으로 데려간다. "보시다시피, 도움이 필요해요."

"오, 이 정도면 심각한 것도 아니에요. 제가 지금까지 정리해준 옷장들을 못 보셔서 그래요. 자, 우리가 제일 먼저 할 일은 가지고 있는 옷을 모조리 다 꺼내서 침대 위에 놓는 거예요."

"브래지어랑 팬티도요?"

"전부 다요!"

"지난 10월에 이혼한 후로 내 팬티를 본 사람은 나 말고는 아무도 없거든요."

이혼은 진실이다. 시기는 다르지만. 밸러리와 그녀의 남편은 10년도 더 전에 헤어졌다.

"아, 유감이에요."

"아니에요." 밸러리는 속내를 털어놓는 듯한 투로 말하며, 옷장 서 랍들을 빼내 티셔츠와 양말을 침대에 쌓아놓기 시작한다. "그 인간 을 치워버려서 얼마나 좋은데요."

"윽. 그래요, 잘 치우셨어요. 필요 없는 다른 물건들도 지금 치워보 자고요!"

그들은 함께 웃는다. 첫 번째 씨앗이 이미 뿌려졌다.

조디의 지시에 따라 두 여자는 옷가지를 세 무더기로 나누기 시작 한다. 계속 간직할 것, 기증하거나 버릴 것, 수선할 것. 그러는 내내 그들은 얘기를 나누고, 밸러리는 진실과 허구를 섞어 자신의 인생 이야기를 단편적으로 끼워 넣으며 조디에게도 질문을 던진다.

솔직하고 수다스러운 조디는 어떻게 정리 컨설턴트가 됐는지 말 하고("그렇게 쉽지는 않아요. 자격증도 따야 하고 이것저것 신경 쓸 게 많아 요."), 곧 남자친구 집으로 들어갈 계획이라고 털어놓는다.

녹색 쓰레기봉투 몇 개를 채운 뒤 계속 간직할 옷만 남자, 밸러리 는 와인을 마시자고 제안한다. 조디는 별로 확신이 없는 목소리로 거 절한다.

"그러지 말고 한잔해요, 5시 넘었잖아요. 나 혼자 마시기 싫어요!"

"그럼 딱 한 잔만 할게요."

밸러리는 코르크 마개를 뽑은 고급 상세르 화이트와인 한 병과 와 인잔 두 개를 가져온다. 그리고 와인을 잔에 넉넉하게 채운 다음 한 잔을 조디에게 건넨다. "건배해요! 새로운 시작을 위하여."

조디는 와인을 한 모금 마신다. "액세서리로 넘어갈까요?"

"그래요."

그들은 밸러리의 구두와 핸드백을 차례로 정리하면서 계속 얘기 를 나눈다.

조디가 번쩍이는 클러치백을 보며 감탄하는 사이, 밸러리는 침대를 보고 얼굴을 찌푸리며 옷 무더기에서 베이지색 스웨터를 집어 든다. "이건 버려야겠어요. 전남편이 사준 건데, 그 인간 생각나는 물건은 남겨두기 싫어요. 바람피우는 현장을 잡았을 때 이 옷을 입고 있었거든요."

"그래요?" 조디는 와인을 또 한 모금 홀짝인다. 흥미진진해 보이는 이야기에 귀가 솔깃해지는 모양이다.

"그 자식이 옆집 여자랑 놀아났지 뭐예요? 심지어 예쁘지도 않았는데 말이에요. 자기들은 그냥 친구 사이라고 우기더라고요." 밸러리는 '친구'라는 단어를 말할 때 허공에다 손가락으로 따옴표를 그리며 고개를 젓는다.

거짓말이지만, 밸러리의 표정을 보면 영락없는 진실 같다. 그녀의 얼굴은 딱딱하게 굳어 있고 눈빛은 순간적으로 차가워진다.

"끔찍하네요!" 조디는 와인 잔을 서랍장에 내려놓고 티셔츠를 개기 시작한다. "전혀 눈치 못 채고 있었어요?"

"지금 와서 생각해보면 몇 가지 조짐이 있긴 했어요. 두 사람 모두 골프를 좋아했는데 난 싫어서 가끔 둘만 나가서 골프를 치곤 했죠……. 어떻게 생각해요? 남자와 여자가 정말 친구가 될 수 있을까요?"

"뭐……." 조디는 또 다른 티셔츠를 침대에 대고 손바닥으로 과격하게 문질러대며 말한다. "제 남자친구는 다른 여자랑 같이 살고 있는데, 두 사람은 그냥 친구 사이예요. 적어도 남자친구한테는 그래요. 하지만 아무래도 그 여자는 제 남자친구를 짝사랑하고 있는 것 같아요."

밸러리는 고개를 끄덕인다. "여자의 직감이란 무섭죠. 그래서, 그 여자는 어때요? 그 룸메이트요."

조디는 티셔츠를 서랍에 슬며시 집어넣으며 어깨를 으쓱한다. 그러고는 와인 잔을 다시 쥐고 길게 한 번 들이켠다. "좋은 여자예요. 사람들하고 잘 어울리는 것 같진 않지만……." 조디는 선뜻 말을 잇지 못한다.

밸러리는 그녀를 격려하듯 미소 짓는다. "뭘 망설여요, 그냥 말해버려요."

"사실, 좀 묘한 구석이 있어요."

"오, 왜요?"

조디는 밸러리와 단둘이 있는데도 목소리를 낮춘다. "이상한 두꺼운 노트를 들고 다녀요. 처음 봤을 땐 일기장인 줄 알았는데, 한번은 집에 놔두고 갔길래……."

"못 참고 몰래 훔쳐봤군요. 나라도 그랬을 거예요." 밸러리는 조디의 잔을 다시 넉넉히 채워준다.

"션이나 저에 대한 얘기가 쓰여 있을 줄 알았어요. 그런데 전혀 아니더라고요."

긴장한 밸러리는 온몸이 굳어진다.

"그냥 온갖 이상한 통계가 적혀 있었어요."

"통계?" 밸러리는 얼굴을 찌푸린다. "무슨 통계요?"

"그걸 통계라고 하는진 잘 모르겠지만, 자살하는 사람들의 수나 공포증에 대한 거였어요. 한 페이지에는 통째로 간호사들에 대해서만 써놨더라고요. 간호사들의 몇 퍼센트가 자살을 하고, 자살할 때 어떤 약물을 쓰는지. 누가 그런 걸 조사하고 다녀요?"

밸러리는 너무 놀라 할 말을 잃고 만다. 다행히도 조디는 그녀가 충격을 받은 거라 오해한다.

"죽음에 집착하는 것 같아요. 정말 소름 끼쳐요. 빨리 그 집에서 나갔으면 좋겠어요."

"네, 그럴 만도 하네요." 밸러리는 심란한 마음을 가라앉힐 시간을 벌기 위해 몸을 돌려 그녀의 잔을 다시 채운다.

얼른 조디를 쫓아내고 커샌드라와 제인에게 전화하고 싶은 마음이 굴뚝같지만, 그럴 순 없다. 조디는 앞으로도 중요한 정보원이 될 수 있다. 밸러리는 조디에게 할당된 시간이 끝날 때까지 남은 30분 동안 평범하게 행동해야 한다.

그들은 수다를 떨고, 와인을 마시고, 옷들을 치우며 30분을 보낸다. 하지만 그러는 내내 밸러리는 이런저런 의문들로 머릿속이 복잡하다.

'왜 셰이는 계속 어맨다의 자살에 집착하고 있는 걸까? 그리고 셰이는 어맨다 에빙거에게 있었던 일을 얼마나 알고 있을까?'

24

셰이

하루에 약 5억 개, 1년에 1460억 개의 우편물이 배달된다. 우편물 절도는 징역 5년, 벌금 25만 달러까지 구형받을 수 있는 중범죄다. 3명 중 1명은 소포를 도둑맞은 적이 있다는 추산도 있다. 이를 막기 위해 일부 경찰서는 GPS 위치 추적기를 숨긴 '미끼 소포'를 지원자들의 집 앞에 둔다. 소포가 움직이면 곧바로 경보가 울리고 경찰이 그 위치를 추적할 수 있다.

—데이터북, 25쪽

엘리너 에빙거라는 이름을 가진 여자는 여러 명이지만, 그들 중 나이대가 맞는 사람은 한 명뿐이다.

나는 조금 더 조사를 하다가 한 온라인 사이트에서 그녀가 어맨다의 가족이라는 사실을 확인한다.

그녀는 맨해튼에서 두 시간 정도 떨어진 델라웨어주 윌밍턴에 살고 있다.

비번인 다음 날 나는 공유 자동차 서비스 집카(Zipcar)의 차를 빌린다. 내게는 드문 일이다.

출근 시간대가 지난 후 도시를 떠나서인지 도로가 그리 혼잡하지 않다. 나는 시속 95킬로미터를 계속 유지하며 I-95 도로를 타고 남쪽으로 달린다. 테드 강연을 들으면서. 직장과 집을 구하는 문제로 끊임없이 괴롭고 무거운 마음을 달래고, 이제 곧 저지르려는 짓도 잠시나마 잊고 싶어서다. 나는 딸을 잃고 슬픔에 젖어 있는 어머니를 불쑥 찾아가려 한다.

어맨다의 어머니에게 솔직하게 털어놓을 계획이다. 요즘 거짓말을 너무 많이 했더니, 일이 더 꼬이고 올가미에 걸린 듯한 기분이 든다. 목걸이를 발견했고 어맨다의 것인 줄 알았는데 알고 보니 아니었다고, 설명하면 된다. 그렇게 말하는 연습을 해보니 아주 간단하게 들린다.

무정하게 들리기도 한다. 하지만 딱히 다른 방법은 떠오르지 않는다.

두 시간 후 나는 파인 거리로 들어선다. 이 조용한 동네의 길 양쪽에는 거의 똑같이 생긴 단층 벽돌집들이 줄지어 서 있다. 앞쪽에 작은 나무 베란다가 있는 문제의 그 집이 보이자 나는 길 건너편에 차를 세운다.

그런 다음, 줄기 부분을 축축한 종이 타월로 싸서 신선하게 유지한 백일홍 한 다발을 들고 차에서 내린다. 이젠 백일홍이 어맨다의 꽃처럼 느껴진다. 셔츠만 입으면 무례해 보일 것 같아서 블레이저코트를 껴입고, 머리를 뒤로 반듯하게 넘긴다.

제일 먼저 눈에 띄는 건, 몇 주 동안 깎지도 않고 잡초도 안 뽑은 듯 지저분한 잔디밭이다. 옆뜰에는 페인트가 벗겨진 2인용 나무 그

네가 있다.

엄마와 배리가 살고 있는 집, 내가 열 살 때 이사 갔던 그 집과 아주 많이 닮았다. 단, 배리는 마당을 꼼꼼하게 관리하고 있다. 앞쪽 인도 근처에 솜털이 보송보송한 흰색 민들레 몇 포기가 자라고 있다. 어린 시절의 어맨다가 그중 하나를 뽑아 솜털을 후 하고 부는 모습이 눈에 보이는 것만 같다. 내가 그랬던 것처럼.

진작부터 느끼고 있던 죄책감이 더 커진다. 그래도 멈출 수는 없어 억지로 계속 움직인다.

베란다로 들어가는 방충망 문을 열자 삐걱거리는 소리가 크게 나서 움찔한다. 이제 계단을 몇 개 올라가 현관문을 두드려야 한다.

하지만 참지 못하고 먼저 주변을 둘러본다. 흔들의자 하나와 가구들 몇 점으로 베란다가 꽉 차 있다. 그중 한 작은 테이블에는 우편물, 잡지, 신문 들이 어수선하게 쌓여 있다. 그 옆에 있는 재활용품 수거함은 넘쳐흐르기 직전이다.

구석의 기다란 고리버들 의자에 내가 만나러 온 여자가 잠들어 있다. 어맨다의 어머니. 추도식에서 그녀가 어맨다의 사진 근처에 있는 의자에 앉아 있다가 커샌드라와 포옹을 나누던 모습이 떠오른다.

그녀는 입을 살짝 벌린 채, 두 손을 턱 밑에 동그랗게 말고서 옆으로 누워 있다. 그녀 앞의 테이블에는 거의 바닥난 샤르도네 병과 거꾸로 엎어놓은 와인 잔, 그리고 반쯤 먹다 만 참치 샌드위치가 놓여 있다. 파리 한 마리가 샌드위치 주위를 윙윙거리며 정신없이 날아다니는 소리가 들린다.

이런 모습의 그녀를 보고 있자니 관음증 환자가 된 것 같은 기분이 든다. 잠든 누군가를 지켜보는 건 은밀한 행위이다. 그녀는 무척 연약해 보이고, 내 짐작으로는 50대일 텐데 훨씬 더 나이 들어 보인다.

미리 연락을 하고 올 걸 그랬다. 하지만 그냥 불쑥 찾아가서, 그녀가 이런저런 의문을 품을 여유를 주지 말자는 계산이 있었다. 괜히 먼저 연락했다가 오지 말라는 말을 들을 수도 있고.

나는 그녀 쪽으로 한 걸음 떼다가 멈춘다. 베란다에서 낯선 사람이 흔들어 깨우면 누구든 깜짝 놀랄 것이다.

아무래도 차로 돌아가서 기다려야 할까 보다. 하지만 그녀는 잠깐 눈을 붙인 게 아닌 것 같다. 몇 시간을 기다려야 할 수도 있다.

나는 몇 가지 방법을 고려해본다. 헛기침을 크게 해볼까? 다시 밖으로 나가서 베란다 문을 두드려볼까? 그런데 그때 우편물 더미가 눈에 띈다. 얼마 동안 계속 쌓아놓기만 한 것처럼 보인다.

"목걸이는 이미 어맨다 어머니에게 우편으로 부쳤어요." 윌리엄스 형사가 이렇게 말했었다.

나는 숨을 얕게 쉬며 우편물 쪽으로 살살 움직인다.

제일 위에 있는 건 비닐로 포장된 시어스 백화점 카탈로그다. 그 밑으로 봉투들의 귀퉁이가 보이는데, 그 안에 어떤 우편물들이 있는지는 알 수 없다.

윌리엄스 형사는 내가 준 흰 우편 봉투를 그대로 보냈거나, 아니면 두툼한 안전봉투에 목걸이를 넣었을지도 모른다.

나는 어맨다의 어머니를 힐끗 본다. 그녀는 아까와 똑같은 자세로 느리고 고르게 숨을 쉬고 있다. 나는 커피 테이블에 놓여 있는 와인 병 옆에다 꽃다발을 살며시 내려놓는다.

그런 다음 그녀의 머리에서 겨우 몇 센티미터 떨어져 있는 우편물들로 한 발짝 더 다가간다.

내 손은 카탈로그 위를 맴돈다. 그걸 집어 들면, 내 행동을 해명할 만한 그럴듯한 핑곗거리가 없을 것이다.

나는 그 밑으로 손가락을 살며시 집어넣어 카탈로그를 천천히 들어 올린다. 그걸 내려놓을 데가 마땅치 않아 왼손에 들고서 다음 우편물로 손을 뻗는다. 수도 요금 고지서다.

윌리엄스 형사의 봉투는 어디든 있을 수 있다. 이 무더기에는 아무런 체계가 없다. 좀 더 최근 우편물이 있는 위쪽 부근이면 좋을 텐데. 하지만 아예 여기 없을지도 모른다.

파리가 윙윙거리며 내 코 근처를 지나가고 나는 움찔하며 손으로 얼굴을 때린다.

어맨다의 어머니가 나지막이 소리를 낸다. 나는 숨을 죽인다. 그녀가 눈을 뜨기만 하면 그녀 위로 우뚝 서 있는 내가 보일 것이다. 하지만 그녀는 잠에서 깨지 않는다.

나는 수도 요금 고지서를 집어서 왼손으로 옮겨 카탈로그 위에 얹는다. 그리고 다음 우편물 몇 개를 얼른 들어 올린다. 하나씩 들어 올릴수록 점점 더 깊숙이 들어가고 있다.

얼마 전 조사했던 눈덩이 효과라는 것에 말려든 기분이다. 간단히 말하자면, 사소한 부정을 저지르는 사람은 더 많은 거짓말을 더 쉽게 한다는 것이다. 거짓말이 쌓여가면서 불안감과 부끄러움은 사라지기 시작한다.

나는 커샌드라를 처음 만났을 때 그녀에게 거짓말을 했다. 그다음엔 커샌드라와 제인과 차를 마실 때, 어맨다와 같은 동물병원에 다녔다며 그들을 계속 속였다. 그 후에는 병원에 가서 지나를 만났을 때도 거짓 이야기를 지어냈다. 그리고 지금 또 이렇게.

이번이 마지막이다, 맹세코. 여기서 끝이다.

내가 어떤 잡지를 빼내려 하자 우편물 더미가 우르르 무너져 내린다. 수십 장의 편지와 고지서가 후루룩 바닥으로 떨어진다.

어맨다의 어머니가 반대편으로 돌아눕자 나는 몸을 움츠린다. 그녀의 한 팔이 올라오고, 순간 그녀가 나를 붙잡을까 봐 겁에 질린다. 하지만 팔은 그녀의 머리 위로 툭 떨어지고, 그래서 그녀의 손가락 끝이 내 다리를 스칠락 말락 한다.

잠깐 마음을 졸이다 나는 바닥에 떨어진 우편물들을 훑어본다. 두 개는 예쁜 파스텔 색조의 봉투다. 조문 편지가 분명하다.

나는 격한 수치심에 휩싸인다. 하지만 고지가 얼마 남지 않았는데 이제 와서 멈출 수는 없다. 목걸이는 틀림없이 여기 어딘가에 있다. 그리고 윌리엄스 형사는 너무 바쁜 사람이니 목걸이를 보낸다는 연락조차 못 하지 않았을까. 그렇다면 어맨다의 어머니는 우편물이 없어졌다는 사실도 모를 것이다.

나는 다른 봉투를 예닐곱 개 더 들어 올린다. 그때, 위쪽 왼편 구석에 발송인 주소가 미리 인쇄되어 있는 기다란 흰 봉투가 보인다. '뉴욕시, 뉴욕 경찰 17관할서, NY 10022.'

나는 손을 뻗어 그 봉투를 천천히 들어 올린다. 아주 가볍지만, 얇은 봉투 사이로 딱딱한 뭔가가 느껴진다.

그녀에게 중요한 거라면 열어봤겠지, 하고 나는 속으로 중얼거린다.

그러고는 왼손에 들고 있던 우편물들을 천천히 테이블에 도로 내려놓는다. 어쩔 수 없이 소리가 나고, 나는 움찔한다. 하지만 어맨다의 어머니는 움직이지 않는다.

봉투를 토트백에 살며시 집어넣는다.

남의 우편물을 훔치는 건 물론이고 뜯어서 보는 것도 연방 범죄다.

'하지만 사실 이건 훔치는 것도 아니잖아'라며 스스로를 설득한다. 목걸이는 원래 어맨다의 것이 아니었으니까.

바닥에 흩어져 있는 우편물들을 내려다본다. 줍다가 또 소리를 내면 안 되니 그냥 내버려둔다. 아마 바람에 날려 떨어졌겠거니 생각하겠지.

나는 잰걸음으로 조용히 문 쪽으로 간다. 문에 이르러, 헐렁한 원피스를 입고 있는 어맨다의 어머니를 돌아본다. 이 가여운 여자는 남편을 잃었고, 이젠 딸까지 잃었다. 그리고 그녀 자신도 잃어버린 듯하다.

그녀는 철저히 혼자다.

여기 몇 시간 더 머물면서 베란다를 치워주고 그녀에게 차가운 물한 잔이라도 가져다줄 수 있으면 좋으련만. 그런다고 내가 저지른 짓이 만회되진 않겠지만, 사과의 마음으로.

나는 조심조심 문을 열며 삐걱거리는 소리에 바짝 긴장한다.

드디어 밖으로 나온다. 오래된 샌드위치가 있는 어수선한 베란다 안에 있다가 나와서인지 공기가 훨씬 더 상쾌하게 느껴진다.

자동차를 향해 힘차게 걸으면서 한 걸음 내디딜 때마다 금방이라도 어맨다의 어머니가 나를 부르는 소리가 들릴 것만 같은 느낌이 든다. 토트백에서 열쇠를 꺼내는 내 손이 덜덜 떨린다.

차 문을 열 때, 테이블에 꽃을 두고 온 사실을 깨닫는다. 위험을 무릅쓰고 돌아가서 꽃다발을 가져오려는데, 누군가가 큰 소리로 말한다.

"안녕하세요!"

심장이 터질 것 같다. 나는 몸을 휙 돌린다. 청바지에 플란넬 셔츠를 입은 짧은 백발의 여자가 인도 가의 정원에 무릎을 꿇고 있다. 바로 길 건너편에 사는 사람이 분명하다. 그녀가 일어나 내게 다가오자 나도 모르게 한 걸음 물러난다.

"혹시 어맨다 친구예요? 그 끔찍한 소식을 듣고 다들 얼마나 안타까워했는지 몰라요." 그녀는 나와 얘기를 나누고 싶은 모양이다. 어맨다가 이 동네에서 자라는 걸 지켜본 사람일지도 모른다. 하지만 나는 그녀와 대화를 시작할 수 없다.

"죄송해요, 제가 좀 바빠서요." 나는 차 안으로 미끄러지듯 들어가며 말한다. "만나서 반가웠어요." 나는 떠나면서 창밖으로 손을 흔든다.

사이드미러를 보니, 그녀가 내 쪽을 빤히 쳐다보고 있다.

나는 바퀴에서 끼익하는 소리가 나도록 급하게 모퉁이를 돌며 숨을 천천히 내뱉는다. 몇 블록을 더 달리고 나서 차를 세우고 휴대전화를 꺼낸다.

'경찰서에서 목걸이 찾아왔어요.' 나는 커샌드라와 제인에게 문자를 보낸다. '언제든 갖다줄게요!'

나는 휴대전화를 치우고, 아까보다는 좀 더 가볍게 액셀을 밟는다.

다시는 거짓말을 안 하겠다는 맹세는 10분도 못 가 깨지고 말았다.

25

어맨다

2개월 전

"엄마, 이제 끊어야 돼요." 구급차가 들어오며 사이렌을 울려대자 어맨다는 큰 목소리로 말했다. "쉬는 시간 끝났어요."

사실은 끝나지 않았지만, 전화를 끊고 싶었다. 엄마의 혀 꼬부라진 소리를 들으니 반사적으로 배 속이 죄어왔다. 그리고 오늘은 이웃집 아들이 엄마 집 차도를 또 막아버렸다는 불평보다 훨씬 더 시급한 문제가 있었다.

어맨다는 수술복 주머니에 휴대전화를 집어넣었다.

'지금 아니면 기회는 없어.' 그녀는 심장이 제멋대로 뛰어대는 걸 느끼며 속으로 중얼거렸다.

다시 병원으로 돌아간 그녀는 응급실 자동문을 열고 들어갔다.

제복 차림의 경비원이 책상 뒤에서 고개를 끄덕였다. "오늘 정말 힘들죠?"

그녀는 움찔하다가 날씨 얘기였다는 걸 깨닫는다.

"너무 더워서 닭들이 삶은 달걀을 낳게 생겼어요." 그녀는 응급실 입구에서 카드 키를 긁으며 답했다.

그녀는 경비원이 그녀의 떨리는 손을 눈치채지 못하길 빌었다.

제인의 아파트에서 다른 여자들의 시선을 받으며 커샌드라 옆에 앉아 있었을 땐 모든 게 간단해 보였다.

"할 수 있어요." 그녀는 이렇게 말했었다. "아무 문제 없어요."

"오, 어맨다, 당신이 최고예요." 커샌드라는 몸을 구부려 그녀를 살짝 안아주었다. 커샌드라의 부드러운 머리칼이 그녀의 뺨을 쓸고 지나갈 때 로즈메리와 민트 향 샴푸 냄새가 났다. 어맨다는 그 샴푸의 브랜드를 정확히 알고 있었다. 예전에 한 번 커샌드라가 어떤 제품을 쓰는지 궁금해서 그녀의 샤워실과 약품 수납장을 몰래 훔쳐본 적이 있었다.

휴식 시간이 이제 5분 남았다.

'매일 하는 일인데 뭐.' 어맨다는 병원에서 쓰는 마취제를 모아놓은 의약품 보관실로 향하며 마음을 다졌다.

다른 부서의 간호사들은 보통 규칙적인 시간에 환자들에게 약을 나누어주었다. 오전 10시, 정오, 오후 2시 등등. 간호사들은 30분 전에 환자들에게 필요한 다양한 약물을 챙기기 때문에 의약품 보관실은 그때가 가장 혼잡했다.

응급실은 상황이 달랐다. 언제나 예측 불허의 일들이 터지는 곳이니까.

지금은 의약품 보관실이 텅텅 비어 있었다. 하지만 언제든 다른 간호사가 뛰어 들어올 수 있었다.

'빨리.' 어맨다는 스스로를 재촉했다.

손가락 끝으로 키패드에 그녀의 ID를 누를 때 온몸이 얼음처럼 차가워지는 느낌이었다. 그녀는 오늘 실려 온 화상 환자에게 필요한 모르핀 황산염이 든 병을 꺼냈다. 곧 그에게 또 한 번 투여해야 했다. 이 순간까지는 아무 잘못도 저지르지 않았다.

이제부터가 곤란한 부분이었다. 그녀가 선을 넘어야 하는 순간이 온 것이다.

그녀는 모르핀 병을 하나 더 그러쥐었다. 그러고는 첫 번째 병과 함께 수술복 주머니에 집어넣었다.

그녀는 수납장을 닫고 보관실에서 나와, 복도 끝에 있는 사물함을 향해 힘차게 걸어갔다. 반들반들한 리놀륨 바닥을 밟을 때마다 크록스 슬리퍼에서 찍찍거리는 소리가 났다.

가슴이 답답하게 조여왔다. 경비원에서부터 다른 직원들, 감시 카메라까지 병원 어디에나 눈이 있었다. 하지만 수년 동안 성실하게 일해 온 그녀를 감시할 사람은 아무도 없었다.

그녀는 휴게실 문을 밀고 들어갔다. 운 좋게 아무도 없었다.

사물함을 열고, 단열 처리된 도시락 가방에서 텅 빈 여행용 구강 청결제 통을 꺼냈다. 그러고는 떨리는 손을 애써 진정시키며, 60밀리 그램을 조심스럽게 옮겨 담았다. 그런 다음, 의료용 타월로 싸놓은 메스 옆에 나란히 리스테린 병을 다시 집어넣었다.

병원에서 나가자마자 커샌드라와 제인에게 '성공했어요!'라고 문자를 보내는 모습을 상상하니, 마음속에서 희열이 솟구치며 불안하던 마음이 가라앉았다.

그룹에 속한 일곱 명의 여자들은 제각기 특별한 능력을 갖고 있지

173

만, 이번 임무는 어맨다만이 해낼 수 있는 일이었다. 액상 모르핀은 통증을 없애주는 한편 극심한 졸음을 유발하기도 했다. 이 약을 훔친 건 바로 그 용도로 사용하기 위해서였다.

거의 꽉 찬 모르핀 병을 쥔 손이 수술복 주머니를 향해 움직였다.

"어머, 어맨다, 또 배고파?"

어맨다는 더듬거리다 병을 떨어뜨릴 뻔했다. 그녀는 병을 꽉 그러쥐고 손을 등 뒤로 돌리며 휙 돌아섰다.

"지나! 깜짝 놀랐잖아요."

상관이 그녀를 이상한 눈으로 쳐다보고 있는 건가?

어맨다는 미소 지으려 애썼다. "그냥 간식 좀 먹으려고요."

지나는 자신의 사물함으로 걸어갔다. "나도." 그녀는 그래놀라바를 하나 꺼내 포장을 벗기고, 늘어선 사물함들 한복판에 있는 벤치에 털썩 앉았다. "베이글 자르다가 엄지손가락 날아갈 뻔한 남자 봤어?" 지나는 그래놀라바를 베어 물며 고개를 저었다.

"또요? 일요일마다 그런 환자들 들어오잖아요." 어맨다는 다시 몸을 돌리며 손을 주머니에 살며시 집어넣었다. 그녀의 몸이 지나의 시야를 가렸기를 바라며. "밖에서 봬요." 어맨다는 문 쪽으로 향했다.

이제 지나는 확실히 그녀를 이상한 눈으로 쳐다보고 있었다. "간식 먹는다며?"

어맨다는 뺨이 뜨겁게 달아올랐다. 어깨를 으쓱하며 농담으로 넘기려 했지만, 머릿속이 새하얘졌다. "별로 배 안 고파요." 결국 이렇게 답했다.

지나가 무슨 말이라도 더 꺼낼까 봐 어맨다는 허둥지둥 휴게실을 나왔다.

26

커샌드라와 제인

오늘 밤 무어 자매는 축배를 들기로 되어 있었다. 젊은 덴젤 워싱턴으로 불리는 그들의 클라이언트 딘 브레머가 출연한 영화의 맨해튼 시사회가 열리는 날이다.

하지만 사무실에서 메이크업을 받으며 샴페인을 마시는 대신, 자매는 시사회 전 한 시간 동안 전략을 짜며 보냈다.

대프니는 순찰차가 그녀의 부티크를 감시하고 있다고 확신하고는, 불안했는지 평소보다 훨씬 더 높은 목소리로 오늘 두 번이나 전화했다. 하지만 밸러리가 시사회 측에 자매의 참석을 재확인해주는 일을 그만두고 서둘러 웨스트빌리지로 갔을 때 경찰은 이미 떠나고 없었다. 아마 별일 아니었을 거라고 자매는 결론을 내린다. 그 경찰이 뭘 하고 있었는지는 아무도 알 수 없다. 그저 휴식을 취하고 있었을지도 모른다.

하지만 커샌드라도 제인도 저녁이 입에 들어가지 않는다. "난 시사회 안 가고 휴대전화 옆에 붙어 있을래." 제인이 말한다.

커샌드라도 둘 중 한 명은 언제든 연락이 가능해야 한다는 데 동의한다. 그들 주위에 묻혀 있는 지뢰들이 너무 많다.

헤어숍 예약을 취소한 커샌드라는 머리를 매끈하게 뒤로 넘겨 높이 묶고 시사회로 떠난다. 갈아 신을 계획이었던 검은색 스틸레토힐은 사무실 소파 옆에 둔 채 잊어버렸다. 언니가 떠난 후 제인은 유리와 크롬으로 된 책상에 앉아 밀린 서류 작업을 처리하려 애쓴다.

하지만 집중이 안 된다. 문자나 이메일 알림이 와서 휴대전화가 진동할 때마다 움찔하게 된다.

그러다가 날카로운 소리가 정적을 가른다. 사무실 전화가 울리고 있지만, 업무 시간은 이미 지났다. 제인은 발신자를 확인해본다. 시립병원.

어맨다의 옛 직장.

제인은 헤드셋을 끼고 곧장 전화를 받는다.

응급실에서 어맨다의 상관이었던 지나다. 지나가 회사 번호를 어맨다의 어머니에게 받았다고 설명하자마자, 잔뜩 긴장해 있던 제인의 어깨가 풀린다.

"이번 주 초에 드디어 어맨다의 사물함을 청소했거든요." 지나가 말한다. "그런데 어머님이 며칠 후에야 전화를 주셨어요. 혹시 당신과 당신 언니가 어맨다의 물건을 대신 맡아줄 수 있는지 물어봐 달라고 하시더군요. 많지는 않아요. 옷 몇 벌이랑 우산, 그리고 세면용품 조금 정도예요."

"당연히 우리가 맡아야죠." 그 대화가 어떻게 진행됐을지는 안 봐도 뻔하다. 어맨다의 어머니는 어맨다의 아파트를 비우는 일에서부터 추도식을 준비하고 그 비용을 대는 일까지 모든 걸 자매에게 떠넘기려 했다.

자매는 어차피 어맨다와 관련된 거라면 무슨 수를 써서라도 떠맡을 생각이다.

"오늘 저녁에 제가 그쪽으로 들를게요." 제인이 제안한다.

"아, 전 이제 곧 퇴근해요. 내일은 안 될까요?"

"괜찮아요."

지나는 어맨다가 가끔 문자를 주고받은 몇 안 되는 외부인들 중 한 명이다. 간호사들에 관한 재미있는 만화를 보내주기도 하고, 동료의 아기에게 줄 선물을 함께 고르기도 했다. 지나는 근무 시간과 겹친 탓에 추도식에 참석하지 못했다.

이번이 좋은 기회가 될 것이다.

"어맨다가 이 세상에 없다는 게 아직도 실감이 안 나요." 제인이 말한다.

"네, 저도 그래요."

"제가 뭔가 알아챘어야 한다는 생각이 들긴 하지만, 평소와 다른 점은 전혀 못 느꼈거든요. 당신은 어때요?"

지나는 바로 대답을 하지 않고, 수화기 너머로 병원의 소음이 들린다. 안내 방송이 나오기 전 지직거리는 스피커, 희미한 사이렌 소리, 오르락내리락하는 목소리들. "어맨다는 좀…… 뭐랄까, 나사 빠진 사람처럼 보였다고 할까요? 딱 들어맞는 말은 아니겠지만, 다른 표현이 안 떠오르네요. 죽기 2주 전부터 낌새가 이상했던 것 같아요."

"음……." 제인은 노란색 메모지와 펜을 집는다. 대화 내용을 컴퓨터에 남길 수는 없다. 혹시라도 자판 두드리는 소리가 지나에게 들릴지도 모르니까.

"죽기 직전에도 행동이 정말 이상했어요. 평소와 다르게 실수도 하고. 우리가 마지막으로 같이 근무한 날엔, 중간에 갑자기 뛰쳐나가 버리더라고요. 그게 어맨다를 본 마지막이었어요."

제인의 몸이 뻣뻣하게 굳는다. "대체 무슨 일이 있었던 걸까요?"

"모르겠어요. 전혀 어맨다답지 않았으니까요." 지나는 숨을 내쉰다.

제인도 그렇게 한다.

"정말 안타까워요. 훌륭한 간호사였는데. 일하다 보면 지쳐서 환자한테 벽을 치기가 쉽죠. 그러면 혹여 환자가 잘못돼도 마음 아프지 않을 테니까. 하지만 어맨다는 그러지 않았어요."

"알아요. 어맨다는 특히 세상의 약자들한테 관심이 많았죠." 제인은 펜을 내려놓고 일어선다. 물잔이 비어서 다시 물을 채우러 프런트 옆에 있는 작은 정수기로 향한다.

"바로 며칠 전에는 어떤 여자가 자기 목숨을 구해준 어맨다한테 감사 인사를 하고 싶다면서 꽃을 들고 찾아왔더라고요."

"대단하네요." 제인은 정수기 탭을 누른다. 도무지 집중이 안 되니 슬슬 일을 정리하고 집에서 와인 한 병을 딴 다음 대프니에게 연락을 해봐야 할 것 같다.

"네, 어맨다가 죽었다고 말해줬더니 엄청 충격을 받은 것 같았어요."

제인은 얼어붙는다. 물잔이 반밖에 채워지지 않았지만 정수기에서 얼른 손을 뗀다. 그녀는 무심한 목소리를 내려 애쓰며 얼른 책상으로 돌아간다. "그래요?"

"어쨌든, 이제 그만……."

"미안한데." 제인은 다시 펜을 집어 들고 그녀의 말을 끊는다. "꽃을 가지고 왔던 여자, 혹시 키가 크고 갈색 머리에 뿔테 안경을 끼지 않았나요?"

수화기 너머로 지나가 놀라워하는 것이 느껴진다. "어떻게 알았어요?"

제인은 펜을 움켜쥔다. 메모지에 '셰이'라고 쓰고, 그 밑에 밑줄을 긋는다. 종이가 찢길 정도로 세게.

"얘기하자면 길어요. 나중에 다 설명해드릴게요. 우선 그 여자가 또 뭘 했는지만 짧게 말씀해주실래요?"

답을 기다리는 동안 제인의 배 속이 조여온다.

"별거 없었어요." 지나는 이제 얼떨떨한 목소리로 말한다. "조문 카드를 보내고 싶다면서 어맨다 어머니의 주소를 물어보더라고요."

제인은 눈을 감는다. "가르쳐줬어요?"

"아니요, 주소는 알려줄 수 없지만, 편지를 대신 부쳐주겠다고 했죠."

제인은 이미 핸드백과 코트를 집어 들고 있다. "겁주려는 건 아니지만, 그 여자는 정말 이상한 짓을 많이 했어요." 제인이 불쑥 말한다. "추도식에 찾아와서, 어맨다와 어떻게 아는 사이였는지 거짓말을 했죠. 아마 환자도 아니었을걸요. 그 여자가 어맨다 어머니에게 뭐라고 썼는지 모르겠지만, 분명 조문 편지는 아니에요."

"어머, 정말요? 전혀 몰랐어요. 거짓말하는 티가 안 나던데."

"그 여자 이름은 셰이 밀러예요. 또 나타나면 곧장 나한테 연락해줘요, 아셨죠?"

"셰이요? 그 여자는 M으로 시작하는 다른 이름이었던 것 같은데. 잠깐만요, 컴퓨터로 확인 좀 해볼게요." 잠깐의 정적 후 지나가 말한다. "우리 병원에 셰이 밀러라는 환자는 없었어요. 입원 기록을 검색해봤어요."

"지금 당장 어맨다 어머님께 연락을 해봐야겠어요. 그 카드를 열어보면 안 돼요."

"잠깐만요." 지나가 주저하며 말한다. "생각해보니까, 그 여자가 카드를 안 두고 갔어요."

〈E! 엔터테인먼트〉 기자가 이쪽으로 오고 있어요." 커샌드라는 자기 옆에 서 있는 스물두 살의 배우 딘 브레머에게 말한다. "두 가지 질문을 할 거예요. 매튜 매커너히와 함께 일하는 게 어땠는지, 그리고 배역의 어떤 점에 끌렸는지. 문제없어요, 이런 질문은 수십 번 받아봤으니까."

딘은 고개를 끄덕인다. "인터뷰가 더 쉬워질 날이 오기나 할까요?"

"그럼요." 커샌드라는 그에게 빙긋 웃는다.

카메라의 밝은 조명이 딘을 비추자마자, 누군가가 커샌드라의 팔꿈치를 꽉 붙잡는다.

제인이 그녀에게 바짝 다가선다. 다른 사람들 눈에는, 영화가 정말 재미있었다고 언니에게 속삭이는 것처럼 보일 것이다.

"방금 지나라는 어맨다의 직장 동료랑 통화한 다음 어맨다의 어머니한테 전화했어." 제인이 소곤거린다.

커샌드라는 기분 좋은 말이라도 들은 듯 빙긋 웃는다.

"매튜와 함께 작업한 소감이 어떤가요?" 기자가 딘에게 묻는다.

"오, 완전히 악몽 같았죠!" 딘은 애교스럽게 씩 웃으며 농담을 던진다.

커샌드라가 딘에게 고개를 끄덕이는 사이, 제인이 또 속삭인다.

"며칠 전에 셰이가 병원에 가서 어맨다의 예전 환자인 척했대. 그리고 어맨다 어머니의 주소를 받아내려고 했어."

커샌드라의 표정이 거의 눈에 띄지 않게 살짝 굳는다.

기자는 사전에 커샌드라의 허락을 받은 두 번째 질문을 던진다.

"복잡하고 가끔은 짜증을 유발하기도 하는 이 캐릭터에 끌린 이유는요?"

"그의 진실성을 이해했기 때문이죠." 딘은 진지하게 답한다.

제인의 말은 계속 이어진다. "지나는 주소를 안 알려줬대. 여기로 오는 길에 어맨다 어머니한테 전화를 해봤는데, 셰이한테서 아무 연락도 못 받았다는 거야. 그런데 오늘 낮잠을 자다가 깨봤더니 베란다에 꽃다발이 놓여 있더래."

"이해가 안 돼." 커샌드라가 나지막이 속삭인다. "누군가가 어맨다 어머니한테 꽃을 남겼는데, 아무 말도 안 하고 그냥 떠났다고?"

제인은 언니의 귀에 대고 두 단어를 말한다.

"노란 백일홍이었대."

27

셰이

누군가의 호감을 사는 최고의 방법 중 하나는 그 사람에게 부탁을 하는 것이다. 미국과 일본에서 진행된 한 연구에서 참가자들은 같은 조건이었다면 자기에게 도움을 청하는 사람에게 더 호감을 느꼈다고 답했다. 이를 '벤저민 프랭클린 효과'라고 한다. 건국의 아버지인 그가 정적의 마음을 사기 위해, 그 사람의 서재에 있는 책을 빌려달라고 부탁하는 전략을 썼기 때문이다.

—데이터북, 32쪽

인터폰이 삑 하고 울리자 나는 버튼을 눌러 무어 자매에게 건물 현관문을 열어준다.

태양 펜던트가 달린 제인의 목걸이를 들고서 기다리고 있자니, 그들에게 사실대로 말하지 못한 것이 찜찜하게 느껴진다. 이 목걸이를 되찾아 오려고 차를 빌려 네 시간 반이나 운전하는 수고와 비용을 아끼지 않았다는 말은 차마 할 수 없었다. 너무 필사적으로 보

일 테니까. 게다가, 훔쳐온 거나 마찬가지라는 얘기를 어떻게 털어
놓겠는가.

내 아파트를 둘러보니, 새삼 참 좁고 촌스러워 보인다. 얼른 아래층
으로 내려가서 그들을 만나고 올까 싶기도 하지만, 그런 무례를 범
하고 싶지는 않다.

션과 조디는 소파에 팔다리를 아무렇게나 벌리고 앉아서 티나 페
이가 나오는 영화를 보고 있다. 조디의 두 발은 션의 무릎에 올려져
있다. 초인종이 울려도 두 사람은 고개조차 들지 않는다. 내가 중국
음식을 주문했다고 생각하는 모양이다. 멜라니가 출산하기 전에 여
기 와서 저녁을 먹고 간 후로 몇 달 동안 내 손님은 한 명도 없었다.

나는 헛기침을 한다. "저기, 음, 누가 올 건데……"

그때 문을 톡 하고 한 번 때리는 날카로운 소리가 들린다.

문을 열어보니, 방금 패션쇼 무대에서 내려온 듯한 두 자매가 서
있다. 커샌드라는 검은색과 흰색 패턴이 들어간 몸에 딱 붙는 원피
스를 입고 있고, 제인은 벨트가 달린 스웨이드 미니 원피스에 무릎
위까지 올라오는 부츠를 신고 있다. 바람이 많이 부는 날인데도 그
들의 머리는 매끈하니 윤기가 흐른다. 페인트가 벗겨진 좁은 문간에
두 사람이 서 있는 모습은 마치 신기루처럼 느껴진다.

"들어오세요." 나는 미소 지으며 말한다.

그들이 신은 하이힐이 나무 바닥에 부딪혀 딸깍하는 소리를 내
고, 그들 몸에 뿌려진 향수가 은은한 꽃향기를 풍긴다.

조디는 영화에서 눈을 떼고 벌떡 일어나 앉으면서 머리끈을 잡아
당겨 머리를 푼다. 션은 영화를 끄고 두 자매를 번갈아 쳐다본다.

"이쪽은 내 룸메이트 션, 그리고 션의 여자친구 조디예요."

"만나서 반가워요." 제인이 말한다.

"서로 어떻게 아는 사이예요?" 조디가 얼떨떨한 표정으로 묻는다.

뭐라고 답해야 할지 모르겠다.

그때 커샌드라가 눈부신 미소를 지으며 말한다. "아, 몇 주 전에 처음 만나자마자 친구가 됐죠."

조디는 마치 날 처음 본 사람인 듯 쳐다본다. 아니면, 이런 멋지고 신비로운 분위기의 여자들이 같이 어울리고 싶어 할 만한 사람으로 나를 생각해본 적이 없어서일지도 모른다.

"여기요." 나는 제인에게 목걸이를 건넨다.

"당신이 최고예요." 그녀가 나를 꼭 껴안는다.

커샌드라는 목걸이를 집어 들어 동생의 목에 걸어준다. 제인의 쇄골 사이로 움푹 파인 부분에 펜던트가 놓인다.

"완벽해." 커샌드라가 말한다.

"뭐 마실 거라도 드릴까요?" 션이 말한다. 이제 그와 조디 모두 일어서 있다.

커샌드라와 제인은 아파트를 찬찬히 둘러본다. 션과 조디 앞에 놓여 있는 한 쌍의 와인 잔, 그들이 덮고 있던 담요, 그리고 달리 갈 곳이 없는 좁아터진 공간.

"정말 고맙지만, 그만 가봐야 해서요." 제인이 말한다.

왠지 기분이 가라앉는다.

그들이 떠나면, 그들 덕분에 잠시나마 환해졌던 이 집이 또 우중충해지겠지. 나는 내 방에서 혼자 저녁을 보내며, 아파트먼츠닷컴이나 또 검색하고 있을 테고. 하지만 최악인 부분은 그게 아니다. 이제 그들은 목걸이를 돌려받았으니, 내가 그들을 다시 만날 핑곗거리가 없어졌다.

목이 메어오지만, 울컥하는 감정을 애써 억누른다.

와줘서 고맙다고 말하려는데 커샌드라가 한 팔로 나를 감싸 안는다. "잠깐 셰이 좀 빌려 갈게요."

한 시간 후, 나는 작지만 우아한 아파트 한복판에 서 있다. 드디어 내 인생에도 햇볕이 들기 시작하려는 걸까.

수위가 지키고 있는 이스트 12번가의 이 14층짜리 건물은 뉴욕에 사는 싱글 여성에게 필요한 모든 것, 아니 그 이상을 갖추고 있다. 지하에 작은 피트니스센터까지.

효율적으로 설계된 부엌에는 일반적인 접시와 냄비, 프라이팬뿐만 아니라 에스프레소 메이커와 바이타믹스 믹서기도 구비되어 있다.

거실에는 L자 모양의 소파 맞은편에 평면 텔레비전과 붙박이 책장이 있고, 책장에는 소설책과 회고록이 꽉꽉 채워져 있다. 창턱의 철제 화분 받침대에는 고상해 보이는 난초들이 여럿 놓여 있고, 그 옆의 작은 수족관에는 화려한 빛깔의 물고기가 몇 마리 들어 있다.

"큰 방은 저기지만, 당신이 쓸 곳은 여기 손님방이에요." 제인이 이렇게 말하며 문을 연다.

무어 자매가 션과 조디에게 나를 빌려 가겠다고 말했을 때 나는 또 술을 마시러 가나 보다 했다. 하지만 그들은 내게 줄 깜짝 선물이 있다고 했다. 주인이 잠깐 비워둔 집이 있는데, 괜찮다면 그곳에 머물면서 집을 봐달라고.

이제 나는 방 안으로 들어간다. 굳이 방을 보지 않아도 무조건 수락할 생각이지만. 거실 소파에서 자야 한다고 해도 상관없다.

더블베드에 주름 하나 없이 빳빳한 하얀 이불과 푹신해 보이는 베개들이 놓여 있다. 너무 아늑해 보여서 엠비엔이 없어도 잠들 수 있을 것 같다. 긴 의자 뒤로 있는 창문 밖으로는 비에 물든 거리가 내려다보인다.

구석에는 작은 책상이 벽에 꼭 붙어 있다. 침대 옆 테이블에는 빨간 튤립 한 송이가 꽂혀 있는 꽃봉오리 모양의 화병과 향초가 놓여 있다.

에어비앤비 사이트에 올라온 비싼 방처럼 보인다.

"저기 빈 옷장이 있어요." 커샌드라가 손으로 한편을 가리킨다. "그리고 샤워를 할 수 있는 작은 욕실도 딸려 있고요."

"완벽해요." 나는 커샌드라와 제인에게 말한다.

"보수가 없는 일인 건 아쉽지만, 그래도 우리 부탁 좀 들어줘요." 커샌드라가 말한다.

"세상에, 그게 무슨 말이에요? 너무 좋아요!"

우리는 다시 부엌으로 돌아간다. 이젠 커피를 내릴 때 꼭 목욕 가운을 입지 않아도 되고, 션의 방에서 그와 조디가 내는 은밀한 소리가 들릴까 봐 걱정하지 않아도 된다.

"운명인가 봐요." 제인이 화강암 조리대에 몸을 기대며 말한다.

이곳의 모든 것이 무척이나 밝고 티끌 하나 없다. 잠시 머무는 거지만, 새로운 출발처럼 느껴진다. 얼른 집에 가서 짐을 챙겨 오고 싶다.

"그냥 이틀에 한 번 물고기한테 밥 먹이고 난초에 물을 주면 돼요. 꽃은 조금 예민하니까 흙에 얼음 한 조각만 올려두세요." 커샌드라가 말한다.

"친구분이 원하는 건 뭐든 할게요. 스팀 청소기로 카펫을 밀까요? 부엌을 뜯어고칠까요?"

그들이 웃자 나는 덧붙여 말한다. "친구분 동생이 얼른 나았으면 좋겠네요."

"그럴 거예요." 커샌드라가 복도로 나가 문을 잠그며 답한다. "그리고 누가 자기 집을 봐줄 거라는 사실을 알면 정말 좋아할 거예요."

　건물을 나서며 나는 두 자매를 껴안고 작별 인사를 한다. 그리고 잠시 그 자리에 서 있으면서, 그치기 직전의 마지막 빗방울이 내 살갗에 떨어지는 느낌을 만끽한다. 그 빗물이 내 몸을 새로이 씻겨주고 있기라도 한 것처럼.

28

베스

22개월 전

욕실 샤워기에서 물이 후두두 떨어지는 부드러운 소리는 이슬비 소리처럼 마음을 편안하게 달래주었다. 베스는 침대에 누워 따뜻한 이불을 폭 덮고서 그 가벼운 리듬에 귀를 기울이고 있었다.

오늘 첫 재판은 오전 11시에나 시작되니까, 두 시간은 더 이렇게 침대에서 꾸벅꾸벅 졸며 아침을 보낼 수도 있었다.

솔깃한 생각이었다. 화학요법을 시작한 지 한 달이 넘은 지금, 평소에 넘쳐흐르던 기운도 다 고갈돼 버렸다.

하지만 치료를 시작한 뒤 남편 브렛과도 친밀한 시간을 갖지 못했다. 샤워를 같이 안 한 지는 훨씬 더 오래됐다. 예전에는 같이 샤워를 하다가 사랑을 나누곤 했는데.

그녀는 살며시 침대에서 나가 긴 소매의 플란넬 잠옷을 머리 위로 당겨 벗다가, 옷장 문 안쪽의 전신 거울에 비친 자신의 모습을 힐끔 보았다. 갈비뼈와 골반뼈가 툭 불거져 나와 있었다. 한때 풍만했던 몸은 거의 몰라볼 정도로 변해버렸다.

그녀는 욕실로 향했다. 왜 이렇게 긴장되는 걸까. 브렛과는 5년 동안 같이 살았고, 결혼한 지는 3년이 지났다. 그들은 이제 슬슬 아이를 가질까 얘기하기 시작했지만, 베스의 유방암 검진 결과를 듣고 나서 그 계획은 보류되었다. 이 일은 그들에게 닥친 첫 위기는 아니었다. 베스가 신부님 대신 치안 판사에게 주례를 맡기고 종교색 없는 결혼식을 치르기로 결정했을 때, 그녀의 부모님은 결혼식 참석을 거부했지만 브렛은 그녀의 의견을 지지해주었다. 브렛의 시집이 출판사마다 퇴짜 맞았을 땐 베스가 남편에게 힘이 되어주었다. 계속 시를 쓰라고 격려해줬을 뿐만 아니라, 그가 문학계 사람들과 어울릴 수 있게 보스턴에서 브루클린으로 이사하는 데에도 동의했다. 글쓰기 교습 센터의 강사로 아르바이트를 해서 자유 시간이 더 많은 브렛이 저녁 식사를 준비하고, 베스가 대부분의 생활비를 감당했다.

그녀는 그들이 멋진 한 팀이라고 종종 생각했다.

그녀는 욕실 문을 천천히 밀어서 열었다. 김이 자욱하게 끼어 있고, 상큼하고 달콤한 샴푸 향이 났다. 세면대 끄트머리에 브렛의 안경이 놓여 있고, 젖빛 유리문 뒤로 그의 창백하고 호리호리한 실루엣이 보였다. 그의 머리와 목이 마치 물음표처럼 밑으로 구부러져 있었다.

'요즘 쓰고 있는 시에 사용할 완벽한 은유를 고민하고 있는 걸 거야.' 그녀는 생각했다.

이 감성적이고 창의적인 남자에게 갑자기 뜨거운 애정이 치솟았다. 시를 너무나 사랑하고, 쉬는 날 자전거로 80킬로미터를 달리면서 생각에 잠기는 걸 좋아하는 이 남자. 그는 히스토리 채널과 오래된 흑백 영화만 보고, 잉크로 십자말풀이를 했다. 그녀와는 아주 달랐다. 그녀는 운동을 싫어하고, 국선변호사라는 직업의 어두움을 잊게 해주는 로맨틱 코미디를 좋아했다. 하지만 이런 차이 역시 그들 부부가 잘 지낼 수 있는 원동력이 되었다.

그녀는 숨을 크게 한 번 쉬고 샤워실 문을 당겼다.

브렛은 배수구를 뚫어지게 쳐다보고 있었다.

아니 좀 더 정확히 말하면, 배수구를 막고 있는 짙붉은 머리카락 뭉치를.

베스는 무의식적으로 머리를 만졌다. 머리카락이 듬성듬성 빠지고 있었지만, 그래도 조금 남아 있었다.

"아, 여보." 브렛이 마침내 말했다. 그는 베스와 눈이 마주치자 얼른 고개를 돌렸다. "지금 나갈 거니까 당신이 써."

베스는 그녀의 고통을 지켜보는 그도 괴롭다는 걸 알고 있었다. 요즘 그는 그녀가 부서지기라도 할 것처럼 아주 조심스럽게 그녀를 만졌다. 그녀가 토하지 않고 먹을 수 있는 몇 안 되는 음식 중 하나인 채소 수프를 체에 걸러 점심 식사로 보온병에 싸주고, 그녀가 더 편히 쉴 수 있도록 소파에서 자기까지 했다.

하지만 오늘은 브렛에게 병약한 환자로 보이고 싶지 않았다. 그가 그녀를 한 여자로 봐주기를 원했다.

그녀는 어떻게 말을 꺼내야 할지 알 수 없었다. 말재주가 있는 건 그녀가 아닌 그였다. 그래서 그저 브렛이 샤워실 밖으로 나갈 수 있도록 비켜섰다.

컨디셔너를 손에 묻혀 곱슬머리를 빗어 내리자, 엉킨 머리카락이 손에 묻어 나왔다. 그녀는 떨리는 숨을 들이마셨다. '다시 자랄 거야.' 그녀는 속으로 중얼거렸다. '그냥 일시적인 거야.'

그녀는 물을 잠그고, 이젠 언제나 차가운 몸을 두툼한 가운으로 감싼 다음, 배수구에 낀 머리카락을 휴지 한 뭉치로 그러모아 쓰레기통에 푹 찔러 넣었다.

다음 날 그녀는 몇 명의 의뢰인들(매춘 함정 수사에서 위장 경찰에게 호객 행위를 하다 걸린 여자, 2급 폭행 혐의로 고발된 열아홉 살짜리 아이)을 만났고, 점심시간에 수프를 먹으며 가발 전문점에 예약을 했다. 금발로 나타나서 브렛을 깜짝 놀라게 해줘야지, 하고 그녀는 생각했다.

하지만 그가 먼저 그녀를 깜짝 놀라게 만들었다.

이틀 후, 퇴근해서 집으로 돌아온 그녀는 "브렛?" 하고 불렀다.

아무 대답이 없었다. 그가 스테레오로 자주 틀어놓는 바그너 음악도 들리지 않고, 고구마를 굽거나 빵을 굽는 냄새도 나지 않았다.

방에 들어가 보니, 평소에 어수선한 그의 책상이 깨끗하게 치워져 있었다. 책상 위에 항상 놓여 있던 골동품 금시계도 사라지고 없었다.

그들이 함께 쓰던 화장대에 메모지 한 장이 세워져 있었다.

베스,

정말 미안해. 더 이상은 못 하겠어. 난 당신에게 필요한 사람이 될 수 없어. 당신은 나보다 더 나은 사람과 함께해야 해. 영원히 사랑할게.

브렛

그녀는 이 편지를 여러 번 읽어봤지만 여전히 이해가 되지 않았다.

가톨릭교도가 아닌 사람과 결혼하고, 항상 속마음을 거리낌 없이 이야기하는 진보주의자인 그녀를 부모님이 별나다며 비난했을 때에도 그녀는 눈물 한 방울 흘리지 않았다. 유방암 2기 판정을 받았을 때도 무너지지 않았다.

하지만 울퉁불퉁하게 찢긴 종이에 적힌 글을 빤히 보다가, 그녀가 브렛에게 시를 쓰라며 사 준 가죽 장정의 노트에서 찢은 종이라는 걸 깨닫는 순간 푹 쓰러져 흐느껴 울었다.

몇 주 후, 베스가 식료품이 가득 든 봉투 두 개를 들고 로비를 힘겹게 지나가고 있을 때(이제 그녀는 진저에일과 빵, 바닐라 푸딩 정도만 겨우 소화할 수 있었다), 무거운 탄산수 병들 때문에 종이봉투 하나가 찢어지고 말았다.

병 하나가 타일 바닥을 데굴데굴 굴러갔다. 그러다가 검은색 운동복을 입은 그녀 또래 여자가 신은 운동화에 막혀 뚝 멈추었다.

"도와줄까요?" 여자는 허리를 굽혀 바닥에 떨어진 음식들을 줍기 시작했다.

"정말 고마워요." 베스는 찢어진 봉투를 보며 말했다. 혼자서 전부 집까지 옮기려면 두 번은 왔다 갔다 해야 할 텐데, 그녀는 완전히 지쳐 있었다. "난 여기 3층에 살아요."

"걱정 말아요." 여자가 몸을 펴며 말했다.

그녀는 베스를 똑바로 쳐다보았고, 베스는 갑자기 그녀가 자신을 꿰뚫어 보는 듯한 느낌이 들었다. 헐렁하게 걸치고 있는 옷과 이제는 머리카락 한 올도 남지 않은 머리에 뒤집어쓴 스카프를 뚫고 그녀 속으로 들어와 암, 배신, 외로움까지 전부 다 훔쳐보는 듯한.

"만나서 반가워요. 난 밸러리라고 해요. 몇 달 전에 로스앤젤레스에서 여기로 이사 왔어요."

29

셰이

부상의 약 3분의 1은 집에서 일어나고, 집 안에서 가장 위험한 구역 중 하나는 부엌이다. 부엌에서 가장 흔하게 입는 부상 두 가지는 화상과 자상이다. 5~10분 동안 상처에 압박을 가한 후에도 계속 피가 난다면 바늘로 꿰매야 한다.

—데이터북, 34쪽

칼날이 순식간에 살갗을 베는 바람에, 통증을 느끼기도 전에 피가 나기 시작한다.

나는 종이 타월로 손가락 끝을 감싸며 움찔한다.

상처는 그리 심하지 않다. 샐러드에 넣을 빨간 피망을 과일칼로 썰고 있었을 뿐이니까. 하지만 연고와 반창고가 필요하다.

내 방 욕실로 들어가보지만, 세면대 위의 수납장은 텅 비어 있다. 세면용품 파우치는 꽉 차 있다. 진통제, 탐폰, 샴푸 등 필요할 것 같은 물건은 전부 다 챙겨왔지만, 응급 처치 용품을 간과하고 말았다.

종이 타월을 한 번 접었는데도 이미 붉은 얼룩이 스며들고 있다. 상처를 계속 누르고 있으면 출혈은 멈출 것이다. 그러면 반창고가 없어도 된다.

하지만 나는 싱크대 옆에 세워져 있던 도마에 대고 칼을 쓰고 있었다. 그리고 결코 잊을 수 없는 끔찍한 통계를 읽은 적이 있다. 도마에는 변기 시트보다 2배나 많은 분변성 세균이 살고 있다.

아무래도 드러그스토어로 달려가 항균 크림을 사야 할까 보다. 그렇지만 이제 막 펜네 파스타를 끓는 물에 넣었다. 게다가 여기서 가장 가까운 약국이 어디 있는지도 모른다.

또 다른 방법이 있다.

나는 다시 거실로 돌아가, 닫혀 있는 큰 방 문을 바라본다. 커샌드라가 내 방 욕실을 손님용이라고 했으니 저 방에도 분명 욕실이 딸려 있을 것이다.

무어 자매는 내게 큰 방에 들어가지 말라는 말은 하지 않았다. 연고와 반창고 정도는 써도 괜찮지 않을까.

그래도, 이상하게 망설여진다.

거실을 가로질러 가는 동안 완전한 정적이 느껴진다. 벽에는 두툼한 회반죽이 발라져 있고, 바닥에는 호사스러운 카펫이 깔려 있다. 옆집과 아래 거리의 소음에 익숙해져 버려 거의 신경도 쓰이지 않았던 예전 아파트와는 아주 다르다.

나는 큰 방의 문손잡이를 잡는다. 문 너머의 방은 어떻게 생겼을까? 그러고 보니, 커샌드라와 제인은 이 아파트 주인의 이름을 알려주지 않았다. 내게 그 정보가 필요한 건 아니지만, 그런 단순한 격식도 차리지 않고 남의 머그잔으로 커피를 마시고 남의 이불을 덮고 있다니, 기분이 이상하다.

나는 차가운 금속 손잡이에 손을 얹은 채 망설인다. '들어갔다 나오는 데 기껏해야 2분 걸릴 거야' 하고 나 자신을 설득한다. '그리고 모든 걸 제자리에 그대로 두고 나오는 거야. 그럼 아무도 모르겠지.'

그 순간 부엌에서 덜커덩하는 소리가 들린다. 나는 움찔하며 획 돌아본다.

부엌 조리대에 놓인 내 휴대전화가 화강암 위에서 바르르 떨린다. 허둥지둥 가서 보니 제인 무어의 이름이 번득이고 있다.

전화를 받기 전부터 미소가 지어진다.

"셰이!" 그녀의 다정한 목소리가 전화선 너머로 흘러넘친다. "전화를 받아서 정말 다행이에요. 지금 뭐 하고 있어요?"

"저녁 만들고 있어요." 나는 종이 타월로 손가락을 더 단단히 감싼다. "당신은요?"

"잘 지내고 있죠. 그건 그렇고 언니랑 내가 생각을 해봤는데, 당신은 이제 지하철을 안 타잖아요. 그 아파트에서는 버스 이용하기가 불편하다는 게 이제야 떠오르지 뭐예요."

커샌드라와 제인이 내 상황을 고려하는 데 시간을 할애했다니 믿을 수가 없다.

하지만 그들의 생각대로, 오늘 아침 출근길이 이리저리 꼬이긴 했다. 이 아파트에서 겨우 한 블록 떨어진 곳에 지하철역이 있는데, 그걸 타면 출근이 훨씬 편해질 것이다.

"오, 이 정도는 괜찮아요." 나는 살짝 웃으며 말한다.

그러고는 휴대전화를 귀와 어깨 사이에 받친 채 손을 떼고 종이 타월을 뺀 뒤, 싱크대에 차가운 물을 틀어 거기에 손가락을 댄다.

"우리한테 좋은 생각이 있어요." 제인의 목소리는 부드럽고 매혹적이다. 마치 그녀가 내게 비밀을 털어놓는 듯한 느낌이다. "우리가 괜히 도를 넘는 건 아닌지 모르겠지만, 우리 친구가 한 명 있어요. 당신도 마음에 들 거예요, 정말 굉장한 친구거든요. 어쨌든, 오래전에 우리가 개인적인 일로 정말 힘들었을 때 그 친구가 도와줬고, 다른 친구들도 어려울 때 그 친구한테 의지를 많이 해요. 당신도 분명 도움을 받을 수 있을 거예요."

폴라의 고무줄이 언뜻 떠오른다. 심리상담이라면 이미 시도를 해봤고 효과가 없었다. 그들의 친구라고 별수 있을까.

하지만 나는 어느새 이렇게 말하고 있다. "잘됐네요."

'커샌드라와 제인은 그 짧은 시간에 내 인생을 크게 바꿔놨어.' 나는 평화롭고 사랑스러운 아파트를 둘러보며 생각한다. '내 지하철 공포증을 고칠 방법도 찾을 수 있을지 몰라.'

"내일 아침에 시간 낼 수 있어요? 그 친구는 괜찮을 것 같은데."

무어 자매는 시간을 낭비하지 않는다. 내가 집 문제 때문에 힘들다고 말했더니, 이렇게 임시 거처를 마련해주었다. 그런데 이제는 내 공포증까지 신경 써주고 있다.

그리고 내일은 마침 쉬는 날이라 하루 종일 시간이 비어 있다.

원래는 내일 하루 동안 임대 아파트를 찾아볼 계획이었다. 이곳에서 지내면서 나는 소파를 편하게 독차지하고, 샤워하면서 노래도 부른다. 조디와 션이 항상 주위에 있을 때 내가 얼마나 주눅 들어 있었는지 새삼 깨닫게 된다. 커샌드라와 제인의 친구를 만나보는 것도 그들과 함께하는 것만큼이나 좋을 것이다.

"네, 시간 낼 수 있어요. 친구분 만나보고 싶네요. 이름이 뭐예요?"

"네? 아, 앤이에요. 그나저나 아파트는 어때요? 부족한 건 없어요?"

손가락에서 나던 피가 멈췄다. 아프지도 않다. 싱크대 옆에 항균 비누가 있다. 그걸로 손을 씻은 다음 깨끗한 종이 타월로 손가락을 싸면 된다. 반창고는 내일 사야겠다.

"아파트는 완벽해요. 필요한 건 전부 다 있어요. 파스타를 거의 다 만들었으니까 몇 분 후면 소파와 한 몸이 되어 영화를 볼 거예요."

"나도 그래야겠어요." 제인이 웃는다.

조금 더 수다를 떨다가, 제인은 앤이라는 친구의 전화번호를 알려 줄 테니 내일 만날 약속을 잡으라고 말한다.

잠시 후 나는 파스타 그릇을 물로 헹궈 식기세척기에 집어넣은 다음, 휴대전화 배터리가 얼마 남지 않아 충전기를 가지러 내 방으로 향하는 길에 큰 방을 지난다.

그러다가 닫힌 문에서 한 발짝 떨어진 곳에 우뚝 멈춰 선다.

문틀 아랫부분 근처 반들반들한 나무 바닥에 내 작은 핏방울이 묻어 있다.

나는 얼른 부엌으로 돌아가 피를 닦을 종이 타월에 물을 적신 다음, 문 옆에 무릎을 꿇고 앉아 바닥을 문지르기 시작한다. 얼룩은 바로 사라진다.

나는 안도하며 발뒤꿈치를 깔고 앉는다. 아까 저 방에 들어갔다면 바닥에, 심지어 비싼 카펫에 피를 떨어뜨려 놓고 알아채지도 못했을지 모른다.

하지만 이 아파트의 주인은 분명 알아챘을 것이다.

나는 문 주변을 한 번 더 살피고, 손잡이를 재차 확인한다. 모든 것이 깨끗하다.

종이 타월을 버리러 부엌으로 향하며 생각한다. '제인이 정확히 그때 전화해줘서 정말 다행이야.'

30

커샌드라와 제인

아파트가 비어 있다는 밸러리의 문자를 받자마자 스테이시는 밸러리의 아파트 건물 로비로 성큼성큼 걸어 들어간다. 한 손에는 연장통을 들고, 머리에는 야구 모자를 이마 밑까지 푹 눌러쓴 채.

"밸러리 리치 씨 댁에 공사하러 왔어요." 스테이시는 그녀의 방문을 미리 전해 들은 수위에게 말한다. 그가 건네주는 예비 열쇠를 받은 뒤, 순식간에 스테이시는 업무용 엘리베이터를 타고 그 집으로 올라가고 있다.

밸러리가 앤이라는 여자를 연기하며 그녀의 투숙객을 붙잡아 놓는 사이, 스테이시는 한 시간 정도 작업을 할 수 있다.

스테이시가 할 일은 명확하다. 밸러리의 손님이 자주 앉아서 노트북을 사용하는 소파 뒤에 추가로 카메라를 설치하고, 그녀가 노트북에 입력하는 내용이 자동으로 자매에게 전송되도록 해킹 프로그램을 깔 것. 큰방 침대 밑에 있는 블루밍데일 쇼핑백을 가지고 나올 것. 투숙객의 가죽 장정 노트를 찾아서 거기 적힌 모든 글들이 선명하게 나오도록 사진을 찍을 것.

스테이시는 왜 밸러리가 누군가를 자기 집으로 끌어들인 다음 그 사람의 사생활을 침해하려 하는지 묻지 않았다. 왜 밸러리가 앤이라는 가명을 사용하는지도 묻지 않았다.

원래 의리가 강한 그녀는 그 누구보다 무어 자매의 일이라면 무조건 충성스럽게 해낸다. 예외가 있다면, 그녀가 폭행과 마약 소지 혐의를 받았을 때 도와준 국선변호사 베스 정도랄까.

90분 후 밸러리와 셰이가 33번가 지하철역에 도착할 즈음, 스테이시는 이미 다른 지하철을 타고 무어 퍼블릭 릴레이션스로 향하고 있다.

스테이시가 도착하자마자 제인은 그녀를 커샌드라의 사무실로 데려간다.

"아주 급한 일 아니면 방해하지 말아줘요." 커샌드라가 비서에게 지시한다. 비서는 참지 못하고 스테이시를 힐끔 훔쳐본다. 머리카락 몇 가닥을 진녹색으로 염색하고 금속 연장통을 든 채 건들건들 걷는 이 작은 몸집의 여자에게 호기심이 생길 수밖에 없다.

문이 닫히자 스테이시는 연장통에서 노트북을 꺼내 셰이의 데이터북 첫 장을 화면에 띄운다. 그러고는 알아서 옆으로 비켜, 자매끼리 내용을 검토할 수 있게 해준다.

자매는 각 페이지의 시작 부분을 재빨리 훑어본다.

'미국인의 약 40퍼센트가 주기적으로 소외감을 느낀다고……'

'자살을 목격한 사람들에 관한 연구에서……'

'사전에 거짓말을 계획하려면 이렇게 하면 된다……'

'간호사들은 펜타닐, 옥시콘틴, 바리움, 퍼코셋, 바이코딘을 쉽게 입수할 수 있다…….'

'일부 경찰서는 GPS 위치 탐지기를 숨긴 '미끼 소포'를 지원자들의 집 앞에 남겨둔다…….'

커샌드라는 휘둥그레진 눈으로 고개를 들어 제인과 눈을 마주친다.

노란 백일홍을 들고 어맨다의 집 앞에 서 있는 셰이의 사진을 처음 본 후로, 셰이는 여러 가지 인격을 보여주었다. 위협적인 인물에서 무해한 사람으로 바뀌는 듯하다가 다시 원래대로 돌아갔다. 그녀는 착시를 일으킨다. 화가의 선을 어떻게 해석하느냐 따라 노파로도 보이고 아름다운 젊은 여성으로도 보이는 유명한 흑백 그림처럼.

이 새로운 증거는 그런 대조적인 이미지를 더욱 굳혀줄 뿐이다.

시립병원의 환자였던 척 연기한 일은 기록되어 있지 않다.

어맨다 어머니의 집까지 가서 꽃다발을 두고 온 기괴한 여행도. 꽃집에 부탁해도 되는 단순한 일 하나 때문에 그 먼 길을 다녀온 이유가 뭘까? 셰이는 어맨다와 자살에 집착하고 있으니, 어맨다의 배경을 더 깊숙이 캐내려고 델라웨어주까지 갔을지도 모른다.

셰이는 호기심이 아주 많고 지나치게 분석적이다. 서로 상관없어 보이는 사실들을 어떻게든 이해하려는 그녀의 의지와 호기심은 위험하다.

자매는 의논할 일이 많지만, 스테이시 앞에서는 함부로 떠들 수 없다.

"전체 파일을 우리한테 보내줄래요?" 제인이 부탁한다.

스테이시를 고개를 끄덕이고 앞으로 나와 자판을 잠깐 두드린다. "됐어요. 그리고 여기 블루밍데일 쇼핑백이요."

커샌드라는 쇼핑백을 받아 책상 밑으로 집어넣는다. "정말 잘했어요, 스테이시. 고마워요."

칭찬받는 것이 어색한 스테이시는 그저 어깨를 으쓱한다. "아, 추가 카메라는 에어컨 통풍구에 설치해놨어요. 누가 소파에서 노트북을 쓰면 화면이 다 보일 거예요."

클라이언트를 셋이나 연달아 만나야 하는 바쁜 하루를 앞둔 스테이시가 문으로 향하자 제인이 큰 소리로 말한다. "다음 주에 어머니 상담 받으시고 나면 결과 알려줘요."

자매는 스테이시의 고향인 필라델피아 최고의 알츠하이머병 전문의에게 그녀의 어머니가 진찰을 받을 수 있도록 약속을 잡아주었다. 겨우 쉰여섯 살인 스테이시의 어머니는 벌써 딸을 알아보지 못한다.

"고마워요." 스테이시의 목소리가 그녀답지 않게 부드럽다. "그 선생님이 엄마한테 도움이 됐으면 좋겠네요."

스테이시는 고통을 잘 숨긴다. 그녀가 늘 고통을 짊어지고 있다는 걸 아는 사람은 거의 없다.

스테이시가 문을 열어둔 채 나가자 제인은 서둘러 문을 닫는다.

셰이의 노트에 적힌 글을 하나하나 뜯어봐야 한다. 하지만 시작하자마자 미술관 관장인 올리버에게 전화가 온다.

"친구들! 무슨 이런 이상한 일이 다 있는지. 방금 어떤 경찰이 미술관에 찾아왔어요. 처음엔 스트리퍼인가 했는데, 내 생일도 아니잖아요. 게다가 내 취향을 아는 두 사람이 그런 여자를 보낼 리도 없고."

올리버의 웃음은 자매의 침묵에 서서히 잦아든다. 제인은 커샌드라의 손을 꽉 움켜쥔다. 커샌드라는 단호한 표정으로 정면을 똑바로 노려본다.

"어쨌든." 올리버가 가라앉은 목소리로 말을 잇는다. "그 경찰이 두 달 전에 당신들 소개로 왔던 아름다운 친구 대프니에 대해서 조금 묻더군요. 몇 시에 와서 얼마나 머물렀는지 등등이요. 다행히 대프니가 샀던 작은 수채화 영수증 사본이 있었고, 대프니가 찍어서 당신들한테 보내자고 했던 셀카도 내 휴대전화에 남아 있었죠. 자기들, 대프니한테 무슨 문제라도 생겼어요?"

이번만은 자매도 아무런 답을 할 수가 없다.

31

세이

'데자뷔'는 '이미 보았다'라는 뜻이다. 무려 70퍼센트의 사람들이 그런 경험을 한 적이 있다고 한다. 15~25세 사이에 그런 현상이 가장 많이 나타나며, 나이가 들수록 데자뷔를 경험하는 빈도는 줄어든다. 데자뷔의 실체와 그 원인에 관해서는 환생설부터 기억 처리 결함 가설에 이르기까지 40개가 넘는 이론이 있다.

—데이터북, 36쪽

이 아파트에 있으면 나는 다른 사람이 된다.

밤에는 손님방의 연푸른 벽과 암막 블라인드에 둘러싸인 채 몸을 쭉 뻗고 누워 행복한 고요를 만끽한다.

만일의 경우에 대비해 엠비엔을 챙겨 왔지만, 침대 옆 테이블에 놔두고 손 한번 대지 않았다. 이젠 약을 먹지 않아도 잠들 수 있다.

그리고 믿기 어렵지만, 다시 지하철을 타고 다닌다.

오늘 아침, 부엌 조리대에 거꾸로 뒤집힌 손 모양의 묘한 꽃병과 함께 놓여 있는 바이타믹스 믹서기를 이용해 내가 좋아하는 바나나와 아몬드버터 스무디를 만들었다. 그런 다음 길모퉁이에서 커샌드라와 제인의 친구, 앤을 만났다. 추도식에서 봤던 여자들 중 한 명일 줄 알았지만, 처음 보는 사람이었다. 그녀의 외모는 이렇다 할 특징이 없었다. 갈색 머리는 길지도 짧지도 않고, 곱슬머리와 직모의 중간쯤이었다. 흔하디흔한 갈색 눈동자에, 옷도 뉴욕 여자들 절반이 그렇듯 심플한 검은색 바지에 검은색 상의를 입고 있었다.

환하게 미소 지으며 성큼성큼 걸어오는 그녀가 나는 단숨에 좋아졌다.

"만나서 반가워요!" 그녀가 말했다. 잠깐 얘기를 나누는 동안 그녀의 말투에서 남부 억양이 살짝 느껴졌다. 그녀는 생기가 넘치는 사람이었다. 몸짓이 크고 말이 빨랐다. 결혼해서 초등학교 다니는 아이를 둘 키우고 있고, 둘째를 낳고 나서 법률사무소 일을 그만뒀다고 했다. 그래서 평일 중에 나를 도와줄 시간이 난 것이다.

"커샌드라랑 제인하고는 얼마나 알고 지냈어요?" 내가 물었다.

"그 두 사람이요?" 그녀는 고개를 젖히며 웃었다. "느낌으로는 꼭 평생 알고 지낸 사이 같아요!"

우리는 33번가 지하철역을 표시하는 녹색 기둥으로 걸어가 콘크리트 계단을 계속 내려갔다. "한번 해보자고요!" 그녀는 이렇게 말하며 내 손을 잡았다.

나는 주저할 새도 없이, 그녀의 강한 손에 끌려갔다.

"정말 잘하고 있어요!" 우리가 개찰구를 지나 플랫폼으로 가는 내내 그녀는 쉬지 않고 대화의 흐름을 이어나갔다. 파도가 밀려들듯 내 안에서는 계속 공포감이 솟아났지만, 그녀는 내가 맞서 싸울 수 있도록 도와주었다. "호흡해요"라고 말하거나, 아니면 "정말 희한한 음식 먹어본 적 있어요?" 같은 질문으로 내 주의를 딴 데로 돌리면서.

지하철이 굉음을 내며 역으로 들어오는 순간, 그녀가 농담을 던졌다. "이 역이 내 바이브레이터보다 더 심하게 떨리네요!"

나는 웃음이 터졌다. 내 안에 똬리를 틀고 있던 긴장감이 깨어졌다. 속에서 뭔가가 툭 끊어지는 느낌이었다. 정신을 차리고 보니 어느새 나는 예전에 수천 번 그랬던 것처럼 열차에 올라타고 있었다. 앞으로 또 수천 번 이렇게 할 수 있으리라는 걸 깨달으며.

"조만간 또 봐요!" 앤은 모퉁이에서 헤어질 때 나를 껴안으며 이렇게 말했다. 나는 그녀를 향해 손을 흔들어준 다음, 거의 꿈꾸는 듯한 기분으로 그 자리에 계속 서 있었다.

커샌드라와 제인은 일주일 만에 내 인생을 180도 바꿔놓았다.

그 기세를 계속 이어나가야 했다. 앤을 소개해줘서 고맙다는 인사를 할 때 내 하루에 대해서도 얘기하고 싶었다. 그들처럼 바쁘고 흥미로운 사람처럼 보이고 싶었다.

앤이 길을 내려가 보이지 않게 되자, 나는 12번가에 있는 임시 아파트로 얼른 가서 운동 가방을 챙겨 나와 지하철을 타고, 내가 좋아하는 소호의 크로스핏 클럽에 갔다.

"그동안 왜 안 나왔어요, 셰이?" 강사가 첫 줄에 있는 나를 발견하고 물었다.

"몸이 좀 안 좋았어요." 나는 작은 거짓말을 했다. 그러고는 사실을 한 가지 슬쩍 끼워 넣었다. "지금은 괜찮아요."

어떻게 이동할지 경로를 짜고 느려터진 버스에 앉아 있으면서 허비하던 그 많은 시간이 다시 내 것이 되었다. 이제 내 인생을 되찾을 것이다.

오늘 저녁 이런저런 데이팅 사이트를 둘러보며 그 시간을 좀 써봐야겠다. 그러면 제인과 커샌드라에게 들려줄 재미있는 이야깃거리가 생겨서 그들의 웃음소리를 한 번 더 들을 수 있지 않을까.

집에 도착해서 따뜻한 물로 샤워한 다음, 깨끗한 트레이닝복으로 갈아입는다. 꽁꽁 얼어 있는 콜리플라워 크러스트 채식 피자를 오븐에 쏙 집어넣고는, 맥주를 하나 들고 소파에 앉는다. 지속적인 연애를 원하는 30대 여자에게 가장 좋은 데이팅 사이트는 어딜까, 데이터를 수집하기 시작한다. 나는 모든 데이터를 노트에 적어둔다. 휴대전화 앨범에 마땅한 사진이 없어 프로필은 만들지 않았지만, 적어도 첫발은 뗐다.

소파에서 일어나니, 격렬했던 크로스핏 수업 때문에 허벅지가 기분 좋게 얼얼하다. 입구 옆에 걸려 있는 거울로 걸어가서 내 모습을 찬찬히 살펴본다. 안경을 벗고 눈을 가늘게 뜬다. 다시 콘택트렌즈를 시도해볼까. 멜라니는 내 예쁜 눈을 감추지 말라면서 렌즈를 끼라고 했다. 하지만 염증이 생기는 바람에 눈이 빨개지고 따가워서 다시 안경으로 돌아갔었다.

나는 고개를 한쪽으로 기울여본다. 그때 거울 구석에 비친 뭔가가 눈에 거슬린다. 나는 더 가까이 몸을 기울여 확인한다. 아파트는 내가 아침에 떠났을 때와 뭔가 조금 달라져 있다.

돌아온 지 몇 시간이나 지났는데, 내 뒤에 있는 거실과 방들을 이 각도에서 보니 아주 살짝 열려 있는 큰 방 문이 이제야 눈에 띈다.

나는 안경을 끼고 문으로 걸어간다. 거의 티가 안 날 정도로 살짝 벌어져 있지만, 어젯밤엔 꽉 닫혀 있었다. 확실하다. 여기서 문손잡이에 손을 얹고 몇 초 동안 서 있었으니까.

그때 나도 모르게 손잡이를 돌려서 걸쇠를 풀어버린 건가?

하지만 아니라는 걸 알고 있다.

누군가 아파트에 있었던 것이 틀림없다. 어쩌면 지금도 있을지 모른다.

나는 얼른 뒷걸음질을 친다.

"누구 있어요?" 떨리는 목소리로 크게 불러본다.

아무 답이 없다.

나는 사실을 하나하나 되짚어 보기 시작한다. 여기 몇 시간이나 있었지만, 아무 일도 일어나지 않았다. 샤워까지 했다. 아무 소리도 들리지 않았다. 그리고 모든 것이 제자리에 있다. 아마도 건물 관리인이 난방기 같은 걸 점검하러 왔었나 보다. 내가 아니라 아파트 주인에게 미리 통보를 했겠지.

그래도 혹시 모르니까, 휴대전화를 집어 커샌드라와 제인에게 문자를 보낸다. '안녕하세요, 잘 지내고 있죠? 여기도 아무 문제 없어요. 그런데 큰 방 문이 살짝 열려 있더라고요. 내가 나가 있는 동안 관리인이 왔었는지 확인해보는 게 좋을 것 같아요.'

곧장 점 세 개가 나타난다. 둘 중 한 명이 답장을 입력하고 있는 것이다.

'아, 깜빡하고 말 안 했네요! 관리인이 누수 검사하러 들렀다 갔을 거예요. 아무 문제 없대요.' 커샌드라의 답장이다.

나는 안도의 한숨을 내쉬고 큰 방 쪽으로 가서 문을 꽉 닫는다. 그런 다음 복도의 거울로 되돌아간다.

다시 안경을 벗고 머리를 끌어 올린다. 한번 잘라볼까? 고등학교 때부터 쭉 브래지어 끈까지 내려오는 긴 생머리였다. 어깨 길이로 층을 내보면 어떨까.

가만히 서서 고개를 좌우로 돌리고 있자니, 데자뷔 비슷한 묘한 느낌이 스멀스멀 기어들기 시작한다. 난 지금 안경을 안 끼고 있고, 막 샤워를 해서 머리는 가라앉아 있다. 누군가가 떠오르지만, 누군지 정확히 집어낼 수가 없다.

이런저런 가능성을 떠올려 본다. 같은 대학에 다닌 친구? 옛 직장 동료? 텔레비전에서 얼핏 봤던 배우?

결국 나는 답 찾기를 포기한다. 머리를 내리고 부풀린 다음, 안경을 낀다. 그러고 나니 다시 나처럼 보인다.

32

커샌드라

어맨다랑 닮았잖아.

컴퓨터 화면을 뚫어지게 보던 커샌드라는 온몸이 오싹해진다.

셰이는 복도 거울 꼭대기에 설치되어 있는 카메라를 거의 똑바로 쳐다보고 있다.

커샌드라는 거의 숨을 죽인 채 화면을 더 가까이 들여다본다. 몇 주 전, 노란 백일홍을 들고 있는 셰이의 사진과 삼색털 고양이를 안고 있는 어맨다의 사진을 번갈아 봤을 때 둘이 닮았다는 생각이 스쳐 가긴 했었다. 큰 키도 그렇고, 얼굴의 전체적인 윤곽도 그렇고.

지금, 머리를 올리고 안경을 벗은 모습을 보니 어맨다의 자매라고 해도 믿을 정도다.

커샌드라는 스크린샷 버튼을 눌러 이 순간의 셰이를 저장해둔다.

스테이시가 열어두고 온 듯한 문에 관해 셰이의 문자를 받은 직후 밸러리의 아파트에 설치해둔 카메라에 접속하기 위해 컴퓨터의 아이콘을 눌렀을 때, 커샌드라는 컴퓨터 자판을 두드리거나 노트에 뭔가를 쓰고 있는 셰이를 보게 될 줄 알았다.

그런데 셰이의 얼굴이 너무 가까이 다가와 있어서, 마치 그녀가 카메라를 들여다보고 있는 것처럼 느껴질 지경이다.

커샌드라는 머릿속으로 셰이의 외모를 조금 더 바꿔본다. 머리카락을 밝게 염색하고 쇄골까지 내려오는 층진 단발머리로 자른다면. 헐렁한 트레이닝복 대신, 어맨다가 좋아했던 여성스럽고 하늘하늘한 원피스를 입는다면.

셰이가 고개를 좌우로 갸우뚱거리자 그녀를 꼼꼼히 지켜보던 커샌드라의 맥박이 빨라지기 시작한다. 어맨다는 셰이처럼 눈 사이가 멀지 않았고 턱이 갈라지지도 않았다. 하지만 셰이의 옷과 머리를 바꾸고, 코치만 제대로 해주면…….

커샌드라는 휴대전화를 집어 스테이시에게 전화를 걸고, 스테이시는 곧장 받는다.

"급한 부탁이 있어요." 커샌드라의 말은 간결하고 딱 부러진다. "셰이 컴퓨터에서 일정표에 접속해줄래요?"

"잠깐만요." 침묵 가운데 빠르게 클릭하는 소리만 들린다. "됐어요. 이제 어떻게 할까요?"

"8월 일정을 스크린샷으로 보내줘요."

커샌드라가 말을 채 마치기도 전에 스테이시가 답한다. "보냈어요."

커샌드라는 일정표를 화면에 띄우고 휙 훑어보며 특정한 한 날짜를 찾는다.

그 날짜가 눈에 띄자 그녀는 숨을 죽인다.

보기가 두려워지기까지 한다.

그들을 위협하고 있는 문제 중 하나는 산티아고 형사가 대프니와 제임스의 관계에 관심을 보이고 있다는 것이다.

또 다른 문제는 어맨다의 인생을 집요하게 파고드는 셰이다.

이 위협들을 한데 묶어 동시에 없애버릴 방법이 있을지도 모르겠다.

커샌드라는 그 날짜에 적힌 내용을 읽어본다. '출근, 치과, 9.5킬로미터 달림.'

커샌드라는 천천히 숨을 뱉는다. 그녀의 살갗에 소름이 돋는다.

모든 것이 너무나 멋지게 딱딱 맞아떨어져, 마치 일련의 사건들이 예정되어 있었던 게 아닌가 싶을 정도다. 마치 보이지 않는 어떤 손이 그 운명의 일요일 아침에 셰이를 33번가 지하철역으로 보내 어맨다 옆에 세워둔 것처럼.

처음에 자매는 셰이 같은 사람이 어맨다의 자살에 얽힌 건 최악의 상황이라 생각했었다. 이제는 그 생각을 완전히 바꿔야 할 때인 것 같다.

그녀는 완벽하다.

지금껏 두 자매는 셰이가 어떤 사람인지 파악하려고 씨름해왔다.

이제부터는 그녀가 어떤 사람이 될 수 있는가에 초점을 맞춰야 한다.

PART **2**

33

셰이

소셜커머스 기업 그루폰의 지원으로 진행된 한 조사에 따르면, 여성이 외모에 쓰는 금액은 평균적으로 월 313달러, 평생 약 25만 달러에 이른다. 비용을 가장 많이 들이는 곳은 얼굴이며, 머리와 손발톱 관리가 차례로 그 뒤를 잇는다. 헤어제품 브랜드 클레롤이 진행한 또 다른 조사에서는 여성의 4분의 3이 머리를 염색한다고 한다. 그리고 여성의 88퍼센트가 헤어스타일이 자신감에 영향을 미친다고 말한다.

—데이터북, 41쪽

"정말…… 완벽해요." 제인은 약간 감탄한 목소리로 말한다.

헤어 디자이너 필립이 내 어깨에 걸쳐진 검은 커트용 가운을 풀어서 옆으로 휙 턴 다음 두 손으로 내 머리를 빗질한다. 그동안 나는 거울에 비친 내 모습을 보며 입을 떡 벌린다.

"멋지지 않아요?" 필립이 커샌드라와 제인에게 동의를 구하는 듯

들뜬 목소리로 묻는다.

10센티미터 정도 자르고, 층을 내고, 두 가지 컬러로 염색했다고 이렇게 확 달라질 수가. "이 색깔이 정말 잘 어울릴 것 같아요." 헤어숍으로 걸어오는 동안 제인이 핸드백에서 반들반들한 잡지 사진 한 장을 꺼내 보여주면서 이렇게 말했었다. 나는 그 사진을 필립에게 건넸고, 그는 사진 속의 빛깔을 그대로 뽑아내면서 얼굴 주변의 몇 가닥은 금발로 부분 염색을 해서 더 세련되고 예뻐 보이게 만들어 주었다.

"눈이 확 커졌네요!" 커샌드라가 가까이 다가와 더 자세히 들여다보며 탄성을 지른다.

필립은 눈썹도 다듬어주었다. "눈썹이 선명해지면 얼굴 윤곽도 살아나거든요"라며 커샌드라가 먼저 제안했다. 이 모든 메이크업 기법이 크나큰 변화를 만들어냈다.

요즘 내게 일어나고 있는 좋은 일의 대부분이 그렇듯, 이번에도 커샌드라와 제인 덕분이다.

시작은 아주 단순했다. 며칠 전 커샌드라가 전화해서 내게 아파트를 한 주 더 써도 좋다는 좋은 소식을 전해줬을 때, 우리는 잠깐 얘기를 나누었다. 나는 애비뉴스 에이전시의 인사부장에게 2차 면접을 보러 오라는 이메일을 막 받은 참이었고, 커샌드라는 격려를 아끼지 않았다.

"다른 일은 없었어요?" 그녀가 물었다.

그래서 나는 온라인으로 데이트 상대를 찾고 있다는 얘기를 농담처럼 던졌다. "누군가의 냉동고에 갇히는 꼴만 안 당했으면 좋겠어요."

커샌드라는 웃었다. "아, 그런 데이팅 사이트가 항상 궁금했는데. 어디 가입했어요?"

"'큐피드'가 어떨까 싶어요. 한 번에 한 사이트 이상 가입하는 사람들이 많은 것 같으니까, 두어 군데 해보려고요. 이제 괜찮은 사진만 찍으면 돼요. 사이트를 보면 온통 비키니 사진들뿐인데 거기다 내 사원증 사진을 올릴 순 없잖아요."

"아니, 무슨 말이에요, 당신이 어때서요." 커샌드라는 웃다가 잠깐 멈칫하고는 말했다. "하지만 정말 변신하고 싶은 마음이 있으면 우리가 도와줄게요! 제인이랑 내가 이런 일로 먹고살잖아요. 우리가 변신시켜 준 클라이언트들이 얼마나 많은데요."

나는 변신이라는 말은 입에 올리지도 않았다. 그때만 해도 그저 아이라이너를 조금 칠하고 귀여운 스타일의 옷을 사고 머리를 다듬는 정도만 생각하고 있었다.

하지만 커샌드라의 열성 어린 목소리를 들으니, 내 안에서 뭔가가, 나도 변할 수 있지 않을까 하는 기대감이 확 불타올랐다.

'아름다운 무어 자매보다 더 좋은 조언자가 또 있을까?' 이런 생각을 하고 있을 때, 커샌드라가 자신이 아는 헤어 디자이너에게 토요일 예약을 잡아주겠다고 했다.

"다른 예약이 잡혀 있어도 어떻게든 당신한테 시간을 내줄 거예요. 그리고 비용은 걱정하지 말아요. 우리한테 받는 일이 많으니까 할인을 많이 해주거든요."

지금 나는 거울 속의 내 모습을 보고 있고, 어깨 뒤에는 커샌드라와 제인이 흐뭇한 미소를 띤 채 나를 뚫어져라 쳐다보고 있다. 그들의 친구 집에서 지내기 시작한 후로 나는 완전히 딴사람이 된 것 같은 기분이다.

그러니 외모가 딴사람처럼 바뀐다고 해도 이상한 일은 아니다.

필립이 비용을 전혀 받지 않으려고 해서 나는 후한 팁을 남긴다.

그런 다음 우리는 문으로 향하고, 제인이 내게 팔짱을 낀다.

다음은 검안사를 만날 차례다. 간단한 눈 검사와 시력 측정을 마친 후 그가 즉석에서 콘택트렌즈 샘플을 주며, 내 렌즈는 다음 주에 나올 거라고 말한다. 생각 외로 렌즈 끼기가 아주 쉽다.

제인과 커샌드라가 선글라스를 써보고 있는 접수 구역으로 걸어가면서, 마치 알몸이 된 것 같은 기분이 든다. 그동안 안경을 썼던 이유가 시력 때문만은 아니었나 보다. 어쩌면 안경은 내가 그 뒤에 숨을 수 있는 방패가 되어줬는지도 모른다.

커샌드라는 오버사이즈 레이밴 선글라스를 내리며 입을 떡 벌린 채 나를 쳐다보고, 제인은 마치 여자에게 작업 거는 남자처럼 휘파람을 불어 근처에서 대기 중이던 남자가 웃음을 터뜨리게 만든다.

빤히 쳐다보는 그들의 시선에 나는 얼굴을 붉히며 눈을 깜박이지만, 렌즈가 너무 부드럽고 얇아서 아무런 느낌도 들지 않는다.

바깥 날씨가 아주 좋아서 우리는 하이라인 공원을 산책하며 데이팅 사이트에 올릴 사진을 찍을 장소를 찾아보기로 한다. "나도 한 번 시도해볼까 봐요." 커샌드라가 엉뚱한 소리를 한다. 거리를 걷는 동안 수많은 남자가 두 자매를 다시 한번 보려고 고개를 돌리고 있는데 말이다. 이 자매는 모퉁이에 가만히 서 있기만 해도 남자들이 족히 열 명은 들러붙을 것이다.

공원에 도착하기 전, 작은 서점의 창 너머로 몸을 웅크리고 있는 회색 고양이가 보이자 배 속이 죄어든다. 무어 자매가 알아채지 못하기를. 허구의 존재인 내 죽은 고양이에 관해 물어볼지도 모른다. 내가 지어낸 한심한 거짓말을 더 깊이 파고들기는 싫다. 왜 나는 어맨다가 죽은 날 그녀를 처음 봤다고 그냥 털어놓지 않았을까. 하지만 이제는 너무 늦었다.

그래서 나는 길 건너편에 있는 한국식 바비큐 식당을 가리킨다. "저기 괜찮아 보이네요."

몇 초 후 우리는 서점을 통과하고, 나는 다시 편하게 숨을 쉰다.

우리는 두어 시간을 함께 보내면서, 행상인이 파는 마가리타 향의 아이스캔디를 사 먹고, 매점에서 모자를 써본다. 두 자매는 계속 내게 이런저런 포즈를 시키며 자기들의 휴대전화로 내 사진을 찍는다. "턱을 치켜들고 웃어봐요, 여우 같은 아가씨!" 제인의 말에 나는 웃음을 터뜨린다.

우리는 축제 같았던 하루를 또 다른 파티로 마무리 짓는다. 어느 노천카페에서 로제 와인 한 병과 치즈 한 접시를 나누어 먹으며, 데이팅 사이트에 올릴 내 프로필 내용에 대해 우스갯소리를 주고받는다.

나는 술기운 때문인지 대범해져서 나 자신을 웃음거리로 삼는다. "나 정도면 꽤 탐나는 여자잖아요. 프로필에 이렇게 쓰는 건 어떨까요? '사랑을 찾고 있는 서른한 살의 집 없는 무직자.'"

두 사람은 나와 함께 웃고, 커샌드라가 내 손 위에 자기 손을 포갠다.

"그렇게 생각하지 말아요, 셰이. 당신은 탐나는 여자 맞아요. 친절하고 재미있고 똑똑하잖아요. 당신이랑 사귀는 남자는 행운아죠."

제인이 고개를 끄덕인다. 가슴이 조여들면서 금방이라도 터질 것 같은 느낌이다. 내 안에 벅차오르는 감정을 간신히 담아내고 있는 것처럼. 그래서 나는 고개를 획 숙이며 고맙다고 말한다.

"나중에 제일 잘 나온 사진들로 보내줄게요!" 커샌드라는 이렇게 말하며 제인과 함께 택시에 올라타고, 나는 도로변에 서서 그들에게 손을 흔든다.

그런 다음 나는 지하철역으로 향한다. 어느 식당의 통유리 벽을 지나다가 거기에 비친 내 모습을 얼핏 본다. 나는 등을 곧게 세우고 어깨를 편 채 걷고 있다. 커샌드라처럼. 매끈하니 윤기가 흐르는 머리칼이 어깨에 찰랑거린다.

그리고 한 가지 더. 유리창 반대편에서 테이블에 혼자 앉아 있는 어떤 남자가 나를 눈여겨보고 있다.

다음 주에는 기온이 뚝 떨어진다고 하니, 드디어 가을 느낌이 날 것 같다. 그래서 내 아파트에 들러 청바지에 신을 가죽 부츠와 방한용 재킷을 챙겨 오기로 한다. 2차 면접 때 입을 검은색 정장도 가져오고 싶다. 저번에는 회색을 입었으니까.

일주일 만에 계단을 다시 오르니 이상하다. 훨씬 더 오래 집을 비웠다 돌아오는 기분이다. 복도로 들어가 문 앞에 도착하자 왠지 망설여진다. 열쇠를 꺼내긴 하지만, 노크를 해야 할 것 같다.

결국 나는 열쇠로 문을 따면서 손가락 마디로 톡톡 두드리는 방법을 택한다.

"안녕!" 나는 안으로 들어가며 큰 소리로 외치고, 자라에서 산 플랫슈즈를 반사적으로 휙 차서 벗어버린다.

문 옆에 있던 벤치가 없어진 걸 알아채는 순간, 션이 부엌에서 고개를 쑥 내민다.

"왔네!" 처음 보는 파란색 줄무늬 앞치마에 손을 닦던 션이 잠깐 멍해졌다가 깜짝 놀라는 표정을 짓는다. "와, 좀…… 달라졌네."

나는 손바닥으로 머리카락 끝을 만진다. "응, 변화가 필요한 것 같아서." 그러고는 눈을 가리키며 말한다. "콘택트렌즈도 꼈어."

조디가 똑같은 디자인의 노란색 줄무늬 앞치마를 두른 채 나타난다. "머리 예쁘네요!" 그녀가 손뼉을 치며 카랑카랑한 소리로 말한다. "어디서 했어요?"

"커샌드라랑 제인이 소개해준 데서 했어요. 시내에 있는 헤어숍에서."

무어 자매라는 말에 조디의 눈이 휘둥그레지지만, 나는 더 자세한 얘기는 해주지 않는다.

내가 플랫슈즈를 내려다보자 션이 벽장 쪽으로 고개를 까딱한다. "어수선해 보여서 신발은 저 안에 두기로 했어."

"아." 나는 내 방으로 향한다. '조디가 이 집에 가차 없이 자기 도장을 찍어대고 있군.' 이렇게 생각하면서. "그냥 몇 가지만 챙겨 가려고 왔어. 한 주 더 그 집에서 지낼 거야."

션이 조디와 함께 부엌으로 돌아갈 줄 알았는데, 나를 따라온다. "네가 없으니까 기분이 이상하더라고. 다음 주에 맥주 한잔하면서 얘기나 좀 할까?"

인터넷에서 멋진 남자들을 만날 날을 고대하고 있긴 하지만, 우스꽝스러운 앞치마를 두르고 적갈색 머리 뒤쪽이 또 삐죽 솟은 모습으로 문간에 서 있는 션을 보니 가슴이 설렌다. 처음 션에게 빠지기 시작했을 때 내 데이터북에 적었던 통계가 떠오른다. 연인의 40퍼센트가 친구 사이로 시작한다.

그리 낮은 확률은 아니지만, 우리에게 해당되는 얘기는 아니었다.

"좋아." 나는 이렇게 답한다. "다음 주면 괜찮아."

션이 미소 지으며 무슨 말을 더 하려는데 조디가 부엌에서 그를 부른다.

"문자 보낼게." 그가 말한다.

나는 침대에 휴대용 옷 커버를 올려놓고 그 안에 검은색 정장을 조심스럽게 집어넣는다. 생각해뒀던 나머지 물건들을 챙기다가 욕실에서 메이크업 팔레트를 충동적으로 움켜잡는다.

다시 건물 밖으로 나와, 얼마 전까지만 해도 적대적으로 느껴졌던 도시를 둘러본다. 이제는 이 도시마저 더 밝고 더 친절해 보인다. 근처에 있는 건물들 창에서 사각형의 노란색 불빛이 쏟아져 나오고, 부산한 도로와 사람들이 친근하게 느껴진다. 도로변에서 공회전하고 있는 미니밴에서는 유쾌한 살사 음악이 흘러나오고 있다.

하이라인 공원에서 무어 자매와 몇 킬로미터나 걸었지만, 내 몸은 가볍고 기운이 넘친다.

월요일에 면접이 있다. 이번에는 자신 있게 면접실에 들어갈 것이다.

좋은 인상을 줄 수 있는 최고의 방법에 관한 데이터를 암기해놔서가 아니라, 마침내 내 안에서 자라난 자신감이 느껴지기 때문이다.

기대 중인 다른 일들도 있다. 커샌드라와 제인이 다음 주에 저녁 식사를 함께 하자고 제안했다.

션과도 한잔하기로 했다.

갑자기 내게도 사교 생활이라는 게 생겼다.

취직에도 점점 가까워지고 있다.

오늘 찍은 사진을 받으면, 데이팅 사이트에 올릴 프로필을 마무리할 것이다.

내 불운의 사슬이 드디어 끊어졌다.

이제 내 인생에 남은 유일한 문제는 집을 구하는 것이다.

34

커샌드라와 제인

아파트에 어맨다의 망령이 그들과 함께 있다.

제인은 발소리를 울려대며 먼지투성이 방을 걸어 다닌다. 커샌드라는 창을 등지고 서서, 한때 어맨다의 파란 이케아 소파와 꽃무늬 커튼이 있었지만 지금은 기억밖에 남지 않은 공간을 빤히 노려보고 있다.

예전에 이 집 공기에 스며들어 있던 시나몬, 바닐라, 버터 냄새가 나는 것만 같다. 소파에 벌렁 누워서 베스의 무릎에 발을 올려놓은 채, 12시간 근무 때문에 건막류가 생기겠다고 투덜거리던 어맨다의 모습이 눈에 선하다. 그리고 욕실이 얼마나 좁은지 몸소 보여주던 어맨다. "이 망할 문을 열기만 하면 변기에 부딪친다니까요!"

커샌드라는 기억을 내쫓으려 고개를 젓는다. 집중력을 흐트러뜨려서는 안 된다.

"더 괜찮아 보이게 꾸며야 할까?" 커샌드라가 묻는다. "가구 몇 점 들이고, 페인트칠도 하고?"

제인은 고민하다가 고개를 젓는다. "너무 좋으면 오히려 의심할 거야."

"이런 광고문은 어때? '인기 지역인 머리힐의 아늑한 아파트. 지하철역, 식당들, 상점들과 가까움.'"

"한 줄 더 붙여야지."

추도식 안내문을 만들었을 때와 똑같이 이번에도 그들은 말을 미끼로 던지고 있다.

커샌드라가 빙긋 웃으며 말한다. "'즉시 입주 가능.'"

"완벽해. 오늘 밤 밸러리가 아파트먼츠닷컴에 광고를 낼 거야."

자매는 어맨다가 죽고 나서 몇 주 만에 그녀의 아파트를 깨끗이 치웠다. 지금은 부엌 찬장을 들여다보고 식기세척기를 열어보며 마지막 점검을 하고 있다.

커샌드라가 오븐을 열어보니, 맨 아래 선반에 케이크 굽는 틀이 하나 놓여 있다.

"어맨다는 달콤한 거라면 사족을 못 썼지." 커샌드라는 틀을 꺼내 겨드랑이에 끼운다.

이제 여기에 어맨다의 흔적은 하나도 남아 있지 않다.

제인은 고개를 끄덕인다. "처음엔 여리디여린 사람인 줄 알았어. 디저트 접시를 든 순한 인상의 간호사였으니까."

"하지만 신랄한 면이 있었지." 커샌드라는 울퉁불퉁한 연석에 걸려 발목이 삐는 바람에 시립병원에 갔던 밸러리에게 응급실 간호사에 대해 들었던 일을 떠올린다.

그날 당직이었던 어맨다는 밸러리를 돌보면서 다른 환자에 관해 얘기해주었다. 몇 시간 전에 심하게 구타당한 상태로 실려 온 10대 남자아이. 동성애자라는 걸 밝힌 후 집에서 쫓겨나 길거리 생활을 하다 봉변을 당한 것이었다. 심지어 아들이 혼수상태에 빠졌다는 사실을 알고도 부모는 그를 보러 오지 않았다.

"야구 방망이를 들고 그 부모라는 작자들을 찾아가고 싶어요." 어맨다는 이렇게 말했었다. "그다음엔 아이한테 이런 짓을 한 갱단을 찾아야죠."

밸러리는 그녀의 발과 종아리를 붕대로 상냥하게 감아주고 있던 간호사를 다시 보게 되었다. 이틀 후 어맨다는 샐러드를 먹으러 스위트그린에 갔다. 잠시 후 밸러리는 그 식당에 들어가 그녀를 보고 놀란 척했다. 결국 그들은 테이블에 함께 앉아 얘기를 나누었다.

"나는 어맨다가 마음에 들어요." 밸러리는 그룹 모임에서 나머지 멤버들인 커샌드라와 제인, 베스, 스테이시, 대프니에게 이렇게 말했다. "여러분 모두 어맨다랑 시간을 조금 보내봤잖아요. 내 생각엔 우리 그룹에 어울리는 사람 같아요."

"투표하죠." 제인이 제안했다. "찬성하는 사람은 손을 들어요."

스테이시가 마지막으로 팔을 들어 올렸고, 그렇게 만장일치가 이루어졌다. 다음 단계로 넘어가려면 전원의 찬성이 필요했다.

그 투표 결과로 어맨다가 그룹에 들어올 수 있는 건 아니었다.

여섯 명의 여자가 그녀를 시험해보기로 결정했다는 뜻에 불과했다.

제인이 커샌드라의 팔을 어루만지며 그녀를 상념에서 깨운다. "이제 갈까?"

커샌드라는 고개를 끄덕인다.

그들은 어맨다와의 추억을 뒤로한 채 아파트를 나선다.

임대 시장이 빡빡하긴 하지만, 셰이가 신청서를 낼 때까지 이 아파트는 비어 있을 것이다. 자매가 봉투에 넣어 오늘 집주인에게 건넨

5000달러의 현금이 효력을 발휘할 테니까.

"셰이 밀러라는 사람이에요." 커샌드라의 말에 집주인은 봉투 뒷면에 이름을 받아 적었다. "이렇게 완벽한 세입자 찾기 힘들 거예요."

35

세이

임대 아파트는 뉴욕시의 전체 주택 가운데 63퍼센트를 차지하고 있다. 그렇다고 구하기 쉬운 건 아니다. 공가율이 지독하게 낮기 때문이다. 작년에는 3.63퍼센트였다. 미국 전체 공가율인 6.9퍼센트의 절반밖에 안 되는 수치다.

—데이터북, 42쪽

환상적인 아파트다.

션과 함께 지냈던 집에서 겨우 몇 블록 떨어져 있다. 작은 방이 딸린 아파트라니, 완벽하다. 혼자 지내는 생활이 내게 잘 맞는다는 사실을 최근에 알았으니까.

넓지는 않지만, 큼직한 남향 창이 달려 있고 깨끗하다. 집세도 놀랄 정도로 싸다. 지금까지 내고 있던 돈에서 한 달에 200달러만 더 내면 된다.

게다가 마치 운명이 나를 이 새 아파트로 인도한 것처럼 느껴지게 만드는 일이 오늘 벌어졌다.

나는 애비뉴스 에이전시에 취직하지 못했다. 그들은 다른 사람을 뽑았다.

하지만 나는 훨씬 더 나은 제안을 받았다.

쿼츠 사의 인사부 직원이라는 여성이 링크드인으로 내게 연락을 해왔다. 일주일에 40시간 정도 일해줄 프리랜서 조사원이 필요하다면서, 전 직장에서 받았던 보수보다 더 많은 금액을 제시했다.

나는 그녀에게 전화하기 전에 그 회사를 검색해보았다. 캘리포니아주 팰로앨토에 본사를 둔 작지만 혁신적인 광고 마케팅 회사로, 구글에서 경력을 쌓은 남자가 이끌고 있다.

전화를 걸자 그 직원이 자기 상관인 프랜신 더마코에게 연결해주었고, 거의 한 시간 동안 이어진 면접 끝에 나는 조사원 자리를 제안받았다.

나는 캘리포니아주에도 데이터분석가가 넘쳐날 텐데 왜 뉴욕에도 필요하냐고 물을 수밖에 없었다. 내 자리에 캘리포니아 사람을 대신 앉힐까 봐 조금 걱정됐던 것 같다.

프랜신은 웃으며 말했다. "조사원을 열여덟 명 찾고 있고, 최대한 빨리 시작할 수 있는 사람이 필요해요. 아직 발표는 안 됐지만, 우리 회사가 대형 프로젝트를 막 시작했거든요. 그래서 많은 인원을 동원해야 해요."

그녀는 또 이 일이 정규직으로 바뀔 수도 있다는 암시를 강하게 풍겼다.

첫 출근일은 다음 주 월요일이다.

지금 나는 아파트먼츠닷컴의 사진들을 다시 클릭하면서, 작은 부엌에 구비되어 있는 놀랍도록 현대적인 주방용품들과 뉴욕답게 좁은 욕실을 눈여겨보고 있다. 내가 봐주고 있는 집에 비하면 누추한 편이지만, 내게 필요한 모든 것이 갖춰져 있다.

'즉시 입주 가능.'

이번 주말에 들어갈 수 있다.

그런데 딱 한 가지 문제가 있다.

처음엔 사진들만 클릭해서 보느라 몰랐는데, 작은 활자로 달려 있는 설명을 읽어보니 내가 바로 알아볼 수 있는 주소였다.

어맨다가 살았던 아파트.

그녀가 죽은 지 몇 주 지났으니 그녀의 집이 임대물로 나올 때가 되기는 했다. 그리고 내가 임대 아파트 사이트를 거의 매일 뒤지고 있으니 내 눈에 띌 수밖에.

하지만 내가 과연 그곳에서 살 수 있을까?

다음 날 저녁 한잔하기 위해 만난 션에게 그 질문을 던진다.

"바로 코앞에 있는 괜찮은 아파트가 그 가격이라고?" 그가 휘파람을 분다. "놓치면 바보지."

"아마 벌써 나갔을 거야." 나는 휴대전화를 꺼내, 북마크해둔 그 사이트로 들어가 본다.

하지만 어맨다의 집은 여전히 미계약 상태로 남아 있다.

"네 새 친구들은 네가 거기서 사는 걸 보면 기분이 좀 이상하긴 하겠다." 션은 의자에 몸을 기대며, 키 큰 남자들이 그러듯 다리를 쩍 벌린다. "하지만 뉴욕에서 집 구할 때 이것저것 따지면 안 돼. 여섯 달을 돌아다녀도 이런 집은 못 찾을걸."

나는 새뮤얼애덤스 한 모금을 홀짝이며, 지난번 찾아갔던 아파트의 쥐덫과 물 얼룩, 그리고 얇은 벽 사이로 들리던 아기 울음소리를 떠올린다. 션의 말이 맞다.

"사실, 그 아파트가 탐나긴 해." 나는 내 인생이 또 어맨다의 인생과 교차하는 것이 불편하다는 생각은 털어버린다.

웨이트리스가 지나가자 션이 한 잔씩 더 시킨다. "내가 낼게."

그가 내 잔에 자기 잔을 부딪치며 말한다. "취직 축하해." 그러더니 웃음을 터뜨린다. "안경 안 낀 모습이 아직도 적응이 안 돼."

"나도 마찬가지야. 있지도 않은 안경을 자꾸 코 위로 밀어 올리려고 한다니까."

"보기 좋아. 예전에도 그랬지만."

나는 무어 자매와 한잔하러 갈 때 입으려고 산 자라 옷을 입고, 플랫슈즈 대신 가죽 부츠를 신었다. 션이 조디와 사귄다는 걸 알면서도 그에게 예뻐 보이고 싶은 마음이 있었나 보다.

'너도 보기 좋아.' 하지만 나는 이 말을 입 밖에 내지 않는다.

"나라면 이렇게 하겠어." 션이 말한다. 새삼 떠오르지만, 그의 조심스러우면서도 솔직한 조언을 예전부터 무척이나 좋아했다. "친구들한테 전화해. 친구들이 곤란해하면, 다른 집 구할 때까지 우리 집에서 지내면 돼. 하지만 아마 그 친구들은 전혀 신경 안 쓸 거야. 오히려 기뻐해줄걸."

그가 또 무슨 말을 하려는데, 테이블에 놓인 그의 휴대전화가 새 문자를 알리며 윙윙거린다. 나도 모르게 힐끔 내려다보니 조디의 이름이 보인다.

"미안, 잠깐만." 션이 재빨리 답장을 입력한다.

우리가 함께 있는 걸 조디도 알고 있는 건가? 어맨다의 아파트를 얻으려는 시도라도 해봐야지, 그러지 않으면 며칠 후부터 다시 그들과 함께 지내야 한다. 조디가 킥킥거리는 소리를 듣고, 둘이 소파에서 바싹 붙어 있는 모습을 보고, 닫혀 있는 그들의 방문 앞을 지날 땐 발끝으로 살금살금 걸어야겠지.

"지금 제인이랑 커샌드라한테 확인해볼까?" 션 앞에서 그들에게 전화하기가 좀 어색하긴 하지만, 그러지 않으면 이 기회를 놓칠까 봐 걱정된다.

"그래." 션이 테이블에 휴대전화를 내려놓으며 말한다. "난 화장실 다녀올게."

나는 커샌드라에게 전화를 건다. 신호 가는 소리를 듣는 사이 슬쩍 내려다보니, 션이 조디에게 보낸 답장이 보인다. '금방 갈게.'

나는 얼른 눈을 돌려버린다. 내가 두어 시간 션을 빌린 것일 뿐이라는 사실은 굳이 상기시켜주지 않아도 잘 알고 있다.

커샌드라가 전화를 받자, 배경으로 거리의 소음이 들린다. "안녕, 셰이! 뭐 해요? 제인이랑 나는 요가 수업 받으러 이제 막 들어가는 중이에요."

"음, 이상한 질문 하나 해도 될까요? 물어보기가 좀 그렇긴 한데, 두 사람의 의견이 필요한 일이 있어서요."

"그럼요."

"임대 아파트를 하나 찾았는데요." 나는 테이블의 금속 용기에 담겨 있는 작은 설탕 봉지들을 무심코 만지작거리며 생각을 정리하려 애쓴다.

"오, 정말 잘됐네요!" 커샌드라가 휴대전화에서 입을 떼고 뭐라고 말하는 소리가 들리더니 제인의 알아들을 수 없는 대답이 작게 들린다. "축하해요. 어디 있는 아파트예요?"

"그게 좀 그래요." 바쁜 그들을 붙들고 시간을 끌 수는 없다. 이제 션도 우리 테이블 쪽으로 걸어오고 있다. "처음엔 몰랐는데…… 어맨다가 살았던 집이에요."

무거운 정적이 흐른다. 내 속이 조여드는 느낌이다.

"아." 커샌드라의 어조를 가늠할 수가 없다.

션이 내 맞은편에 슬그머니 앉아 눈썹을 치켜세우더니, 엄지손가락을 올린 다음 밑으로 내린다.

나는 어깨를 으쓱한다. "나도 완전히 마음이 편한 건 아니지만, 먼저 두 사람한테 확인하고 싶었어요……."

"음, 와." 제인의 목소리다. 커샌드라가 그들 사이에 휴대전화를 들고 있는지, 아까보다 더 가깝게 들린다. "일이 좀 묘하게 됐네요."

"괜히 물어봤네요." 나는 얼른 말한다. "내가 생각을 잘못했어요."

"잠깐만요, 셰이." 커샌드라가 말한다. "우린 그냥 놀라서 그래요……. 하지만 집주인 입장에서는 그 집을 내놓을 수밖에 없었겠죠. 당신은 그 집을 우연히 발견했을 테고요. 날마다 아파트먼츠닷컴을 검색하고 있었으니까요."

커샌드라에게 그 얘기를 한 기억은 없지만, 아마 얘기했던 모양이다. 그게 사실이니까.

"다른 집을 찾으면 돼요."

"맨해튼에서 괜찮은 집 구하기 정말 힘들잖아요." 제인이 말한다. "어맨다는 그 집을 좋아했어요. 참 아늑한 곳이니까요."

션은 맥주를 한 모금 마시고는 몸을 앞으로 기울인다. 그도 자매의 반응이 궁금한 눈치여서 나는 휴대전화를 션 쪽으로 기울인다.

"제인, 내 생각에는 셰이가 그 집에 들어가는 게 맞는 것 같아." 커샌드라가 말한다. "누군가는 거기서 살아야 하잖아. 그럼 다른 사람보다는 셰이가 낫지."

나는 숨을 죽인다.

"우리가 좋아하는 사람이 그 집에 들어간다고 생각하면 기쁘긴 하지." 제인이 말한다. "셰이가 조깅하고 집에 들어와서 그 아담하고 멋진 부엌에서 바나나 스무디를 만드는 모습이 그려지지 않아?"

션이 미소 지으며 팔꿈치로 나를 쿡 찌른다. 그도 내 바나나 스무디 중독을 잘 알고 있다.

"당연하지!" 커샌드라가 말한다. "셰이, 놓치지 말고 얼른 잡아요. 왜 우리랑 통화하고 있어요? 어서 집주인한테 전화해요!"

나는 웃음을 터뜨린다. 안도감이 밀려들어 몸에서 힘이 쭉 빠지는 기분이다. "알았어요, 알았어. 지금 당장 전화할게요."

"어떻게 됐는지 우리한테 문자 보내줘요!" 이렇게 말하는 커샌드라의 목소리에 껄끄럽거나 불편한 기색은 전혀 느껴지지 않는다. 오히려 한껏 들떠 있는 것 같다. "집들이 꼭 해야 돼요."

"그럼요." 나는 전화를 끊기 전 말한다. "요가 재미있게 해요!"

나는 믿기지 않는다는 표정으로 션을 쳐다본다.

"잘됐네." 그가 말한다. "전화 걸 데가 한 통 더 있는 것 같은데."

우리가 맥주를 다 마시고 술집에서 나가기 전에, 나는 내일 아침 9시에 아파트를 보러 가기로 약속을 잡는다.

"보증금은 수표로 준비해 와요." 집주인이 말했다. "정말 진지하게 생각 중이면 내일 바로 계약해버리게요."

"일이 술술 잘 풀리는 것 같네." 션이 작별 인사로 나를 안아주며 말한다.

나는 몸을 돌려 반대 방향으로 걸어가면서, 그 작은 방에 내 침대가 놓여 있는 모습을 상상한다. 그리고 내 커피포트와 웍이 가스레인지에, 과일 그릇이 조리대에 놓여 있는 부엌을 그려본다.

문을 열며 커샌드라와 제인을 반기는 모습도.

36

커샌드라와 제인

7개월 전

"어서들 와요!" 어맨다는 문을 열어주며 이렇게 말했다.

"여기 들어와서 냄새만 맡았는데 5킬로그램은 찐 것 같아요." 무어 자매가 어맨다와 포옹하고 코트를 벗을 때 제인이 웃으며 말했다.

어맨다는 모임을 위해 레몬 바, 캐러멜 브라우니, 초콜릿칩 쿠키, 직접 반죽한 파이크러스트로 만든 딸기 루바브 파이 등을 잔뜩 구워놓았다. 그녀의 아파트는 천국의 냄새가 났다.

"벌써부터 버터가 내 허릿살에 붙는 느낌이 팍팍 나는데요." 베스는 숨을 깊이 들이마시고 쿠키를 하나 집어 들며 신음하듯 말했다.

여섯 명 모두 그 자리에 있었다. 커샌드라, 제인, 밸러리, 베스, 대프니, 그리고 스테이시.

처음 30분 정도는 와인을 마시고, 달콤한 디저트를 먹어치우며, 대화 중간에 질문들을 끼워 넣었다. 어맨다의 어린 시절, 연애, 그리고 여가를 어떻게 보내는지에 관해.

그런 다음 그들은 본격적으로 시동을 걸기 시작했다.

"저기, 며칠 전에 내가 뭘 알게 됐는지 알아요?" 좋은 소식은 아닌 듯 베스는 불쾌한 표정으로 다른 사람들을 둘러보았다. "전남편이 다음 주에 낭독회에 나가서 시를 낭송한대요."

"정말요?" 커샌드라는 마치 처음 듣는 얘기인 양 이렇게 말했다.

"우리 둘 다 아는 친구가 페이스북에 올렸더라고요." 베스가 말했다. "친구 목록에서 바로 그 여자를 삭제했지만, 너무 늦었어요. 한번 본 걸 잊어버릴 수도 없고."

"무슨 일인데 그래요?" 어맨다가 물었다.

베스는 유방암 판정을 받은 후부터 전남편이 떠날 때까지의 자초지종을 어맨다에게 들려주었다.

어맨다는 베스의 손을 어루만졌지만, 얼굴은 화가 나 있었다. 밸러리가 응급실에서 알아차린, 강인함과 부드러움이 뒤섞인 그 표정.

"가족이 힘들어할 때 못된 짓 하는 인간들 많이 봤어요." 어맨다가 말했다. "하지만 이 이야기는 그중에서도 최악이네요."

"베스는 그 인간 때문에 여기로 이사 온 거예요. 그 자식이 시 쓴답시고 허송세월하는 동안 베스가 뒷바라지를 다 해줬는데, 그놈은 베스를 혼자 내버려두고 떠났어요." 커샌드라는 어맨다의 얼굴을 조심스럽게 살피며 말했다. "그래서 베스는 우버를 타고 항암 치료를 받으러 다녀야 했어요. 몸무게가 44킬로그램까지 줄었었죠."

"그럼 곁에 정말 아무도 없었어요?" 어맨다는 믿을 수 없다는 듯이 물었다.

"몇몇 친구가 같이 있어주겠다고 하긴 했지만, 어떤 날은 침대에서 내 몸 일으키는 것조차 버거웠어요." 베스는 그 기억에 얼굴을 찡그리며 어깨를 으쓱했다. "몸도 마음도 아프고 우울한 모습을 남한테 보이기 싫었죠. 괜찮은 척 연기할 기력도 없었어요. 그런데 어느 날장 봐온 것들을 쏟아서 힘들게 주워 담고 있는데, 그때 같은 건물에 살고 있던 밸러리가 도와줬어요. 그러고는 그다음 날 내가 잘 있나 확인하러 우리 집까지 찾아와줬죠."

밸러리가 끼어들었다. "사양해도 내가 안 받아들일 거라는 걸 베스도 알고 있었을 거예요."

베스는 자기가 직접 덜어간 파이를 입에도 대지 않고 접시를 옆으로 치웠다. "분한 마음이 정말 오래갔어요. 다 잊은 줄 알았는데, 그 인간이 잘나가고 있다고 생각하니까……. 그리고 이게 끝이 아니에요. 내가 이혼 수당까지 줘야 해요."

"말도 안 돼요." 어맨다가 내뱉듯이 말했다.

베스는 고개를 가로저었다. "그 인간이 실패하는 꼴을 꼭 보고 싶어요." 그녀의 목소리가 떨리고 있었다. "듣자 하니까 〈암〉이라는 제목의 시도 쓴 모양이에요."

제인이 베스의 어깨를 쓰다듬는다. "정말 유감이에요."

"우리가 가서 야유를 퍼부어주죠." 밸러리가 말했다.

커샌드라는 와인을 한 모금 마시고는 신중한 투로 말했다. "낭독회 시간이 바뀌었다는 소리를 듣고 늦게 도착해서 참가를 못 하게 되면 정말 창피하겠죠."

시험이 시작되었다.

제인이 미소 지으며 말했다. "아니면 구역질이 심하게 나서 무대에 못 올라가거나요."

베스는 고개를 젖히며 웃었다. "오, 정말 달콤한 정의 실현이네요! 그거면 완벽해요. 하지만 그런 일이 벌어지게 하려면 어떻게 해야 하죠?"

모두가 침묵에 빠졌다. 어맨다가 이 아이디어를 더 진척시킬지 지켜봐야 했다.

어맨다는 부드럽고 쫄깃한 캐러멜 브라우니를 한 입 베어 물었다. 갑작스러운 침묵 때문에 불편해하는 것 같지는 않았다. 생각에 잠긴 듯 보였다.

"토근 시럽이요." 그녀가 말했다. "예전엔 아이가 독성 있는 음식을 삼키면 토하게 하려고 그 시럽을 썼었죠. 이제는 권장하지 않는 방법이지만 여전히 사용되고 있어요. 일부 거식증 환자들이 그걸 쓰죠, 안타깝게도."

커샌드라는 온몸이 찌릿해지는 느낌이었다. 그날 밤 집으로 걸어오면서 제인과 밸러리에게 그 순간을 얘기했더니, 그들 역시 그랬다고 했다.

밸러리는 몸을 앞으로 기울이며 갈색 눈을 번득였다. "어떻게 하면 돼요?"

"음료에 집어넣으면 돼요." 어맨다는 어깨를 으쓱했다. "조금만 넣어도 효과가 있어요. 너무 많으면 정말 위험할 수 있고, 적은 양으로도 심하게 괴로울 거예요. 정신없이 토하고 화장실로 달려가게 되죠. 그러니까 조심해야 해요."

"하지만 그걸 어떻게 구해요?" 커샌드라가 물었다.

"처방전 없이도 살 수 있어요. 내가 약국에서 조금 구해줄게요."

나머지 사람들은 시선을 주고받았다.

어맨다는 몰랐지만, 방금 그녀는 시험에 멋지게 합격한 것이다.

37

셰이

구분이 안 될 정도로 닮은, 그러니까 얼굴의 측정 가능한 여덟 가지 특징이 일치하는 사람이 세상 어딘가에 있을 확률은 대략 1조 분의 1로 대단히 낮다. 하지만 사람들은 이목구비를 하나하나 뜯어보기보다는 얼굴의 전체적인 인상을 보기 때문에, 측정 수치로는 별로 유사하지 않은 얼굴이라도 놀랄 정도로 서로 닮았다고 생각하는 경우가 많다.

— 데이터북, 44쪽

따뜻한 물이 등을 따라 세차게 흘러내리는 사이, 나는 라벤더향 바디워시로 손을 뻗는다. 물 온도를 조금 더 뜨겁게 조절하다가, 큼직한 은색 손잡이에 얹어진 내 손을 내려다본다. 어제 이사를 마친 후 네일 케어를 받았다. 분홍색 타원형 손톱이 왠지 남의 것처럼 느껴진다.

나보다 세련되고 여성스러운 사람의 손이다.

어맨다처럼.

어맨다도 매일 바로 이곳에 서서 똑같은 손잡이를 돌렸겠지. 죽은 그날도.

나는 수도꼭지에서 손을 뗀다. 얼른 씻은 다음, 타월로 몸을 감싼다. 목욕 가운은 벽장 근처에 쌓아둔 갈색 상자들 중 하나에 들어가 있다.

나는 트레이닝복으로 갈아입고 젖은 머리를 뒤로 넘겨 묶은 뒤 안경을 낀다. 오늘 저녁은 배달로 해결하고 짐 정리를 끝내버릴 생각이다.

샤워하면서 계속 느껴졌던 불안감을 쫓아내며, 아이폰을 작은 휴대용 스피커에 연결해 저장되어 있는 음악을 튼다.

배달 앱으로 버섯 피망 피자 레귤러 사이즈를 주문한 다음, 새 집 주인에게 우편함 열쇠를 로비에 맡겨달라는 문자를 얼른 보낸다. 이 건물에는 세입자들 스무 명에게 각각 배정된 작은 청동 우편함들이 두 줄로 붙어 있다. 이미 우체국에 주소 변경 신청을 했으니, 언제라도 우편물이 여기로 날아올 수 있다.

이제 나는 가위를 들고, 가장 가까운 상자부터 윗부분을 쭉 가른다. 먼저 서랍장에 티셔츠와 스웨터를 집어넣고는 벽장으로 넘어간다. 재킷을 건 뒤 바지를 정리하려는데 초인종이 울린다.

전에 살던 집보다 더 낮은 소리라, 듣고 있던 노래의 일부로 착각한다. 그때 초인종이 다시 울린다.

자리에서 일어나 현관문으로 걸어가 작은 구멍으로 살짝 내다본다.

피자 배달원일 줄 알았는데, 어떤 여자가 와인 병을 들고 서 있다. 둥그스름한 얼굴에 따뜻한 눈빛을 가진 40대 여자다.

"안녕하세요." 문을 열자 그녀가 말한다. "전 메리라고 해요."

"안녕하세요, 셰이예요."

그녀가 내게 메를로 병을 건넨다.

"고마워요." 함께 마시자는 건지 확신이 안 서, 문을 좀 더 넓게 열며 물어본다. "들어오실래요?"

그녀는 미소 지으며 고개를 젓는다. "이사하는 날 손님은 성가시죠. 그냥 여기 잘 왔다고 인사하고 싶었어요."

그녀가 복도 건너편의 열린 문을 가리킨다. "나는 바로 저기 사니까, 설탕이든 뭐든 필요하면 찾아와요."

그러고는 메리의 시선이 나를 지나쳐 거실 겸 식사 공간으로 향한다. 그곳은 선과 함께 살던 옛집에서 가져온 소파, 그리고 할인점에서 사 온 작은 원형 테이블과 의자 두 개로 꽉 차 있다.

그녀의 표정이 바뀌면서 두 눈에 슬픔이 가득 고인다.

"전에 여기 살던 분이 어떻게 됐는지 저도 알아요." 나도 모르게 불쑥 말이 나와 버린다. "그러니까, 만약 친구 사이셨다면, 정말 유감이에요……."

메리는 한숨을 푹 내쉰다. "어맨다랑 알고 지내기는 했죠. 아주 친하지는 않았지만, 가끔 와인도 같이 마시고, 여행 갈 땐 어맨다가 우리 고양이한테 밥을 주기도 했어요."

메리의 목소리가 점점 사그라질 때, 내가 커샌드라에게 했던 거짓말이 불현듯 떠오른다. 같은 동물병원에 다니다가 어맨다를 만났고, 상상 속의 내 고양이가 죽었다고 거짓말했었는데.

불안감이 엄습해오기 시작한다.

"어맨다도 고양이 길렀죠?" 나는 대뜸 물어본다. 추도식에서 어맨다가 삼색털 고양이를 안고 있는 사진을 봤으니까. 확실하다. 그 사진 때문에 내가 그토록 후회하는 거짓말이 시작됐고, 그 거짓말은 계속 눈덩이처럼 불어났다.

메리가 깜짝 놀란 표정을 짓는다.

왠지 불길한 예감이 들면서 가슴이 욱신거린다.

"아니요, 어맨다는 동물 안 키웠어요."

'물론 그랬겠지.' 지금까지 무어 자매와 대화를 나누면서, 어맨다가 고양이를 남기고 떠났다는 얘기는 한 번도 나온 적이 없다.

그래도 뭔가 앞뒤가 맞지 않는다.

"그럼 키우시는 고양이가 혹시, 삼색털 고양이인가요?" 나는 거의 필사적인 심정으로 묻는다.

사진 속의 어맨다는 아마 메리의 고양이를 안고 있었나 보다. 그 사진을 찍어준 사람은 메리였을 테고.

메리는 어리둥절한 표정으로 고개를 젓고는, 몸을 돌려 "펠릭스!" 하고 외치며 혀 차는 소리를 낸다. '야옹' 하고 우는 소리가 희미하게 들리더니, 작은 회색 고양이가 열린 문으로 나와 메리의 다리 옆에 선다.

"얘가 펠릭스예요." 메리가 고양이를 안아 올리며 말한다. "길고양이였죠. 지난겨울 어느 밤에 밖에서 처음 봤어요. 2주 동안 먹이를 줬더니 믿음이 생겼는지 안아도 가만히 있더라고요. 어쨌든, 이제 방해 안 할게요. 또 봐요!"

그녀가 자기 아파트로 사라진다. 나는 문을 닫고 거기 기대서서 숨을 헐떡인다.

커샌드라는 분명 내가 동물병원에서 어맨다를 만났을 리 없다는 걸 알고 있었다. 하지만 내가 지어낸 얘길 듣고도 전혀 놀라는 기색이 없었다. 얼굴을 찡그리지도, 질문을 하거나 따지지도 않았다. 비오는 날 함께 차를 마셨을 때, 나는 고양이가 죽었다고 거짓말을 더 부풀렸다. 제인 역시 내 얘기를 액면 그대로 받아들이는 것 같았다.

무어 자매는 절친한 친구인 어맨다가 고양이를 기르지 않았다는 사실을 알고 있었다.

그러니까 내가 처음부터 거짓말을 하고 있었다는 것도 알았을 것이다.

38

셰이

미국을 비롯해 여러 나라에서 불안증과 우울증을 앓고 있는 사람들의 비율은 사상 최고치를 기록하고 있다. 심리치료와 약물치료에 운동을 병행하면 엔도르핀과 엔케팔린이 분비되기 때문에 정신 건강 문제를 극복하는 데 도움이 될 수 있다. 주 3회 이상, 30분씩 운동을 하면 최소한의 효과를 볼 수 있다고 한다.

—데이터북, 46쪽

어맨다와 같은 동물병원에 다녔다는 내 거짓말을 무어 자매가 그냥 묻어준 데에는 여러 이유가 있었을 것이다.

가장 큰 이유는 친절함 때문이 아니었을까.

폭우 속에서 뜻밖에 그들과 마주친 직후 내 거짓 이야기를 더 부풀렸을 적에 난 충격으로 제정신이 아니었다.

그들은 내가 쩔쩔매면서 더 힘들어할까 봐 염려했을 것이다.

지하철로 향하는 어맨다의 환영을 본 그날 나는 최악의 상태였다.

스트레스가 어마어마했던 데다가, 앰비엔이 내 정신에 장난을 쳤을지도 모른다. 앰비엔을 먹고 잠결에 걸어 다니면서 요리를 하거나 운전까지 하는 사람들이 있다는 얘기를 들은 적이 있다. 그러니까 그 약이 내게 영향을 미쳤다고 해도 지나친 생각은 아닐 것이다.

하지만 2주 전부터는 앰비엔을 먹지 않고 있다. 더는 필요 없으니까. 이젠 맑은 눈으로 세상을 바라보고 싶다. 어젯밤은 새로운 집에서의 첫 밤이었다. 아직 커튼이나 블라인드가 없어 방 창문에 갈색 포장지를 붙여 빛을 막아놓았지만, 꼬박 여덟 시간을 잤다.

오늘은 집 안을 정리하는 데 시간을 다 쏟아부었다. 포장 상자들은 분리수거를 위해 접어놓고, 부엌을 내가 원하는 식으로 꾸몄다. 조리대에는 믹서기와 바나나 그릇을 나란히 놓고, 찬장은 아몬드버터, 다크로스트 커피, 파스타, 에너지바로 가득 채웠다. 그리고 물론 초콜릿도 빼놓지 않았다.

'예전 생활로 돌아왔지만, 더 좋아졌어.' 나는 지하철에서 내려 플랫폼을 지나며 생각한다. 개찰구를 빠져나가는 동안, 안정적인 심장 박동과 땀 한 방울 나지 않는 손바닥이 기분 좋게 느껴진다. 바이브레이터에 관한 농담을 했던 앤이 생각나서 웃음이 난다. 내 공포감은 언제 존재하긴 했었나 싶을 정도로 말끔히 사라졌다.

나는 어깨에 맨 운동 가방을 더 높이 추어올리며 계단을 오르기 시작한다. 제인을 만나기로 한 6시 45분이 거의 다 됐다. 지난번 만났을 때 그녀가 크로스핏 수업을 같이 들어도 되겠느냐고 물었다. "나한테 문제가 좀 있거든요." 그녀는 납작한 배를 꼬집으며 이렇게 말했다. 나는 웃으면서 그녀의 비밀을 알고 싶다고 말했지만, 실은 그녀가 시도해보고 싶어 한다는 데 신이 났다. 오늘 저녁 7시 수업은 강도가 높긴 하지만, 문제없다. 무거운 바벨도 잘 들고, 파워 스쿼트도 중간에 거의 쉬지 않고 연이어 할 수 있다. 내가 무언가를 잘하는 모습을 제인에게 보여준다고 생각하니 흥분된다.

하지만 스튜디오에 도착하자마자 제인이 문자를 보낸다. '정말 미안해요, 갑자기 회사에 일이 생겨서요. 다음을 기약해야겠네요! 하지만 저번에 찍은 사진 중에 잘 나온 것들 보내줄게요. 프로필 올리고 나면 어떤 일이 벌어질지 너무 기대돼요.'

'괜찮아요. 그리고 고마워요!' 나는 실망했지만 이렇게 답장을 보낸다.

사진은 훌륭하다. 내가 밀짚모자를 써보며 웃는 모습, 조금 더 심각한 표정으로 강을 바라보는 모습. 하지만 겨우 네 장뿐이다. 내 기억으로 수십 장은 찍었던 것 같은데. 제일 잘 나온 것들만 골라서 보냈나 보다.

나는 휴대전화를 집어넣고 탈의실에서 옷을 갈아입은 다음 스튜디오로 들어간다. 두 번째 줄에 빈자리가 하나 있다. 인기 많은 강사 덕에 평소처럼 수업은 대만원을 이루고 있다.

45분 후, 나는 땀에 흠뻑 젖어 있다. 두 팔은 떨리고, 내일이 되면 다리도 쑤실 것이다. 하지만 머릿속은 잡념이 사라지고 개운하다.

나는 탈의실로 들어가 곧장 세면대로 가서 얼굴에 차가운 물을 끼얹고 손을 씻는다. 다시 고개를 들어보니, 왼쪽 세면대에 한 여자가 서 있다.

어맨다의 추도식에서 봤던 붉은 머리 여자와 많이 닮았다.

거울 속에서 눈이 마주치자 그녀는 깜짝 놀란 표정을 짓는다. 내가 자기를 빤히 쳐다보고 있는 걸 알아채서일 것이다.

나는 빙긋 웃으며 말한다. "안녕하세요."

그녀는 그저 고개를 끄덕인다.

내가 착각했나 보다. 그 여자와 그렇게 가까이 있지도 않았으니까. 설령 그녀가 맞다 해도, 나를 못 알아볼지 모른다. 이젠 안경도 안 끼고, 머리는 더 밝은 색에 더 짧아졌으니까.

나는 얼른 몸을 돌려 짐을 챙긴다.

스튜디오를 나서려는데, 그녀가 바로 내 앞에서 문을 밀어 열고 있다. 그녀는 반사적으로 뒤를 돌아보며 문을 붙잡는다. 자기 뒤에 오는 사람이 문에 부딪히지 않도록 배려해주는 것처럼. 나는 그 사이로 지나간다.

"고마워요."

"아니에요." 그녀의 말에 보스턴 억양이 선명하게 배어 있다.

그 여자가 분명하다.

그녀는 여전히 뭔가 좀 이상하다는 듯 나를 쳐다보고 있다. 나를 어디서 봤는지 정확히 기억이 안 나는 거겠지. 나는 우리 둘의 연결점을 얘기하려다가, 대화가 어떻게 흘러갈지 상상해본다. '추도식에서 당신을 봤어요……. 아니요, 난 어맨다와 아는 사이는 아니었지만, 어맨다의 친구들과 친해졌죠……. 당신 친구들이기도 하죠?'

아무래도 이상하게 들린다.

내가 인도로 들어설 때까지도 그녀는 여전히 내 앞에 있다. 그녀는 어느 방향으로도 움직이지 않는다. 누군가를 기다리고 있는 모양이다. 그래서 나는 그냥 오른쪽으로 꺾어 지하철역으로 향한다.

뒤돌아보지 않아도, 나를 계속 따라오는 그녀의 시선이 느껴진다.

33번가 지하철역 계단을 올라 밖으로 나올 때쯤, 내 머릿속에서 그녀는 거의 지워져 있다. 오늘 밤에 할 일을 생각하니 가슴이 설렌다. 건강에 좋은 저녁 식사를 준비한 다음, 데이팅 사이트에 프로필을 올릴 것이다.

나는 거리를 걸으며 엄마와 수다를 떤다. 퀴츠의 조사원 일에 대해 더 자세히 얘기하고, 추수감사절에 집에 가겠다고 약속한다. 배리와 함께 보내는 주말도 견딜 수 있을 것 같은 기분이다.

그런데 기묘한 일이 벌어진다. 몸이 기억하기 때문이거나, 아니면 내 머릿속의 어떤 패턴이 아직 바뀌지 않았나 보다.

예전에 살던 건물로 들어가고 나서야 내가 더 이상 여기 살지 않는다는 사실이 떠오른다.

열쇠도 없다. 조디에게 줬으니까.

나는 로비에 서서 잠깐 주위를 두리번거린다. 그러고는 문을 열고 다시 나간다.

여기 살았던 여자는 이제 존재하지 않는다.

39

커샌드라와 제인

"데이터걸." 제인이 노트북 자판 위로 손가락을 움직이며 말한다. "스테이시 말이, 셰이가 한 시간 전쯤 프로필을 올렸대."

무어 자매는 커샌드라의 집에서 몇 블록 떨어진, 트라이베카에 있는 제인의 아파트에 단둘이 있다. 사무실에서와 똑같은 옷차림을 하고 있지만 하이힐은 벗어 던졌고, 저녁 식사로 주문한 초밥이 부엌의 화강암 아일랜드 식탁에 차려져 있다. 두 사람 모두 초밥에는 손도 대지 않았다.

커샌드라가 거실과 탁 트인 부엌 사이를 오가며 빙빙 도는 사이, 몸에 딱 붙는 검은색 바지가 허리에서 흘러내린다. 어맨다가 무척 아꼈던 제인의 고양이는 소파로 펄쩍 뛰어올라 제인의 다리에 머리를 비벼댄다. 헵번은 자기 주인의 고충이 느껴지기라도 하는지 요즘 부쩍 애정 표현이 늘었다.

"찾았어." 제인이 말한다.

커샌드라가 소파로 다가가자 제인은 같이 볼 수 있도록 노트북 화면을 기울인다. "사진 잘 골랐네." 커샌드라의 말에 가시가 돋아 있다.

셰이가 큐피드에 올린 프로필 사진 속의 그녀는 생기가 넘쳐흐른다. 헐렁한 밀짚모자를 쓰고서 웃으며 태양을 올려다보고 있다.

지난봄 하이라인 공원의 똑같은 매점에서 똑같은 포즈를 취한 어맨다의 사진과 놀랍도록 비슷하다. 그 사진도 제인이 찍었었다. 어맨다는 죽기 두어 달 전 그 사진을 페이스북에 올렸다.

셰이를 조종하는 건 쉬웠다. 셰이를 하이라인 공원에 데려간 후 커샌드라는 매점에 멈춰 섰다. 그녀와 제인이 모자 몇 개를 구경하다가, 제인이 밀짚모자를 셰이의 손에 떠밀며 어떤 포즈를 취할지 정해주었다.

이 사진은 어맨다의 인생을 속속들이 모방하려 드는 셰이의 무서운 욕망을 증명해주는 공개적인 증거 자료로서 역할을 톡톡히 할 것이다.

하지만 이 정도로는 부족하다.

그리고 훨씬 더 시급하게 해결해야 할 문제가 있다. 그룹의 다른 여자들도 셰이가 어맨다에게 집착하고 있다고, 어맨다가 죽은 후 그 집착이 점점 더 심해졌다고 믿어야 한다.

오늘 저녁, 무어 자매는 셰이의 집착에 대한 의심의 씨앗을 뿌리기 위해 베스와 셰이를 서로 마주치게 만들었다. 제인은 같은 크로스핏 수업에서 두 사람과 만나기로 각각 따로 약속을 잡았다. 그리고 수업이 시작되기 몇 분 전, 급한 일이 생겼다는 거짓말로 약속을 취소했다.

두 여자는 각자 자기 혼자만 크로스핏 클럽에서 제인을 만나는 줄 알고 있었다.

자매가 생각한 최상의 시나리오는, 베스가 어맨다의 추도식에서 혹은 그전에 커샌드라가 나눠준 사진에서 본 셰이를 알아보는 것이었다. 설령 베스가 셰이를 기억하지 못한다 해도, 어맨다를 꼭 닮은 셰이의 모습에 기겁할 것이다.

셰이가 추도식에서 본 베스를 기억하고 먼저 접근하는, 정반대의 상황이 벌어질 것 같진 않았다. 하지만 그렇다 해도 자매에게는 손해될 것이 하나도 없었다. 셰이의 위험한 집착을 증명해주는 근거가 될 뿐이니까.

안타깝게도, 크로스핏 수업이 끝난 직후 베스가 보낸 문자에는 이상한 일이 있었다는 얘기가 전혀 없었다. '나를 이런 고문 같은 운동에 등록하게 만들어놓고 자기만 쏙 빠지다니, 절대 용서 못 해요. 제대로 걷지도 못하겠잖아요!'

뭔가 다른 수를 빨리 써야 한다. 경찰은 분명 대프니와 키트의 진술이 서로 어긋난다는 사실에 주목하고 있다. 대프니는 또 불려가서 조사를 받으면 잘 버텨내지 못할 것이다.

그들이 쌓아 올린 모든 것이 무너져 내릴 수도 있다.

커샌드라는 제인 옆의 두툼한 쿠션에 풀썩 앉아 다리를 모으고는 셰이의 프로필을 읽어본다. "'활동적이지만, 소파에 편히 앉아 피자를 나눠 먹으며 얘기하거나 영화 보는 것을 좋아하는 사람을 찾습니다……. 키는 나보다 작지만 않으면 좋겠어요(내 키는 178센티미터지만, 하이힐은 거의 신지 않아요)…….' 선 같은 남자를 원하는 거네." 커샌드라는 이렇게 말한 후 계속 읽어나간다.

"'친구들은 내가 친절하고 똑똑하다고 말해요. 참 탐나는 여자라고요. 내가 어떻게 감히 친구들 의견에 토를 달겠어요? :) 나 같은 사람을 만나고 싶은 마음이 든다면, 먼저 편하게 술 한잔하면서 서로 알아가면 좋겠어요…….'"

"'참 탐나는 여자'라는 부분은 언니 말을 그대로 따온 것 같아." 제인이 집어낸다.

"정말 조종하기 쉬운 여자라니까." 커샌드라는 셰이의 사진을 다시 한번 본다. 이제 그녀와 어맨다 사이에 섬뜩한 공통점이 너무 많다.

하지만 스타일은 차이가 난다. 사진 속의 셰이는 청바지에 격자무늬 플란넬 셔츠를 입고 있다. 어맨다라면 절대 선택하지 않았을 옷들이다.

"셰이의 옷차림을 좀 바꿔줘야겠는데." 커샌드라가 혼잣말하듯 중얼거린다. "같이 쇼핑하러 가야겠어."

제인은 천천히 고개를 끄덕인다. "아니면 데이트할 때 입을 멋진 옷을 고를 수 있는 부티크를 우리가 추천해주든가."

커샌드라의 얼굴에 미소가 퍼진다. "천재적인데. 대프니네 가게로 보내자. 그럼 둘이 만날 수밖에 없지."

40

세이

노동통계국에 따르면, 사람들은 40세 전까지 평균 열 군데의 직장을 거친다고 한다. 이직 사유 중 하나는 대부분의 직장에서 임금 인상이 해마다 3퍼센트밖에 되지 않기 때문이다. 하지만 다른 회사로 옮기면 봉급을 크게 올릴 수도 있다. 여성은 일반적으로 육아 때문에 일을 쉬는 기간이 더 길지만 이직 횟수는 남성과 거의 비슷하다.

—데이터북, 51쪽

오후 5시 30분, 나는 재킷을 입으며 밖으로 나선다. 곧 기온이 8~9도로 확 떨어지고 날이 어두워지겠지만, 하루 종일 집 안에만 있었더니 신선한 공기를 마시고 싶다.

오늘 하루 동안 쿼츠의 인사부에 제출할 서류를 작성한 다음, 나의 첫 업무를 위한 조사를 시작했다. 시장에 나온 각양각색의 음료를 분석하고 유사점과 차이점을 요약하기.

각 브랜드의 특성과 시장 점유율을 정리하는 일에 몰두하다 보니 시간이 쏜살같이 지나갔다.

나는 방해받지 않으려고 휴대전화를 무음 모드로 설정하고, 퀴츠의 전화와 이메일만 수신할 수 있게 해놓았다. 정규직이 되고 싶으면 그런 마음가짐으로 일을 해야지, 하는 생각으로.

지금 나는 2번 애비뉴를 따라 남쪽으로 움직이면서 이메일과 문자메시지를 훑어보고 있다. 관심이 가는 게 하나도 없어서 큐피드 앱을 연다. 작은 큐피드 이모티콘의 입에서 나온 하트 모양 풍선에 '4!'라고 적혀 있다.

그걸 누르자 네 개의 메시지가 뜬다. 가슴이 조금 설렌다. 몇 달 동안 데이트를 한 번도 못 했다. 그런데 남자 네 명이 나한테 관심을 보이다니.

연락을 준 사람들이 누군지 얼른 보고 싶다. 주변을 둘러보니 저 앞 모퉁이에 새로 생긴 매력적인 작은 식당이 보인다. 나는 휴대전화를 손에 든 채 그곳으로 향한다.

아직 이른 시간이라 테이블이 많이 비어 있어 나는 벽난로 옆자리를 부탁한다. 웨이터에게 채소와 피타*를 곁들인 후무스* 한 접시와 레드와인 한 잔을 주문한 뒤 곧장 앱을 연다.

마치 크리스마스 날 아침, 베일에 싸인 선물의 리본을 풀기 직전 같은 기분이다. 그 안에는 무엇이, 아니 더 정확히 말하자면, 누가 있을까.

첫 메시지를 읽고 나니 조금 맥이 빠진다. 그의 프로필 아이디는 '실버폭스'다. 그리고 메시지 첫 줄이 '나이 많은 남자를 고려해본

• 지중해와 중동 지역에서 먹는 납작한 빵.
• 으깬 병아리콩과 오일, 마늘을 섞어 만든 중동 음식.

적은 없어요?'라니. '아버지뻘은 고려해본 적 없답니다' 하고 속으로 생각한다.

다음 메시지로 넘어간다. 이 남자가 첨부해놓은 사진을 터치해 열어본다.

그러고는 움찔 놀란다. 상반신을 노출한 채 찍은 셀카가 그리 노골적이진 않지만, 전체적으로 참 저급해 보인다. 메시지라고 더 나을 건 없다. 그가 쓴 거라곤 '안녕'이 전부다. 사이트의 거의 모든 여자에게 이러고 있겠지.

세 번째 남자는 선글라스와 야구 모자를 쓰고 혼자 찍은 사진을 올려놓았다. '일이 너무 바빠서 진지한 관계는 원하지 않아요. 그냥 하루 날 잡아서 술이나 한잔할래요?'

자기 자신에 대해 좀 더 썼으면 좋았을 텐데. 그의 프로필을 확인해본다. 별 내용이 없다. 어떤 사람인지 감이 안 잡힌다. 유부남일까? 나는 조금 고민하다가 답장을 보내기로 한다. '먼저 당신에 대해 더 얘기해줄래요?'

하지만 전송을 누르기 전에 마지막 메시지를 확인해본다. 제일 먼저 눈에 띄는 건 사진이다. 갈색 머리, 수줍은 미소, 뿔테 안경. 몸매는 호리호리하고 탄탄해 보인다. 매력적이지만, 위축될 정도는 아니다. 그의 아이디는 '테드토크'다.

가슴이 두근거린다.

'안녕하세요, 데이터걸, 난 테드예요. 길거리 농구 게임과 하이킹을 좋아하는 아주 활동적인 사람이지만, 맛있는 피자와 함께하는 시간도 즐깁니다.'

"실례합니다." 웨이터의 말에 힐끔 올려다보니, 그가 와인과 후무스 접시를 들고 있다.

"미안해요." 나는 테이블에서 두 팔을 거둔다. 부디 그가 내 휴대 전화 화면을 보지 못했기를. 요즘은 누구나 온라인으로 만나 데이트를 하는 것 같지만, 그래도 낯선 사람이 내 사적인 일을 아는 건 꺼려진다.

웨이터가 나이프와 포크, 스푼을 놓고 물을 더 따라주면서 시간을 오래 끈다. 빨리 테드의 메시지로 돌아가고 싶어 조바심이 난다.

웨이터가 자리를 뜨자마자 나는 그의 메시지로 돌아간다. '하이힐 신어도 괜찮아요, 나는 185센티미터 정도 되니까요. 어쨌든, 더 얘기 나누고 싶으면 언제든 연락 줘요.'

나는 당장에 그의 프로필을 눌러본다.

그의 정보가 나열되어 있다. 서른다섯 살, 결혼한 적 없음, 기계공학자, 맨해튼에 살고 있음. 그가 원하는 관계는 '진지한' 관계.

절로 웃음이 난다. 그는 오늘 아침 11시 30분에 메시지를 보냈다. 그러니까 여섯 시간도 더 지났다. 지금 답장을 보내도 지나치게 필사적으로 보이지는 않을 것이다.

남자를 직접 만나서는 좀 쭈뼛거리는 편이지만, 여기 어둑한 바에서는 더 과감해지는 것 같다. 나는 잠깐 고민하다가 답장을 쓴다. '안녕하세요, 테드. 중요한 질문을 할게요. 두꺼운 크러스트와 얇은 크러스트, 어느 쪽이에요? 데이터걸/일명 셰이. 추신. 나도 하이킹을 좋아하지만, 여긴 마땅한 곳이 별로 없어요. 당신만 아는 괜찮은 곳 어디 없나요?'

그에게 두 가지 질문을 던졌다. 대화를 이어나가기 위해 일부러.

나는 갑자기 허기가 져서 후무스를 열심히 퍼먹기 시작한다. 당근 조각을 오도독 씹으며, 내가 정한 범위에 들어맞는 다른 남자들의 사진을 쭉 내려본다. 나이는 스물여덟에서 서른여덟 사이, 30킬로미터 이내에 살며, 진지한 관계를 원하는 싱글.

믿기지 않을 정도로 많다. 너무나 많은 남자들이 나와 같은 걸 원하고 있다. 그들 중 몇 명은 길에서 지나쳤거나, 델리나 지하철에서 같은 줄에 서 있었을지도 모른다. 심지어는 이 바에 있을지도.

약혼반지나 결혼반지, 하다못해 클라다 링*이라도 끼고 있으면 임자가 있다는 만국 공통의 신호가 되지만, 비슷한 물건이 하나도 없으면 짝을 찾고 있다는 걸 세상에 알리는 셈이다.

나는 사진들을 더 훑어본다. 몸에 딱 붙는 민소매 티셔츠로 근육을 과시하는 남자들이나 비싼 차나 요트 옆에 서서 자기 지위를 뽐내려고 애쓰는 남자들을 빼고 나서도, 매력적인 남자들이 꽤 있다.

프로필을 여러 개 쭉 읽어보니, 재미있는 것도 있고, 솔직한 것도 있고, 인적 사항 정도만 적혀 있는 것도 많다.

하지만 테드만큼 매력적인 사람은 없는 것 같다.

이런 생각을 하는 순간 큐피드 아이콘이 화면에 불쑥 나타난다. '1!'

나는 얼른 숫자를 눌러 메시지를 열어본다. 테드의 답장을 보는 순간, 이것이 바로 내가 기대하고 있던 것임을 깨닫는다.

'셰이, 어려운 질문이지만, 난 이것저것 안 가리는 피자 애호가라서요. 앤초비만 아니면 뭐든 상관없어요. 그나저나 당신이 좋아하는 피자 가게는 어디죠? 두어 달 전에 콜로라도주에서 이사 와서 뉴욕은 잘 모르거든요. 아직은 이 도시에 대해 배우려고 노력 중이랍니다. 약간의 문화적 충격을 받고 있지만, 마음에 들어요. 지금 지내는 아파트는 예전 집의 벽장 크기만 하지만요, 하하.'

입술이 구부러지며 절로 미소가 떠오른다. 테드는 겨우 15분 만에 답장을 보내왔다. 마음에 든다. 미묘한 심리전을 펼치지 않는다는

* 아일랜드의 전통 반지로, 청혼할 때 예물로 쓰인다.

게. 그리고 콜로라도주에서 막 여기로 이사 왔다면, 아는 사람이 많지 않을 것이다. 나처럼 외롭겠지.

나도 심리전 같은 건 벌일 생각이 없다. 그래도 와인을 다 마실 때까지 기다린 다음 답장을 쓴다.

'앤초비에 대해서는 전적으로 동감해요. 누가 피자에 생선을 올려요? ;) 내가 가장 좋아하는 가게는 브루클린에 있는 '그리말디스'예요. 얇은 크러스트가 끝내주죠. 아직 안 가봤다면 꼭 가봐요.'

이제 뭘 쓸까 고민하며 나는 주저한다. 무슨 일을 하는지 물을 수도 있지만, 그의 직업이나 수입에 신경 쓰는 듯한 인상을 주고 싶지는 않다.

그래서 이렇게 쓴다. '콜로라도주는 딱 한 번 가봤어요. 대학 시절 룸메이트의 가족들과 스키를 타러 갔죠. 정말 아름다웠어요. 언젠가 또 가고 싶어요.'

참, 다른 질문을 던져야 할 텐데. 다시 한번 그의 사진을 보니 아까보다 훨씬 더 매력적으로 보인다. 그러고 보니 한 사진 속에서 커피잔을 왼손으로 들고 있다.

'혹시 왼손잡이예요?'

나는 이렇게 썼다가 삭제를 눌러 지운다. 내가 그의 사진을 자세히 뜯어보고 있다고 생각하면 곤란하니까. 나는 이런 일에 너무 경험이 없다. 규칙이 뭔지 모르겠다.

결국 나는 신중을 기해 이런 질문을 택한다. '스키 탈 줄 알아요?'

그런 다음 발송을 누른다.

나는 계산을 하고 다시 밖으로 나간다. 아까보다 훨씬 더 춥고 완전히 캄캄하지만, 도시의 활기가 느껴진다. 지금 테드는 어디 있을까? 벽장만 한 아파트에 있을까. 아직 사무실에 있을지도 모른다. 내가 지나가는 건물들 중 하나에 있을지도.

그가 가까이에 있다는 걸 알고 나니 왠지 도시가 아늑하니 더 작게 느껴진다.

미신은 비논리적이지만, 나 자신과 작은 내기를 하고 싶어진다. 집에 도착할 때까지 휴대전화를 확인하지 않으면, 그의 답장이 와 있을 거야.

집에 도착해서 코트와 신발을 벗자마자 나는 휴대전화를 꺼낸다.

테드의 답장이 도착해 있다. 그가 내게 두 가지를 물었다.

'직접 만나서 이 대화를 이어가면 어때요? 금요일 저녁에 만나서 한잔할래요?'

41

어맨다

2개월 전

어맨다의 정강이로 피가 흘러내렸다.

그녀는 욕설을 뱉고, 수건으로 작은 상처를 누른 다음, 샤워기를 껐다. 늦어서 너무 급하게 다리를 면도한 탓이다. 그녀가 근무를 마무리하고 있을 때, FDR 드라이브 도로에서 어떤 화물 트럭이 캠핑 프로그램에 참여한 아이들을 태운 버스를 뒤에서 들이받았다. 여섯 명의 아이들이 목뼈 손상에서부터 타박상, 심하게는 손목 골절과 뇌진탕 의심 증상까지 다양한 부상을 입고 응급실로 실려 왔다. 부모들이 밀려들어 왔고, 어맨다는 진료실을 가득 메운 채 울고 있는 아이들을 두고 차마 떠날 수 없었다.

그야말로 최악의 시간에 버스 사고가 일어났다.

그녀는 팔걸이 붕대를 한 소년의 아버지가 도착할 때까지 아이를 달래느라 한 시간 초과 근무를 했다. 퇴원 수속을 서둘러 처리하고는 왠지 미안한 마음이 들어, 나가면서 아이에게 막대사탕을 몰래 쥐어 주었다.

한 시간쯤 후에 그녀는 센트럴파크 북쪽 근처의 트위스트라는 술집에 있어야 했다. 아무래도 늦을 것 같았다.

보통은 밤에 시내로 외출할 때 어깨까지 내려오는 머리에 살짝 웨이브를 주었다. 하지만 지금은 재빨리 머리를 말린 다음, 느슨하게 비비 꼬아 핀을 꽂았다. 피부 톤을 밝혀주는 베이스 제품을 바르고 브라운 아이브로 펜슬로 눈썹을 그리며 메이크업에 공을 들였다. 다행히도 복장은 이미 골라놓았다. 넓은 어깨끈이 달린 진한 베이지색 선드레스, 골드 링 귀걸이, 굽 낮은 샌들, 그리고 작은 핸드백.

핸드백에는 선불 휴대전화, 약간의 현금과 신용카드, 그리고 도수 없는 투명 렌즈가 달린 검은색 캣아이 안경을 넣었다. 그녀는 시력이 좋았다. 그녀는 욕실 세면대 밑 수납장을 열고 화장지 뒤로 손을 넘겨 더듬다가, 작은 플라스틱 구강청결제 병을 거머쥐었다. 뚜껑이 꽉 닫혔는지 다시 한번 확인한 다음 핸드백에 슬쩍 집어넣었다.

그녀는 몸을 펴고 거울을 들여다보며, 손가락 끝으로 오른쪽 눈썹 밑을 톡톡 두드려 마스카라 얼룩을 지웠다. 그러다가 그녀의 두 눈이 휘둥그레졌다. 어떻게 립글로스를 잊을 수가 있지? 단순한 실수 하나 때문에 모든 게 수포로 돌아갈 수도 있었다. 그녀는 티슈를 집어 복숭앗빛 분홍색 립글로스를 지웠다.

하루 종일 그녀는 아무것도 먹지 못했다. 곧 술을 마실 테니 뭐라도 먹어야 한다는 걸 알았지만, 속이 울렁거렸다.

그녀는 마지막으로 아파트를 둘러보았다. 부엌 조리대에 놓여 있는 플라스틱 밀폐 용기들에는 잠 못 이룬 밤의 증거가 들어 있었다. 레몬 양귀비씨 머핀, 크림치즈 브라우니, 클래식 초콜릿칩 쿠키. 그녀에게 베이킹은 심리치료였다.

그녀는 무더운 저녁 거리로 나갔다.

이날 밤을 얼마나 많이 상상했는지. 결국 이날이 오고 나니 비현실적인 느낌이 들었다. 감각이 예민해졌다. 공회전하고 있는 우버가 경적을 빵빵 울려대자 그녀는 움찔했고, 몇 미터 앞에서 산책하고 있는 래브라두들이 싼 오줌 악취에 고개를 돌려버렸다.

공기는 탁하고 답답했다. 마치 그녀를 저지하고 싶어 하는 것처럼.

겨드랑이에 땀이 괴기 시작했지만 아직은 택시를 부를 수 없었다. 집에서 몇 블록 떨어진 곳에서 타야 했다. 그녀는 파크애비뉴와 32번가 사이의 혼잡한 모퉁이에 멈춰 서서 손을 들었다. 퇴근 시간대라 그런지, 평소보다는 한산한 8월인데도 택시를 잡아타는 데 4분이나 걸렸다.

그녀는 뒷자리로 미끄러지듯 들어가 목적지를 말한 다음, 휴대전화를 보느라 바쁜 척하며 고개를 홱 숙였다. 평소에는 택시 운전사와 대화를 나누었다. 그들의 사연을 듣는 재미가 쏠쏠했다. 수십 년 동안 맨해튼의 거리를 누벼왔고 그걸 증명이라도 하듯 브루클린 억양이 아주 심한 운전사들, 고국에서는 공학자로 일했던 이민자들, 유명 인사를 태운 적이 있다며 그들과의 짧은 인연을 들려주기 좋아하는 기사들.

오늘 밤 택시 안에서는 터치스크린에서 흘러나오는 퀴즈 프로그램의 진행자가 문제를 내는 소리밖에 들리지 않았다. "여성 죄수들의 이야기를 그린 넷플릭스의 인기 드라마 제목에는 두 가지 색깔이 들어가 있습니다."

한 소형 버스가 갑자기 끼어드는 바람에 택시 기사가 급브레이크를 끼익 밟았다.

"죄송해요, 손님." 그는 룸미러로 어맨다와 눈을 마주치며 말했다.

"괜찮아요." 그녀는 이렇게 중얼거리며 다시 고개를 숙였다.

술집이 점점 가까워지고 있었다. 겨우 두 블록 떨어진 곳에 독특한 붉은 차양이 보였다.

"여긴가요?" 택시 기사는 한 멕시코 식당 앞에 차를 세웠다.

요금은 15달러 60센트였다. 어맨다는 접힌 20달러짜리 지폐를 기사에게 건넨 뒤 슬그머니 택시에서 내렸다.

택시가 블록을 절반 정도 지날 때까지 기다렸다가, 오늘 밤을 위해 구입한 안경을 쓰고 힘차게 걷기 시작했다.

그녀는 예정보다 20분 늦게 트위스트에 들어갔다. 문간에 서서 어둑한 조명에 눈을 적응시켰다. 콜드플레이의 〈옐로〉가 울려 퍼지고, 안쪽에서 포켓볼 치는 소리가 들려왔다.

큼직한 L자형 바 맨 끝에서 화이트와인 한 잔을 앞에 두고 있는 베스가 보였다. 베스의 눈길이 어맨다를 쓱 훑고 지나갔다.

목요일 밤이라 술집은 적당히 차 있었다. 그녀가 제시간에 왔다면 빈자리가 더 많았을 것이다.

베스 옆의 끝자리들만 남아 있었다.

그녀는 어디 앉을까 고민하는 것처럼 다시 한번 주위를 둘러보았다. 안쪽 방에서 두 남자가 포켓볼을 치고 있었다. 다른 사람들은 테이블과 부스에 흩어져 있었다.

그녀는 숨을 크게 한 번 쉬고 바 쪽으로 가서, 이미 사람이 앉아 있는 두 의자 사이의 좁은 틈을 비집고 들어갔다. 그런 다음 유리잔에 생맥주를 채우고 있는 바텐더에게 미소를 지었다. 그는 곧장 가서 그녀를 도와주겠다는 몸짓을 했다.

그녀는 현기증이 났다. 수면 부족, 근무하는 동안 마신 커피 두 잔, 텅 빈 속, 이 모든 것이 그녀를 괴롭히고 있었다.

그녀는 떨리는 다리를 진정시키려고 다리 근육에 힘을 준 뒤, 바에 기대며 오른쪽에 있는 남자를 거칠게 밀었다. 그는 반사적으로 고개를 돌렸다.

어맨다가 몸을 앞으로 기울이며 그의 옆구리에 팔을 바짝 붙이자 원피스의 브이넥이 더 깊이 파였다. "미안해요." 그녀가 이렇게 말하는 순간 바텐더가 주문을 받으러 왔다. "지금 마시는 게 뭐예요? 맛있어 보이는데!"

어깨가 떡 벌어지고 머리숱이 점점 줄고 있는 30대 후반의 남자가 거의 빈 술잔을 들어 올리며 말했다. "위스키소다예요."

어맨다는 바텐더에게 고개를 끄덕이며 20달러짜리 지폐를 건넸다. "두 잔 줘요."

"어, 고마워요." 남자가 몸을 살짝 돌려 어맨다를 정면으로 쳐다보았다. 그러고는 그녀가 마음에 드는 듯 아래위로 훑어보았다. "난 제임스라고 해요."

42

세이

사람들이 나를 불편해하고 있다는 네 가지 증거
1. 목을 만진다(목에 신경 종말이 있기 때문에, 마음을 가라앉히려고 무의식적으로 목을 만질 수 있다).
2. 발끝이 내게서 먼 쪽으로 향해 있다.
3. 내 시선을 피하거나 움찔한다.
4. 팔짱을 끼거나 몸을 뒤로 빼고, 둘 사이에 물건을 놓는다(베개를 무릎 위에 올려놓는다거나).

—데이터북, 53쪽

평소라면 이런 부티크에 절대 들어가지 않을 것이다. 밖에서만 봐도 옷들이 비싸고 세련돼 보인다. 커샌드라와 제인이 여기서 쇼핑하는 이유를 알 것 같지만, 나는 어색하기만 하다.

하지만 대프니스로 들어가자마자 어깨에 긴장이 풀린다. 상큼한 시트러스 계열의 기분 좋은 향기가 난다. 신나는 리듬의 경쾌한 음악이 흐르고, 맛있어 보이는 미니 컵케이크들이 접시에 놓여 있다. 이 작은 가게에 행복의 기운이 넘쳐흐른다.

한 여자가 다가오고 나는 대번에 그녀를 알아본다. 어맨다의 추도식에서 봤던 화려한 분위기의 여자다. 윤기 흐르는 머리칼과 피부, 반짝이는 손톱. 오늘은 와이드핏 블랙진에 캐멀색 실크 블라우스를 입고 있다.

"어서 오세요." 그녀가 더 가까이 온다. 그런데 미소 짓던 얼굴이 굳더니 그녀는 눈을 휘둥그렇게 뜨면서 주춤한다. "대프니라고 해요."

"안녕하세요, 전 셰이예요." 나는 기대하며 그녀의 반응을 기다리지만, 그녀는 내 이름을 처음 들어보는 눈치다.

아마도 커샌드라와 제인이 내가 들를 거라고 귀띔해주는 걸 깜빡한 모양이다.

"셰이. 만나서 반가워요……." 그녀가 나를 아래위로 훑어본다. 왜 나 같은 사람이 이런 고급스러운 부티크에 들어왔나 싶겠지.

"특별히 찾으시는 옷이 있나요?" 마침내 그녀가 물어본다.

그녀는 내가 누군지 모르는 게 확실하다. 테드와의 데이트에 입고 갈 옷을 여기서 사라고 커샌드라와 제인이 추천해주었다. "거기 옷이 좀 비싸긴 하지만, 장사가 엄청 잘돼요. 옷들이 정말 괜찮거든요. 그리고 대프니도 당신 마음에 들 거예요!" 커샌드라가 이렇게 말했었다.

"어, 곧 데이트가 있거든요. 그리고 커샌드라와 제인이 여기 가보라고 해서……."

대프니는 또 깜짝 놀라지만 얼른 표정을 가다듬는다. "아! 그렇군요. 제가 참 좋아하는 손님들이죠."

"네, 정말 대단한 사람들이에요."

그녀는 내게서 눈을 못 떼다가, 정신을 차리려는 듯 고개를 살짝 젓는다. "그러니까, 데이트를 하신다고요." 그녀가 밝은 목소리로 말한다. "어디 가실 거예요?"

"아직은 잘 모르겠어요. 사실 첫 데이트거든요. 그냥 간단하게 한잔할 거예요."

"이쪽에 예쁜 상의가 있어요." 그녀는 옷들이 걸려 있는 곳으로 나를 데려가 윗옷 몇 장을 획획 넘긴다. 그러다가 하나를 들어 내 몸에 대본다. 네크라인이 비대칭으로 깊이 파인 새파란 셔츠다. "머리 색이랑 잘 어울려요."

그녀는 계속 훑으면서 내가 입어볼 옷을 몇 장 더 빼낸 다음, 나를 피팅룸으로 데려간다. 그곳에는 부드러운 안락의자와 큼직한 거울이 있고, 벽에는 매끈한 은색 행거가 붙어 있다. 베스는 옷걸이를 행거에 걸고 커튼을 친다. 내가 스웨터를 벗을 때 그녀의 목소리가 가까이서 들린다. 커튼 바로 반대편에 있는 게 틀림없다.

"그런데 커샌드라랑 제인하고는 어떻게 아는 사이세요?"

이 질문을 잘 넘겨야 한다. 우리의 복잡한 우정을 쉽게 설명할 방법이 없다. "아, 서로 아는 지인이 한 명 있거든요." 따지고 보면 완전히 거짓말은 아니다. 나는 대프니가 더 자세한 사정을 묻지 못하게 계속 말한다. "요즘에 자주 어울렸어요. 며칠 전에는 같이 술도 마셨죠."

그녀는 잠시 동안 말이 없다. 아직도 커튼 바로 밖에 있으려나?

나는 먼저 파란 셔츠를 입어본다. 나라면 절대 고르지 않았을 옷이지만, 대프니의 말대로 나한테 잘 어울린다.

이제 가격표를 확인해본다. 280달러. 셔츠 한 장에 이런 금액을 써본 적은 한 번도 없다.

다른 옷에 붙은 가격표를 보니 그보다 훨씬 더 비싸다. 굳이 입어보지 않아도 될 것 같다.

나는 다시 한번 거울을 본다. 이 예쁜 셔츠를 입고 테드를 만나러 술집으로 걸어 들어가면 어떨까. 그가 나를 보고 반갑게 미소 짓는 모습이 그려진다. 게다가, 뭐라도 사야 할 것 같은 기분이다.

나는 셔츠를 벗어 푹신한 패드를 덧댄 옷걸이에 조심스럽게 걸어둔다. 수수한 회색 스웨터로 다시 갈아입은 다음 피팅룸을 나간다.

대프니는 계산대에서 휴대전화에 뭔가를 입력하고 있다. 그러다 나를 보더니 휴대전화를 카운터에 엎어놓는다.

"금방 끝났네요. 마음에 드는 옷이 있던가요?"

나는 옷걸이를 들어 올리며 살짝 흔든다. "당신 말이 맞았어요. 이 셔츠는 완벽해요."

그녀는 약간 억지스러워 보이는 미소를 짓고는 옷걸이를 받아 든다. "잘 고르셨네요."

그런 다음 계산대에서 계산을 시작한다.

이제 그녀는 입을 다물고 있다. 셔츠를 접어 얇은 종이로 감싸는 일에 집중하고 있는 것처럼 보인다. 나는 태연한 척하려 애쓰며 신용카드를 리더기에 끼워 넣는다.

카운터에 활짝 펼쳐져 있는 예쁘장한 노트 위에 은색 펜이 놓여 있다. 사람들이 이름과 집 주소, 이메일 주소를 깔끔하게 줄을 맞추어 써놓았다. 근처에 작은 안내문이 있다. '여러분의 인적 사항을 적어주시면 대프니스의 할인 및 비공개 이벤트 소식을 가장 먼저 들으실 수 있습니다!'

대프니는 여전히 바쁘게 손을 놀리며, 얇은 종이로 싼 꾸러미를 쇼핑백에 집어넣고 리본으로 손잡이를 묶는다. 나는 별생각 없이 펜을 집어 노트에 내 이름을 적어 넣는다.

그런 다음 집 주소를 쓰는 칸에 무의식적으로 옛 주소를 적기 시작한다. 순간 멈칫한다.

나는 이제 그곳에 살지 않는다. 어맨다의 아파트에 살고 있다. 대프니도 가본 적 있을 아파트에.

그녀는 아마 주소를 알아볼 것이다. 이 상황을 어떻게 설명할 수 있을까?

커샌드라와 제인과는 모든 일이 단계적으로 이루어졌다. 먼저 나는 그들에게 지하철 플랫폼에서 어맨다와 마주쳤고 그녀의 죽음에 큰 충격을 받았다고 고백했다. 비 내리던 날, 내가 최악의 상태로 어맨다의 환영을 봤을 때 뜻밖에도 그들을 만나 함께 차를 마시면서. 며칠 후 커샌드라의 레인코트를 돌려주기 위해 벨라스에서 그들 자매를 만났다. 우리는 모스코뮬을 마셨고, 나는 어떻게 목걸이를 발견했는지 설명했다. 그 목걸이의 주인이 제인이라는 사실을 알게 된 나는 그녀에게 목걸이를 되찾아주었고, 이 모든 일 때문에 우리는 다시 만났다. 그들은 션과 조디를 만난 후 내 처지를 알게 되자, 집 봐주는 일을 제안하고 그들의 친구 앤을 소개해주었다. 그러고 나서, 어맨다의 아파트가 임대물로 나왔을 때 그 집에 들어가라고 나를 격려해주었다.

이 모든 일이 아주 체계적으로 벌어졌다. 하지만 대프니에게 어떻게 설명해야 할지 모르겠다. 내 머릿속에서도 제대로 정리가 안 되고 있으니 말이다.

나는 집 주소를 직직 그어 지워버리고 이메일 주소를 적는다.

고개를 들어보니 대프니의 날카로운 녹색 눈동자가 또 나를 향해 있다. 그녀가 쇼핑백을 내 쪽으로 밀어준다.

"고마워요." 내가 말한다. "조만간 또 보면 좋겠네요. 제인, 커샌드라와 함께요."

그녀는 계산대 뒤에 서서 팔을 양옆으로 내린 채 조금 주저하는 표정을 짓는다. 원래 성격이 이런가 보지, 하고 나는 속으로 중얼거린다.

하지만 추도식에서 눈물을 흘리는 와중에도 웃으며 친구들을 껴안던 그녀의 모습이 떠오른다.

대프니는 내 제안에 답하지 않고 그저 이렇게만 말한다. "데이트 잘 하세요."

43

커샌드라와 제인

커샌드라와 제인은 나머지 멤버들보다 20분 일찍 식당에 도착한다.

그들은 이번 주 초에 이곳에서 저녁 식사를 하며 사전 답사를 했다. 식당 안쪽 오른편 구석에 있는 원형 부스가 최적의 자리 같았다. 다른 볼일이 있는 밸러리를 제외한 모든 멤버가 오늘 저녁 모임에 참석할 것이다.

그 자리에 앉으면 바가 잘 보이지 않는다. 바는 식당 입구의 왼쪽 벽에 붙어 있기 때문에 거기 앉으면 식당의 오른쪽 구석을 등지게 된다. 조명도 어둑하니 몸을 숨기기에 더욱 좋다.

보통은 가장 늦게 오는 베스가 웬일로 제일 먼저 들어온다. 셔츠 자락 한쪽이 밖으로 삐져나와 있고, 블레이저코트는 살짝 구겨져 있다.

두 자매는 부스에서 빠져나와 그녀를 다정하게 안아준다.

"정말 힘든 한 주였어요." 베스는 가죽 의자에 털썩 앉아 묵직한 서류 가방을 테이블 밑으로 집어넣는다. 그러고는 머리를 뒤로 기댄 채 한숨을 내쉰다.

제인이 베스의 손을 꼭 쥔다. "한잔해요."

베스는 오늘 저녁 조금 지쳐 있지만, 일이 워낙 힘들다 보니 평소에도 거의 이런 모습이다. 그래도 기분은 좋아 보인다. 베스는 암을 이겨냈고, 타는 듯한 붉은 머리는 이제 숱지고 곱슬곱슬하다. 더 중요한 사실은, 암에 걸리기 전보다 정신이 더욱 강해졌다는 것이다.

웨이터가 와서 칵테일 주문을 받을 때, 커샌드라는 식당으로 들어오는 스테이시를 발견한다. 커샌드라는 일어나 손을 흔들며, 스테이시가 이 자리를 찾는 데 시간이 좀 걸리는 걸 보고는 내심 쾌재를 부른다. 그들의 테이블은 정말 눈에 잘 띄지 않는다.

커샌드라는 벽에 등을 기대고 앉기 좋아하는 스테이시에게 자기 자리를 양보해준다. 대프니가 올 때까지 기다리는 동안 그들은 서로의 근황을 전한다. 베스가 새로 맡은 소송에 대해 이야기한 다음, 스테이시가 대기업의 의뢰를 받아 새 지사에 소프트웨어를 설치했다고 말한다. 멤버들이 그녀를 위해 건배한다. 평소에 잘 웃지 않는 스테이시가 미소를 짓자 여느 때보다 더 젊어 보인다. 원더우먼 티셔츠에 리바이스 청바지를 입고 있으니 더더욱 그렇다.

6시 40분, 대프니가 성큼성큼 걸어 들어오며 사과한다. "미안해요, 직원이 조퇴하는 바람에 내가 가게 문을 닫아야 했거든요."

부스의 빈자리 앞에 피노누아 와인 한 잔이 놓여 있다. 그들 모두 대프니가 피노누아를 좋아하며 끝자리를 선호한다는 사실을 알고 있다. 제임스에게 폭행당한 후 약한 폐소공포증이 생긴 탓이다.

대프니는 고마워하며 술잔을 들어 와인을 한 모금 마신다. 커샌드라와 제인은 그녀에게 약간의 시간을 준 다음, 그들이 오늘 모인 이유로 대화의 방향을 틀기 시작한다.

"밸러리는 못 왔지만, 나중에 우리가 얘기를 전해줄 거예요." 커샌드라가 설명한다. "대프니, 며칠 전에 있었던 일을 모두한테 말해줄래요?"

대프니는 술잔을 내려놓고 크게 한 번 숨을 쉰다. 그러고는 셰이라는 여자가 커샌드라와 제인의 소개를 받았다면서 그녀의 부티크로 걸어 들어온 순간부터, 무어 자매와 함께 조만간 또 보자는 말을 남긴 채 떠나기 전까지의 일들을 전부 들려준다.

대프니는 중요한 사항들을 빼놓지 않으면서, 특히나 인상적이었던 사실도 전한다. "어맨다랑 너무 닮았어요." 대프니는 몸서리를 치더니 또 와인 잔을 집어 든다.

베스는 커샌드라와 제인, 대프니를 번갈아 쳐다본다. "잠깐만요, 그럼 두 사람이 그 여자를 보낸 게 아니었어요?"

제인은 고개를 젓고는, 핸드백에서 무언가를 꺼내 테이블에 올려놓는다. "이 여자 기억나요? 여러분 모두 추도식에서 본 사람이에요."

사진 속에서 셰이가 그들을 물끄러미 올려다보고 있다. 뿔테 안경 뒤로 조금 망설이는 기색의 눈을 동그랗게 뜨고, 기다란 갈색 머리를 어깨 앞으로 찰랑거리면서.

"혹시 부티크에 왔던 여자 아니에요?" 커샌드라가 대프니에게 묻는다.

"맞아요, 맞아! 이제야 알아보겠네요. 하지만 말이 안 돼요. 사진이랑 너무 달라요. 머리도 바꾸고 안경도 안 꼈어요. 그리고 추도식에서는 아주 얌전하고 순해 보였는데, 부티크에 왔을 땐 웃으면서 말도 많이 하고……. 적어도 처음엔 그랬죠. 내가 무뚝뚝하게 나가니까 그 여자도 좀 조용해지더라고요."

"웃으면서 말을 많이 해요?" 스테이시가 대프니의 말을 그대로 옮긴다. "그럼 어맨다의 외모만 흉내 내려고 한 게 아니라 행동까지 따라 한 거네요."

베스는 말없이 사진을 뜯어보다가 집어 들어 불빛에 비춰본다.

"여러분 모두 알다시피, 추도식에서 이 여자가 어맨다와 같은 동물병원에 다녔었다고 말했잖아요. 새빨간 거짓말이에요." 커샌드라가 말한다. "여러분한테 아직 얘기 안 한 일이 있는데, 몇 주 전에 우리는 셰이와 우연히 마주쳤어요. 당시에는 우연의 일치인 줄 알았죠. 정보를 얻을 수 있을까 해서 같이 차를 마셨는데, 셰이가 충격적인 사실을 시인했어요." 커샌드라는 귀를 쫑긋 세우고 있는 나머지 사람들의 얼굴을 둘러본다. "셰이는 어맨다가 죽기 직전 지하철 플랫폼에서 어맨다와 함께 있었어요."

대프니는 헉하고 숨을 몰아쉬며 손으로 입을 막는다.

"그래서 추도식에 간 거라고 털어놓더군요." 커샌드라가 말을 잇는다.

"와, 그게 무슨……." 스테이시가 입을 열기 시작한다.

베스가 그녀의 말을 끊어버린다. "어디서 봤는지 이제야 알겠어요!" 베스가 제인을 쳐다보며 말한다. "며칠 전 크로스핏 수업에서 봤어요. 우리가 같이 가기로 했던 그 저녁 수업이요."

제인의 두 눈이 휘둥그레진다. "정말이에요?"

베스는 손가락으로 사진 쪽을 푹 찌르며 말한다. "안경을 안 쓰고 있었고, 머리는 더 짧았어요. 뒤로 높이 묶었더라고요. 사진과는 다르지만, 어맨다와 완전히 닮지도 않았어요. 하지만 확실히 그 중간쯤이었어요."

커샌드라는 등을 기대고 앉는다. 그렇다면 베스는 어쨌든 셰이를 봤다는 얘기가 된다. 모든 게 착착 진행되고 있다. 다른 멤버들을 속이는 것이 즐겁지는 않지만, 그들을 지키기 위한 것이기도 하다. 만약 경찰이 셰이에 관해 물어보면, 일이 잘 풀렸을 때 얘기겠지만, 그들은 자신이 아는 대로 솔직하게 답할 수 있을 것이다.

그러면 거짓말 탐지기도 문제없이 통과할 수 있다.

셰이는 희생양이 되어야 한다. 불운하고 불가피한 피해자가 될 것이다.

"우리가 생각한 것보다 훨씬 더 소름 끼치네요." 커샌드라는 목소리를 낮추고 몸을 앞으로 기울이며 다른 여자들의 어두운 얼굴을 훑어본다. "셰이는 어떻게든 우리 환심을 사려고 애썼어요. 차를 같이 마신 날 우리가 실수로 그 여자한테 전화번호를 알려줘 버렸죠. 넋이 나간 사람처럼 아슬아슬해 보였거든요. 그날 지하철역에서 목격했던 광경 때문에 큰 충격을 받았다고 했어요. 그래서 참 딱하다 싶었죠. 하지만 이제…… 셰이는 우리를 만나려고 이런저런 핑계를 대면서 계속 문자를 보내고 전화를 하고 있어요."

"왜 어맨다를 닮고 싶어 할까요?" 베스가 묻는다. "왜 우리를 스토킹하는 거죠?"

커샌드라는 고개를 저으면서 조심스럽게 손목시계를 힐끔 본다. 7시 2분. 시간이 됐다.

정확히 1분 후, 문이 열리고 셰이가 걸어 들어온다.

제인이 의미심장한 눈빛으로 커샌드라를 휙 쳐다본다. 이 테이블에서 무어 자매만이 셰이의 도착을 알아챈다.

다른 누군가가 셰이의 존재를 지적한다면 더 나을 것이다.

커샌드라는 헛기침을 한다. "몇 가지 고려할 문제가 있어요. 먼저 사실 관계부터 따져보죠. 우린 셰이가 우리한테 한 말과 행동을 알고 있어요. 그 여자 말을 액면 그대로 받아들이면 안 돼요. 무슨 거짓말을 할지 모르고, 어쩌면 모든 얘기가 다 거짓일 수도 있어요. 하지만 셰이가 하는 말보다 행동이 훨씬 더 중요하기 때문에 우린 그 행동을 주시하고 있어요."

나머지 사람들이 고개를 끄덕인다.

"그래서 행동을 지켜보니까 어떻던가요?" 대프니가 묻는다.

"이 얘기를 할까 말까 고민했어요." 커샌드라는 절친한 친구들, 자매 같은 여자들을 둘러본다. 그들을 위해서라면 무엇이든 할 작정이다. 그녀는 1년 전만 해도 불가능하다 생각했을 일들을 해냈다. "그 여자한텐 심각한 문제가 있어요. 뭐랄까…… 불안정해 보여요."

"동감이에요. 자살하는 사람을 본 후에 왜 그 사람을 닮으려고 하고 그 친구들 주변을 얼쩡거려요?" 대프니가 말한다. "정말 비상식적인 짓이에요."

그녀들은 셰이가 그렇게 행동하는 이유가 뭘까, 이런저런 가능성에 대해 계속 얘기를 나눈다.

그러다가 스테이시가 벌떡 일어나더니 바 쪽을 가리킨다.

"그 여자 아니에요?" 스테이시가 목을 길게 빼며 부스에서 나가려 하자, 커샌드라가 그녀를 막는다.

"세상에, 맞아요!" 대프니가 경멸감 어린 목소리로 낮게 말한다.

"스테이시, 진정해요. 섣불리 움직이면 안 돼요." 커샌드라가 스테이시의 팔에 손을 얹는다. "만약 셰이가 정말 정상이 아니고, 저 여자가 셰이라면, 조심해야 해요."

제인은 휴대전화를 집어 테이블 밑에서 얼른 문자를 입력한다. '다들 셰이를 봤어.' 같은 블록의 다른 곳에 있는 밸러리에게 보내는 메시지다. '테드토크'라는 아이디로 가짜 프로필을 만들고 큐피드를 통해 셰이와 연락을 주고받은 사람은 커샌드라와 제인이지만, 오늘 저녁엔 밸러리가 테드 행세를 할 것이다.

스테이시는 계속 선 채로 씩씩거린다. "여기까지 따라온 게 분명해. 우리를 쫓아다니고 있잖아요!"

"우리를 쳐다보지도 않아요." 대프니가 말한다. "다른 일 때문에 온 것처럼 연기하고 있는 것 같아요."

바로 그때 셰이가 휴대전화를 챙겨 넣고 의자에서 일어나더니 코트와 핸드백을 집는다. 그러고는 뒤도 돌아보지 않고 얼른 식당에서 나간다. 하지만 그녀가 문밖으로 나가면서 고개를 돌릴 때 부스의 모든 이에게 그녀의 얼굴이 언뜻 보인다. 몇 미터 떨어져 있고, 조명도 그리 밝지 않지만, 셰이가 틀림없다는 것을 알아보기엔 충분하다.

"저 여자를 미행해야 돼요." 스테이시는 이렇게 말했지만, 다시 자리에 주저앉는다.

잠깐 침묵이 흐른다.

"정말 이상해요." 베스가 말한다. "크로스핏 클럽에서는 잘 못 봤지만, 당신 말이 맞아요. 어맨다와 닮아 보이려고 애쓰고 있네요."

대프니는 몸서리를 친다. "얼마만큼 심각하게 걱정해야 할까요?"

"폭력적인 사람 같지는 않아요." 제인이 말한다. "그냥…… 정신적으로 문제가 있어서 그렇죠."

"한 번만 더 나를 따라오면……." 스테이시가 턱을 쑥 내민다.

베스도 한마디 거든다. "셰이는 계속 어맨다의 인생에 끼어들려고 하는 것 같아요. 어떻게든 어맨다를 대신하고 싶은 걸까요?"

'바로 그거예요.' 커샌드라는 제인과 눈을 마주치며 속으로 생각한다.

셰이는 곧 일종의 대역을 맡게 될 것이다. 그룹의 여자들이 생각하는 것과는 다른 방식으로.

44

셰이

미국인의 절반 이상이 첫눈에 반하는 것이 가능하다고 믿으며, 젊을수록 더 그렇게 믿는 경향이 있다. 미국인 10명 중 4명은 첫눈에 사랑에 빠진 경험이 있다고 말한다. 한 설문조사에서는 4분의 3에 달하는 이들이 '단 하나의 진실한 사랑'을 믿는다고 답했다.

—데이터북, 54쪽

나는 7시가 조금 지나 '애틀러스'로 들어간다.

테드가 바에서 만나자고 제안했으니, 등받이가 높은 키 큰 의자에 앉아 있는 손님들을 훑어본다. 하지만 혼자 앉아 있는 훤칠한 남자는 한 명도 없다.

나는 정문을 계속 지켜볼 수 있게 반대편 끝자리에 앉는다. 그리고 코트와 핸드백을 옆 의자에 올려놓는다.

"뭘 드릴까요?" 바텐더가 내 앞을 닦으며 묻는다.

"잠깐만 기다려주세요. 누가 올 거라서요."

그가 유리잔에 물을 채우고 잔 테두리에 라임 조각을 꽂은 다음, 컵받침에 받쳐 내 앞에 놓는다. 나는 미소 지으며 고맙다고 인사하고 한 모금 살짝 마신다.

긴장된다. 예상했던 것보다 더. 몇 달 전 나간 데이트는 아는 사람의 주선으로 이루어졌다. 멜라니의 남편이 자신의 대학 시절 친구를 만나보라고 했다. 나는 그 남자에게 전혀 끌리지 않았고, 아마 그도 그랬던 것 같다. 대화는 즐거웠지만, 멜라니와 그녀의 남편에 관한 이야기가 동나자 더는 함께 나눌 얘깃거리가 없었다. 첫 데이트 후 우리 둘 다 서로에게 연락하지 않았다.

나는 내 몸이 서서히 구부정해지고 있다는 걸 깨닫고는 허리를 세워 꼿꼿이 앉는다. 낮 동안에는 현재 판매 중인 미용 제품 중 성분이 무해한 제품들과 그 시장 점유율을 조사하며 쿼츠의 업무를 처리하다가, 5시가 되자마자 데이트 준비를 시작했다. 새로 산 파란색 셔츠와 좋아하는 청바지로 갈아입었다. 그리고 세포라 매장에서 립글로스를 사고 받은 향수 샘플 중 하나를 뿌렸다. 아이라이너와 마스카라를 칠하기까지 했다. 마스카라가 계속 눈 주변으로 번지는 걸 보니 지나쳤나 싶어 티슈로 조금 닦아냈다.

손목시계를 힐끔 보니 7시 7분이다.

테드와 나는 일주일 동안 드문드문 메시지를 주고받았다. 그는 내게 데이트 신청을 한 후 자기가 좋은 장소를 찾아보겠다고 했다. 우리는 전화번호도 교환했다.

휴대전화를 꺼내 확인해보지만, 그에게서 온 새 문자메시지는 한 통도 없다. 마지막 문자는 어제 왔다. '내일 저녁에 만나길 기대하고 있을게요.'

나는 이전에 우리가 주고받은 대화를 쭉 훑어본다. 혹시 내가 잘못 찾아온 걸까. 하지만 그가 내게 알려준 가게 이름과 주소가 바 끝에 쌓여 있는 메뉴판에 그대로 적혀 있다. 그리고 그는 확실히 저녁 7시라고 했었다.

나는 물을 한 모금 또 마신 다음, 아까 엄마가 새 직장은 어떻냐고 물어본 문자에 답장을 보낸다.

'지금까지는 아주 좋아요!' 사실이다. 나는 이미 몇 건의 광고에 참여하고 있고, 상관인 프랜신과 두어 번 통화를 했다. 그녀는 똑똑하고 유능한 사람처럼 보인다. 그녀에게 많은 걸 배울 수 있을 것 같다. 그녀는 다음 달에 뉴욕에 온다며, 만나서 점심 식사를 함께하자고 했다.

바텐더가 또 내게 다가온다. "더 필요한 거 없으세요?"

나는 밝게 미소 짓는다. "아니요, 됐어요."

나는 바쁜 것처럼 보이려고 최근 문자들을 쭉 내려본다. 나의 새로운 프리랜서 일에 관해 물어본 엄마와 멜라니, 선과 주고받은 문자들 밑에, 무어 자매와 마지막으로 나눈 대화가 보인다. 나는 대프니의 부티크를 다녀온 후 그들에게 단체 문자를 보냈다. '정말 멋진 셔츠를 찾았어요! 두 사람한테 얼른 보여주고 싶네요!'

제인만 답장을 보내왔다. '잘됐네요!'

그러고 나서는 아무런 소식도 없었다.

분명 두 사람 모두 바빴을 것이다. 기분 나빠할 필요는 없다.

가볍거나 재미있는 메시지를 짧게 보내볼까 생각하다가 관두기로 한다.

이제 7시 17분이다.

뉴욕의 도로는 종잡을 수 없고, 지하철은 항상 연착한다. 아니면 직장에 일이 생겨 미처 못 빠져나왔을지도 모른다. 지금 급하게 달려오고 있지 않을까.

하지만 늦는다고 문자를 보낼 수도 있었을 텐데?

가슴이 철렁 내려앉는다. 메시지를 주고받을 때 그는 아주 친절하고 정중해 보였다. 무엇보다, 언제나 답장을 빨리 보냈다. 진심으로 내게 관심이 있는 것처럼 행동했다.

혹시 어제와 오늘 사이에 다른 누군가를 만난 건 아닐까? 그는 누구나 탐낼 만한 남자다. 그런 그가 내게만 말을 걸었을 리 없다.

가만히 휴대전화를 노려보고 있는데, 문자메시지가 한 통 날아온다. 테드가 보낸 문자다.

'정말 미안합니다! 회사에 급한 일이 생겨서요. 몇 시간은 더 여기 있어야 할 것 같아요. 더 일찍 문자를 보내고 싶었는데, 문밖으로 나가다가 상관한테 붙잡히는 바람에 못 보냈어요.'

7시 25분이다.

나는 따끔거리는 눈을 깜박인다. 왜 그가 오지 못했는지 충분히 이해할 만하다. 그저 실망이 클 뿐이다. 처음 상관에게 야근 소식을 들었을 때 알려줬다면 더 좋았을 텐데. 하지만 그때 휴대전화가 없었다거나, 상관이 무서운 사람일지도 모른다.

'괜찮아요. 다음에 봐요.' 나는 이렇게 답장을 보낸다.

그러고는 컵받침 밑으로 5달러짜리 지폐를 찔러 넣고 코트와 핸드백을 챙긴 뒤, 코트를 입을 새도 없이 서둘러 술집 밖으로 나간다.

금요일 밤이라 그런지, 거리에는 둘이서 짝을 짓거나 삼삼오오 떼 지어 다니는 사람들로 가득하다. 서로 손을 맞잡은 연인들, 모퉁이에서서 신호가 바뀌기를 기다리며 웃고 있는 20대들, 정장 차림으로 하이파이브를 하고 있는 두 남자.

적어도 내게는 갈 집이 있다.

하지만 오늘 밤엔 혼자 있고 싶지 않아, 지하철을 타고 아테나스로 간다.

가게 안은 꽉 차 있지만, 스티브가 손을 흔들어 나를 부르더니 안쪽에 있는 작은 테이블에 자리를 마련해준다. "정말 오랜만이네, 예쁜 아가씨. 어디 가려고 그렇게 머리도 새로 하고 잔뜩 멋을 부렸어?"

"아, 친구랑 한잔하려고 했는데, 친구한테 일이 생겨버렸어요." 나는 밝은 목소리로 말한다.

스티브가 나를 더 자세히 들여다보더니, 손가락 마디가 약간 울퉁불퉁한 손을 내 어깨에 얹는다. "디저트 먹을 배는 남겨둬. 갓 만든 바클라바를 맛보게 해줄 테니까."

나는 전혀 배가 고프지 않지만 음식이 나오자 절반 이상을 우걱우걱 입속에 털어 넣는다. 몇 주 전부터 웨이트리스로 일하기 시작한 스티브의 손녀에게 후한 팁을 주고, 남은 음식을 포장해달라고 부탁한다.

나는 9시쯤 집으로 들어간다. 내가 들고 있는 작은 흰색 봉투에는 식당에서 남긴 팔라펠뿐 아니라 스티브가 기어이 내 손에 쥐여준 사각형의 큼직한 바클라바도 들어 있다.

문 바로 안쪽 바닥에 무늬 없는 흰색 봉투가 놓여 있다. 마치 누가 문 밑으로 슬쩍 밀어 넣은 것처럼.

내가 목걸이를 담아서 윌리엄스 형사에게 건넨 봉투와 똑같이 생겼다.

봉투 겉면에 내 이름이 알아보기 힘든 악필로 휘갈겨 써 있다.

나는 봉투를 집어 든다. 가볍지만, 작고 딱딱한 무언가가 안에 들어 있다. 금속처럼 느껴진다.

봉투를 뜯어서 열어보니 우편함 열쇠가 들어 있다. 어제 또 내 독촉 메시지를 받은 집주인이 드디어 들렀다 간 모양이다.

나는 열쇠고리를 꺼내 그 열쇠를 끼워둔다. 아래층 우편함에 중요한 뭔가가 들어 있을 것 같지는 않다. 그래도 확인은 해봐야겠지.

하지만 우선 옷부터 갈아입는다. 파란 셔츠를 조심스럽게 걸어놓고 후드티와 편한 바지를 입은 다음, 계단만 내려갔다 오면 되니 플립플롭을 신는다.

총 스무 개의 우편함이 두 줄로 붙어 있다. 내 집인 3D호의 우편함을 찾아 열쇠를 집어넣는다. 그러고는 꼼지락꼼지락 비틀어 열쇠를 돌린다. 작은 청동 문을 당겨서 열자, 봉투 몇 개가 바닥으로 떨어진다. 우편물이 잔뜩 들어 있다.

제일 위에 있는 카탈로그를 꺼내보니, 어맨다 앞으로 온 것이다. 그녀의 우편물이 아직도 여기로 오고 있다. 예상했어야 하는 일이다. 기업이나 마케팅 업체가 그녀에게 일어난 일을 무슨 수로 알겠는가.

나는 작은 직사각형 공간으로 몇 번 손을 집어넣었다 뺐다 하며 고지서와 편지와 카탈로그 들을 내 품으로 옮긴다. 가장 안쪽에는 두툼한 마닐라지 봉투가 둥그렇게 휘어진 채 처박혀 있다. 나는 손톱을 써서 봉투를 구석에서 빼낸다.

한 무더기의 우편물을 위층으로 가져가, 작은 나무 테이블에 펼쳐놓는다. 그런 다음 어맨다의 우편물과 내 우편물로 나눈다.

대부분이 어맨다 앞으로 온 우편물이다. 주소를 아니까 그녀의 어머니에게 보내면 될 것이다. 하지만 소포를 풀 때 가슴 아프지 않을까. 아무래도 커샌드라와 제인에게 의견을 물어봐야겠다.

마지막 우편물까지 분류를 끝내고 나니, 두 개의 더미 말고도 하나가 더 있다.

우편함 안쪽 구석에 처박혀 있던 두툼한 마닐라지 봉투에는 이름이 안 쓰여 있다. 주소도 우표도 소인도 없다. 완전히 백지 상태다.

맨 안쪽에 박혀 있었던 걸 보면, 한동안 우편함 속에 있었던 게 틀림없다. 우체부가 새 우편물을 배달할 때마다 그 봉투를 입구 쪽에서 점점 더 멀리 밀어 넣었을 테니까.

그런데 주소도 안 적힌 소포가 어떻게 우편함에 들어 있었을까?

집주인에게 듣기로, 우편함 열쇠는 세 개뿐이라고 했다. 어맨다가 사용했던 열쇠, 우체부가 가지고 있는 열쇠, 그리고 집주인이 복사해서 내게 준 마스터키.

그러니 누군가가 그 세 개의 열쇠 중 하나를 써서 이 소포를 넣어 뒀을 것이다. 우편 요금이나 배달 정보가 없으니 우체부는 제외다.

어쩌면 집주인이 내 이름을 적지도 않고, 내게 줄 뭔가를 우편함에 남겼을 수도 있다. 하지만 그렇게 책임감 있는 사람 같지는 않다. 내게 열쇠를 복사해주는 데 일주일이나 걸린 걸 보면 말이다.

그러니 어맨다가 넣어뒀을 확률이 더 높은 것 같다.

왜 자기 우편함에 뭔가를 보관하려 했을까?

나는 봉투를 뒤집어 본다. 보드랍고 부피감이 느껴진다. 밀봉은 되어 있지 않다. 봉투 입구의 구멍에 나비 모양의 작은 금속 클립이 끼워져 있을 뿐이다.

얼른 확인하고 다시 닫아놓으면 되지 않을까. 어쩌면 메리 같은 복도 건너편에 사는 어떤 이웃이 우편물을 넣고 있는 우체부에게 부탁했을지도 모른다. 내게 주려고 한 것일 수도 있다.

답을 알려면 한 가지 방법밖에 없다. 나는 금속 클립을 빼내고 봉투를 연다.

안에 들어 있는 건 큼직한 지퍼백이다. 지퍼백 안에는 엉성하게 사각형으로 접힌 파란색 수건이 담겨 있다.

나는 지퍼백을 열고 손가락 끝으로 수건을 스윽 꺼낸다. 수건을 펴려고 모서리를 잡는 순간, 창밖에서 총성 같은 소리가 크게 울린다.

나는 흠칫 놀라며 몸을 움츠린다.

비명이나 또 다른 총성이 들려올까 봐 귀를 기울이는데, 자동차가 엔진 속도를 급하게 올리는 소리가 들려온다. 엔진이 역화하면서 폭발음이 난 모양이다.

나는 숨을 크게 한 번 쉰 다음 허리를 똑바로 세운다. '이제 도시의 소음에 익숙해질 때도 됐잖아' 하고 나 자신을 꾸짖는다.

수건의 한쪽 가장자리를 젖히자, 또 반으로 접혀 있다. 이젠 정사각형이 아니라 직사각형이 됐다. 밑쪽 가장자리에 녹슨 얼룩처럼 보이는 작은 방울이 묻어 있다.

팔의 털이 곤두선다. 수건을 다시 지퍼백에 밀어 넣은 다음 대뜸 버려야겠다는 생각부터 든다. 안에 뭐가 들어 있는지 보고 싶지 않다.

하지만 나는 참지 못하고 손가락을 다시 뻗어 수건의 끝자락을 움켜쥔다.

당겨서 열어보곤 움찔한다.

수건 한가운데에 묻어 있는 녹슨 듯한 빛깔의 얼룩과 그 얼룩 중심에 놓여 있는 작은 수술용 메스에서 눈을 뗄 수가 없다. 메스에도 벽돌색 얼룩이 묻어 있다.

말라붙은 피처럼 보인다.

45

어맨다

2개월 전

"안녕하세요, 제임스." 어맨다가 말했다. "만나서 반가워요."

바텐더가 위스키소다를 내주자 어맨다는 한 모금 살짝 마셨다. 평소에 술을 잘 마시지 않고 마시면 대개 맥주 한 잔 정도로 끝내는 그녀는 목이 타들어 가는 느낌이 들었고, 얼굴이 절로 찡그려지는 걸 꾹 참았다.

"여기서 처음 보는 것 같네요." 제임스는 술잔을 감싸 쥐었다. 그의 손가락이 무언가를 꽉 쥐는 모습이 눈에 선명하게 들어오자 그녀는 시선을 돌려야 했다.

"아, 한두 번 왔어요." 그녀는 거짓말을 했다. "그땐 당신이 여기 없었나 봐요, 내 기억에 없는 걸 보면요."

무어 자매는 제임스가 목요일 밤마다 트위스트라는 술집에 간다고 말했다. 보통 6시쯤 나타나서 7시가 되면 약간 취하고, 딱히 선호하는 여자 타입은 없는 것 같다고 했다.

"즉흥적으로 해야 할 거예요." 커샌드라가 이렇게 당부했었다. "자존심 강한 인간이니까, 그걸 이용해요."

제임스가 일어났다. "내 자리에 앉아요."

어맨다는 빙긋 웃으며, 아직 그의 온기가 남아 있는 나무 의자에 슬며시 앉았다. 그는 소매를 걷은 흰색 옥스퍼드 셔츠를 입고 있었고, 그의 파란 블레이저코트는 의자에 걸쳐져 있었다. 그는 팔뚝을 재킷에 얹은 채 그녀를 감싸 안다시피 했다. 술집에 사람들이 북적대긴 했지만, 이렇게 가까이 있을 필요는 없었다. 그녀는 떨리는 몸을 애써 가누었다.

지금까지는 아무 문제 없었다.

어맨다는 한쪽 귀걸이를 초조하게 만지작거리며 술집 안을 획 둘러보았다. 한 남자가 몸을 앞으로 구부리고 신용카드를 흔들며 바텐더의 주의를 끌려 애쓰고 있었다.

그 남자 때문에 베스가 보이지 않자 어맨다는 심장 박동이 빨라지기 시작했다.

제임스는 또 술잔을 들어 올려 끝까지 쭉 들이켠 다음, 어맨다가 주문해준 술잔을 집었다. "음, 당신 몸에서 좋은 냄새가 나네요."

그의 얼굴이 너무 가까이 있어서, 실핏줄이 불어나 벌게진 코가 보였다. 그녀의 엄마도 지나친 음주 때문에 그런 코를 하고 있었다.

신용카드를 흔들던 남자가 등을 뒤로 기댔다. 베스의 의자는 비어 있었다.

어맨다는 몸이 굳어버렸다. 일이 이렇게 빨리 진행될지 몰랐다. 그녀는 핸드백을 무릎 위로 끌어당기며 말했다. "쉬는 날엔 뭐 해요?"
그녀는 제임스를 올려다보며, 핸드백 속으로 손을 슬그머니 집어넣어 작은 구강청결제 병을 찾아 더듬었다.

제임스의 배경에 대해서는 그의 약력을 쓸 수 있을 정도로 잘 알고 있었다. 수년 전 이혼, 초등학교에 다니는 딸 한 명, 뉴욕주 북부에 있는 어느 작은 마을의 유복한 가정에서 태어남, 유산 대부분을 탕진했음, 스포츠 장비를 주문 제작해서 파는 새로운 사업을 준비하느라 월요일부터 금요일까지는 뉴욕시에서 지내고 있음.

이 정보들 중 일부는 그를 감시해서 얻었고, 나머지는 스테이시가 그의 휴대전화를 잠깐 손에 넣은 후 스파이웨어를 심어 수집한 것이었다.

"그래서, 네, 활동적으로 살려고 노력 중이에요." 제임스가 말하고 있었다.

어맨다는 그에게 말을 계속하라고 격려하는 듯 고개를 끄덕이며, 작은 플라스틱 병을 찾아 핸드백 안을 이리저리 더듬었다.

그때 곱슬곱슬한 붉은 머리가 언뜻 보였다.

'너무 빨라요!' 그녀는 이렇게 소리 지르고 싶었다. '난 아직 준비가 안 됐다고요!'

하지만 베스는 이미 제임스의 팔에 한 손을 얹고 있었다. "더그!" 그가 몸을 틀어 그녀를 쳐다보았다. "당신일 줄 알았어요!"

마침내 어맨다의 손가락이 병에 닿았다. 그녀는 카운터 가장자리 밑으로 핸드백을 숨긴 다음, 병뚜껑을 꽉 잡고 돌리려고 애썼다.

손가락이 떨리는 탓에 뜻대로 움직여지지 않자 뚜껑은 꼼짝도 하지 않았다.

"미안하지만 내 이름은 더그가 아니에요. 사람 잘못 봤어요."

베스는 웃었다. "맞다니까요! 2년쯤 전에 댈러스에서 열린 컨벤션 기억 안 나요?"

어맨다는 드디어 뚜껑을 열었다. 시간이 더 필요했다. 하지만 제임스가 베스에게서 몸을 돌리기 시작했다.

어맨다는 심장이 입 밖으로 튀어나올 것만 같았다. 뚜껑 열린 구강청결제 병이 왼손에 쥐어져 있었다. 제임스가 밑을 내려다보기만 하면 그의 눈에 띌 터였다.

그녀는 온몸이 공포감에 휩싸였다.

"내가 이름을 착각했나 봐요. 잠깐만요, 그날 만찬 행사에서 우리 둘이 같이 찍은 사진도 있어요!" 베스는 휴대전화를 들어 올려 제임스의 시선을 다시 그녀에게로 돌려놓는다.

시나리오에 이런 내용은 없었다. 베스가 즉흥적으로 연기하고 있었다.

어맨다는 비어 있는 손으로 술잔을 쥐었다가 얼음덩이들이 쩽그랑거리자 움찔하고는, 술잔을 카운터 가장자리 밑으로 내렸다.

바텐더가 그들을 보고 있을까? 베스의 목소리가 커졌다. 그녀가 긴장했다는 유일한 증거였다.

이 순간이 결정적인 대목이었다. 머뭇거리거나 실수라도 하면 끝장이었다. 완벽하게 해야 했다. 어맨다는 구강청결제 병에 들어 있는 액상 모르핀 60밀리그램을 제임스의 위스키소다에다 곧장 부었다. 그 귀한 약이 조금이라도 바닥에 튀지 않도록 조심하면서.

그런 다음 그녀는 텅 빈 병을 핸드백에 도로 집어넣었다. 하지만 아직 끝이 아니었다.

"잠깐, 잠깐만요, 여기 분명히 있어요." 베스가 말하고 있었다.

제임스는 그저 "사람 잘못 봤어요"라고 한 번 더 말하고는 다시 몸을 돌렸다.

베스는 어맨다를 쳐다보고는 눈을 휘둥그렇게 떴다.

어맨다는 약 탄 술을 여전히 손에 든 채였고, 스틱으로 저어 그 내용물을 섞거나 술잔을 바꿔치기할 시간이 없었다.

10초 정도는 더 필요했다.

베스는 제임스의 어깨를 톡톡 쳤다.

그는 베스를 돌아보지도 않은 채 한쪽 눈썹을 치켜세웠다. "난 가명 같은 거 안 써요. 내 이름은 정말 더그가 아니에요."

베스는 북적이는 손님들 속으로 사라져 자기 자리로 돌아갔다.

이제 어맨다 혼자 해내야 했다.

제임스가 술잔으로 손을 뻗었다. 엉뚱한 술잔으로.

그의 팔을 밀쳐서 위스키소다를 쏟게 만든 다음 한 잔 더 사주겠다고 하거나, 아니면…….

커샌드라의 차분하고 위엄 있는 목소리가 어맨다의 머릿속을 떠다녔다. '자존심 강한 인간이니까, 그걸 이용해요.'

어맨다는 제임스의 손을 감싸 쥐었다. "당신한테는 이런 일이 자주 있나 봐요. 저 안쪽에 있는 예쁜 금발 여자 말이에요." 어맨다는 그의 뒤쪽으로 턱을 까딱했다. "내가 여기 온 후로 계속 당신을 지켜보고 있더라고요."

제임스의 고개가 획 돌아갔다. 어맨다는 자신의 술잔을 획 흔든 다음 카운터에 올려놓고 제임스 쪽으로 밀었다. 두 술잔은 분간하기가 어려웠다. 하지만 그녀가 깜빡하고 립글로스를 지우지 않았다면, 테두리에 초승달 자국이 선명하게 남았을 것이다.

어맨다는 제임스의 위스키소다를 잡아챈 뒤 차가운 유리잔을 꼭 붙들고 입술로 들어 올려 한 모금 마시는 척했다.

"난 당신만 보고 있었는데요." 제임스가 몸을 다시 돌리며 말했다. "섹시한 사서 같은 당신을 두고 한눈을 팔 순 없죠."

그의 앞에 놓인 술잔 안에서는 아직도 액체가 약하게 빙글빙글 돌고 있었다. 하지만 그는 눈치채지 못하는 것 같았다.

그는 자기 잔을 그녀의 잔에 쨍하고 부딪쳤다. "건배!"

그런 다음 술을 길게 쭉 들이켰다.

20분 후, 그는 텅 빈 술잔을 내려놓았다.

"한 잔 더 할까요?" 약이 효력을 나타내기 시작했는지, 그가 약간 혀 꼬부라진 소리로 말했다. 아니면 그냥 술에 취해서 그런 건가?

어맨다는 그에게 더 가까이 다가가 귀에다 대고 속삭였다. "더 조용한 데로 옮길까요?"

그가 허공에다 집게손가락으로 체크 표시를 살짝 그리자, 바텐더가 고개를 끄덕이며 어맨다가 오기 전 제임스가 마신 술의 계산서를 가져다주었다.

제임스는 신용카드로 계산한 다음 가늘게 뜬 눈으로 계산서를 내려다보다가, 연신 눈을 깜박이며 가슴 주머니에서 펜을 꺼냈다. 어맨다는 그의 팔다리가 무거워지기 시작했으리라는 걸 알고 있었다. 조금만 있으면 그의 말투도 어눌해질 것이다. 잘 걷지도 못할 테고.

얼른 그를 여기서 데리고 나가야 했다.

그가 영수증에 서명을 하자마자 어맨다는 벌떡 일어났다. 그때 짤랑하는 소리가 거의 알아차릴 수 없을 정도로 작게 들렸다. 그녀의 손이 저도 모르게 귀로 향했다. 맨살밖에 만져지지 않았다.

귀걸이를 주울 시간은 없었다. 뉴욕에 사는 여자라면 누구나 하나쯤은 가지고 있을 법한 평범한 골드 링 귀걸이였다. 늦은 밤 술집이 문을 닫으면 구겨진 냅킨, 칵테일 젓는 스틱, 음식 부스러기들과 함께 빗자루에 쓸려 쓰레기통으로 버려지겠지.

제임스는 살짝 휘청거리며 인도로 나가다가 휴대전화로 통화 중인 어떤 남자와 부딪칠 뻔했다.

"조금 알딸딸하네요." 어맨다는 그의 팔에 매달리며 키득거렸다.

"택시 잡을까요?" 잘 알아들을 수 없는 목소리로 그가 제안했다.

"먼저 좀 걸으면서 바람 쐬는 게 어때요?" 어맨다는 그에게 손을 내밀었지만, 그들의 목적지를 정할 사람은 그가 아니라 그녀였다.

그들은 센트럴파크로 들어갔다. 어둠이 밀려들기 전 어슴푸레한 시간이었다. 공원 안 다른 구역에는 개를 산책시키는 사람들과 조깅하는 사람들, 그리고 밤늦게 퇴근하는 사람들이 돌아다니고 있었지만, 이곳은 텅 비어 있었다. 미풍이 여름밤 공기를 가르고, 그녀의 팔에는 닭살이 돋았다.

어맨다는 거대한 떡갈나무의 가지들이 낮게 드리워진 외딴 벤치로 제임스를 데려갔다. 어디로 가야 할지 그녀는 정확히 알고 있었다. 이 경로를 미리 연습했으니까.

벤치에 도착하자마자 제임스는 무릎이 풀려 벤치로 푹 무너져 내렸다.

옆으로 구부정하게 쓰러진 그는 머리가 축 처지고 눈은 감겨 있었다.

어맨다는 몸을 돌려 힘차게 걸으면서, 머리를 풀어 늘어뜨리고 안경을 벗어 핸드백에 집어넣었다.

10분 안에 공원 인근의 식당으로 들어가 1인용 테이블을 요청해야 했다. 오늘 밤엔 사람들 눈에 띌수록 좋으니까 복판에 있는 자리를 잡을 생각이었다. 주문하기 전에 웨이터와 대화를 나누고, 그녀의 이름으로 된 신용카드로 계산을 해야 했다.

그녀는 가쁜 숨을 쉬며 더 빨리 움직였다. 그녀의 역할은 끝났다.

공원 끝자락에 거의 도착했을 때 선불 휴대전화가 울리더니 스테이시의 다급한 목소리가 들려왔다. 스테이시답지 않게 목소리에 두려움이 배어 있었다.

어맨다는 우뚝 멈춰 섰다.

"문제가 생겼어요." 스테이시가 불쑥 내뱉었다. "여기로 돌아와요."

46

커샌드라와 제인

"테드가 바람맞혀서 미안하다고 또 사과한 문자를 셰이가 방금 읽었어." 제인이 다음 날 아침 커샌드라에게 선불 휴대전화를 보여주며 말한다. "하지만 답장은 아직이야."

"오늘 저녁까지는 기다려봐. 테드도 좀 가슴 졸여봐야지." 커샌드라는 손을 뻗어 3D호의 초인종을 누른다. 잠시 후 셰이의 목소리가 들린다. "올라와요!"

자매는 계단을 통해 3층 층계참까지 올라간다. 모퉁이를 돌아 복도로 들어서다 둘 모두 걸음을 뚝 멈춘다.

어맨다가 살던 집의 문간에 셰이가 서서 환하게 미소 짓고 있다.

두 자매는 강렬한 데자뷔에 휩싸인다. 외모가 바뀌고 난 후의 셰이를 몇 번 보기는 했지만, 어맨다가 그들을 맞곤 했던 바로 그 자리에 셰이가 있는 모습은 여전히 신경에 거슬린다.

"정말 보고 싶었어요!" 커샌드라가 말한다.

셰이의 안내를 받아 문턱을 넘어가며 자매는 아파트 안을 둘러본다. 트여 있는 부엌은 어맨다가 살았을 때보다 덜 어수선하다. 어맨다는 가스레인지 버너마다 냄비를 올려놓고, 조리대에는 쿠진아트 오븐, 제빵기, 밀가루 통과 설탕 통을 잔뜩 늘어놨었다. 두 여자 모두 소파를 같은 곳에 뒀지만, 어맨다의 커피 테이블은 원형이었던 반면 셰이의 커피 테이블은 사각형이다.

"마실 것 좀 줄까요?" 셰이가 물어본다.

"우선 우리가 가져온 작은 선물부터 받아요." 제인의 말에 커샌드라가 은색 리본이 묶여 있는 묵직한 상자를 내민다. 제인은 들고 있던 무늬 없는 갈색 쇼핑백을 소파 옆 바닥에 태연하게 내려놓는다. 그러자 쇼핑백 일부가 소파에 가려진다.

"새 직장과 새집을 동시에 축하하는 선물이에요." 커샌드라가 말한다.

셰이는 상자를 내려다본다. "그냥 빈손으로 와도 되는데."

"얼른 열어봐요!" 제인은 웃으며 재촉한다.

셰이가 리본을 풀고 상자 뚜껑을 열자 푸른색 가죽 핸드백이 나타난다. 그녀가 지금 쓰고 있는 소박한 토트백보다 훨씬 더 여성스럽고 고급스럽다.

"세상에!" 셰이는 핸드백을 만질 엄두도 못 내고 뚫어져라 쳐다보기만 한다. "너무 예뻐요!"

"꺼내봐요." 커샌드라가 말한다. "우리 회사의 새 클라이언트가 디자인한 거라 우리도 하나씩 얻었어요."

제인의 가방은 말린 장미색, 커샌드라의 가방은 검은색이다. 색깔만 다르고 디자인은 똑같은 호보백이다.

셰이는 조심스럽게 상자에서 핸드백을 꺼낸다. 그러고는 끈을 들어 올려 어깨에 걸쳐본다.

무어 자매는 안감 안에 추적 장치를 숨긴 뒤 전문가의 손을 빌려 원래대로 꿰매어 놓았다.

"지금 모습이랑 딱 어울려요." 제인이 말한다.

"마음에 쏙 들어요!"

"클라이언트한테 보여줄 사진 좀 찍을게요." 제인이 말한다.

셰이가 어색하게 미소 짓는 사이, 제인이 휴대전화를 들어 사진을 찍는다.

"이제 핸드백 안을 봐요." 커샌드라가 셰이에게 말한다.

셰이가 지퍼를 열자, 타히티 바닐라빈과 버번 캐러멜을 넣은 설탕 쿠키 향의 네스트 향초가 나타난다. "보기만 해도 배가 고픈데요!" 셰이가 웃으며 말한다.

핸드백 안에는 와비 파커 선글라스와 얇게 비치는 꽃무늬 스카프, 그리고 복숭앗빛 도는 분홍색 립글로스도 들어 있다.

"이건 너무……." 셰이가 머뭇거리기 시작한다.

커샌드라가 그녀의 말을 잘라버린다. "우리 사무실 벽장에 이런 물건들이 넘쳐나요. 자기들 제품을 보내주는 기업이 많거든요, 우리 클라이언트들이 사용하면 홍보 효과가 있으니까요. 그러니까 당신은 우리 대청소를 도와주고 있는 셈이에요."

"전부 다 사용해야 해요." 제인이 말한다. "특히 핸드백은 꼭이요. 예쁜 가방을 벽장 속에 걸어두기만 하면 아깝잖아요."

"걱정하지 말고 항상 메고 다녀요." 커샌드라가 덧붙인다. "이제부턴 매일 이것만 들고 다니기예요."

많은 선물을 받아서인지, 아니면 어떻게든 선물을 받게 만들려는 두 자매의 눈물 어린 노력 때문인지 셰이는 약간 가슴 벅찬 표정을 짓는다. "그럴게요. 토트백은 정말 오래 쓰기도 했으니까, 오늘 이 가방으로 물건들을 전부 다 옮겨야겠어요." 그녀는 두 자매를 한 명씩 안아준다. "정말 고마워요." 그러고는 상자에서 향초를 꺼내 부엌 조리대에 올려놓는다. "아이스티 마실래요?"

"좋아요." 커샌드라가 말한다. "욕실 좀 써도 돼요?"

"그럼요. 오른쪽에……."

셰이는 자매가 전에도 이 아파트에 온 적이 있다는 사실이 떠올랐는지 말을 멈춘다.

커샌드라가 작은 욕실의 문을 열자, 셰이는 민망한 기분을 농담으로 넘긴다. "며칠 전에 화장실에서 수건을 떨어뜨렸는데 갑자기 바닥 전체에 카펫을 깐 것처럼 돼버리더라고요."

두 자매는 웃는 동안, 셰이는 똑같은 모양의 긴 유리컵에 레몬 조각을 꽂고 작은 민트 줄기를 장식으로 더한다. 또 아몬드를 담은 작은 그릇 옆에 물방울이 촉촉하게 맺힌 붉은 포도 한 송이도 차려놓는다.

커샌드라는 욕실 문을 닫는다. 약품 수납장을 조심스럽게 열면서, 그 소리를 감추려고 세면대의 물을 튼다. 그녀가 짐작했던 대로, 셰이가 밸러리의 아파트에서 지낼 때 감시 카메라에 잡혔던 앰비엔 병이 한 선반에 놓여 있다. 커샌드라는 아동 보호용 안전 마개를 비틀어 연다. 병은 속이 거의 꽉 차 있다. 그녀는 캡슐 네 개를 꺼내 청바지 주머니에 슬며시 집어넣는다.

할 일은 끝났지만, 수납장에 있는 다른 물건들을 잠깐 훑어본다. 톰스 페퍼민트 치약, 콘택트렌즈 보존액, 평범한 세면도구들. 커샌드라는 좁은 샤워실로 들어가는 문을 당겨서 열어본다. 딱히 눈길을

끄는 건 없다. 이번에는 허리를 굽혀 세면대 밑에 있는 작은 수납장을 열어본다. 청소 용품들, 여분의 휴지, 그리고 클리넥스로 꽉 차 있다. 문을 닫으려는 순간, 뭔가가 눈에 띈다. 큼직한 우편 봉투의 모서리처럼 보인다.

제인은 전날 밤의 끔찍한 데이트에 대해 큰 목소리로 들려주고 있다. "그 남자는 나에 관해서는 하나도 안 묻고, 자기가 얼마나 화려한 클라이언트들을 데리고 있는지, 이스탄불로 얼마나 호화로운 여행을 다녀왔는지 계속 떠들어대기만 하더라니까요. 괜찮은 남자 찾기 정말 어려워요, 안 그래요?" 제인의 목소리 덕분에 커샌드라는 마음 놓고 살펴볼 수 있다.

커샌드라의 손이 마닐라지 봉투를 감싸 쥔다. 금속 쬠쇠를 풀고 봉투 안을 들여다본 그녀는 얼룩진 파란 수건을 발견하고는 숨을 훅 들이마신다.

수건을 풀어보니 피 묻은 메스가 나온다.

그녀는 움찔하며 뒤로 휘청거린다. 대체 이게 무슨 상황인지 이해가 안 된다.

욕실 문으로 제인의 목소리가 스며들어 온다. "참, 셰이, 새 직장은 여전히 마음에 들어요? 그리고 온라인 데이트는 어떻게 돼가요?"

셰이가 이 봉투를 아파트에서 발견했을 리는 없다. 어맨다가 자살한 후, 그리고 셰이가 이사 오기 전에도 자매는 이곳을 샅샅이 뒤졌다. 어떻게 이 칼이 셰이의 손에 들어왔을까?

지금 당장 결정을 내려야 한다. 봉투를 가져갈까, 아니면 그냥 둘까?

욕실에서 이대로 가져 나갈 순 없다. 숨길 곳이 없다. 필요하다면 다시 와서 찾아가면 된다.

그녀는 모서리 끝이 보이도록 주의해서 봉투를 다시 집어넣는다.

그런 다음 일어나 문을 연다.

"사실 어젯밤에 바람맞았어요." 셰이가 말하는 중이다. "음, 회사에 갑자기 급한 일이 생겼다는데 난 이미 술집에 있었죠……."

제인은 커샌드라와 눈이 마주친다. 커샌드라의 표정이 왠지 딱딱하게 굳어 있다. 언니를 아주 잘 아는 제인은 뭔가가 크게 잘못됐음을 직감한다.

커샌드라는 태양 모양의 펜던트가 달린 목걸이를 만진다. 이제 갈 시간이다.

"오, 안 돼." 제인이 말한다. "《롤링스톤》에 혹평이 실렸어?"

커샌드라는 그녀가 휴대전화를 쥐고 있지 않다는 사실을 셰이에게 들키지 않기를 빌며 고개를 끄덕인다.

셰이는 그녀에게 아이스티를 건네며 묻는다. "무슨 혹평이요?"

커샌드라는 셰이를 쳐다보며, 제인의 즉흥적인 거짓말에 살을 붙인다. "정말 미안하지만 우린 이제 그만 가봐야겠어요. 우리 일이 원래 이래요. 클라이언트 중에 뮤지션이 있는데 혹평을 받았다네요. 하지만 가기 전에 얼른 건배하죠!"

두 자매는 유리컵을 들어 올리는 셰이를 지켜본다. 그녀의 얼굴이 컵에 조금 가려 왼쪽 눈이 살짝 일그러지자 이목구비의 조화가 깨져버린다.

"그래요, 얼른 건배해요." 제인이 말한다. "셰이의 새로운 인생을 위하여!"

47

셰이

메스의 용도: 수술, 해부를 위한 절개, 공예 작업. 하루에 무려 1000명 정도가 남을 치료해주다 다친다. 우발적인 절창과 자상의 7~8퍼센트는 메스 날로 인한 부상이다.

— 데이터북, 61쪽

내 새로운 인생을 위하여.

커샌드라와 제인이 급한 업무를 처리하기 위해 서둘러 떠난 후에도 그 한마디가 내 아파트에 계속 울려 퍼지는 것 같다.

"괴팍한 뮤지션과 혹평은 위험한 조합이죠." 제인은 헤어질 때 나를 살짝 안아주며 이렇게 설명했다.

그들이 떠나고 나서야 나는 그들이 무늬 없는 갈색 쇼핑백을 소파 옆에 두고 갔다는 사실을 깨닫는다. 안을 들여다보니 시에나 그랜트라는 작가의 책이 한 무더기 들어 있다. 무어 자매가 그 작가의 회고록을 작업 중이라더니, 요즘 어딜 가나 눈에 띈다. 어제도 반스앤노블의 큼직한 진열창에서 그 책을 봤다.

나는 얼른 제인에게 문자를 보내, 책을 두고 갔다고 알린다. 거의 바로 답장이 날아온다. '이런, 잠깐 보관해줄래요? 당장은 필요 없거든요.'

'물론이죠.' 나는 이렇게 답장을 보낸다.

그러고 나서 토트백에 들어 있던 물건들을 새 핸드백으로 옮기기 시작한다. 그들의 조언대로 이제부터는 이 가방을 매일 써야겠다. 보드라운 가죽을 손가락으로 훑어보고 짙은 향기를 들이마신 다음, 핸드백을 작은 식탁에 올려둔다. 아주 밝고 우아한 그 모습을 보고 있으니, 마치 자매가 그들의 일부를 이곳에 남겨두고 간 듯한 느낌이 든다.

대프니의 부티크에서 꼭 이렇게 생긴 핸드백을 본 것 같다. 무어 자매와 인연이 있으니 대프니가 이 가방을 팔았다고 해도 이상한 일은 아니다. 대프니는 내가 가게에 찾아간 일을 자매에게 얘기했을까? 이 생각을 하며 나는 얼굴을 찡그린다. 또 그녀의 가게에 갈 계획은 없지만, 언젠가 커샌드라와 제인의 모임에 초대를 받으면 그녀를 만날지도 모른다.

나는 제인의 쇼핑백을 책장의 한 선반으로 옮겨 둔다. 그 옆에는 내가 수년 동안 수집한 책과 장식품 들이 있다. 전 남자친구와 함께 해변에서 찾은 예쁜 소라 껍데기, 초등학교 시절 어느 집 알뜰시장 때 중고로 산 낡은 지구본 등등.

이제 나는 어슬렁어슬렁 유리컵을 식기세척기에 집어넣고 주전자를 손으로 씻는다. 그러고 보니 커샌드라는 건배한 뒤 차를 한 모금밖에 마시지 않았다. 나는 가스레인지 손잡이에 걸려 있는 수건에 손을 닦는다.

피로 얼룩진 파란 수건과 메스가 담긴 봉투를 오늘 아침에 무어 자매에게 보여줄 생각이었다. 하지만 그들이 급하게 떠나는 바람에 기회가 없었다. 어쩌면 잘된 일인지도 모른다. 안 그래도 나 때문에 그들의 삶이 어맨다와 기묘하게 얽혀버린 적이 한두 번이 아닌데.

그냥 봉투를 쓰레기통에 던져넣고 끝내버리면 그만이다. 내 아파트에 이렇게 찝찝하고 불안한 물건을 둘 필요는 없다.

나는 봉투를 가지러 욕실로 걸어가다가 멈칫하고, 주위를 둘러본다.

어맨다가 봉투를 남겨둔 데에는 그럴 만한 이유가 있을 것이다. 왠지 그것을 가지고 있어야 할 것 같은 느낌이 든다.

그날 밤 소파에 앉아 〈왕좌의 게임〉을 다시 한번 몰아 보고 있는데 휴대전화가 울린다.

지역번호가 212인 낯익은 번호지만, 누구의 번호인지 바로 떠오르진 않는다.

"셰이?"

맥박이 빨라진다. 내가 아는 목소리다.

"17관할서의 윌리엄스 형삽니다."

"안녕하세요." 목 졸린 듯한 목소리가 나와서 나는 헛기침을 한다. 두려움이 확 밀려든다. 내가 목걸이를 훔쳤다는 걸 알고 전화한 걸까? 우편물 절도는 징역 5년, 벌금 25만 달러까지 선고받을 수 있는 중범죄다.

"그냥 생각이 나서요. 어떻게 지내는지 궁금해서 전화했어요."

"아, 전 잘 지내고 있어요." 나는 불쑥 말해버린다.

"다행이네요. 지난번 얘기했을 땐 많이 힘들어했잖아요."

그냥 안부 전화일 리가 없을 텐데?

잠시 우리 사이에 침묵이 감돈다. 이제 손바닥에서 땀이 나기 시작한 나는 벌떡 일어나 이리저리 서성거리다 주절댄다. "그때보다 훨씬 더 좋아졌어요."

또 찾아드는 침묵.

"시립병원에서 전화가 왔더군요."

나는 눈을 질끈 감는다.

"며칠 전에 당신이랑 많이 닮은 어떤 여자가 와서 어맨다의 어머니에 관해 물었다고요." 윌리엄스 형사의 목소리는 마치 일기 예보를 전하는 것처럼 냉정하고 차분하다. "뭐 아는 거 없어요?"

병원 사람이 무슨 수로 내 정체를 알았을까? 머릿속이 뒤죽박죽이라 생각을 제대로 하기가 힘들다. 윌리엄스 형사에게 사실대로 말해야 한다. 사실의 일부만이라도.

"저였어요. 어맨다의 어머니한테 조문 편지를 보내고 싶었거든요."

윌리엄스 형사가 한숨을 내쉰다. 수수한 정장 차림으로 깔끔한 책상에 앉아 이마를 찌푸리고 있는 그녀의 모습이 눈에 보이는 것만 같다.

"자기 딸이 죽는 모습을 지켜본 여자한테서 편지를 받고 싶겠어요?"

나는 침을 꿀꺽 삼킨다. 형사가 아는 것이 이게 전부라면, 나를 체포할 수 없다.

"나중에 저도 그런 생각이 들더라고요. 그래서, 음, 편지를 안 보내기로 했죠."

윌리엄스 형사가 또 숨을 내쉬는 소리가 들린다. 내 말을 믿는 건지 모르겠다.

"아직도 어맨다의 친구들과 어울려 다니는 건 아니겠죠?"

거짓말을 하나 더 보탤 수는 없다. "몇 번 만났어요. 정말 좋은 사람들이에요."

"이 일에 더 이상 관여하지 말라니까요, 셰이. 알겠어요?"

"네." 나는 속삭이듯 말한다.

"또 이런 얘기 할 일 없었으면 좋겠네요." 그런 다음 그녀는 전화를 끊는다.

아슬아슬하게 위기를 넘긴 기분이다. 윌리엄스 형사는 내가 에빙거 부인의 집에 찾아가, 부인이 베란다에서 잠든 사이 겨우 몇 발 떨어진 곳에서 우편물을 훔쳤다는 사실을 모르고 있다.

그런데 문득 꽃이 떠오른다. 윌리엄스 형사가 에빙거 부인에게 연락한다면, 부인은 잠든 사이 다녀간 정체불명의 방문자에 대해 언급할까? 욕지기가 일자 나는 손으로 입을 틀어막고 메스꺼운 속을 간신히 가라앉힌다.

지금 당장 윌리엄스 형사에게 전화해 모든 걸 털어놓을까 보다. 그러면 나를 동정해줄지도 모른다. 그리고 제인이 자기가 그 목걸이 주인이라고 확인해주면 된다.

윌리엄스 형사에게 피 묻은 메스와 수건까지 넘겨줄 수도 있다.

나는 엄지와 검지로 콧날을 집고서, 이 모든 일을 처음부터 끝까지 정리해보려 애쓴다. 형사에게 전부 다 말해줄 순 없다. 그랬다가는 그 자리에서 날 체포할지도 모른다.

누군가의 도움이 필요하다.

월요일 아침, 나는 7시에 일어나 집을 나선다. 윌리엄스 형사와 통화한 후, 내게 조언해줄 변호사를 구하는 데 주말을 몽땅 바쳤다. 어제 그중 한 명이 내 전화에 답했고, 나는 한 시간 동안 그에게 상담 받기로 약속을 잡았다.

목에는 새 꽃무늬 스카프를 두르고, 어깨에는 봉투가 든 새 핸드백을 메고 있다. 변호사가 괜찮다고 동의하면, 봉투를 경찰에 넘길 생각이다.

열쇠로 문을 잠그는데 뒤에서 "안녕하세요" 하고 인사하는 소리가 들린다.

고개를 돌려 보니, 복도 건너편 집에서 작은 회색 고양이를 키우는 메리가 서 있다.

내가 뭐라고 대답하기도 전에 그녀가 헉하고 숨을 몰아쉬며 한 손을 가슴에 댄다. 귀신이라도 본 듯한 표정이다.

"괜찮으세요?" 내가 묻는다.

그녀는 사색이 된 얼굴로 나를 빤히 쳐다본다.

"셰이." 마침내 그녀가 입을 연다. "아니…… 그냥 너무 닮아 보여서……."

그녀가 내뱉는 이름이 내 머릿속에서 폭발하듯 울려 퍼진다. "어맨다랑."

여기로 이사 오기 전 잠깐 다른 이의 집을 봐주고 있었을 때, 어느 날 밤 안경을 벗고 머리를 올린 채 거울을 보면서 누군가가 떠오른다고 생각했었는데…… 바로 그녀였다.

우리를 쌍둥이로 착각할 사람은 아무도 없겠지만, 닮은 건 분명한 사실이다. 밝은색으로 염색하고 더 짧아진 머리에 콘택트렌즈를 낀 지금이라면.

이 사실을 이제야 깨닫다니, 믿을 수가 없다.

메리에게 뭐라고 말해야 할지 모르겠다. 그녀에게는 섬뜩하게 느껴질 만도 하다.

"죄송해요." 나는 우물우물 말한다. "놀라게 할 생각은 없었어요."

그녀는 한 발짝 다가오더니, 내 머리를 만지려는 듯 손을 뻗는다. "머리색도 그렇고…… 이 스카프도……. 전에 봤을 때하고는 딴판으로 변했네요. 안경 쓰지 않았어요?"

"그랬죠. 맞아요. 그땐 막 샤워를 하고 나와서 안경을 꼈던 거예요."

그날 밤 내 모습이 어땠는지, 기억을 떠올려 본다. 후드티를 입고, 머리는 뒤로 넘겨 높이 묶고, 뿔테 안경으로 얼굴의 일부를 가리고 있었다.

메리가 살짝 몸서리를 치더니 허리를 굽혀서 신문을 줍고 겨드랑이에 낀다. 신문을 챙기려고 문을 열었던 모양이다. "그냥 좀 놀라서 그래요." 그녀는 경계하는 눈빛으로 나를 쳐다보며 집 안으로 다시 들어간다. 자물쇠가 찰칵 잠기는 소리가 들린다.

나는 얼른 문을 다시 열고 부리나케 집 안으로 들어간다. 욕실로 재빨리 들어가 콘택트렌즈를 뺀 다음, 검안사에게 받은 작은 플라스틱 케이스에 넣어놓는다. 약품 수납장에서 안경을 찾아 쓰고, 고무줄로 머리를 낮게 묶는다.

그러고 나서 핏빗을 풀어 세면대 밑에 밀어 넣는다.

나는 숨을 헐떡이며 거울 가까이로 몸을 기울인다.

"정말 변신하고 싶은 마음이 있으면 우리가 도와줄게요! 제인이랑 내가 이런 일로 먹고살잖아요." 커샌드라는 내게 이렇게 말했었다.

"이 색깔이 정말 잘 어울릴 것 같아요." 제인은 잡지에 샴푸 광고 모델이 나온 페이지를 찢어서 내게 건네며 헤어 디자이너에게 보여주라고 했다. 무어 자매가 소개해준 헤어 디자이너에게. 커샌드라는 그에게 내 눈썹도 다듬어달라고 부탁했다.

내가 콘택트렌즈를 낄까 생각 중이라고 말했을 때 그들은 "꼭 해요!"라며 신나게 환호성을 지르고 예약을 잡도록 떠밀었다.

그들은 어맨다를 아주 잘 알았다.

모든 제안이 나를 그들의 죽은 친구와 닮도록 만든 게 과연 우연의 일치일까?

의도가 아니었다 해도, 그들 눈에는 분명히 보였을 텐데.

어맨다의 스타일은 내게 어울린다. 지금 모습이 예전보다 더 좋아보인다는 건 나도 알고 있다. 그녀의 아파트가 내게 완벽하게 맞는 것처럼.

그런데 왜 내 두 손이 떨리고 있을까?

나는 변호사와의 약속을 취소해 260달러를 날려버린다.

내가 지금까지 했던 이상한 일들을 윌리엄스 형사가 어떻게 이해할 수 있겠는가? 나는 어맨다의 친구들과 친해졌다. 어맨다 어머니의 베란다로 몰래 들어가 우편물을 훔쳤다. 지금은 어맨다의 아파트에서 살고 있다. 심지어 외모까지 그녀와 비슷해졌다.

이 모든 걸 그대로 내버려두는 편이 더 안전하다.

48

밸러리

2년 전

"아가씨?"

밸러리는 방금 점심을 주문한 은발의 신사가 마음을 바꿨나 싶어 몸을 돌렸다. 하지만 그는 손가락을 튕기고는 그녀를 가리켰다. "아가씨가 누군지 이제 알겠어!"

그녀는 검은 슬랙스에 빳빳한 흰색 셔츠를 입고서, 그에게 아이스티를 가져다줄 때 썼던 쟁반을 손바닥에 올려 높이 쳐든 채 서 있었다.

"〈로 앤 오더: 성범죄 전담반〉, 맞지? 난 한번 본 얼굴은 절대 안 잊거든!"

밸러리는 빙긋 웃고는 브루클린 억양을 과장되게 쓰며 말했다. "도리토스 제자리에 갖다 놔, 꼬마야, 네 코트 밑에 찔러 넣는 거 다 봤어."

손님은 웃다가 표정이 변했다. 밸러리는 그가 무슨 생각을 하고 있는지 알았다. 로스앤젤레스의 선셋 스트립에서 BLT 샌드위치를 서빙하고 있는 또 다른 실패한 여배우.

"샌드위치 곧 나올 거예요, 선생님." 그녀는 급하게 자리를 떴다.

손님이 그녀를 알아본 건 이번이 처음은 아니지만, 몇 년 만이었다. 20대 후반에 그녀는 낮은 시청률 때문에 폐지된 한 주간 드라마에서 작은 조연을 맡았고, 한번은 촬영장을 관광하고 있던 두 중년 여성에게 사인을 해준 적도 있었다.

받아들이기가 힘들었다. 단 하나의 시즌으로 끝나버린 그 드라마가 연기 인생의 정점이라니.

너무 젊어, 너무 늙었어, 너무 작아, 너무 커, 너무 예뻐, 외모가 별로야, 이 역에 안 어울려…….

그녀의 인생사는 그리 특별할 게 없었다. 열일곱의 나이에, 할리우드에서 성공하기로 마음먹은 그녀는 여행 가방 두 개와 현금 몇백 달러만 달랑 들고 고속버스에서 내렸다. 하지만 밸러리가 꿈을 좇고 있었던 것만은 아니었다. 과거로부터 도망치고픈 마음이 훨씬 더 간절했다.

멍멍!

몇 줄 앞에 앉은 남자가 먹고 있는 미트볼 샌드위치 냄새가 풀풀 풍기는 만원 버스를 타고 몇 킬로미터를 달려도, 양쪽에 사물함이 늘어서 있는 기다란 학교 복도를 걷는 동안 그녀를 따라다니던 조롱의 말이 여전히 귀에 선했다.

"너 개처럼 하는 거 좋아한다며!" 한 풋볼 선수가 이렇게 소리치는 사이, 그녀를 배신한 남자, 재미있고 인기 많고 아주 정상적으로 보였던 얼간이는 능글맞게 웃으면서 그 멍청이 풋볼 선수와 하이파이브를 하고 있었다.

조롱은 거기서 멈추지 않았다. 그날도, 그 주에도, 그다음 주에도.

조롱과 귓속말은 바이러스처럼 온 고등학교에 퍼져 나갔다.

그녀가 알지도 못하는 사람이 학교 식당에서 그녀의 머리에 개 간식을 던졌다. 그녀는 학교에서 뮤지컬 〈그리스〉의 리조 역을 맡았지만, 돌연 그만두었다. 그녀가 무대에 올라가는 순간 개 짖는 소리가 시작되리라는 걸 알았으니까. 교실에서 그녀의 이름이 불릴 때 그랬던 것처럼.

그녀는 아무에게도 진실을 말하지 않았다. 그런 일은 전혀 벌어지지 않았고, 그들의 친구야말로 거짓말쟁이에 개자식이며, 그녀는 아직 처녀라고.

그녀의 말을 믿어줄 사람이 있을까?

아무도 없었다. 그녀가 제일 먼저 그 사실을 알리려 했던 어머니마저 그녀를 믿어주지 않았다.

더 이상은 학교에 남을 수 없었다.

그래서 캘리포니아주를 택했다. 저 멀리 반대편에 있는. 그녀가 그곳에 있는 걸 아는 사람은 아무도 없었다. 새 출발을 할 수 있는, 모두에게 그녀의 능력을 보여줄 수 있는 기회였다. SAG* 카드를 따려고 애쓰는 동안 그녀는 유모, 개인 트레이너, 바텐더로 일하고 촬영장에서 간식을 나눠주는 일도 했다. 작은 아파트에서 두세 명의 다른 여자들과 비좁게 살면서 월세를 나누어 냈다. 스물한 살이 되고 나서 잠깐 결혼했던 해는 빼고.

결혼 생활은 그리 나쁘지 않았다. 밸러리는 토니의 원룸 아파트에 공짜로 살았고, 그는 소파에서 잤다. 마드리드 외곽의 작은 마을에

---

* 미국 영화배우 조합.

서 태어난 토니는 팁으로 받은 10달러짜리와 20달러짜리 지폐들을 모아 밸러리에게 5000달러를 지불하고, 영주권을 얻었다. 그녀는 몇 가지 좋은 기억들과 그의 성(姓)인 리치를 간직하면서, 과거와 한층 더 멀어졌다.

밸러리는 여러 지방의 억양을 흉내 낼 줄 아는 재주와 엄청난 대사 암기력 덕분에 에이전트를 얻을 수 있었다. 하지만 20대에서 30대로 넘어가면서 기회도 줄어들었다. 가장 최근에 들어온 일은 빨래 때문에 고민하는 젊은 엄마역으로 등장하는 지역 광고였는데, 한 달 월세도 안 되는 돈을 받았다.

그녀의 에이전트는 몇 주 동안 오디션 소식도 전해주지 않았다.

밸러리는 주방에서 BLT 샌드위치를 쟁반에 담고 빈손으로 아이스티 주전자를 집었다. 식당은 황당하게도 리필 요금을 받았지만, 그녀는 은발 남자의 잔에 음료를 새로 채워주면서 "서비스예요"라고 말했다.

"고마워, 아가씨."

잠시 후 밸러리는 그의 테이블을 치우다가, 20달러의 팁과 영수증에 갈겨 쓴 메모를 발견했다. '힘내요.'

그녀가 포기할까 고민 중이라는 걸 그도 직감한 모양이었다.

문제는 그녀에게 대안이 전혀 없다는 것이었다. 그녀의 통장에 들어 있는 돈은 1000달러도 되지 않았다. 그녀는 대학을 나오지 않았다. 처음 로스앤젤레스로 왔을 때처럼, 배우를 꿈꾸는 다른 두 여자와 함께 작은 아파트에 살고 있었다. 그때와 유일하게 다른 점이라면, 룸메이트들이 그녀보다 열 살 정도 어리다는 것이다.

그날 저녁, 밸러리는 욕조 가장자리에 앉아 뜨거운 물에 피곤한 발을 담근 채 스스로 최종 기한을 정했다. 그녀의 서른네 번째 생일이 석 달 남아 있었다. 그때까지 주연을 하나도 따내지 못하면 안정적인 직업을 찾으리라. 할리우드에서 성공한 사람의 개인 비서로 일하면, 연예계와 계속 인연을 이어나갈 수 있지 않을까.

그녀는 발의 물기를 닦고, 룸메이트인 애슐리의 값비싼 크림을 약품 수납장에서 꺼내 몰래 바른 뒤, 2교대 근무로 녹초가 된 몸을 침대로 푹 내던졌다.

6주 후, 밸러리의 에이전트가 전화를 했다. 전도유망한 감독의 어느 독립영화에 트라우마를 가진 여자 조연으로 출연할 사람을 뽑는 오디션이 있다는 것이었다.

밸러리는 앉은 자리에서 116페이지짜리 시나리오를 끝까지 읽은 다음, 곧장 첫 페이지로 돌아가 자신의 대사를 형광펜으로 표시하기 시작했다. 대사량은 별로 많지 않았다. 대부분은 얼굴로 감정을 표현해야 했다.

그녀는 틈날 때마다 오디션을 준비했다. 식당에 출퇴근하는 버스 안에서는 캐릭터의 배경 이야기를 정교하게 짓고, 밤에 침대에 누워서는 그녀가 연기하는 모습을 아주 세세하게 머릿속에 그렸다. 오디션에 어떤 옷을 입고 갈까 고민하다가 블랙진과 검은 무지 티셔츠로 최종 결정을 내렸다. 요란한 옷 때문에 그녀의 연기가 가려지지 않도록. 그녀는 어딜 가든 마치 부적처럼 시나리오를 들고 다녔다.

밸러리는 자신에게 주어진 3분 동안 캐스팅 담당자와 제작진 앞에서 혼신의 힘을 다해 그 캐릭터에 몰입했다. 수년 동안 억눌러 놓았던 감정들, 고등학교를 그만두기 전 몇 주 동안 그녀를 괴롭혔던 분노와 고통과 억울함이 그 작고 평범한 오디션장에서 마침내 분출된 기분이었다.

그 배역이 그녀를 위해 만들어진 게 아니라 그녀가 그 배역을 위해 태어난 것 같다고, 밸러리는 생각했다.

그녀가 오디션장을 나가기 직전 제작자가 캐스팅 담당자를 힐끔 쳐다보며 살짝 고개를 끄덕였고, 그녀는 합격이라는 걸 알았다. 그녀는 눈물을 주르륵 흘리며 캘리포니아주의 밝은 햇살 속으로 걸어 나갔다.

밸러리의 에이전트가 1차 오디션 합격 소식을 전했을 때, 거실에서 요가를 하고 있던 룸메이트 애슐리는 밸러리의 흥분된 비명 소리를 들었다. 금발에 다리가 긴 애슐리는 그 배역의 연령대인 30대 후반보다 훨씬 어린 스물여섯 살이었고, 불안에 떠는 미혼모라기보다는 서핑 선수처럼 보였다. 그녀와 밸러리는 같은 역을 두고 경쟁한 적이 거의 없었다. 하지만 밸러리는 경계심보다는 부정이라도 탈까 두려운 마음에 자세한 얘기는 얼버무렸다.

다가오는 화요일 아침 9시에 촬영 스튜디오에서 감독을 만나기로 했다. 밸러리는 이미 섭외된 배우와 함께 한 장면을 처음부터 끝까지 연기하기로 되어 있었다. 그녀는 2차 오디션을 앞둔 며칠 동안 그 캐릭터가 되었다. 그녀처럼 입고, 그녀처럼 걷고, 그녀처럼 생각했다. 심지어는 캐릭터의 트라우마를 반영한 악몽까지 꾸었다.

하지만 화요일에 밸러리는 촬영 스튜디오에 가지 못했다. 오디션 기회를 얻기 전에 다른 배우에게 배역을 빼앗기고 말았다. 애슐리.

일주일 후, 밸러리는 임대 계약을 깨고 대륙의 반대편으로 날아가, 열일곱 살 때 떠나왔던 길을 되돌아갔다. 로스앤젤레스에서 최대한 멀리 떨어지고 싶어서만은 아니었다. 또다시 무언가를 향해 달려가는 중이었다.

본능적으로 그녀는 커샌드라와 제인을 찾아야 한다는 생각이 들었다. 고향에서 달아난 후 몇 번밖에 보지 못했지만, 그들은 어린 시절의 시금석과도 같은 존재였다. 그들과의 추억은 유일하게 아름다운 과거의 단편이었다. 밸러리의 침대에 셋이서 나란히 누워 아이돌 기사가 실린 《타이거비트》를 훌훌 넘겨 보고, 초콜릿칩 쿠키를 구우려고 만든 밀가루 반죽 대부분을 생으로 그냥 먹어버리고, 머리빗을 마이크처럼 들고 서로 가까이 붙어 서서 마돈나의 〈홀리데이〉를 부르고.

게다가, 달리 갈 곳이 없었다.

밸러리는 커샌드라의 아파트 문을 두드렸고, 그녀의 충격 어린 눈을 보았다. 밸러리는 자기 꼴이 얼마나 끔찍한지 잘 알고 있었다. 이제껏 견뎌 온 트라우마가 그녀의 몸을 망쳐놓은 것처럼, 얼굴에서 혈색과 생기가 사라지고, 팔다리가 비쩍 마르고, 늙어버렸다. 그녀는 지친 듯 느릿느릿 움직였다. 어떤 캐스팅 담당자가 그녀를 봤다면 이렇게 생각했을 것이다. '차 사고 피해자를 연기하고 있군. 아니면, 참혹한 자연재해를 간신히 피한 사람인가.'

그녀는 소파에서 커샌드라와 제인 사이에 앉아, 앞에 있는 보드카 토닉에는 손도 대지 않은 채 말을 쏟아냈다. 주방이 주문을 착각했는데 그녀에게 고함을 질러댔던 손님들, 그녀의 치마를 더듬었던 조감독, 밸러리를 위아래로 훑어보고는 "불합격"이라고 달랑 한마디만 던졌던 캐스팅 담당자들. 그것조차 귀찮아하며 아예 입도 뻥긋하지 않는 인간들도 있었다.

그런 다음 밸러리는 숨을 크게 한 번 쉬고, 아름답고 발랄한 룸메이트 애슐리에 대해 얘기하기 시작했다. 밸러리가 1차 오디션에 합격했을 때 행운을 빌어주고는 배역을 훔쳐가버린 애슐리.

"오디션 날 아침에 깼더니 너무 피곤하고 몸이 무거워서 움직일 수가 없었어." 밸러리가 말했다. "블라인드 사이로 햇빛이 보이는데, 이른 아침치고는 너무 밝은 거야. 그래서 휴대전화를 보려고 침대 옆 테이블로 손을 뻗었지. 항상 거기 두거든. 그런데 휴대전화가 없었어."

밸러리는 나머지 이야기도 들려주었다. 그 일을 머릿속으로 얼마나 많이 곱씹었는지, 부엌으로 달려가 전자레인지 시계를 확인하는 자신의 모습이 눈앞에 보이는 것만 같았다. "오디션 시작 시간에서 7분 지난 9시 7분이더라." 그녀는 커샌드라와 제인에게 말했다.

사라져버린 휴대전화에는 그녀에게 필요한 모든 것이 담겨 있었다. 그녀를 깨웠어야 했던 알람, 촬영 스튜디오 주소와 오디션장으로 가는 길이 기록되어 있는 일정표. 계획했던 대로 우버 택시를 부를 수도 없었고, 늦을 거라고 전화로 알릴 수도 없었다. "머릿속이 너무 흐리멍덩했어. 전날 밤 폭음이라도 한 것처럼. 하지만 나는 딱 와인 한 잔만 마셨어."

이웃 사람의 휴대전화를 빌려 에이전트에게 연락했을 때 그녀는 제대로 숨도 쉬지 못했다. "진정해요, 나중에라도 오디션을 볼 수 있는지 알아볼 테니까." 에이전트는 이렇게 말했다.

"하지만 기회가 날아가버렸어." 밸러리는 온몸이 들썩이도록 흐느껴 울며 커샌드라와 제인에게 말했다.

그날 오후 늦게 룸메이트 애슐리가 집에 돌아왔다. 그로부터 몇 시간 후, 밸러리는 침대 매트리스 아래 끼어 있는 휴대전화를 발견했다. 알람은 꺼져 있었다.

"내가 너무 순진했어." 밸러리는 거친 목소리로 말했다. "애슐리가 좋은 사람인 줄 알았는데 날 속여먹었어. 어쨌든 걔도 배우니까."

"걔가 휴대전화를 훔친 거야?" 제인이 물었다. "그리고 와인에 수면제 같은 걸 탔을까?"

밸러리는 어깨를 으쓱했다. "걔가 꼭 대가를 치렀으면 좋겠어."

"정말 그랬으면 좋겠네." 커샌드라는 제인과 눈을 마주치며 말했다.

바로 그날 저녁, 자매는 계획을 세웠다. 커샌드라와 제인은 직업 특성상 언론계에 인맥을 다져왔고, 셀럽 몇 명을 알고 있었다.

은밀하게 이루어진 애슐리 퇴출 운동은 무어 자매가 이제껏 진행했던 그 어떤 작업보다 더 가차 없고 효과적이었다. 클라이언트들의 귀에다 속살거리고, 연예부 기자들에게 비밀리에 전화하고, 그들이 고용한 사진사가 몰래 찍은 추한 사진을 뿌렸다. 이를테면, 애슐리가 유부남 감독의 트레일러에 몰래 들어가는 듯한 모습이라든가. 영화 촬영이 시작되기도 전에 애슐리의 배우 인생은 박살 나버렸다.

자체적인 정의 실현의 결과를 지켜보며 어마어마한 만족감을 느낀 자매는 복수의 달콤한 힘에 눈을 떴다.

머지않아 그들은 극악무도한 인간들을 이곳저곳에서 목격하기 시작했다. 이 세상에는 끔찍한 악행이 너무도 많이 벌어지고 있었다. 왜 가해자는 자유롭게 돌아다니며 계속 피해자를 만들어내고 있는데, 무고한 사람들은 고통받아야 하는가?

예측 불허하고 대개는 실망스러운 법체계보다 그들의 방식이 더 효과적이다.

심리치료보다 더 싼 건 물론이고 훨씬 더 효과가 빠르다.

러너스 하이의 쾌감보다 더욱더 중독적이다.

그들은 멈추기를 원하지 않는다. 아니, 과연 멈출 수나 있을까?

그들의 성공은 중독성이 아주 강하다.

49

세이

블랙아웃 현상은 기억 상실을 의미하며, 과음의 결과로 나타나기도 한다. 두 가지 주된 유형으로 전면적 블랙아웃과 단편적 블랙아웃이 있다. 가장 흔한 형태인 단편적 블랙아웃을 경험하는 사람들 가운데 일부는 나중에 당시의 사건이 떠오르면 자신이 몇몇 기억의 조각을 잃어버렸다는 사실을 인식할 수 있다.

—데이터북, 64쪽

오후 5시 30분이 조금 지나서 나는 손님 맞을 준비를 시작한다. 곧 무어 자매가 도착할 것이다.

그들은 오늘 저녁 어떤 행사에 가봐야 하지만, 먼저 내 아파트에 들러 간단하게 한잔한 뒤 저번에 깜박하고 두고 간 책들을 가져가겠다고 했다.

"우리가 와인 가져갈게요." 커샌드라가 이렇게 말했었다. "데이트 전에 한잔 마시면 긴장이 풀릴 거예요."

데이트.

음식을 준비하면서 나도 모르게 핑크의 노래를 따라 부르고 있다. 테드가 7시 30분에 와서 나를 태우고 저녁 식사 장소에 데려갈 것이다.

'이번엔 무슨 일이 있어도 꼭 가겠습니다.' 다시 약속을 잡자는 데 내가 동의한 후, 그는 마지막으로 보낸 문자에서 이렇게 장담했다.

수많은 밤을 홀로 보냈는데, 이 금요일 저녁은 설렘으로 가득하다.

외모를 꾸미기 시작하면서 어맨다와 닮은 꼴이 된 것에 대한 불안 감은 이제 완전히 사라졌다. 무어 자매는 우리가 만난 후로 쭉 나를 도와주기만 했다. 처음 콘택트렌즈를 맞췄을 때 내가 어맨다와 비슷해졌다는 말을 꺼내지 않은 건 조금 이상하긴 하다. 아마 그들도 놀랐지만 내가 불편해할까 봐 가만히 있었을 것이다.

그들이 나를 어맨다와 닮게 만들려고 일부러 애썼을 리가 없다. 무의식중에 그랬다면 모를까. 그저 내 최고의 모습을 끌어낼 수 있도록 도와줬을 뿐이다.

그리고 어맨다의 아파트를 셋집으로 구한 것도 바로 나다. 그들은 아무 관계도 없었다. 내가 이 집에 들어오는 것이 조금은 불편했겠지만, 내게 새집이 간절하다는 걸 아니까 감정을 숨겼을 것이다.

그들이 내게 베풀어준 그 모든 친절에 어떻게 악의가 조금이라도 섞여 있겠는가? 그들을 만난 후로 외로움이 많이 사그라들었다.

나는 부엌 조리대 분위기를 밝게 만들려고 꽃다발을 하나 사 왔다. 어맨다의 집 앞에 두었던 노란 백일홍 한 송이와 잠든 그녀의 어머니 옆에 남기고 온 큰 다발을 샀던 바로 그 가게에서.

이번에는 화려한 주황색 알스트로메리아를 골랐다.

나는 무어 자매에게 받은 두툼한 새 향초에 불을 붙이고 천장 등의 밝기를 낮춘 다음 집 안을 둘러본다. 아늑한 새집의 모든 것이 완벽해 보이고, 바닐라와 버번 캐러멜 향 향초 때문에 마치 아주 달콤한 무언가를 갓 굽기라도 한 듯하다.

내 안에서 행복감이 넘쳐, 몸이 가볍고 간질간질하게 느껴진다.

나중에 테드가 로비에서 전화하면 집으로 올라오게 하지 않을 생각이다. 내가 곧장 내려가서 그를 만날 것이다. 내 바람대로 분위기가 좋게 흘러간다 해도 저녁 식사 후에 그를 집으로 초대하지 않을 것이다. 그러니까 내가 이렇게 공을 들이는 건 순전히 무어 자매 때문이다.

초인종이 울리자 나는 버튼을 눌러 그들을 건물 안으로 들이고 문을 연다. 복도를 나란히 걸어오는 그들의 아름다운 모습을 보고 있자니 새삼 반하게 된다. 커샌드라는 몸에 딱 붙는 버건디 원피스에 앵클부츠를 신고 있고, 제인은 허리에 금색 체인을 두른 검은색 점프수트를 입고 있다.

그들은 거울에 비친 자기 모습에 익숙해졌을까, 아니면 이 눈부신 외모를 볼 때마다 여전히 뿌듯한 마음이 들까? 하지만 오늘은 내 모습 역시 만족스럽다. 그들과 어울리다 보면 덩달아 눈부신 존재가 되는 것 같다. 나는 머리를 손질했고, 대프니의 부티크에서 산 셔츠를 입고 있다. 오늘 밤 외출할 땐 가죽 재킷에 그들에게 선물 받은 꽃무늬 스카프도 두를 것이다.

"어서 와요!" 그들이 문 앞까지 오자 나는 이렇게 말하며 문 옆을 가리킨다. 책들이 담긴 쇼핑백을 거기 가져다 놓았다. "또 잊어버리면 안 되니까요."

"오, 고마워요." 제인은 문을 닫고 들어오며 말한다. "와, 완벽한 첫 데이트 패션이네요."

"안 꾸민 듯하면서 멋진데요." 커샌드라가 덧붙여 말한다.

"고마워요. 실은 조금 긴장돼요. 지난번에 나를 쫓아다녔던 남자는 나한테 짝퉁 롤렉스를 팔려고 했거든요."

커샌드라는 제인과 함께 웃다가 말한다. "그래서 긴장을 풀어줄 만한 걸 내가 가져왔죠." 그녀가 샴페인 병을 들어 올린다. "클라이언트한테 방금 받은 건데, 우리가 그 여자 때문에 고생한 걸 생각하면 정말 술 한잔이 절실해요. 어찌나 여왕처럼 구는지. 지금 따도 괜찮겠어요?"

"그럼요. 하지만 샴페인 잔은 없는데……."

나는 조리대를 쳐다본다. 이번 주 초에 새로 산 와인 잔 세트에서 세 잔을 미리 꺼내놓았다. 손잡이의 맨 아래 부분에 각각 호박색, 코발트블루, 에메랄드그린의 유리구슬이 달려 있는 예쁘고 여성스러운 잔들이다. 꽃들과 스낵 접시와 나란히 있으니 멋져 보인다.

"오, 셰이." 제인이 와서 나를 껴안는다. 이제는 익숙해진 그녀의 은은한 플로럴 향이 나고 그녀의 보드라운 머리가 내 뺨을 스친다. "이렇게까지 신경 쓰지 않아도 되는데."

그녀의 다정한 목소리가 웬일인지 조금 우울하게 들리지만, 커샌드라가 "그래도 고마워요!" 하고 끼어드는 걸 보면 내가 잘못 들은 것 같기도 하다.

커샌드라가 조리대로 다가가 돔 페리뇽 주둥이에서 포일을 뜯어낸 다음, 철사 마개를 벗긴다. 그녀가 뚜껑을 비틀자 펑 하는 소리가 크게 울려 나는 반사적으로 움찔한다. 곧장 거품이 병 테두리 밖으로 보글보글 끓어 넘친다. 커샌드라는 능숙하게 그 거품을 한 잔으로 받고는, 나머지 두 잔도 채운다.

나는 그녀에게서 잔을 받아 들고 한 모금 마신다. 돔 페리뇽을 처음 마셔보는데, 맛이 좋다.

커샌드라는 그녀의 눈동자 색깔과 어울리는 호박색 구슬이 달린 잔을 길게 쭉 들이켜더니 한숨을 내쉰다. "오늘 밤엔 일하러 안 가고 같이 놀고 싶은데." 그녀는 치즈 한 조각을 먹는다. "소파에서 뒹굴면서 먹고 마시고 영화나 봤으면 좋겠네요."

무어 자매가 일정에 잡혀 있는 화려한 행사 대신 여기 있고 싶어 하다니 믿을 수가 없지만, 너무 잦은 사교 활동에 지쳐 하루쯤은 조용한 저녁을 보내고 싶을지도 모른다.

제인이 커샌드라의 팔에 손을 얹는다. "어맨다하고도 이 아파트에서 즐거운 저녁을 몇 번 보냈잖아."

어맨다의 이름이 나오니 무슨 말을 해야 할지 몰라 나는 그저 눈을 내리깐다.

커샌드라가 덧붙여 말한다. "이젠 당신이랑 함께 여기 있어서 정말 행복해요, 셰이." 그러고는 살짝 헛기침을 한다. "어맨다가 떠나서 정말 힘들지만, 단 하나 좋은 점이 있다면 당신을 알게 됐다는 거예요."

그녀의 따뜻한 말이 내 가슴을 꿰뚫는다. 나는 눈물이 날 것 같아 눈을 깜박인다. "두 사람이 얼마나 어맨다를 사랑했는지 잘 알아요."

"날마다 어맨다를 생각하죠." 이렇게 말하는 커샌드라의 눈에도 눈물이 고인다.

"그 마지막 날 어맨다가 녹색 도트 무늬 원피스를 입고 지하철로 걸어가는 모습이 아직도 머릿속에 그려져요." 제인은 추억에 잠긴 듯한 목소리로 말한다. "그날 아침에 전화해서 안부를 물을 생각이었거든요. 그런데 일 때문에 바빠서. 무슨 일이었는지 기억도 안 나요. 만약 전화했다면 상황이 달라졌을까, 항상 그런 생각이 들어요……."

제인은 한숨을 쉬고 샴페인을 또 한 모금 마신다. 나도 그렇게 한다. 내 아이폰에 연결해놓은 작은 스피커에서 흘러나오는 음악이 침묵을 메워준다. 지금은 핑크에 이어 앨리샤 키스가 노래를 부르고 있다.

"좀 앉을래요?" 나는 소파와 그 옆에 있는 의자를 가리킨다.

"잔 다시 채우고요." 커샌드라는 내 잔을 받아 들고는 내게서 등을 돌리고 샴페인 병을 집는다.

"그래, 일주일 동안 어떻게 지냈어요, 셰이?" 제인이 접시를 들어 커피 테이블로 가져가며 묻는다. "우린 너무 정신없었어요."

내가 대답하기도 전에 커샌드라가 몸을 돌리며 말한다. "자, 받아요." 그녀가 쭉 내미는 술잔을 나는 아무 생각 없이 받아 든다.

이건 내가 마시던 잔이 아니다. 내 잔은 손잡이 밑에 에메랄드그린 구슬이 달려 있었는데, 이 잔에는 호박색 구슬이 달려 있다.

"아, 내 잔은 저건데요." 나는 커샌드라의 다른 손에 쥐어져 있는 잔을 가리킨다.

잔을 바꿔줄 줄 알았는데, 그녀는 그저 빙긋 웃기만 한다. "뭐 어때요?"

제인이 자기 잔을 들어 올리며 말한다. "건배!"

그러고 나서 자매는 한 모금씩 마신다. 그래서 나도 그렇게 한다.

"음, 돔이 최고죠?" 커샌드라가 말한다.

"맛있어요." 나는 그녀의 말에 동의한다. 잔의 절반을 차지하는 거품이 내 코를 간질인다. 비싼 샴페인은 원래 이렇게 거품이 많이 나는 건가?

제인이 소파 맨 끝에 털썩 앉고, 커샌드라는 의자에 앉는다. 그래서 그들 사이의 공간이 내 자리가 된다. 앉을 때 몸이 쿠션으로 푹 가라앉는 느낌이 든다. 중고 거래 사이트에서 이 소파를 샀을 땐 너무 푹신하고 물렁하다고 생각했다. 하지만 오늘 저녁엔 마치 천국에라도 온 느낌이다.

나는 두 다리를 엉덩이 밑으로 포개고 앉아 샴페인을 또 한 모금 홀짝이며, 연락이 끊어진 다른 친구들을 떠올린다. 하지만 이제는 커샌드라와 제인이 있다. 너무 진부하긴 하지만, 이런 생각이 드는 건 어쩔 수 없다. 무어 자매가 나를 구원했다.

테드와의 데이트에 관해 잠시 얘기를 나누다가, 그들의 오늘 저녁 계획을 물어본다. 제인이 가정 폭력 피해 여성들의 쉼터를 위한 자선 행사에 갈 거라고 설명하는 사이, 커샌드라는 또 비어버린 우리 잔을 채운다.

나는 몇 달 만에 편안한 기분을 느끼며 소파에 머리를 기댄 채, 자선 경매에 대한 제인의 얘기를 귀 기울여 듣는다.

"추도식에서 당신도 봤을 텐데, 우리 친구 베스가 국선변호사라 쉼터 사람들을 위해서 가끔 무료 변호를 해주거든요. 그래서 우리도 그 쉼터와 인연이 닿았죠."

베스. 크로스핏 클럽에서 그들의 친구 중 한 명을 본 것 같았다. 그 사람이 베스일까? 하지만 머릿속에서 질문을 만들어내기가 너무 어렵다. 눈꺼풀이 너무 무거워서, 감았다가 다시 뜨기가 힘들다. 마치 장거리 달리기를 마친 것처럼 팔과 다리가 풀리고 묵직한 느낌이다.

"괜찮아요?" 커샌드라의 목소리가 저 멀리서 들려오는 것 같다.

"좀 졸리네요." 나는 중얼거린다.

제인이 크게 하품을 하고, 전염된 듯 나도 하품이 나온다.

"한 주 동안 힘들었잖아요. 자, 편하게 누워서 데이트 전에 잠깐 눈 좀 붙이지 그래요? 어차피 우리도 이제 가봐야 해요." 제인이 움직여 공간을 만들어주자 나는 다리를 펴고 팔걸이에 머리를 기댄다.

몸에 힘이 하나도 없어서 민망한 기분조차 들지 않는다. '그래, 잠깐 눈만 붙이는 거야. 그거면 돼.'

제인이 소파 등받이에 걸쳐져 있는 가벼운 담요를 내게 덮어준다. "여긴 좀 춥네요. 이걸 덮고 있으면 따뜻할 거예요."

'고마워요.' 이렇게 말하고 싶지만, 고개만 겨우 느릿느릿 끄덕일 뿐이다.

또 머릿속이 붕붕 뜨는 기분이 들기 시작한다. 커샌드라와 제인이 서로 뭐라고 속삭이며 이리저리 돌아다니는 소리가 들린다. 그들은 접시와 술잔을 치우고, 싱크대에 물을 틀고 있다.

마치 고치 속에 있는 양 정말 편안하다. 누군지 확실히 모르겠지만 두 자매 중 한 명이 따뜻하고 부드러운 손으로 내 이마를 짚는다. 엄마가 만져주는 것처럼 기분이 좋다.

그들은 어맨다를 사랑했다. 아마 머지않아 나도 사랑해주겠지.

"불 끄고 블라인드 쳐줄까요?" 커샌드라가 묻는다.

'아니요, 곧 테드가 올 거예요.' 하지만 이 말이 입 밖으로 나가고 있는지는 모르겠다. 아무래도 아닌가 보다. 방이 갑자기 어둑해지는 걸 보면. 유일한 빛이라고는 커피 테이블에서 깜박이고 있는 향초 불빛뿐이다.

아파트 문이 살며시 열리고 닫힌다. 이제 쥐 죽은 듯 고요하다.

나는 비몽사몽간에 밑으로 떨어지는 느낌이 들어 움찔하며 깨어난다.

한 여자가 서서 나를 내려다보고 있다.

그녀의 얼굴이 보이지 않는다. 그녀는 마치 유령처럼 어둠 속에 뒤섞여 있다.

'어맨다?' 이렇게 외치고 싶지만, 꺽꺽거리는 소리밖에 나오지 않는다. 몇 번 눈을 깜박이고 나니 그녀는 사라지고 없다.

그날 지하철역 근처에서 그랬던 것처럼 또 그녀가 환각으로 보이는 건가?

제인도 어맨다가 도트 무늬 원피스를 입고 마지막으로 걸어가는 모습이 아직도 그려진다고 말했다.

하지만 그날 제인은 그곳에 없었다. 나랑 어맨다만 덜커덩거리며 역으로 들어오는 열차 소리를 듣고 있었는데, 하고 나는 흐리멍덩한 머리로 생각한다.

머릿속이 간질간질하다. 그 느낌이 계속 나를 무의식에서 끌어 올리고 있다. 사건이 일어난 날의 어맨다와 관계된 무언가가 있는데.

아드레날린이 극심한 피로감과 싸우는 사이, 나는 좀처럼 손에 잡히지 않는 정보 조각을 기억해내려 애쓴다. 하지만 내 몸을 휩싸고 있는 극도의 피로감과 경쟁하기에는 머리가 삐걱삐걱 잘 돌아가지 않는다.

속삭이듯 낮은 목소리가 들린다. "쉴 수 있을 때 편히 쉬어요, 셰이."

깊고 캄캄한 잠의 구덩이 속으로 빠지기 직전, 찾고 있던 조각이 마침내 머릿속에 떠오른다. '어맨다가 죽은 날 도트 무늬 원피스를 입고 있었다는 걸 제인이 어떻게 알았지?'

50

밸러리

밸러리는 서서 셰이를 내려다보고 있다.

아파트에 새로 나타난 존재를 감지하기라도 한 듯 셰이의 눈꺼풀이 파르르 떨린다.

밸러리는 셰이의 얼굴 위로 깜박이는 촛불을 미동도 없이 지켜본다.

그러다 속삭인다. "쉴 수 있을 때 편히 쉬어요, 셰이."

셰이는 잠에 빠지면서 한숨을 작게 내쉰다.

며칠 전 커샌드라가 셰이의 약품 수납장에서 몰래 빼내, 2회 복용량만큼 갈아서 샴페인에 몰래 탄 수면제의 효과가 확실히 나타나고 있다.

커샌드라와 제인은 지금 책들이 담긴 쇼핑백을 들고서 택시를 타고 자선 경매장으로 달려가고 있는 중이다. 떠나기 전 그들은 셰이가 정성스럽게 준비한 술잔과 접시를 씻고 말리고 치웠다. 그들이 정문을 열어주어 건물 안으로 들어온 밸러리는 복도에서 그들과 눈이 마주쳤지만, 한마디도 주고받지 않았다.

밸러리는 자기 물건이 담겨 있는 평범한 갈색 종이봉투를 들고 작은 욕실로 들어가 세면대 밑을 들여다본다.

커샌드라가 말한 바로 그곳에 마닐라지 봉투가 보인다. 밸러리는 장갑 낀 손으로 봉투를 꺼내 내용물을 확인한다. 제임스의 말라붙은 피를 빤히 내려다보며, 센트럴파크의 벤치에 뻗어 있던 그의 모습을 떠올린다. 제임스를 혼자 떼어내어 무방비 상태로 만든 뒤 벌하기 위해 얼마나 많은 시간 동안 고민하고 계획을 세우고 전략을 짰는지 모른다.

그런데 제임스를 마침내 응징한 그날 밤의 증거를 셰이가 어떻게 발견했을까? 어맨다가 죽은 직후, 그리고 며칠 뒤에도 커샌드라와 제인이 어맨다의 아파트를 그렇게 샅샅이 뒤졌건만.

잔꾀를 부려 기발한 곳에 증거를 숨겨둔 어맨다가 미우면서도 조금은 존경스럽기까지 하다.

하지만 셰이는 봉투를 꼼꼼하게 잘 숨겨두지 않았다.

'그러게 조심했어야지.' 밸러리는 생각한다. 짜증 날 정도로 집요하게 굴더니 화를 자초한 꼴이 됐다.

밸러리는 휴대전화를 확인한다. 지금 커샌드라와 제인은 북적이는 자선 경매장에서 사람들과 어울리고 있다. 알리바이 성립.

밸러리는 욕실에서 나온 뒤, 축 늘어져 있는 셰이를 지나쳐 문으로 간다. 메스와 수건을 문턱 근처의 바닥에 내려놓는다. 그런 다음 아파트로 들고 온 갈색 봉투에서, 어맨다가 제임스를 센트럴파크로 데려간 날 밤에 입었던 진한 베이지색 선드레스를 꺼낸다. 원피스 옆 바닥에 다른 두 물건도 나란히 둔다. 제임스의 지갑과 손목시계.

이제 밸러리는 매서운 눈으로 아파트를 둘러보며, 간과한 부분이 있나 확인한다. 의자에 셰이의 가죽 재킷과 함께 걸쳐져 있는 꽃무늬 스카프는 어맨다가 생전에 두르던 것과 똑같다. 셰이의 새 핸드백 안에는 어맨다가 즐겨 쓰던 것과 꼭 같은 복제한 선글라스가 들어 있다.

셰이는 자기에게 어떤 일이 닥칠지 꿈에도 모르겠지.

밸러리는 문을 살짝 열어놓은 채 고개를 휙 숙이고 복도로 나간다.

건물에서 나간 그녀는 느긋하게 거리를 걷는다.

인도를 쓸며 하루를 마감하고 있는 어느 가게 주인에게 미소를 보내고, 상쾌한 늦가을 공기를 들이마신다. 이렇게 좋은 기분은 정말이지 오랜만이다.

PART 3

51

셰이

앰비엔은 미국에서 가장 대중적인 수면제 중 하나다. 처방전이 필요한 이 약을 사용하는 여성은 남성의 두 배나 된다. 앰비엔 사용자의 77퍼센트가 잘못된 방식으로 복용하고 있다.

—데이터북, 65쪽

난 혼자가 아니다.

어떤 남자 목소리가 내 이름을 부르고 있다. '셰이 밀러!'

나는 대답하려고 입을 열지만 꺽꺽거리는 소리밖에 내지 못한다. 혀가 두껍고 흐물흐물하게 느껴진다. 입안에서는 끔찍한 맛이 난다.

나는 소파 끝에서 흐리멍덩한 머리를 겨우 일으킨다. 모든 것이 뿌옇게 보이고, 두 눈은 따가울 정도로 뻑뻑하게 말라 있다. 몇 번 눈을 깜박이고 나서야 거실이 제대로 보인다. 콘택트렌즈를 낀 채 잠들었던 모양이다.

나를 부른 남자가 션일까, 순간 이런 생각이 든다. 하지만 내가 있는 곳은 옛 아파트가 아니라는 사실이 기억난다.

일어나 앉으려 하다가 현기증이 밀려와 다시 드러눕는다. 블라인드가 쳐져 있지만 틈새로 밝은 햇빛이 스며든다. 아침인 모양이다.

어젯밤에 무슨 일이 있었던 거지?

"셰이 밀러!" 남자의 목소리가 이제 더 고집스러워졌다.

문 쪽을 보니 제복 차림의 경찰 둘이 보인다.

한 명은 권총집에 손을 얹고 있다.

나는 천천히 몸을 일으켜 앉는다. "무슨 일이에요?" 쉰 목소리가 나온다.

"그건 당신이 말해줘야 할 것 같은데요." 총에 손을 얹고 있는 경관이 말한다. 그의 검은 눈에는 아무런 감정도 없고, 얼굴은 주름져 있다.

나는 여전히 청바지와 파란 블라우스를 입고 있다. 내 머릿속에 또렷이 남아 있는 마지막 기억은 커샌드라가 샴페인 병을 따던 모습이다.

나는 대학 시절에도 과음 때문에 필름이 끊긴 적이 없었다. 하지만 머리가 깨질 듯이 아프고, 기억에 들쭉날쭉한 구멍이 뚫린 것처럼 어젯밤에 무슨 일이 있었는지 도통 모르겠다.

"친구들이랑 같이 있다가 잠든 모양이에요."

그러고 나서 나는 움찔 놀란다.

세면대 밑에 숨겨놨던 피 묻은 메스와 수건이 거실 바닥에 널브러져 있다. 처음 보는 남자 지갑과 금빛 손목시계도.

커피 테이블 옆에는 밑단에 녹슨 듯한 적갈색 얼룩이 묻어 있는 진한 베이지색 선드레스가 구겨진 채 놓여 있다. 생전 처음 보는 원피스다.

경관들은 더 가까이 다가오지는 않고 나를 뚫어지게 쳐다보고만 있다.

"이, 이게 다 뭐예요?" 나는 더듬거리며 말한다.

몸이 떨리기 시작한다. 나는 두 팔로 나를 감싸 안고 몸을 앞뒤로 흔든다.

"심호흡하세요." 총에 손을 대고 있지 않은 젊은 경관이 말한다. "우린 그냥 무슨 일인지 알아보러 왔어요."

어떻게 누군가가 내 아파트에 들어와서 이것들을 다 펼쳐놓을 수가 있지?

어젯밤에 테드와 데이트할 계획이었다. 그가 나를 데리러 오기로 했었다. 내가 그를 집 안으로 들였나? 그 사람이 이 모든 짓을 저질렀을까?

나는 지갑과 손목시계를 다시 쳐다본다. "어제 데이트하기로 했었는데, 그 남자 물건들일까요?"

"데이트 상대가 누구였죠?" 더 무서운 얼굴의 늙은 경관이 묻는다.

"테드라는 남자예요." 그러고 보니 나는 그의 성도 모른다. "온라인에서 만났어요."

커피 테이블에 놓여 있는 바닐라 버번 향 향초가 거의 다 타버려서인지, 공기 중에 역한 단내가 느껴진다. 속이 울렁거린다. "물 좀 마셔도 될까요?"

그때 복도에서 삐걱거리는 발소리가 들린다.

잠시 후, 머리를 아프로 스타일로 짧게 자른 호리호리한 여자가 두 경관 뒤로 나타난다.

방 안을 둘러보는 그녀의 시선이 메스와 수건과 원피스를 빠르게 훑고 지나간다.

그런 다음 내 쪽으로 향한 그녀의 두 눈이 충격으로 휘둥그레진다.

"셰이?" 윌리엄스 형사가 묻는다.

한 시간 후, 나는 얼마 전 윌리엄스 형사에게 목걸이를 가져다주러 왔던 17관할서의 작은 파란색 방에 앉아 있다.

윌리엄스 형사가 담요와 따뜻한 커피를 가져다줬지만 내 몸은 계속해서 떨려대고 있다.

"처음부터 시작해보죠." 그녀가 내 맞은편 의자를 빼며 말한다. 의자의 금속 다리가 리놀륨 바닥을 긁는 소리가 들린다. "녹화해도 될까요?" 그녀가 구석에 있는 카메라를 가리킨다.

"괜찮아요." 나는 얇은 검은색 담요로 내 몸을 더 단단히 감싼다.

윌리엄스 형사는 어맨다가 살던 아파트에서 어맨다와 꼭 닮은 모습의 나를 보고 분명 깜짝 놀랐을 것이다. 왜 경찰이 나타났는지는 확실히 모르겠지만, 추측건대 내 아파트 문이 열려 있는 데다 문턱 근처에 피 묻은 수건까지 떨어져 있는 걸 본 어떤 이웃이 911에 신고했을 것이다.

휴대전화는 핸드백 속에 있고, 이 방에는 시계가 하나도 없다. 완전히 길을 잃은 기분이다.

"오늘이 토요일인가요?" 나는 불쑥 묻는다.

윌리엄스 형사가 고개를 끄덕인다. "그래요."

적어도 그렇게 긴 시간을 잃어버리지는 않았구나.

나를 가만히 쳐다보고 있는 그녀의 무표정한 얼굴을 보니, 내가 무슨 말을 하든 알아서 잘 처리해줄 것만 같은 기분이 든다. 그래서 결국 형사에게 모든 걸 털어놓는다. 어맨다 어머니의 집까지 찾아가 제인의 목걸이를 되찾아 온 일까지.

내가 말하는 동안 윌리엄스 형사는 메모를 한다. 내 바뀐 외모에 관한 이야기가 나오자 그녀는 손을 멈추더니 고개를 들어 내 얼굴을 찬찬히 훑어본다. 머리 가르마부터 턱 끝의 갈라진 부분까지 모든 걸 세심히 살피는 것 같다.

그녀가 무슨 생각을 하고 있는지 전혀 모르겠다.

나는 커피를 한 모금 더 마신다. 이제 미지근하게 식었지만, 카페인 덕분에 흐리멍덩하던 머릿속이 맑아지고 있다. 그러고 보니 앰비엔을 먹었을 때의 느낌과 비슷하다. 그 약을 먹고 난 다음 날 아침에는 몸이 아주 둔했다.

내가 어젯밤에 앰비엔을 먹었나?

환각. 기억 상실. 의식 장애. 그리고 여성에게 더 강하게 나타나는 약효. 이 모든 게 내 데이터북에 기록되어 있다.

잠든 상태에서 운전하고, 요리하고, 심지어는 섹스를 하고도 기억하지 못하는 사람들에 관한 희귀 사례를 읽은 적도 있다.

내가 나도 모르게 테드를 집 안으로 들였을까? 아니면 다른 누군가에게 문을 열어줬나?

나는 속으로 고개를 젓는다. 그런 일은 불가능해 보인다.

꿈의 단편들처럼, 그날 저녁의 몇몇 장면이 떠오른다. 내 잔을 가득 채워주던 커샌드라. 내게 담요를 덮어주던 제인. 문이 살며시 닫히는 소리.

"내 친구들이랑 얘기해보실래요?"

윌리엄스 형사가 수첩 위에 달린 스프링에 펜을 끼워 넣는다. 그러고는 한참이나 나를 물끄러미 쳐다본다. "어맨다 에빙거의 친구들 말인가요?"

나는 떨리는 목소리로 말한다. "어젯밤에 무슨 일이 있었는지 그 사람들이 더 잘 알 거예요."

형사는 대답하지 않고 자리에서 일어난다. "난 커피를 한 잔 더 마셔야겠어요. 뭐 필요한 거 없어요?"

나는 고개를 젓는다.

그녀가 문을 닫으며 나간다.

그녀는 커샌드라와 제인에게 전화할 생각이 없을지 몰라도, 그렇다고 나까지 하지 말라는 법은 없다. 나는 핸드백에서 휴대전화를 꺼내, 커샌드라와 제인에게 차례로 전화를 건다. 둘 다 연결이 되지 않아 모두에게 메시지를 남긴다. "되도록 빨리 전화해줘요. 급한 일이에요."

그런 다음 테드에게도 똑같은 내용의 문자를 보낸다.

이제 어떡하지. 엄마에게 전화할까 싶지만 배리가 받을지 모른다고 생각하니 그럴 마음이 싹 사라진다.

나는 딱딱한 분위기의 휑뎅그렁한 방을 둘러본다. 테이블과 철제 의자들, 구석의 카메라, 그리고 한쪽 벽에 붙어 있는 반투명한 유리판 말고는 아무것도 없다. 경찰이 용의자를 취조할 때 사용하는 그런 거울인가?

나는 손가락으로 관자놀이를 누르며, 단편적인 기억들을 이어 맞추려 애쓴다. 버건디 원피스를 입은 커샌드라…… 나를 안아주는 제인…… 그녀의 달콤한 향수 냄새…… 거품이 많이 나는 맛있는 샴페인…….

머리가 어질어질하다.

윌리엄스 형사가 나간 지 한참이나 지났다. 기다리는 시간이 고문처럼 느껴진다.

나는 담요를 어깨에 두른 채 문으로 걸어가 문손잡이를 잡는다. 고개만 살짝 내밀고 그녀가 보이는지만 확인할 것이다.

문을 당기니 꿈쩍도 하지 않는다. 나는 이 방에 갇혀 있다.

나는 몸을 돌려 사면 벽을 노려본다. 지금 다른 경찰들이 나를 지켜보고 있을까?

눈앞이 핑핑 돈다. 숨이 막혀온다.

지금 공황발작을 일으킬 순 없다.

윌리엄스 형사가 나 혼자 있을 시간을 주려고 나를 이 방에 가둬놨을까?

아니면 난 내가 알지도 못하는 범죄의 용의자가 된 걸까?

52

어맨다

2개월 전

어맨다는 센트럴파크 벤치에 제임스를 내버려두고 곧장 식당으로 갈 계획이었다. 되도록 식당의 복판에 앉아 웨이터에게 그날 저녁의 특식을 묻고 신용카드로 지불할 생각이었다. 그녀의 존재가 다른 사람들의 기억에 남아야 하니까.

하지만 그 대신 어맨다는 그녀의 아파트 문을 홱 열고 들어가, 욕실에서 진한 베이지색 선드레스를 벗어 핸드백 옆에 아무렇게나 내버려두고, 샤워기를 틀었다.

뜨겁게 뿜어져 나오는 물을 맞으며 서서 그녀는 몸을 강박적으로 씻었고, 손톱 밑에 말라 있는 피를 벗겨내려 애썼다.

그리고 머릿속에 떠오르는 이미지들을 밀어내려 안간힘을 썼다.

벤치에서 경련을 일으키던 제임스의 몸. 그의 오른쪽 눈 위에 새겨진 글자 'R'에서 얼굴을 타고 천천히 흘러내리던 피. 부어오른 그의 입술. 땀으로 반짝거리던 그의 창백한 피부. 그리고 장갑 낀 손에 피 묻은 메스를 들고 서 있는 밸러리를 빤히 쳐다보던 스테이시까지.

어맨다는 뜨거운 물을 맞으면서도 덜덜 떨렸다. 몸에 온기가 돌아오지 않았다.

"911에 신고해요!" 어맨다는 이렇게 소리쳤었다. "약물에 반응을 보이고 있는 거라고요!"

밸러리는 그저 다시 몸을 굽혀, 작은 파란색 수건으로 그의 얼굴에 흐른 피를 닦아내기만 했다. 제임스가 대프니에게 저지른 짓을 온 세상에 까발려 줄 단어를 그의 이마에 마저 새겨 넣기 위해 화폭을 깨끗이 정리한 것이다.

"그만해요! 이러다 죽겠어요!" 어맨다는 울부짖었다.

그녀는 두 팔로 몸을 감싼 채 바르르 떨고 있었다. 간호 학교에서 졸업할 때 암송했던 '나이팅게일 선서'가 떠올랐다. '나는…… 전문 간호직에 최선을 다할 것을…… 선서합니다……. 나는…… 인간의 생명에 해로운 일은 어떤 상황에서도 하지 않겠습니다.'

그들은 제임스를 벌하기로 했었다. 죽이는 게 아니라.

샤워기 소리에 벨 소리가 겹쳐 들렸다. 무어 자매에게 받은 선불 휴대전화가 피투성이 수건 옆의 핸드백에 들어 있었다. 수건에는 그 메스가 싸여 있었다.

어맨다는 앞을 똑바로 응시했다. 물 때문에 시야가 흐려졌다.

"이 남자가 대프니한테 조금이라도 인정을 베풀었던가요?" 밸러리는 'R'을 완성하며 이렇게 물었다.

"밸러리, 입에서 거품이 나요." 스테이시가 말했다.

제임스의 몸은 약물과의 싸움을 포기한 듯 움직임이 둔해지기 시작했다.

어맨다가 졸업식 연단에서 밝게 빛나는 햇빛 아래 몸을 똑바로 펴고 당당하게 서서 암송했던 선언문. '나는 나의 간호를 받는 사람들의 안녕을 위하여 헌신하겠습니다.'

어맨다는 밸러리를 옆으로 밀어내려 했다. 제임스의 기도가 막히는 중이라면, 응급차가 도착할 때까지 기다렸다간 너무 늦을 터였다.

하지만 한 가지 가능성이 있었다. 제임스가 식당에서 계산서에 서명할 때 썼던 펜이 그의 가슴 주머니에 들어 있었다. 어맨다는 전에 의사들이 기관 절개술을 시행하는 걸 본 적이 있었다. 메스로 기관에 구멍을 낸 다음, 펜의 튜브를 사용해 그의 부어오른 목으로 공기가 계속 들어갈 수 있게 하면 될 것 같았다.

"나한테 메스 줘요." 그녀는 명령하듯 말했다.

밸러리는 못 들은 체하고 두 번째 글자 'A'의 사선을 그어 내려가기 시작했다.

망을 보고 있던 커샌드라와 제인이 달려왔다.

"누가 오고 있어. 여기서 나가야 돼." 커샌드라가 밸러리의 팔을 움켜잡자 밸러리는 메스를 떨어뜨렸다.

어맨다가 메스를 집어 들었다. "난 이 사람을 도와줄래요!"

제임스의 몸이 마지막으로 한 번 바르르 떨리더니 움직임을 멈추었다.

"죽은 것 같은데." 스테이시가 말했다.

커샌드라는 망설이지 않았다. "강도한테 당한 것처럼 보여야 해."

"얼굴에 저런 글자를 새겨놨는데?" 밸러리는 말은 이렇게 하면서도 제임스의 뒷주머니로 손을 집어넣어 지갑을 꺼냈다. 커샌드라는 그의 손목시계를 풀었다.

그때 제인이 한 손가락을 입술 앞에 갖다 댔다.

제멋대로 뻗어 있는 떡갈나무 반대편에서 개 한 마리가 짖어댔다.

"지금 가야 돼." 커샌드라가 속삭였다.

어맨다는 두 손가락으로 제임스의 목을 짚어보았다. 맥박이 뛰지 않았다.

"안 돼." 그녀는 나지막이 말했다.

전에도 병원에서 여러 번 죽음을 목격했다. 그녀는 두 손과 기구들과 기술로 죽음에 맞서 싸웠다. 그 싸움에서 질 때마다 무척 힘들었다.

하지만 이건 달랐다.

그녀가 죽음의 공범자였던 적은 단 한 번도 없었다.

그녀는 밸러리가 그의 가슴에 남겨둔 수건으로 메스를 감싼 다음 핸드백에 쑤셔 넣었다. 스테이시가 그녀의 팔꿈치를 붙잡아 거칠게 끌어당겼다. "뭐 해요, 어맨다. 빨리 가요!"

다섯 명의 여자는 허둥지둥 공원 끝자락으로 갔다. 저 앞에 차 전조등과 식당과 건물 들의 밝은 불빛이 보였다. "여기서 헤어져요." 커샌드라가 지시를 내렸다. 가로등에 비친 그녀의 얼굴은 무표정했다. 그녀의 목소리는 흔들림 없이 차분했다. "우리 집에서 만나요."

어맨다는 그들이 각기 다른 방향으로 흩어지는 모습을 지켜보았다. 커샌드라와 제인은 손을 흔들어 택시를 부르고, 밸러리는 공원 가장자리의 어둠 속으로 사라지고, 스테이시는 청바지 주머니에 두 손을 찔러 넣은 채 지하철역으로 향했다.

어맨다는 혼자 그곳에 서 있었다.

그러다가 달리기 시작했다. 커샌드라의 아파트가 아니라, 자신의 집으로.

53

셰이

미국인의 약 50퍼센트가 진실과 거짓을 판단할 때 본능에 의존한다고 말한다. 7명 중 1명은 직감에 따라 결정을 내리는 반면, 10명 중 1명은 직감을 믿지 않는다고 한다.

—데이터북, 66쪽

마침내 윌리엄스 형사가 돌아와, 문이 잠겨 있던 것을 사과한다. "문을 닫으면 자동으로 잠기거든요. 가고 싶으면 언제든지 가도 좋아요."

"아, 네." 폐소공포증이 점점 사라지는 기분이다. "어젯밤에 무슨 일이 있었는지 알아내신 건 있나요? 제 아파트에 있는 건 누구 물건이죠?"

"지금 당장은 아무런 정보도 없어요."

하지만 지갑 안에는 그 주인의 정체를 알려줄 만한 무언가가 들어 있었을 텐데. 운전면허증이나 신용카드 같은. 하지만 내가 미처 묻기 전에 윌리엄스 형사가 자리에 앉더니 팔뚝을 테이블에 얹으며 몸을 앞으로 기울인다.

그녀는 아까와 똑같은 어조로 내게 다시 질문을 던지기 시작한다. 하지만 마치 어떤 스위치가 탁 켜진 것처럼 분위기가 달라졌다.

"8월 15일 목요일 밤에 어디 있었어요, 셰이?"

나는 눈을 깜박이며 머리를 살짝 젓는다. 몇 달 전인데 기억날 리가.

"그냥은 몰라요." 나는 이렇게 속삭이고는, 테이블에 놓여 있는 휴대전화를 내려다본다. "일정표 확인해봐도 될까요?"

"그러세요."

나는 휴대전화에 일정표를 띄운다. '출근, 치과, 9.5킬로미터 달림.'

"낮에는 근무했고, 그다음엔 치아 스케일링을 받았어요. 저녁에는 오래 달렸고요. 보이시죠?"

내가 휴대전화를 그녀 쪽으로 기울이자 윌리엄스 형사가 고개를 끄덕인다. 하지만 그녀는 휴대전화 화면을 보지 않는다. 나를 뚫어져라 쳐다보고 있다.

숨 막힐 듯한 침묵이 흐른다.

"따분한 일상이라 미안하네요." 나는 긴장감을 풀어보려 이렇게 말한다.

그녀는 웃지 않는다. 내가 뭔가 더 말하기를 기다리기라도 하는 것처럼.

"왜 그러세요?"

"지금 당장은 이 정도로 끝낼게요." 윌리엄스 형사가 마침내 이렇게 말한다. 그녀가 일어나자, 나도 자리에서 일어난다.

그녀는 나를 경찰서 정문까지 배웅해준다. "또 연락드리죠." 내가 밖으로 나설 때 그녀가 말한다.

나는 길을 잃은 기분으로 혼잡한 거리에 서 있다. 혼자 있기는 정말 싫다.

그래서 션에게 전화를 건다. "안녕, 셰이!" 따뜻하고 친숙한 그의 목소리가 들리자마자 나는 거칠게 흐느껴 울기 시작한다.

조디가 없어서 얼마나 고마운지 모른다. 그녀는 누군가의 집을 정리해주러 갔고, 오후 내내 그곳에 있어야 한다.

내가 가져간 소파를 대신해 션이 새로 장만한 소파에 단둘이 앉아 있다. 큼직한 물잔을 앞에 두고서. 탈수증에 걸린 것 같은 기분이 가시지를 않는다. 앰비엔을 먹고 나면 자주 그렇듯이. 그러니까 어젯밤의 어느 시점에 한 알을 먹은 모양이다.

우리는 한참이나 얘기를 나누었다. 내게 있었던 일을 듣고 션이 아연실색하는 바람에 나는 자초지종을 한 번 더 설명해줘야 했다.

나도 아직 실감이 나질 않는다.

"그래서 형사하고는 어떻게 얘기를 끝냈어?"

나는 몸을 구부리며 무릎을 세워 두 팔로 끌어안는다. "교외로 나갈 계획이 있느냐고 묻길래 없다고 했지. 형사는 내가 어디 사는지 확실히 알고 있어. 하지만 내 아파트로 돌아갈 수 있을지 모르겠어. 그 물건들을 남겨둔 사람이 또 오면 어떡해?"

절로 몸서리가 쳐진다.

"그럼 여기 있어. 예전처럼." 션이 빙긋 웃는다. 나를 웃게 만들려고 애쓰는 게 보인다. "조디가 네 방을 사무실로 바꿔놨으니까, 미리 각오하는 게 좋을 거야."

'어련하시겠어.' 나는 속으로 생각한다. 다시 고개를 들어보니, 션이 걱정 어린 눈빛으로 나를 물끄러미 쳐다보고 있다. "오늘 뭐라도 먹기는 했어?"

나는 고개를 젓는다. 경찰서에서 화장실에 갔을 때 거울로 내 꼴을 보고는 움찔 놀랐다. 눈 밑에 마스카라가 번져 있고 머리는 헝클어져 있었다. 종이 타월을 적셔서 눈 밑을 닦고 얼굴에 차가운 물을 끼얹은 후 머리를 매만졌다. 그런 다음 콘택트렌즈를 빼고 안경을 썼다. 안경을 항상 핸드백에 넣어 다녔는데, 윌리엄스 형사와 함께 경찰서로 가기 전에 다행히도 잊지 않고 핸드백을 챙겼다.

"배 안 고파."

"그러지 말고." 그가 내 무릎을 톡톡 친다. "영양실조라도 걸리면 안 되지. 네가 좋아하는 바나나 스무디 만들어줄까?"

나는 그를 몇 발짝 따라가 부엌으로 들어간다.

"친구들한테 다시 연락해보지 그래?"

나는 휴대전화를 내려다본다. 테드는 아직 내 문자에 답이 없다. 커샌드라와 제인도 내 전화에 답을 해주지 않았다. 그래서 무어 자매에게 다시 문자를 보내본다. '가능한 한 빨리 전화해줘요. 무서운 일이 있었어요.'

답을 기다리며 잠시 휴대전화 화면을 빤히 쳐다보지만, 그들이 답장을 입력하고 있다는 걸 알려주는 점 세 개가 나타나지 않는다. "클라이언트랑 같이 있거나 그런가 봐."

션이 과일 바구니에서 바나나를 하나 꺼내 썰기 시작한다. "홍보회사 사람들이라고 했지?"

"맞아." 션이 지난 몇 시간의 일을 내 머릿속에서 몰아내고 기분전환을 시켜주려고 애쓰고 있지만, 나는 잡담이나 나누고 있을 여유가 없다.

그가 찬장에서 아몬드버터를 꺼내고, 자기가 가르치고 있는 새 학생에 대해 얘기하며 계속 수다를 떤다. "며칠 전에 이 치맛바람 드센 헬리콥터맘이 나한테 전화해서 자기 아들이 SAT를 쳤는데 1580점을 받았다는 거야. 나더러 자기 아들이 1600점 만점을 받게 도와달래." 션이 양념 서랍에서 바닐라 추출액을 꺼낸다. 서랍 안을 보니 밝은색 줄무늬 시트지가 붙어 있다.

"와." 나는 무기력하게 답한다.

그가 내 어깨에 손을 올리며 묻는다. "그만 떠들까?"

나는 재빨리 고개를 젓는다. 침묵이 흐르면 불안한 생각만 들 것 같다.

"그럼 잠깐 쉬었다가 또 떠들어볼까." 믹서기가 시끄럽게 돌아가는 소리에 나는 움찔 놀란다. 션이 알아채고는 믹서기를 끈다. "미안."

그가 유리컵 두 잔에 스무디를 부은 다음, 재사용할 수 있는 금속 빨대를 꽂는다. "조디가 산 거야. 환경에 훨씬 더 좋다나."

어젯밤 내게 샴페인 잔을 건네던 커샌드라와 내 이마를 짚던 보드라운 손길이 번뜩 떠오른다. 나는 떨리는 몸을 애써 진정시킨다.

"자, 마셔봐." 션이 나를 재촉한다.

나는 션을 따라 길게 한 모금 들이켠다. 차가운 액이 목으로 넘어가는 느낌은 좋지만, 더 마실 수 있을지 모르겠다.

"내가 뭘 까먹었지? 네가 항상 만들던 거랑은 맛이 좀 다른데."

"시나몬."

청바지 주머니에서 휴대전화가 윙윙거린다. 엄마에게서 온 문자다. '우리 딸! 추수감사절에 으깬 감자를 만들까, 아니면 으깬 고구마? 아니면 둘 다?'

세상이 평소와 똑같이 돌아가고 있다는 게 믿기지 않는다. 이 시점에도 다른 사람들은 변함없이 명절 음식을 고민하고, 토요일 신문을 읽고, 센트럴파크에서 조깅을 하고 있다.

"친구들한테 온 거야?"

나는 고개를 젓는다.

"그 친구들도 네 스무디 좋아한다며." 그가 또 한 모금 마신다.

나는 얼굴을 찌푸린다. "무슨 말이야?"

"우리가 같이 맥주 마셨던 날 밤에 네가 아파트 문제로 전화했을 때 그 사람들이 스무디 얘기를 했었잖아." 그가 소파로 가서 쿠션을 톡톡 친다. "와서 좀 앉아, 안색이 안 좋아 보이는데."

나는 느릿느릿 가서 소파에 털썩 주저앉는다. 갑자기 다리에 힘이 풀린다.

나는 커샌드라나 제인에게 스무디를 만들어준 적이 한 번도 없다. 그 얘기를 꺼낸 기억도 없는데.

"셰이?"

"그 사람들이 정확히 뭐라고 말했는지 기억나?"

그가 고개를 위로 들었다가 왼쪽으로 돌린다. 많은 사람들이 기억을 떠올리려 애쓸 때 보이는 행동이다. 나도 모르게 숨을 죽인다.

"누군지 몰라도 둘 중 한 명이 네가 새 부엌에서 맛있는 스무디를 만드는 모습이 그려진다고 했어."

온몸에 소름이 돋는다.

그가 나를 쳐다보며 묻는다. "괜찮아?"

"내가 스무디를 만들어 먹는 걸 무어 자매가 어떻게 알았지?"

이 말을 뱉자마자 또 다른 생각이 번쩍 든다. 어젯밤 소파에 누워 있으면서 어렴풋이 떠올랐던 의문. '어맨다가 죽은 날 도트 무늬 원피스를 입고 있었다는 걸 제인이 어떻게 알았지?'

간단한 문제가 아니다. 제인은 어맨다에게 전화하려고 했지만 일 때문에 바빠서 하지 못했다고 말했다. 그리고 나는 그날 어맨다가 무슨 옷을 입고 있었는지 알지만, 무어 자매와 그 얘기를 나눈 적은 한 번도 없다. 내가 어맨다를 빼닮은 사람을 본 날 33번가 지하철역에서 무어 자매와 우연히 마주쳤을 때도 녹색 도트 무늬 원피스는 입에 올리지도 않았다. 그런 시시콜콜한 얘기까지 하면 내가 미친 사람처럼 보일 거라고 생각했던 기억이 난다.

"셰이?" 션이 얼굴을 찡그리며 묻는다. "왜 그래?"

또 다른 기억의 단편. 내게 소파에 누워서 자라고 말하던 제인. 어젯밤엔 너무 갑작스레 피곤이 몰려와 까무러치다시피 했다. 앰비엔을 먹은 밤에도 그렇게 심하게, 그렇게 빨리 약효가 나타났던 적은 없었다.

"커샌드라랑 제인한테 다시 전화해봐야겠어." 이번에는 제인에게 먼저 전화를 건다.

곧장 음성 사서함으로 넘어가고, 나는 떨리는 목소리로 중얼거린다. "제인, 제발 전화 좀 해줘요, 도움이 필요해요."

다음엔 커샌드라에게 전화를 건다. 마침내 그녀의 쉰 듯한 목소리가 들리자 나는 불쑥 말해버린다. "커샌드라, 다행이에요, 드디어 받았네요. 셰이예요. 이상한 일이……."

그녀가 단호하고 차가운 투로 내 말을 이렇게 끊어버리자 몸이 움츠러든다. "셰이. 마지막으로 말할게요, 나랑 제인한테 그만 전화해요. 그만 좀 따라다녀요. 제발 전문가의 도움을 받아요. 당신한텐 심각한 문제가 있다고요."

그러고 나서 그녀는 전화를 끊는다.

나는 충격을 받아 휴대전화를 귀에 댄 채 못 박힌 듯 움직이지 못한다. 숨도 잘 쉬어지지 않는다.

커샌드라가 왜 내게 이런 말을 하는 거지? 내가 설마 어젯밤에 끔찍한 짓을 저질러놓고 기억을 못 하고 있는 건가? 커샌드라가 이렇게 모진 말을 하는 걸 보면, 정말 그런가 보다.

그녀에게 용서를 구하기 위해 반사적으로 다시 전화를 건다. 그와 동시에 눈에 눈물이 차오른다.

"뭐래?" 션이 묻는다.

"잠깐만." 나는 속삭인다. 머릿속이 또 아프게 지끈거리기 시작한다. 지난 열여덟 시간의 그 무엇도 이해가 되지 않는다.

이제 커샌드라는 나를 미워하는 듯하다. 그녀와 제인을 귀찮게 하지 말라니.

하지만 어젯밤 샴페인을 들고 내 아파트에 찾아온 건 바로 그들이다. 커샌드라는 일정을 취소하고 나와 놀고 싶다고도 했다.

어맨다와 닮은 여자를 뒤따라갔던 날 경험한 그 섬뜩하고 몽환적인 느낌이 또다시 밀려든다.

어떻게 그들이 이토록 단번에 내게서 등을 돌릴 수 있지?

배 속이 뒤틀려 나는 욕실로 달려간다. 변기에 대고 헛구역질을 하다가 일어나 떨리는 손으로 세면대 물을 튼다. 차가운 물줄기에 손목을 대고, 입을 헹군다.

그러고는 거울에 비친 내 모습을 빤히 쳐다본다.

예전의 나도, 새로운 나도 아닌 다른 사람 같다. 눈빛이 낯설다.

어맨다를 처음 본 그날 그녀의 눈은 텅 비어 있었다. 남은 게 아무것도 없는 사람처럼. 즐거움도, 희망도, 그녀를 아껴주는 사람도.

하지만 무어 자매는 그녀를 사랑했다고 주장했다.

그들은 내게도 마음을 쓰는 척 행동했다. 커샌드라의 말이 내 가슴을 찢어놓은 몇 분 전까지만 해도.

걷잡을 수 없는 소용돌이에 갇힌 기분이다.

'생각을 해.' 나 자신에게 필사적으로 명령을 내린다. 내가 커샌드라와 제인에게 했을지도 모를 말을 기억해내야 한다. 그들이 그 말을 오해해서 내게 반감을 품게 된 건 아닐까.

하지만 어쩐 일인지, 어맨다의 자살 직후 어맨다와 닮은 여자를 목격했을 때가 다시 떠오른다. 내가 지하철역 기둥을 붙들고 숨을 헐떡이며 덜덜 떨고 있을 때 우연히 무어 자매가 그 옆을 지나갔다. 지금처럼 그때도 난 겁에 질리고 불안정한 상태였다.

마치 기적이 일어난 것 같았다. 바로 그 시간, 그 장소에 때마침 그들이 있을 확률은 얼마나 될까? 잠깐 만난 사이에 불과한데, 우산을 들고 오가는 수많은 사람 속에서, 그것도 머리카락이 얼굴에 찰싹 들러붙어 있는 나를 알아볼 확률은? 그리고 마침 회의가 취소되는 바람에 나와 함께 보낼 여유 시간이 생길 확률은?

아주 미미하다.

통근자들이 넘쳐나는 낮 시간 동안 뉴욕시에 얼마나 많은 사람이 있는지 검색해본 적이 있다. 검증하긴 힘들지만, 한 추산에 따르면 맨해튼의 경우 1제곱마일당 17만 5000명이 있다고 한다. 그리고 뉴욕시에는 472개의 지하철역이 있다.

숨이 더욱 가빠지자 나는 세면대의 단단하고 차가운 가장자리를 꽉 잡는다.

커샌드라는 내게 그들을 그만 좀 따라다니라고 했다. 하지만 그들이야말로 불가능해 보이는 상황에서 내 앞에 나타났다.

무어 자매는 어맨다와 닮은 여자가 존재하지 않는다고 말했다. 그러더니 이제 나를 어맨다와 닮은 꼴로 만들어놨다.

그 어느 것도 앞뒤가 맞지 않는다.

54

어맨다

2개월 전

'어맨다, 전화해줘요!'

'어맨다, 괜찮아요?'

몇 시간마다 한 번씩 다른 여자들이 번갈아 그녀에게 전화를 하고 문자를 보냈다.

'어맨다, 제발 전화 좀 받아요! 당신이 걱정돼서 그래요!'

공원 벤치에서 서서히 죽어가며 몸부림치던 제임스의 모습이 그녀의 머릿속에서 사라지질 않았다.

'어맨다, 근처에 있는데 잠깐 들러도 돼요?'

베스의 문자를 받은 어맨다는 마침내 베스에게 전화를 걸었다. 똑똑하고 인정 많은 변호사인 베스 역시 그녀처럼 후회하고 있을지도 몰랐다.

"무슨 일이에요? 왜 우리 전화를 안 받아요?"

"미칠 것 같아요……." 어맨다는 쉰 목소리로 속삭였다. 이제 토요일 아침이 되었고, 제임스가 죽은 후 36시간 동안 어맨다는 누구와도 얘기를 하지 않았다.

"저기, 일이 우리 계획대로 안 풀리기는 했죠. 하지만 우리끼리 똘똘 뭉쳐야 해요."

"우리가 그 사람을 죽였어요, 베스." 어맨다의 목소리는 떨리고 있었다.

베스가 천천히 숨을 내쉬는 소리가 들렸다. "그럴 의도는 없었죠." 베스의 상냥하던 말투가 권위적으로 변했다. "그리고 그 인간이 대프니한테 무슨 짓을 했는지 당신도 알잖아요. 그자는 악마였어요."

"그럼 후회하고 있는 사람은 아무도 없는 거예요?"

"그러기엔 너무 늦었잖아요."

베스도 그녀의 편이 아니었다. 어맨다를 다시 끌어들이려 하고 있었다.

"함께 모여서 얘기해보는 게 어때요. 우리가 갈게요. 다 같이요."

전에는 그들 일곱 명이 항상 같은 생각으로 움직였다. 하지만 이제는 그녀 혼자 다른 여섯 명의 여자들과 맞서고 있었다.

어맨다는 좁은 거실을 가득 채운 그들을 상상해보았다. 그녀의 등을 문지르는 제인, 팔짱을 끼고 입을 꾹 다문 채 다른 사람들과 조금 떨어져 있는 스테이시, 그녀에게 바짝 붙어 있는 커샌드라, 다른 사람의 말에 목소리를 보태는 대프니와 베스. 어맨다가 배신할 가능성을 아예 뿌리 뽑기 위해 그들이 떠들어대는 말이 뒤섞이고 서로 겹치며 어맨다를 압박해올 것이다. 그리고 무심한 갈색 눈으로 그녀를 빤히 쳐다보는 밸러리.

"몸이 별로 안 좋아서요." 어맨다는 이렇게 답했다.

베스 뒤에서 커샌드라가 말하는 소리가 들렸다. "나 좀 바꿔줘요. 메스를 어떻게 했는지 물어봐야겠어요."

어맨다는 전화를 끊고 전원을 꺼버렸다.

그리고 나서 한 시간, 어쩌면 세 시간이 지난 후 초인종이 울렸다.

어맨다는 움찔했다. 지금 그들이 로비에 있었다.

그녀는 양말을 신은 채 최대한 살금살금 걷다가 바닥이 삐걱거리자 주춤했다. 두 층 아래에 있는 그들에게는 이 소리가 들릴 리 없다는 걸 알면서도. 그녀는 작은 방으로 슬그머니 들어가서 침대에 기어올라 이불을 몸 위로 끌어 올렸다.

또 초인종이 울렸다. 이번에는 시끄럽고 집요하게, 훨씬 더 오래 울렸다. 손으로 귀를 막아도 그 소리는 사라지지 않았다.

마침내 소리가 사라질 때까지 그녀는 눈을 질끈 감고 누워 있었다.

그날 밤늦게 휴대전화를 켰더니, 스물네 통의 부재중 전화가 남겨져 있었다.

그다음 날인 일요일에는 근무 일정이 잡혀 있었다. 어맨다는 퀭한 눈으로 침대에서 일어났다. 잠을 거의 자지 못했고, 바나나 하나와 토스트 한 조각 말고는 아무것도 먹지 않았다.

옷장으로 걸어가는 동안 정말 병이 난 것처럼 온몸이 쑤셨다. 그녀는 세탁물 바구니 너머로 손을 뻗었다. 바구니 바닥에는 녹슨 듯한 적갈색 얼룩이 묻어 있는 진한 베이지색 선드레스가 들어 있었다. 그녀가 크록스와 분홍색 수술복을 꺼낼 때, 나이팅게일 선서가 또 머릿속을 스쳐 지나갔다. '나는 나의 간호를 받는 사람들의 안녕

을 위하여 헌신하겠습니다.'

그녀는 욕실에서 컨실러를 찾아 눈 밑의 자줏빛 그늘에 톡톡 두드렸다. 메스와 수건은 세면대 밑 수납장에 숨겨두었다. 그들이 저지른 짓을 상기시켜주는 물건을 차마 볼 용기가 없었다. 그래도 여전히 그 존재감이 느껴졌다.

메스를 넘겨주면, 그들이 그녀를 놔줄까?

'아니.' 어맨다는 생각했다. '그럴 리 없어.'

이제 도시는 예전과 다르게 뜨겁고 신경질적으로 느껴졌다. 인도에서 행인들이 그녀를 거칠게 밀치고, 누군가가 걸으며 흔들어댄 서류 가방이 그녀의 허리를 아프게 때렸다. 햇볕은 끈질기게 내리쬐었다. 그녀가 횡단보도에 들어서는 순간, 택시 한 대가 신호를 무시하고 모퉁이를 휙 돌며 경적을 빵빵 울려댔다.

병원에 도착한 그녀는 경비원에게 억지로 미소를 지어 보이며, 응급실 입구의 벽 패널로 손을 들어 올렸다.

그녀가 평소와 다르다는 걸 그가 눈치챌까?

첫 한 시간 동안 그녀는 바이털 사인을 확인하고, 호출에 답하고, 폐렴 환자의 치료를 도왔다. 하지만 의약품 보관실 수납장에서 항생제를 꺼내다 모르핀 병이 눈에 띄자 그대로 얼어붙었다. 제임스의 술에 액상 모르핀을 탄 후 빙빙 돌리던 자기 모습이 눈에 보이는 것만 같았다.

"어맨다?"

지나가 의약품 보관실의 열린 문간에 서 있었다. 어맨다는 자신이 얼마나 오래 그곳에 있었는지 알 수 없었다.

"5호실에 정맥주사." 지나가 말했다. "안 바뀌더라."

"아니, 그게, 저……."

"내가 바꿨어." 지나는 유쾌하게 말하고는 얼굴을 찡그렸다. "괜찮아?"

어맨다는 고개를 끄덕였다. "미안해요." 그녀는 서둘러 방에서 나갔다. 낮 동안 어맨다는 지나의 시선을 몇 번 더 느꼈다. 그녀가 환자를 위태롭게 만들었으니 그럴 만도 했다. 지나가 주사를 바꿔주지 않았다면 나이 든 뇌졸중 환자는 탈수로 인해 위험한 상태에 빠졌을지도 몰랐다.

어맨다는 근무 시간이 평소보다 두 배는 더 길게 느껴졌다. 간신히 집에 도착했을 때도 그녀의 몸은 계속 떨리고 있었다.

다음 날은 더 심각했다.

일을 시작한 지 30분밖에 안 됐을 때 누군가가 그녀에게 메시지를 전해주었다. "방금 당신을 찾는 전화가 왔어요. 이름은 안 알려주더라고요."

어맨다는 작은 분홍색 쪽지에 적힌 말을 노려보았다. '몸 상태가 좋아져서 다행이에요. 오늘 저녁에 봐요!'

그녀는 무릎이 풀렸다.

근무 시간의 대부분을 잘 버텼지만, 퇴근하기 직전 총상 환자를 치료하는 의사를 도와주러 급하게 달려가다가 발을 헛디디고 말았다. 수면과 식사가 불충분한 데다 스트레스가 더해져 움직임이 둔해진 탓이었다. 그녀는 환자와 부딪쳐, 그의 폐를 넓혀주고 있던 흉관을 떨어뜨려 버렸다.

의사는 욕설을 뱉으며, 손으로 구멍을 막았다.

어맨다는 의사의 라텍스 장갑을 뒤덮고 있는 붉은 피를 빤히 쳐다보았다. 숨이 턱 막혔다. 잠시 동안은 몸을 움직일 수조차 없었다.

"젠장, 어맨다!" 의사가 소리를 질렀다. "심폐소생술 팀 불러요!"

지나가 병실로 뛰어 들어올 때 어맨다는 들것에서 뒷걸음질 치고 있었다.

환자들에게 도움이 되기는커녕 이제 그녀는 그들에게 위험한 존재였다.

"난 이만 가야겠어요." 그녀는 지나에게 불쑥 말해버렸다.

지나는 대답하지 않았다. 그녀의 온 신경은 총알에 가슴이 찢긴 젊은 남자에게 쏠려 있었다.

어맨다는 리놀륨 바닥에 크록스를 찍찍거리면서 기나긴 복도를 달려 건물에서 빠져나왔다. 숨을 헐떡이며 비틀비틀 인도를 걸었다.

그때 길 바로 건너편에 서 있는 한 여자가 보였다. 그녀의 윤기 흐르는 검은 머리가 햇빛을 받아 반짝이고 있었다.

'안 돼.' 어맨다의 맥박이 치솟았다. 그녀는 몸을 휙 돌려 허둥지둥 건물 안으로 다시 들어갔다.

그러고는 떨리는 손으로 수술복 주머니에서 휴대전화를 꺼내 우버 택시를 불렀다. 경비원 옆에 서 있다가 택시가 응급실의 원형 진입로에 멈춰 서자, 뛰어나가 뒷자리에 휙 올라탔다. "빨리 출발해요!" 그녀는 소리 질렀다.

8분 후 우버 택시가 아파트 앞에 섰을 때 그녀는 이미 열쇠를 꺼내놓고 있었다. 계단을 뛰어 올라가 문을 벌컥 열고 들어간 다음, 이중 자물쇠를 채우고 체인까지 단단히 걸었다.

몇 분 후 초인종이 울렸다.

그 후 며칠은 그냥 흘려보냈다. 첫날에 병가를 낸 다음 휴대전화를 껐다.

휴대전화를 다시 켰더니, 그 여자들에게서 온 부재중 전화와 메시지뿐 아니라 지나의 음성 메시지도 한 통 남겨져 있었다. "어맨다, 얘기 좀 해. 전화해줘."

하지만 지나에게 무슨 말을 할 수 있겠는가?

이제 잠드는 건 불가능한 일이 되어버렸다. 그 여자들은 집요했다. 가끔 문을 살살 두드리는 소리가 들렸다. 한번은 한밤중에 자물쇠가 돌아갔다. 어맨다가 딱딱하게 굳은 몸으로 빤히 쳐다보는 사이, 문이 휙 열리다가 체인에 걸려 멈췄다.

열쇠가 어디서 났지?

가끔은 열린 문틈으로 상냥하게 꼬드기는 목소리가 흘러들어 왔다. "얘기 좀 해요. 자기, 우리는 자기를 도와주려는 거예요. 어서 문 열어요."

단호하게 나올 때도 있었다. "그냥 털어버려요. 약속했던 대로 우리끼리 똘똘 뭉치면 아무 문제 없어요. 제임스가 살아 있다면 다른 여자들한테 몹쓸 짓을 했을 거예요. 당신은 그 여자들을 구한 거예요. 병원에서 환자들을 구한 것과 마찬가지로요. 만난 적도 없는 수많은 여자를 구했다고요, 어맨다. 문 열어요."

그중 최악은 연기처럼 그녀의 마음을 휘감는 듯한 비난의 말이었다. "약을 훔친 건 당신이에요. 당신이 술에 약을 탔잖아요. 이 모든 일을 책임질 사람은 바로 당신이에요. 우리한테 협조해주지 않으면 평생 감옥에서 썩어야 할 거예요!"

이건 실제 목소리일까, 아니면 그녀의 머릿속에서만 들리는 환청일까? 그녀는 궁금해지기 시작했다.

그 여자들이 무슨 짓까지 저지를 수 있는지, 그리고 만난 적도 없는 사람들에게 어떤 처벌을 내렸는지 어맨다는 잘 알고 있었다. 동성애자라는 이유로 쫓아낸 10대 아들이 혼수상태에 빠졌는데도 면회 한번 안 온 부모를 그들은 어떻게 처리했던가. 그 여자들은 기회를 엿보며 몇 달을 기다렸다. 그러던 어느 토요일 늦은 밤, 롱아일랜드에 있는 그들의 집에 불이 꺼지자 앞마당에 있는 정원용 호스를 풀어 우편물 투입구로 집어넣은 다음, 금속 손잡이를 돌려 물을 틀었다. 부모가 잠들어 있는 층으로 수천 리터의 물이 뿜어져 나가 나무 바닥을 흠뻑 적시고, 양탄자에 스며들고, 지하로 새어 들어가 집을 완전히 망쳐놓았다.

"이 인간들이 노숙자가 되는 꼴을 지켜보자고요." 살금살금 그 집에서 빠져나올 때 밸러리가 다른 여자들에게 속삭였다.

그리고 암에 걸린 베스를 두고 떠난 전남편의 음료에 토근 시럽을 타서 처참한 꼴을 당하게 했을 때는 또 어떤가. 그들은 스테이시가 촬영해온 장면을 보며 즐거워했지만 그 정도 처벌로는 부족하다는 결론을 내렸다. 그는 시 낭독을 시작한 뒤 몇 분 지나지 않아 무대에서 뛰쳐나가 화장실로 향했지만 제때 도착하지 못했다. 그들은 그가 카페 바닥에 토하는 장면을 GIF로 만들어서 유튜브에 올리고 그의 이름을 태그해 영원히 박제했다.

"이제 그 작자 이름을 검색하기만 하면 그 GIF가 나올 거예요." 커샌드라가 말했다.

그들의 다음 표적은 스테이시 옆집에 살았던 아동 학대범인 엄마였다. 처음엔 이웃 사람들에게 뇌물을 먹여 사회복지국에 계속 신고하게 했다. 하지만 그건 그들이 갈망하는 복수가 아니라 그저 정의의 심판이었다. 그래서 그들은 그 어떤 뛰어난 변호사도 징역형을 막지 못하도록, 그녀의 아파트에 몰래 들어가 마약을 숨겨두었다.

제인이 익명으로 경찰에 신고했다.

어맨다는 무어 자매를 알고 지낸 지 1년도 되지 않았다. 그런데 훨씬 오랫동안 그들 손에 놀아난 느낌이었다. 그들의 카리스마와 따뜻함, 그리고 끈끈한 우정을 과시하는 여자들이 그녀에게 열어준 자리에 현혹됐었다.

그들이 그녀를 받아들여 주기 전까지는, 어린 시절부터 뻥 뚫려 있던 자리를 그들이 메워주기 전까지는 자신이 얼마나 외로운지조차 모르고 있었다.

하지만 결국 그녀는 그들과 달랐다.

이젠 그들도 이 사실을 알아야 한다.

55

셰이

법 집행에 대한 흔한 오해들
- 잘 해명하면 곤경에서 벗어날 수 있다.
- 경찰에 협조하면 기소되지 않을 것이다.
- 경찰이 미란다 원칙을 읊어주지 않았다면 안심해도 된다.

—데이터북, 67쪽

셰인은 오후에 있는 상담 일정을 취소하겠다고 했지만, 나는 그에게
가보라고 했다.

여전히 나를 걱정하는 눈치길래, 뜨거운 물로 오랫동안 샤워한 다
음 낮잠을 자고 싶다는 말로 그를 납득시켰다.

셰인은 사무실이 되어버린 내 옛 방으로 나를 데려가 소파 베드를
펴고 베개와 이불을 내왔다. 그리고 비닐에 포장되어 있는 새 칫솔과
자신의 후드티도 주었다.

"곧 조디가 올 거야." 그는 떠나기 전에 이렇게 말했다. "네가 하룻밤 자고 갈 거라고 말해뒀어."

나는 샤워를 끝낸 후 청바지와 션의 스웨트셔츠를 입는다. 잠깐 눈을 감고 그의 향기를 들이마신다. 그런 다음 서재로 들어간다.

조디가 이곳을 완전히 바꿔놓았다. 거의 못 알아볼 정도다. 한쪽 벽은 연노란색으로 칠해져 있고, 좁은 책상 위쪽에는 흑백 사진이 세 장 걸려 있다.

나는 소파 베드의 끝머리에 앉아 데이터북을 펼치고, 무어 자매를 만난 이후 있었던 일들을 여기저기 적어놓은 곳을 전부 찾아 다시 읽어본다.

'그들은 어맨다와 내가 동물병원에서 만나지 않았다는 사실을 알고 있다. 그들은 어맨다가 죽은 날 그 자리에 있지 않았으면서도 어맨다가 무슨 옷을 입고 있었는지 알고 있다. 그들은 도트 무늬 원피스를 입고 지하철역으로 들어가는 여자를 목격한 직후 나타났지만, 그런 사람은 없다고 말했다. 그들은 나를 어맨다와 닮게 변신시켰다. 그들은 내가 어맨다의 아파트로 들어가도록 부추겼다. 그들은 나를 대프니의 부티크로 보냈지만, 그녀에게 내가 갈 거라고 미리 알려주지 않았다. 그들이 내 집에 와서 바꿔치기한 잔에 따라준 샴페인을 마신 후 나는 이상하게도 깊은 잠에 빠졌다.'

나는 몇 줄 덧붙인다. '무어 자매는 내 아파트를 떠났다. 경찰서 취조실 문처럼 현관문도 닫기만 하면 저절로 잠긴다. 다음 날 아침 일어났더니, 처음 보는 물건들이 바닥에 널브러져 있었다. 그리고 갑자기 그들은 내게 등을 돌렸다……'

아파트 문이 열리는 소리에 심장이 입 밖으로 튀어나올 뻔한다. 그때 조디의 목소리가 들린다. "셰이?"

내가 그녀를 맞으러 일어나기도 전에 그녀가 문간에 나타난다.

놀랍게도 그녀가 후다닥 와서는 나를 꼭 껴안아 준다. "많이 힘들 겠어요."

"고마워요." 나는 중얼거리며 답한다. 그녀의 말에 또 눈물이 핑 돈다.

"뭐 좀 마실래요? 차? 아니면 더 강한 걸로?"

"아니요, 괜찮아요. 오늘 밤 여기 있게 해줘서 고마워요."

조디는 내가 소파 베드 발치에 벗어둔 파란 셔츠를 이불 옆에서 집어 반드럽게 편 다음 완벽한 정사각형으로 개킨다.

"아니 대체, 정확히 무슨 일이 있었던 거예요? 션한테 조금 듣긴 했는데……."

나는 내게 일어난 일을 또다시 얘기하기 시작하지만, 션에게 그랬 듯이 많은 부분을 생략한다.

"자, 내가 잠자리를 만들어줄게요." 조디가 내 말을 끊고 말한다.

나는 책상으로 가서, 조디와 함께 소파 베드에 이불을 펴려고 데 이터북을 내려놓는다.

그때 그것이 보인다.

특이하게 생긴 꽃병. 움푹 파인 손목에 꽃줄기를 꽂게 되어 있는 뒤집힌 손 모양의 꽃병. 조디는 거기에 펜과 연필을 잔뜩 꽂아두었다.

나는 이 꽃병을 안다. 커샌드라와 제인의 친구 집을 봐줬을 때 그 곳에서 본 꽃병이다.

또 허깨비가 보이나 싶어 눈을 힘껏 깜박인 다음 그것을 한번 만 져본다. 내 손에 차가운 도자기의 감촉이 느껴진다. 진짜 꽃병이다.

나는 꽃병을 든 채 몸을 획 돌리며 대뜸 묻는다. "이거 어디서 났 어요?"

베개를 때려 부풀리고 있던 조디가 멈칫한다. "디자인이 정말 재미있지 않아요? 한 고객의 부엌에서 봤는데 마음에 들어서 인터넷에서 찾았어요. 방이랑 딱 어울리죠?"

꽃병. 또 다른 우연의 일치. 최근 나와 무어 자매 사이에는 우연의 일치가 너무나도 많았다.

"그 고객 이름이 뭐였어요?" 목이 메어, 목 졸린 듯한 소리가 나온다.

"어, 디나⋯⋯." 조디는 얼굴을 찡그린다. "성은 기억이 안 나요. 요금을 현금으로 내더라고요. 그 부분은 기억나네요."

나는 내가 봐주던 집의 주인 이름은 한 번도 들은 적이 없다. 하지만 주소는 기억하고 있다.

내가 주소를 읊자 조디가 휴대전화를 꺼낸다. "들어본 주소인 것 같기는 한데⋯⋯." 그녀는 일정표를 쭉 내려본다. "잠깐만요, 됐어요, 이제 날짜만 찾으면⋯⋯ 2주 전이었는데."

그녀는 깜짝 놀란 표정으로 나를 쳐다본다.

나는 다리가 풀려 소파 베드 끄트머리에 풀썩 주저앉는다.

"어떻게 알았어요?" 조디가 묻는다.

그날 밤 나는 잠을 이루지 못한다. 몇 시간 동안 눈을 뜬 채 누워서 천장을 빤히 올려다보며, 현기증이 날 때까지 머릿속으로 온갖 문제를 생각한다. 동틀 무렵 겨우 잠들지만, 중간에 여러 번 깬다.

션과 조디의 방문이 아직 닫혀 있어서 나는 최대한 조용히 일어난 다음 션의 후드티와 내 청바지를 입는다. 무어 자매에게 받은 핸드백은 메고 싶지 않아서, 휴대전화와 작은 접이식 지갑을 후드티의 큼직한 앞주머니에 집어넣는다. 선글라스는 정수리에 얹어둔다.

나는 일요일 아침 8시 반쯤 아파트를 나선다. 겨우 몇 달 전 이 모든 일이 시작되었던 바로 그 요일, 그 시간이다.

그때는 날이 후텁지근했다. 지금은 화창하고 쌀쌀하다. 하지만 속이 너무 울렁거려서, 겉옷을 입지 않은 몸이나 얼굴에 스며드는 얼얼한 바람이 잘 느껴지지 않는다.

새로운 퍼즐 조각들이 머릿속에서 계속 빙글빙글 돌고 있다. 커샌드라와 제인이 내게 이스트 12번가의 아파트를 봐달라고 부탁하기 일주일 전쯤 조디가 그 집에 있었다. 어제 나는 조디에게 옷장 정리를 의뢰했다는 '디나'라는 고객에 대해 질문을 퍼부어댔다. 하지만 조디는 겨우 두어 시간 함께 보낸 그녀에 대해 아는 것이 많지 않았다. 조디 말로는, 30대 후반처럼 보였고, 최근에 이혼을 했으며, 와인을 마시면서 얘기를 나누고 싶어 했다고 했다.

"근무 중에는 절대 술을 안 마시지만, 괜히 고객의 심기를 건드려서 좋을 것 없잖아요." 조디는 해명하듯 말했다.

나는 디나가 사적인 질문도 많이 했다는 사실을 알아냈다. 조디와 션의 관계에 대해, 심지어 션의 룸메이트인 나에 대해서도.

둘이서 무슨 얘기를 나눴는지 구체적으로 설명해달라고 몰아붙이자 조디는 얼버무렸다.

"기억이 잘 안 나요." 조디는 내 눈을 피하며 말했다. "당신이 어떤 사람인지 물어봤던 것 같기도 하고……. 음, 그랬어요."

"그래서 뭐라고 했어요?" 나는 다급하게 물었다. 조디가 날 어떻게 생각하는지는 관심 없지만, 어떤 정보를 발설했는지는 알아야 했다.

"좋은 사람이라고 했죠!" 조디는 약간 화를 내며 답했다.

내가 아무리 다그쳐도 그녀는 더 이상 입을 열지 않았다.

나는 모퉁이를 돌아 목적지에 다가간다. 너무 심란해서 평소보다 훨씬 더 빠른 속도로 걷고 있다. 이제 도시가 잠에서 깨어나고 있다.

자전거를 탄 배달원이 자기 앞으로 끼어든 택시 운전사에게 고함을 지르고, 한 엄마는 늑장 부리는 아들에게 축구 연습에 늦겠다며 빨리 가자고 재촉한다. 정류장에서 버스가 요란한 소리를 내뿜으며 내 옆에 멈춰 서자, 지친 얼굴을 한 여자가 버스에 올라탄다.

나는 이 동네를 아주 잘 알고 있다. 방금 지나친 모퉁이의 과일 행상인에게 바나나와 딸기를 산 적도 있다. 바로 그 모퉁이에서 커샌드라와 제인의 친구인 앤을 만나, 지하철 공포증을 극복하는 데 도움을 받기도 했다.

나는 체포되지 않았고 윌리엄스 형사는 내게 언제든 가도 좋다고 말했지만, 데이터상으로는 내게 불리한 상황 같다. 한 가지 정보가 더 필요하다. 그것만 있으면, 내가 어떤 불온한 사건에 의도치 않게 휘말렸다는 걸 윌리엄스 형사도 알아줄 것이다.

마침내 목적지인 꽃가게에 도착한 나는 가게 주인이 문을 열 때까지 밖에서 벌벌 떨며 기다린다.

내가 이제 곧 하려는 일은 위험하게 느껴진다. 그냥 선의 집에 얌전히 있을걸 그랬나 보다.

하지만 몸을 사리고 있는 게 가장 위험하지 않을까. 또 끔찍한 일이 벌어질 때까지 앉아서 기다리고 있을 수만은 없다.

"특별히 찾으시는 거라도 있으세요?" 꽃가게 주인이 묻는다.

"그냥 심플한 꽃다발이면 돼요. 선물하려고요."

"가게에 여러 개가 진열되어 있어요. 아니면 손님이 원하시는 조합으로 제가 만들어드릴 수도 있고요."

나는 어떻게 해야 가장 저렴하게 살 수 있을까 머리를 굴려본다.

"국화 여섯 송이 주실래요?" 나는 냉장 진열장 안의 양동이에 들어 있는 노란색 꽃들을 가리킨다.

"네." 그녀는 진열장 문을 열고 꽃가지를 고른다. 그런 다음 셀로판지에 싸고 리본으로 묶는다. "24달러예요."

나는 주머니에서 얇은 접이식 지갑을 꺼내 현금으로 계산한다.

그리고 나서 나와 무어 자매의 또 다른 연결고리인 이스트 12번가의 아파트로 향한다.

거의 도착할 즈음 나는 걸음을 멈춘 뒤 후드티 모자를 뒤집어쓰고 선글라스를 낀다. 그런 다음 건물 안으로 성큼성큼 들어간다.

"안녕하세요." 나는 수위에게 말한다. "배달 왔는데요……." 로비 카운터에 꽃을 내려놓고 내 휴대전화를 실눈으로 쳐다본다. "이름은 안 보이는데, 6C호예요."

"밸러리 리치예요. 업무용 엘리베이터 타고 올라가세요."

하지만 이미 건물 정문까지 절반 이상 가까이 가 있는 나는 "죄송해요, 이만 가봐야 해서요"라고 말하며 서둘러 밖으로 나간다.

나는 전신주 뒤에 비스듬히 서서 기다린다. 이 작전이 먹혀들어서 그녀의 이름을 알아내다니, 믿을 수가 없다. 그랬으면 좋겠다는 기대는 있었지만, 그녀의 얼굴을 언뜻 볼 수만 있어도 만족했을 것이다.

손 모양의 독특한 꽃병을 가진 그 여자가 집에 있기는 한지 누가 알겠는가? 또 여행을 떠났을지도 모를 일이다. 하지만 수위가 내게 꽃을 가지고 올라가라고 한 걸 보면, 집에 있을 확률이 높다.

그녀의 본명은 밸러리 리치가 아닐 수도 있다. 하지만 그럴 가능성은 적어 보인다. 임대 계약을 하려면 신분증을 보여줘야 하고, 집세를 내려면 은행 계좌가 있어야 하니까.

그녀의 이름을 확인하고 싶은 마음이 굴뚝같지만, 우선은 그녀를 눈으로 봐야겠다.

기다림은 금세 끝난다.

몇 분 후, 로비 안쪽에서 수위 쪽으로 걸어가는 한 여자가 보인다. 그녀의 얼굴은 보이지 않지만, 갈색 머리가 어깨까지 내려와 있다.

수위가 그녀에게 꽃다발을 건네자, 그녀는 꽃을 보며 손가락으로 꽃줄기를 훑는다. 카드가 있나 기대하는 모양이지만, 찾지 못할 것이다.

그녀가 고개를 들더니 입을 움직여 수위에게 무슨 말인가 한다.

그런 다음 그녀가 몸을 돌리자, 처음으로 이목구비가 언뜻 보인다.

이번엔, 마땅히 느껴져야 할 충격도 느껴지지 않는다. 무어 자매의 손길이 닿는 모든 것에 스며 있는 듯한 믿기 힘든 반전에 단련이 되어버린 걸까.

나는 이 여자를 알고 있다. 그녀는 내가 지하철역으로 내려갈 수 있게 손을 잡아주고 바이브레이터에 관한 농담으로 나를 웃게 만들었었다.

하지만 그녀는, 그리고 무어 자매는 내게 그녀의 이름이 앤이라고 말했다.

그녀는 여전히 내 쪽을 바라보고 있지만, 후드티 모자를 덮어 쓰고 선글라스를 낀 나를 알아보기는 힘들 것이다.

얼굴을 보이면 안 되리라는 예감이 나도 모르게 들었나 보다.

그녀가 엘리베이터로 향하자, 나는 전신주 뒤를 벗어나 션과 조디의 집으로 걸어가기 시작한다.

걷는 동안, 데이터북에 추가할 사실들을 정리해본다. 나는 세 명의 인물이 서로 다른 사람인 줄 알았다. 나를 지하철역에 데려가 준 앤, 조디를 고용한 고객 디나, 그리고 내게 집을 맡긴 베일에 쌓인 집주인.

하지만 그들 모두 같은 여자가 틀림없다.

내가 밸러리 리치의 아파트에 살고 있을 때, 그녀는 다른 사람인 척하며 지하철 공포증을 극복할 수 있게 날 도와주었다. 너무 기묘한 일이라 이해가 안 된다. 무어 자매는 분명 이 모든 사실을 알고 있었다. 집 봐주는 일도, 앤과의 만남도 그들이 주선해줬으니까.

바로 그 아파트에서 처음으로 나는 외모를 바꿔볼까 생각하기 시작했다. 입구에 있는 커다란 사각형 거울을 들여다보며, 머리를 올리고 안경을 벗었을 때.

또 그 아파트에서 매일 아침 바나나 스무디를 만들어 먹었다. 그럼 무어 자매가 날 지켜보고 있었던 걸까?

나는 연석에 발이 걸려 휘청이다가 넘어지지 않으려고 쓰레기통을 붙잡는다.

말도 안 되는 소리 같다. 하지만 요즘 내게 벌어지고 있는 일들 가운데 말이 되는 게 있기나 한가.

지금껏 내내 나는 커샌드라와 제인 무어에게 집착해왔다. 그들의 홍보회사와 클라이언트들을 검색해보고, 그들이 어울리고 싶어 할 만한 사람이 되려 애쓰고, 그들을 내 구원자로 여기기까지 했다.

하지만 밸러리 리치가 그들과 공모해서 나를 그 아파트로 끌어들인 것이 분명하다. 그리고 조디를 고용해서 나에 관해 물어본 사람도 그녀였다.

커샌드라와 제인은 밸러리가 그저 그들의 편한 친구라고 했지만, 틀림없이 그 이상일 것이다.

그녀는 이 모든 일의 가담자일 뿐만 아니라, 그 중심에 있다.

56

커샌드라와 제인

밸러리가 3D호의 열린 문과 피투성이 수건에 대해 경찰에 익명 제보를 한 뒤 셰이가 제임스의 살인 용의자로 곧장 체포될 거라고 기대한 건 지나친 욕심이었을지도 모른다.

하지만 적어도 경찰의 관심이 대프니에게서 멀어지는 성과는 거두었어야 했다. 그녀가 제임스에게 보낸 문자, '지옥으로 꺼져.' 그의 이마에 새겨진 글자 'R'과 그 옆에 쓰다 만 'A'. 어느 감 좋은 수사관이 그 단어를 추측하고 대프니와의 연관성을 생각해냈을까? 당연히 경찰은 제임스가 죽은 날 저녁의 행보를 추적해봤을 것이다. 트위스트라는 술집에서 그와 함께 나간 여자의 인상착의도 알아냈을 것이다. 큰 키, 금빛 도는 갈색 머리, 진한 베이지색 선드레스. 은행이나 근처 건물의 보안 카메라에, 산들바람 불던 8월의 그 밤 두 남녀가 센트럴 파크로 향하는 모습이 잡혔을지도 모른다.

셰이는 범인으로 지목되기 쉬웠다. 어맨다가 죽고 나서 몇 시간 뒤무어 자매가 그녀의 빨래통에서 빼내 온 원피스가 셰이의 집에서 발견됐으니까.

지금쯤 셰이는 션의 아파트에 처박힌 채, 약 기운 때문에, 그리고 뒤이은 경찰의 취조와 커샌드라의 모진 반응 때문에 시름시름 앓고 있어야 마땅하다.

얌전하고 순한 성격의 셰이가 반격에 나설 줄은 전혀 예상치 못했다.

"셰이가 여기 왔었나 봐. 나를 속여서 로비로 내려가게 만들었어." 밸러리의 말을 전화로 듣자마자 커샌드라와 제인은 셰이를 더 강하게 압박하기로 한다.

셰이에게 준 새 핸드백에 장착된 위치 추적기는 션의 아파트에 계속 머물러 있다. 하지만 밸러리가 카드 없는 꽃다발을 받은 직후 제인이 조디에게 전화를 걸자, 조디는 셰이가 그날 아침 일찍 집에서 나갔다고 확인해준다.

"다행히 당신 혼자 있었군요." 제인은 조디가 자기 휴대전화 번호를 어떻게 알았느냐고 묻기라도 할까 봐 얼른 말을 잇는다. "언니랑 내가 바로 근처에 있어요. 10분 안에 도착할 거예요. 당신한테 할 얘기가 있어요."

조디는 자매를 기다리며 창밖을 내다보고 있었는지, 자매가 인터폰을 하기도 전에 정문을 열어준다.

조디가 그들 뒤로 문을 닫자마자, 커샌드라가 조디의 팔뚝을 붙잡고는 목소리를 낮추고 다급하게 말한다. "시간이 얼마 없어요. 잘 들어요, 이런 말 하고 싶지 않지만, 당신은 지금 위험에 빠져 있어요. 당신 남자친구의 옛 룸메이트한테 정신적으로 심각한 문제가 있는 것 같거든요.”

조디는 가슴에 손을 대고서 헉하고 숨을 몰아쉰다. “네? 셰이는
자기가 위험에 빠진 것처럼 말하던데요. 금요일 밤에 데이트 약속이
있었는데 깨어나 보니까 피 묻은 메스랑 남자 지갑이 있었다고 했어
요! 션은 그 남자가 셰이한테 약을 먹였을 거라고 생각하더라고요.”

제인은 코트 주머니에 손을 집어넣어, 가로 10센티미터, 세로 15센
티미터의 사진을 감싸 쥔다. 무어 자매는 셰이에게 어맨다의 목걸이
를 받기 위해 이 아파트에 한 번 온 적이 있지만, 그땐 거실에만 들렀
다. 그들 눈에 문이 몇 개 보인다. 조디가 그들을 셰이의 방으로 데려
가게 만들어야 한다.

“그럴지도 몰라요.” 제인이 고개를 끄덕이는 사이 커샌드라가 말
을 잇는다. “하지만 셰이는 요즘 이상한 짓을 많이 했어요. 우리를 미
행하기까지 했죠.”

“우리 친구들을 스토킹하기도 했어요.” 제인이 덧붙여 말한다. “친
구가 운동하는 곳에 우연인 척 나타나고, 다른 친구가 운영하는 부
티크에 가서 옷을 사기도 하고.”

“세상에.” 조디가 속삭인다. “다중인격자인 거예요? 영화에서 본
적은 있는데……. 바로 옆방에 그런 사람이 있었다니!”

찻주전자가 삑 하는 소리를 내자 조디는 허둥지둥 가서 가스레인
지를 껐다. “같이 차라도 마시려고 했는데.” 가스레인지 옆에 세 도자
기 찻잔이 받침 접시에 올려져 있다.

“고마워요, 조디, 하지만 시간이 없어요. 셰이가 위험한 물건이라
도 가지고 있는지 방을 한번 확인해봐야겠어요.” 커샌드라가 말한
다. “혹시 또 모르니까요. 물론 어젯밤은 잘 넘기고 아무 일 없기는
했지만요.”

조디는 고개를 끄덕이고는 가장 멀리 있는 문으로 향한다. 경련이라도 일어난 듯 급한 걸음으로. 무어 자매의 바람대로 그녀는 지금 신경이 곤두서 있다.

"지금은 내 사무실로 쓰고 있어요." 조디가 문손잡이를 돌리며 말한다.

제인에게 필요한 건 사진을 숨길 단 몇 초뿐이다. 그러고 나서 조디를 그 사진으로 유인하기만 하면 된다.

밸러리는 셰이의 핸드백에 넣어두자고 했지만, 핸드백에 접근할 수 없다면 제인은 셰이의 데이터북 사이나 매트리스 밑에 사진을 끼워둘 계획이다.

조디는 횡설수설하고 있다. "믿기지가 않아요. 한번은 부엌에 무당벌레 한 마리가 있었는데 셰이가 바깥에 데려가서 덤불에 놔주고 왔거든요……. 하지만 항상 그런 사람이 뉴스에 나오잖아요? 전혀 예상치 못한 용의자들 말이에요."

커샌드라는 고개를 끄덕이며 방 안을 훑어본다. 소파 베드에 담요가 평평하게 펴져 있는 깔끔하고 정갈한 방이다.

조디는 방을 이리저리 돌아다니며 소파 베드 밑을 들여다본 다음 베개를 하나씩 들춘다.

제인이 핸드백을 향해 살금살금 다가가 그것을 집으려는데, 순간 조디가 고개를 든다. "핸드백도 확인해봐야 할까요?"

"아, 좋은 생각이에요." 커샌드라가 답한다.

조디는 핸드백 손잡이를 잡은 채 그 안을 들여다본다. "여긴 아무것도 없어요."

제인은 소파 베드 발치에 놓여 있는 셰이의 데이터북 사이로 사진을 슬쩍 끼워 넣는다. 그러고는 옷장 문을 연다. "여기에도 없네요."

"그 소름 끼치는 노트에 요즘 뭐라고 썼는지 한번 볼까요?" 커샌드라가 제안한다.

제인은 노트를 집어 훌훌 넘기기 시작한다. 그러자 사진이 획 튀어나온다.

조디가 허리를 굽혀 사진을 줍는다. 커샌드라는 숨을 죽인다. 조디는 하이라인 공원에서 밀짚모자를 쓴 채 턱을 쳐들고 있는 어맨다의 사진을 보고, 두 자매는 그런 조디를 빤히 쳐다본다.

조디는 어리둥절한 표정으로 얼굴을 찌푸리며 고개를 든다. "왜 셰이가 자기 사진에 'X'를 그어놨을까요?"

그러고는 사진을 힐끔 내려다보더니 헉하고 숨을 몰아쉰다. "셰이가 아니에요! 처음엔 셰이인 줄 알았는데, 셰이를 닮은 다른 여자네요!"

커샌드라와 제인은 조디에게 가까이 다가가, 바로 며칠 전 그들이 직접 인화해 검은색으로 'X'를 그려놓은 어맨다의 사진을 유심히 들여다보는 척한다.

커샌드라는 숨을 훅 들이마신다. "우리 친구 어맨다네요!"

조디는 커샌드라와 제인을 차례로 쳐다본다. "왜 셰이가 그 사람 사진을 갖고 있죠?"

"셰이도 어맨다를 알았어요. 하지만 어맨다는 8월에 자살했죠." 제인은 이렇게 말하며 슬픈 표정으로 고개를 젓는다.

"그래서 우리가 셰이를 만나게 된 거예요." 커샌드라가 조디에게 말한다. "셰이가 어맨다의 추도식에 왔거든요."

"잠깐만요, 말이 안 돼요!" 조디가 이렇게 소리 지르며, 왼손 손끝으로 이마를 누른다. "8월에 셰이가 지하철역에서 자살하는 사람을 봤다고 했어요."

"세상에." 커샌드라가 한 걸음 물러나며 말한다. 제인은 소파 베드 끄트머리에 주저앉는다.

"33번가역에서 죽은 사람이 바로 어맨다예요." 제인이 두 손에 얼굴을 묻을 때 커샌드라가 속삭인다. "셰이는 어맨다와 같은 동물병원에 다니다가 서로 알게 됐다고 했죠. 그럼 어맨다가 죽었을 때 셰이도 그 지하철역에 있었다는 말인가요?"

"동물병원이요?" 조디는 입을 떡 벌린 채 두 사람을 빤히 쳐다본다. "셰이는 동물을 안 키워요! 그런데 왜 동물병원에……."

조디가 말을 하는 도중에 제인의 휴대전화가 밸러리로 지정된 벨소리를 내며 울린다. 제인은 코트 왼쪽 주머니에서 휴대전화를 꺼내 화면을 힐끔 본다. '셰이가 오고 있어.'

건물 앞에서 망을 보고 있는 밸러리의 경고다. 이제 몇 분 안에 자매는 아파트에서 나가야 한다.

"셰이가 집에 거의 다 왔다면서 언니랑 내가 와줬으면 좋겠다고 문자를 보냈어요." 제인이 다급하게 말한다. "빨리 여기서 나가야 해요!"

조디는 뒷걸음질로 방에서 빠져나가, 문 옆 벽장에서 코트와 부츠를 꺼내기 시작한다.

"그런 거 챙길 시간 없어요!" 커샌드라가 낮은 목소리로 꾸짖듯 말한다. 아래층으로 내려가기엔 시간이 부족하다.

세 여자는 4층 층계참으로 서둘러 올라간다. 1분도 안 지나 계단을 올라오는 발소리가 들린다. 그러고는 문이 열렸다가 닫히는 소리가 어렴풋이 들려온다.

조디는 여전히 사진을 든 채 맨 아래 계단에 쪼그려 앉아 속삭인다. "토할 것 같아요. 셰이가 봤다던 그 자살한 여자가 이 사람이라니, 말도 안 돼요."

"조디, 경찰에 알려야 해요." 커샌드라가 그녀를 재촉한다.

셰이의 스토킹 전력은 이미 확실해졌다. 그녀는 직장에서 해고당했고, 짝사랑도 무참히 끝나버렸다. 죽은 여자의 인생에 슬그머니 끼어드는 기이한 행동도 보였다.

이런 사람이 살인까지 저지를 수 있을 거라 믿는 건 너무 갑작스러운 비약일까?

조디는 사진 속의 푸른 하늘과 어맨다의 얼굴에 비친 햇살, 그리고 그녀의 살결에 울퉁불퉁하게 그어진 'X'를 물끄러미 내려다보다 속삭인다. "지금 당장 경찰에 신고할래요."

57

셰이

사람에게는 두 가지 원초적인 두려움이 있다고 한다. 가장 근본적인 두려움은 우리 삶이 끝나는 것이다. 그리고 두 번째는 고독이다. 누구나 자신보다 더 큰 무언가에 속하고픈 욕구를 마음속 깊이 품고 산다.

—데이터북, 68쪽

그녀의 얼굴을 보자마자, 나는 휴대전화로 '밸러리 리치'를 검색하면서 가능한 모든 철자를 시도해본다. 건물 밖에서 서성대는 건 위험하게 느껴져서, 그 집을 봐줄 때 알게 된 몇 블록 건너의 작은 식당으로 향하며 검색 결과를 기다린다.

나는 식당 안쪽에 있는 부스로 들어간 다음, 문을 볼 수 있는 쪽에 앉아 토스트를 주문한다. 여전히 배는 고프지 않지만, 긴장으로 쓰린 배 속을 달래줄 뭔가가 필요하다.

검색 결과는 수천 건이나 된다. 캘리포니아주 북부의 라이프스타일 블로거, 팰러앨토의 변호사, 교사, 보험 설계사, 부동산 중개인, 자비로 책을 출간하는 작가 등등.

이 모두를 하나하나 추적할 수는 없다.

나는 이미지 결과를 클릭해서 사진을 쭉 훑어보기 시작한다. 금발에 파란 눈인 밸러리들, 흑갈색 머리의 수많은 밸러리들, 그리고 최소 둘 이상인 붉은 머리의 밸러리들. 생김새와 몸집이 천차만별인 나이 든 밸러리들과 젊은 밸러리들. 사진을 살피는 동안, 나는 무의식적으로 수위에게 꽃다발을 받은 그 여자를 찾고 있다. 하지만 예전의 밸러리는 다른 모습일 수도 있다. 나는 속도를 늦춰, 각각의 사진을 꼼꼼히 살핀다.

그러다가 곧은 일자 눈썹과 적갈색 머리, 눈에 익은 갸름한 얼굴이 눈에 확 띈다.

드디어 찾았다.

웨이트리스가 삼각형의 토스트가 담긴 접시를 내 앞으로 살짝 밀어줄 때쯤, 나는 방영이 끝난 어떤 드라마 세트장에서 찍은 밸러리의 옛 사진을 유심히 들여다보고 있다. 그 사진을 시작으로 그녀의 예전 로스앤젤레스 주소를 몇 개 알아낸다. 그녀는 배우였다. 참 잘 어울리는 직업이다. 내게 그녀가 다른 사람이라 믿게 만들었고, 조디도 그 연기에 넘어갔으니까.

그리고 '토니 리치'라는 그녀의 전남편은 지금도 로스앤젤레스에 살고 있다. 그의 전화번호가 온라인상에 올라와 있다. 나는 밸러리처럼 연기해볼 만한 어떤 역할이 떠오르거나 변명거리가 생기는 대로 그에게 전화할 수 있게 번호를 적어둔다.

그에게서 밸러리의 결혼 전 이름과 고향을 알아낼 수 있을지도 모른다. 그 정보를 손에 넣으면, 그녀의 과거를 추적할 수 있다.

최근 몇 년간 그녀의 행적에 관해서는 이스트 12번가의 아파트 주소 말고는 아무것도 나오지 않는다. 그녀의 직장조차 찾을 수 없다. 인터넷에 그녀의 현재 사진은 단 한 장도 존재하지 않는다. 그녀가 뉴욕으로 왔을 때 예전의 그녀는 거의 사라져버린 듯하다.

나는 토스트 한 조각과 물 반 컵을 겨우 넘긴 다음 식당에서 나와, 추위에 어깨를 웅크린 채 션과 조디의 집으로 향한다. 가는 길에 블록이 바뀔 때마다 뒤를 돌아보고, 길 건너편도 두 번이나 확인한다. 하지만 도시의 사람들이 자기 삶을 열심히 살고 있을 뿐, 나를 지켜보고 있는 듯한 사람은 아무도 없다.

오늘 아침 집을 나설 때 션과 조디는 잠들어 있었다. 지금은 션 혼자 있으면 좋을 텐데. 하지만 2층으로 올라가 어젯밤 션에게 받은 예비용 열쇠로 문을 따고 들어가 보니 아파트가 텅 비어 있다.

나는 가만히 서서 집 안을 둘러본다. 이제 뭘 해야 하지? 너무 추워서 발가락에 아무런 감각이 없다.

부엌을 보니 작은 쟁반에 꽃무늬 도자기 찻잔 세 개와 받침 접시들, 그리고 작은 크림 그릇과 캐모마일 한 상자가 놓여 있다.

조디 손님이 올 모양이구나, 하고 나는 생각한다. 션은 그가 좋아하는 다크로스트 커피만 마시니까. 조디는 쿠키나 스콘을 사러 나갔나 보다.

나는 뜨거운 차 한 잔이 절실하다. 찬장에서 두툼한 머그잔을 꺼내 티백을 하나 넣는다. 그런 다음 찻주전자로 손을 뻗다가 손가락 끝이 금속 손잡이를 스치자 움찔하며 뒤로 물러난다. 너무 뜨거워서 손을 데고 말았다.

나는 싱크대로 달려가 손 위로 차가운 물을 튼다.

그러고는 조디가 차려놓은 작은 쟁반을 다시 본다. 손님들이 아직

오지도 않았는데 왜 물을 끓여놨을까?

나는 물을 잠그고 큰 소리로 불러본다. "조디?"

세 개의 문이 모두 열려 있다. 욕실, 조디와 션의 방, 그리고 내 방의 문. 조디가 집에 있다면 내 목소리를 못 들을 리가 없다.

그때 뭔가가 떠올라 나는 고개를 휙 돌려 내 방문을 다시 확인한다. 내가 잠시 사용하고 있는 조디의 사무실 문이 활짝 열려 있다.

분명히 닫아놓고 나갔는데.

나는 욱신거리는 손가락을 축축한 종이 타월로 감싼 채 그 자리에 서서 열린 문을 빤히 쳐다본다.

데자뷔. 밸러리 리치의 아파트에서 지냈을 때, 빨간 피망을 썰다가 손을 베는 바람에 반창고를 찾으러 그녀의 방에 들어갈까 고민했었다. 하지만 그러지 않았다. 문은 꼭 닫혀 있었고, 나는 그 상태로 놔두었다.

그런데 다음 날 문이 살짝 열려 있었다.

혹시 건물 관리인이 다녀갔나 싶어 무어 자매에게 문자를 보냈더니, 관리인이 누수를 확인하고 간 거라는 커샌드라의 답장이 바로 날아왔다.

그땐 그 말을 믿었다. 하지만 지금 생각해보면, 친구의 아파트에 관리인이 다녀간 사실까지 그렇게 쉽게 알 수 있을까 싶다.

관리인이 아니라면, 내가 밸러리의 아파트에서 지내는 동안 몰래 들어온 사람은 누굴까?

밸러리일 수도 있다. 커샌드라와 제인에게도 열쇠가 있었다. 처음 내게 아파트를 보여줄 때 그 열쇠를 사용했다. 아니면 밸러리가 다른 누군가에게 열쇠를 줬을지도 모른다. 아름다운 아파트를 피난처로 갖게 된 것을 고맙게 여겼는데, 누군가가 들어와서 내 물건을 뒤지거나 심지어는 내가 자는 모습을 지켜봤을지도 모른다니.

나는 몸서리를 치며 종이 타월을 조리대에 떨어뜨린다. 그런 다음 고개를 들고 천천히 공기를 들이마신다.

그러고는 몸을 휙 돌려 서둘러 문밖으로 나간다.

이 도시에서 거의 10년을 살면서 여러 감정을 느껴왔다. 희망, 허탈감, 즐거움, 짜증, 깊은 외로움.

하지만 제인이 항상 뿌리는 독특한 플로럴 향수의 희미한 잔향을 맡았을 때의 그 충격적이고도 원초적인 두려움은 지금껏 느껴본 적이 없다.

나는 후드티 모자를 뒤집어쓴 채 지상으로만 다닌다. 거리는 혼잡한 편이지만, 그래도 이따금 뒤돌아보며 미행하는 사람이 없나 확인한다.

지금 내가 가진 거라곤 입고 있는 옷과 지갑, 아이폰뿐이지만, 션과 조디의 집으로 돌아갈 순 없다. 안전하게 머물 만한 곳이 필요하다.

이런 고민을 하고 있을 때 조디에게서 문자가 온다. '저기, 우리 할머니가 편찮으셔서 션이랑 나는 며칠 동안 떠나 있을 거예요.' 나는 문자를 빤히 쳐다본다. 지금까지 조디가 할머니 얘기를 꺼낸 적은 한 번도 없었는데.

배를 주먹으로 한 방 얻어맞은 기분이다.

어제까지만 해도 나를 따뜻하게 걱정해주던 사람들이었는데. 왜 갑자기 이렇게 변한 거지?

나는 눈물을 참으며 두 손을 주머니에 더 깊숙이 찔러 넣는다.

내가 조디의 말투를 오해했는지도 몰라, 문자로는 그러기 쉬우니까, 하고 나 자신을 타이른다.

나는 정처 없이 걸으며, 쟁반에 놓여 있던 우아한 찻잔 세 개와 여전히 뜨겁던 주전자를 다시 생각해본다. 조디는 찬장에서 아무 머그잔이나 꺼내는 대신 좋은 도자기 찻잔을 내놓았다. 손님들에게 잘 보이고 싶은 것처럼. 이제 그 이유를 알 것 같다.

따뜻하게 배려해주던 그녀가 이렇게 퉁명스럽게 돌아서게 만든 어떤 일이 있었던 걸까? 아니면 '누군가'가 그 일을 벌였을까?

커샌드라와 제인은 목걸이를 받으러 들렀을 때 조디와 션을 만난 적이 있다.

무어 자매가 조디와 션을 찾아가 내게서 등을 돌리도록 설득했을까?

누군가가 내 옆을 스치고 지나가자 나는 몸을 획 돌린다. 하지만 큼직한 백팩을 멘 채 휴대전화를 보고 있는 10대 아이일 뿐이다.

나는 내 위로 우뚝 솟아 있는 건물들을 올려다본다. 창문들이 참 많기도 하다. 누구든 나를 지켜보고 있을 수 있다.

나의 새 아파트로 갈 수도, 엄마나 멜라니와 함께 지낼 수도 없다. 아마 무어 자매는 그들의 주소도 알고 있을 것이다. 내가 아끼는 사람들을 위험에 빠뜨리고 싶지도 않고, 내가 사랑하는 사람들이 커샌드라와 제인 때문에 적으로 돌아설지도 모르는 위험을 감수할 수 없다.

무어 자매의 꿍꿍이가 무엇이었는지는 모르겠지만, 아직 나를 놓아줄 것 같지는 않다.

윌리엄스 형사에게 전화를 걸어보지만, 답이 없다. 나는 메시지를 남기지 않고 그냥 끊어버린다. 무슨 말을 할 수 있겠는가? '미친 소리처럼 들리겠지만, 내가 지금까지 어울려온 어맨다의 친구들, 커샌드라와 제인 무어가 나를 감시하고 있는 것 같아요. 내가 뭘 먹는지,

어디로 갈지, 다 알고 있어요. 그리고 나와 옛 룸메이트 사이를 이간 질했어요.'

경찰서에 가기 전에 더 많은 정보를 모아야 한다.

몇 시간이나 헤매 다니다 보니 발이 아프고 몸에 감각이 없다. 날이 어두워지기 시작할 때쯤 나는 오늘 밤 묵을 곳을 정한다. 영화를 많이 본 덕에, 추적당하지 않으려면 현금으로 지불해야 한다는 사실 정도는 알고 있다. 그래서 ATM에 들러, 최대 출금 가능액인 800달러를 인출한다.

그런 다음 타임스스퀘어를 지나 서쪽으로 향한다. 도시에서 가장 붐비는 곳이라면 눈에 띄지 않고 다닐 수 있을 것이다.

오래 지나지 않아 나는 적절한 곳을 발견한다. '빈방 있음'이라는 네온사인이 깜박이고 있는 지저분한 작은 호텔.

문을 당겨서 열어보지만 잠겨 있다. 왼쪽에 있는 빨간 벨을 누르며, 한 번 더 어깨 너머로 뒤돌아본다.

윙윙거리는 소리가 크게 울리자 나는 본능적으로 다시 문을 잡아 당겨 어둑한 로비로 들어간다. 프런트 뒤에서 컴퓨터 모니터를 보고 있는 남자는 고개를 드는 둥 마는 둥 한다. 그의 귀를 덮고 있는 머리카락 끝부분도 콧수염도 희끗희끗하다.

"예약하셨습니까?" 내가 데스크로 다가가자 그가 묻는다.

"아니요, 죄송해요. 빈방이 있다고 불이 켜져 있길래……."

"2층에 더블베드 방이 하나 있어요."

"더 높은 층은 없나요?"

"엘리베이터가 없어서 대부분 낮은 층을 원하시는데요."

"전 상관없어요."

"5층에 방이 하나 있습니다. 1박에 80달러고요. 운전면허증만 보여주시면 됩니다."

나는 방금 ATM에서 뽑은 20달러짜리 뭉치를 청바지 주머니에서 꺼내, 카운터 밑에서 다섯 장을 빼낸다. "강도를 당해서 지갑을 뺏겨버렸어요. 그래서 운전면허증이 없어요." 나는 그에게 지폐를 쭉 밀며, 팁으로 더한 20달러가 잘 보이도록 쫙 펼친다. "괜찮을까요?"

"뭐, 괜찮습니다. 그럼 1박만 하실 겁니까?"

"우선은요."

그는 나와 거의 눈을 마주치지도 않는다. 그리고 무어 자매나 다른 누군가가 나를 찾고 있다 해도 내 인상착의를 잘 설명하지 못할 것이다. 난 다시 안경을 쓰고, 조디의 욕실에서 빌려온 고무 밴드로 머리를 묶었다.

"성함이 어떻게 되시죠?" 그가 낡아 보이는 컴퓨터를 클릭하며 묻는다.

예전에 한번 내 또래 여자들에게 가장 흔한 이름을 검색해본 적이 있는 터라, 80년대 후반과 90년대 초반을 지배했던 한 이름이 곧장 떠오른다.

"제시카. 제시카 스미스예요." 세월이 아무리 흘러도 '스미스'는 미국에서 가장 흔한 성이다.

그가 내게 열쇠를 건넨다. "저 뒤쪽에 팝 자판기가 있어요." 그는 로비 뒤편을 가리킨다.

"고마워요." 나는 묵직한 금속 열쇠를 내려다본다. 직원은 이미 컴퓨터 화면으로 돌아가 카드 게임을 하고 있다.

한시라도 빨리 방에 숨어 있고 싶지만, 먹을 것도 갈아입을 옷도 없다. 그래서 어쩔 수 없이 다시 밖으로 나간다.

필요한 모든 것은 한 블록 내에서 해결한다. 속옷 세 벌, 긴소매 셔츠, 할인해서 20달러밖에 안 하는 패딩 조끼. 그런 다음 드러그스토어로 가서, 여행용 세면도구와 인스턴트 수프 몇 개, 에너지바, 인터넷 접속이 되는 선불 휴대전화와 심카드를 고른다.

계산대에 거의 다 갔을 때 뭔가가 떠올라 몸을 휙 돌려서, 사무용품이 있는 가게 안쪽으로 간다. 그러고는 스프링이 달린 싸구려 노트와 볼펜을 집어 계산대로 돌아가, 현금으로 계산하고 다시 호텔로 향한다.

나는 또 벨을 눌러 호텔 안으로 들어간 뒤, 보일 듯 말 듯 고개를 끄덕이는 직원을 지나 계단으로 간다.

터벅터벅 계단을 올라가 문을 잠그고 방 안을 둘러본다. 더블베드에 딱딱한 의자 하나, 두 개의 협탁이 있는 아주 작고 실용적인 방이다. 나는 침대 밑과 좁은 욕실을 확인한 다음 쇼핑백들을 내려놓는다. 엉성해 보이는 체인을 채우고, 문손잡이 밑에 의자를 끼워 문을 막아둔다.

그러고 나서야 색 바랜 침대보 끄트머리에 털썩 주저앉는다. 숨을 헐떡이며, 1미터 정도 떨어진 벽돌 건물을 향해 나 있는 창문을 물끄러미 바라본다.

머리를 바쁘게 굴리지 않으면, 두려움의 무게에 짓눌려 버릴 것 같다. 그래서 나는 작업을 시작한다.

우선 휴대전화를 꺼내 '메스', '뉴욕시', '커샌드라와 제인 무어' 같은 단어들을 검색창에 입력하기 시작한다. 그리고 수십 개의 기사와 사진을 훑어본다. 대부분은 전에 무어 자매를 검색했을 때 이미 본 것들이다.

나는 무어 자매에 관한 모든 정보를 기록해놓은 내 데이터북 페이지들을 머릿속에 떠올리며 검색을 확대한다. 커샌드라가 자주 다니는 요가 스튜디오의 이름. 우리가 모스코뮬을 마셨던 술집, 벨라스. 대프니의 부티크. 33번가 지하철역 자살 사건. 자매가 어맨다의 추도식을 열었던 로즈우드 클럽.

엄청나게 많은 검색 결과가 나온다. 나는 눈이 따가울 때까지 읽어본다. 하지만 이 모든 일을 이해하는 데 도움이 될 만한 연결고리가 빠져 있다.

복도를 쿵쿵 걷는 묵직한 발소리에 나는 움찔한다. 하지만 그 발소리는 멈춤 없이 내 방을 지나가고, 잠시 후 누군가가 옆방에서 텔레비전을 켜는 소리가 들린다. 시트콤의 녹음된 웃음소리가 얇은 벽을 통해 새어 들어온다.

누군가가 내 방에 들어오려고 하는 소리를 못 들을 수 있으니 텔레비전은 켜둘 수 없다. 방에서 나가기도 싫다. 배는 고프지 않지만, 목이 마르다. 호텔 방에 무료로 제공되는 물이 없으리라는 걸 알았어야 했는데.

프런트 직원이 로비에 있는 자판기를 언급했었다. 그러면서 많은 중서부 사람들이 그렇듯 탄산음료를 가리키는 '팝'이라는 단어를 썼다. 나는 어둑한 복도를 지나 계단으로 네 층 아래를 내려갈까 고민하다가, 욕실로 가서 그냥 손으로 수돗물을 받아 마신다.

뭐라도 먹어야 할 것 같지만, 속이 너무 쓰려서 수프조차 제대로 소화시키지 못할 것 같다.

나는 침대에 누워, 저 멀리서 울리는 사이렌 소리에 귀를 기울인다. 어둠 속에 있고 싶지 않아 욕실 불을 켜두었다.

무어 자매를 만나기 전엔 외로웠다. 그때 나의 가장 큰 고민거리는 희망이 안 보이는 임시직과 션의 방에서 새어 나오는 조디의 웃음소리였다.

이제 나는 상황이 훨씬 더 나빠질 수 있다는 걸 안다.

무어 자매가 나를 함정에 빠뜨린 것이 분명하다. 하지만 무슨 함정이지?

누군가가 내게 무거운 담요를 덮어준 것처럼, 온몸에 노곤함이 밀려든다. 내게 담요를 덮어주며 "이걸 덮고 있으면 따뜻할 거예요"라고 말하던 제인이 생각난다. 아까까지만 해도 반쯤 정신이 나가 있었지만, 지금은 기운이 하나도 없다. 내 몸도 머리도 더 이상은 심한 스트레스를 견딜 수가 없다. 아무런 감각도 느껴지지 않는다. 그저 사라져버리고만 싶다.

나는 어둠 속을 빤히 노려보며 생각한다. '어맨다도 죽은 날 이런 기분이었을까?'

58

어맨다

2개월 전

제임스가 죽은 지, 아니, 그녀가 제임스를 죽인 지 열흘이 지났다. 그 비난의 목소리는 옳았다. 제임스의 죽음은 그녀의 잘못이었다.

지나가 메시지를 몇 통 더 남겼지만, 어맨다는 답하지 않았다. 무슨 말을 할 수 있겠는가?

그러다가 시립병원에서 마지막 전화가 왔다. 어맨다의 해고를 알리는 인사과의 전화였다.

그녀가 지금껏 살아온 인생은 이제 끝이 난 듯했다. 하지만 적어도 한 가지 옳은 일은 할 수 있었다.

일요일 아침 일찍, 어맨다는 옷장에서 제일 먼저 손에 잡힌 녹색 도트 무늬 원피스를 꺼내 입었다. 그러고는 마닐라지 봉투를 하나 찾아, 세면대 밑에 숨겨두었던 증거를 거기에 집어넣었다.

그런 다음 문 옆에 서서 귀를 쫑긋 세웠다. 아무 소리도 들리지 않았다.

체인을 풀고 복도를 내다보았다. 텅 비어 있었다. 그녀는 서둘러 계단으로 가서, 로비까지 한 번에 두 계단씩 내려갔다.

쥐 죽은 듯 고요했다. 일요일 신문을 가지러 나오거나 라테를 들고 들어오는 주민은 한 명도 없었다.

하지만 밖에도 그녀를 기다리고 있는 사람이 없으리라는 보장은 없었다.

어맨다는 손에 쥔 불룩한 마닐라지 봉투를 내려다보았다.

이 봉투를 경찰에 넘길 계획이라는 걸 알게 되면 그들은 무슨 짓을 할까?

그녀를 막을 것이다.

증거를 없앨 것이다.

그녀를 없애버릴 것이다.

어맨다는 지치고 뒤죽박죽이 되어버린 머리로 최선을 다해 집중하며 골똘히 신중하게 생각해보았다. 그러다가 몸을 휙 돌려 우편함으로 가서 열쇠로 상자를 연 다음, 봉투를 맨 안쪽으로 밀어 넣었다.

어맨다는 휴대전화를 꺼내 경찰서에 전화를 걸었다. 경찰에게 전부 다 털어놓을 생각은 없었다. 적어도 아직은. 하지만 만일의 경우에 대비해, 그녀가 경찰서에 갈 거라는 사실을 미리 알려두고 싶었다.

"제 이름은 어맨다예요." 그녀는 떨리는 목소리로 말했다. "강력계 형사님이랑 얘기 좀 할 수 있을까요? 어떤 범죄와 관련된 증거를 가지고 있거든요."

북쪽으로 걸으며 어맨다는 끊임없이 주변을 살폈다.

휴대전화 소리를 꺼놨지만, 원피스 옆주머니 속에서 휴대전화가 성난 말벌처럼 계속 윙윙거리고 있었다. 아침 9시가 채 되지 않았는데 날이 어찌나 더운지 머리카락이 뒷덜미에 찰싹 들러붙었다.

17관할서까지는 걸어서 15분이 채 걸리지 않았다. 그녀는 경찰서에 가는 중이라고 경관에게 말했지만, 그녀가 목격한 중범죄의 자세한 내용이나 그녀의 성은 알려주지 않았다.

"이름이 어맨다라고요?" 여자 경관은 이렇게 말했었다. "여기 도착하면 나를 찾아요. 난 윌리엄스 형사예요."

하지만 과장된 주장을 하는 망상증 환자들의 전화를 한두 번 받아본 게 아니라는 듯 형사는 지친 목소리로 건성건성 답했다.

거리를 지나가는 동안, 여름 햇볕에 바짝 구워진 도시의 역한 냄새가 점점 더 진해졌다. 어맨다의 휴대전화는 멈출 기색 없이 몇 번이고 무섭게 윙윙거렸다.

어맨다는 이제 더 이상 참을 수가 없었다. 그래서 전화를 받았다. 아무 말도 하지 않았지만, 거친 숨은 가라앉히지 못했다.

"어맨다." 제인이 부드럽고 온화한 목소리로 말했다. "전화 받아줘서 정말 고마워요. 옆에 언니도 같이 있어요."

"우리랑 얘기 좀 해요." 커샌드라가 말했다. "걱정할 거 없어요. 언제나 그렇듯이 우리가 서로 도와주면 이번 일도 잘 넘길 수 있어요."

"더 이상은 못 견디겠어요." 어맨다는 속삭였다. "경찰서에 갈래요. 당신들은 빼줄게요. 전부 다 내가 책임질 거예요."

"바보 같은 짓 말아요." 밸러리의 차가운 목소리가 끼어들었다. "감방에서 평생 썩고 싶지 않으면."

"미안해요." 어맨다는 숨을 헐떡이며 말했다.

"내 말 잘 들어요!" 밸러리가 명령했다. "그 모퉁이에 가만히 서 있어요. 길 건너지 말고."

어맨다의 팔에 닭살이 돋았다. 그녀는 몸을 빙 돌리며 주변을 둘러보았다.

"내가 모퉁이에 있는 걸 어떻게 알았죠?" 그녀는 나지막이 속삭였다.

'달아나.'

본능이 이렇게 소리치며 뇌를 쾅쾅 때려댔다. 그녀는 전화를 끊고 눈앞에 보이는 델리를 향해 힘껏 달려갔다. 한 남자가 문밖에서 채소와 과일을 바구니에 담아 진열하고 있었다.

그에게 도움을 청할 수도 있었다. 그가 그녀를 옷장 안에 숨겨주면 그사이에 다시 경찰에 신고하면 될 거라고, 그녀는 필사적으로 생각했다.

하지만 자매가 그녀를 찾아낼 것이다.

그녀가 달리 갈 수 있는 곳이 있을까? 가게에 거의 도착했을 때 발밑에서 쉭 하는 익숙한 소리가 들렸다. 지하철이 다가오면서, 인도의 환풍구 철망 위로 공기를 뿜어내고 있었다.

어맨다는 고개를 휙 돌렸다. 33번가 지하철역을 표시하는 짙은 녹색 기둥이 보였다. 그녀는 계단을 뛰어 내려가며 교통카드를 미리 꺼내놓고 개찰구로 향했다.

하지만 처음 카드를 댄 기계가 고장 나 있는 바람에 다음 기계로 옮겨갔다.

6초. 그 6초의 지연에 그녀는 대가를 치러야 했다.

그녀는 휘청거리는 다리를 이끌고 플랫폼으로 달려가, 지하철 문이 닫히는 걸 막아보려 손을 쭉 뻗었다. 하지만 문의 가장자리가 그녀의 손가락 끝을 쓸고 지나가며 닫히고 말았다.

열차는 그녀의 얼굴에 미풍을 일으키며 떠나갔다.

어맨다는 공황 상태에 빠져 정신없이 주변을 두리번거렸다. 전광판에 잠시 후 다음 차가 도착한다는 안내문이 떴다.

그녀는 조금이라도 더 빨리 타려고 터널 입구 쪽으로 조금씩 움직이기 시작했다.

그들은 그녀가 길모퉁이에 있다는 걸 알고 있었다. 어떻게 알았을까?

스테이시는 제임스가 죽기 오래전에 그의 휴대전화에 스파이웨어를 심었다. 아마 그녀도 그런 방식으로 추적당하고 있었을 것이다. 어맨다는 휴대전화를 선로로 휙 던졌다. 이제 곧 들어올 열차가 망가뜨려 버리겠지.

무어 자매가 그녀의 위치를 알아낼 수 있을 만한 다른 단서는 아무것도 없었다. 그녀는 핸드백을 들고 있지 않았다. 그리고…….

그녀는 숨을 죽였다.

손이 목으로 향했다. 금 펜던트가 놓여 있는 쇄골 사이로. 몇 달 전 무어 자매에게 그 목걸이를 받은 후로 한 번도 목에서 푼 적이 없었다. 걸고 있다는 사실조차 잊고 있었다. 그녀는 목걸이를 빼서 가느다란 줄을 손가락 사이로 미끄러뜨려 콘크리트 바닥에 떨어뜨렸다. 그런 다음 몸을 숨길 기둥으로 서둘러 움직였다.

카키색 반바지에 빨간 티셔츠를 입은 한 여자가 계단을 내려왔고, 순간 어맨다는 심장이 터질 뻔했지만 다행히도 그녀는 낯선 사람이었다.

어맨다는 전광판을 한 번 더 힐끔 쳐다보았다. 시간이 기이한 짓을 하고 있었다. 마치 가만히 멈춰 선 것 같았다.

여자가 어맨다 쪽으로 걸어오기 시작했다.

천장에 달린 형광등 하나가 깜박거렸다. 쓰레기통에는 쓰레기가 넘쳐흘러 있었다.

덜커덩거리며 다가오는 열차 소리가 들렸다. 발밑의 콘크리트 바닥에서부터 떨림이 몸을 타고 올라왔다.

빨간 티셔츠를 입은 여자는 이제 어맨다와 가까이 있었다. 그녀는 큰 키에 강해 보였고, 호감 가는 얼굴이었다. 웬일인지 그녀의 존재가 어맨다에게 위로가 되었다.

어맨다의 시선이 그 여자 너머로 향했다.

밸러리가 계단 밑에 서 있었다. 시립병원 밖에서 어맨다를 기다리고 있었을 때처럼, 불빛 아래 검은 머리를 반짝이며.

그녀를 찾아온 사람이 제인이나 커샌드라이기만 했어도 결과는 달라졌을지 모른다. 제인은 어맨다를 따뜻하게 끌어안으며 얘기로 풀자고 타일렀을 것이다. 커샌드라는 허스키한 목소리로 더 단호하게 나왔겠지만, 어쨌든 그녀를 설득하려 애썼을 것이다.

하지만 그들은 밸러리를 보냈다. 어맨다를 끊어낼 작정인 것이다.

밸러리는 어맨다에게 시선을 고정한 채 느긋하게 걸어오며 그들 사이의 거리를 좁히기 시작했다.

어맨다는 플랫폼 끄트머리로 가까이 다가갔다.

"안 돼요!"

어맨다가 고개를 돌려보니, 티셔츠에 반바지 차림인 그 여자가 그녀를 빤히 쳐다보며 손을 뻗고 있었다.

하지만 밸러리와의 간격이 점점 더 좁아지고 있었다.

역으로 들어오는 열차의 굉음이 어맨다의 귓속에 쩌렁쩌렁 울려댔다. 그녀는 가족다운 가족도, 직업도 없고, 이젠 친구도 없었다.

"모든 걸 잃게 될 거예요." 커샌드라는 이렇게 말했었다.

'이미 다 잃었어.' 어맨다는 생각했다.

그녀는 두 팔을 펼치고 허공으로 뛰어내렸다.

그 짧은 순간, 그녀는 자유를 느꼈다.

59

셰이

작년 한 해 동안 미국의 살인 사건 발생율은 떨어졌다. 뉴욕시는 미국 내 위험한 도시 순위에서 30위 안에도 들지 않는다. 그리고 한 연구에 따르면, 미국에서 살인범이 붙잡힐 확률은 60퍼센트라고 한다. 하지만 뉴욕시의 경우엔 85퍼센트나 된다.
——데이터북, 70쪽

아침에 멍한 기분으로 깨어나는 것도 벌써 사흘째다.

모든 것이 심하게 어그러지기 시작한 토요일에 소파에서 깨어났을 때도 그랬다. 션과 조디의 집에 있는 내 옛 방의 소파 베드에서 깨어난 일요일에도. 지금은 이 기묘한 호텔에 있다.

어젯밤은 끝이 나지 않을 것만 같았다. 난방기가 퉁퉁거릴 때마다, 복도의 제빙기가 덜걱거릴 때마다 가슴이 철렁 내려앉았다. 그러다 겨우 두어 시간 잠들었지만, 나를 괴롭히던 악몽의 잔영이 아직까지 사라지지 않는다.

나는 침대 옆 테이블을 더듬어 안경을 찾는다.

선불 휴대전화는 충전기에 꽂혀 있다. 확인해보니, 토니 리치는 여전히 내 전화에 묵묵부답이다.

나는 침대를 빠져나가 욕실에서 짧게 샤워를 한 뒤, 청바지와 션의 후드티를 또 입는다. 그런 다음 상관인 프랜신에게 오늘은 몸이 아파서 일을 못 할 것 같다고 이메일을 보낸다. 계약 조항에 따르면 나는 일주일에 40시간을 일해야 한다. '나중에 시간을 메우면 안 될까요?'라고 쓴다. 서부는 여기보다 세 시간 느리니 그녀는 아직 출근하지 않았을 것이다.

딱딱한 의자를 문손잡이 밑에 끼워놨더니 달리 앉을 곳이 없어, 다시 침대로 올라가 새 노트를 꺼낸다. 깨끗하게 텅 비어 있는 첫 장을 펼쳐, 커샌드라와 제인에 관해 기억나는 모든 것을 적기 시작한다. 어맨다의 추도식에서 만난 순간부터 시작해, 우리가 나눈 대화들을 되살려본다.

내가 이 자매에게 그토록 푹 빠져 있었던 것이 어떤 면에서는 참 다행스럽다. 그들이 내게 남긴 인상이 어찌나 생생한지, 그들에 대한 기억은 거의 3차원으로 만져질 듯 남아 있다.

"얘기할 상대가 필요하면 언제든 연락하세요. 서로 마음을 주고받는 게 우리가 할 수 있는 가장 중요한 일이니까요……." 처음 만났을 때 커샌드라가 했던 말이다.

내 팔뚝의 맨살에 닿았던 그녀의 따뜻한 손. 사람을 홀리는 듯한 호박색 눈동자. 날 보고 빙긋 웃을 때 제인의 볼에 패던 보조개.

내 어깨에 레인코트를 둘러주던 커샌드라를 생각하니 목이 메어온다. 벨라스에서 환하게 미소 지으며 자리에서 일어나 내게 손을 흔들던 제인, 그리고 나중에 하이라인 공원을 산책할 때 밀짚모자를 쓴 내 사진을 찍으며 날 웃음 짓게 만들던 제인이 눈에 선하다. "어맨다가 떠나서 정말 힘들지만, 단 하나 좋은 점이 있다면 당신을 알게 됐다는 거예요." 우리가 함께 보낸 마지막 밤에 커샌드라는 이렇게 말했었다.

눈시울이 뜨거워진다. 그들이 내 마음을 찢어놓았다.

나는 한 발로 쓰레기통을 툭 차버린다.

'난 당신들을 친구로 생각했어.' 이렇게 소리 지르고 싶다. '당신들을 믿었는데, 당신들은 날 배신했어.'

전 직장의 해고 통보, 배리의 모욕적인 말, 함께 살면서 몰래 짝사랑하던 남자가 다른 여자에게 빠지는 모습을 지켜보는 것보다 두 자매의 배신이 더 가슴 아프다.

나는 거친 숨을 들이마시며 힘겹게 마음을 다잡는다. 새 데이터북을 커샌드라와 제인에 관한 기억들로 가득 채웠지만, 거의 다 피상적인 내용이다. 커샌드라는 재스민 차를 마신다든가, 제인은 플로럴향 향수를 좋아한다든가 하는.

내게는 두 자매에 관한 확실한 데이터가 별로 없다. 반면 그들은 나에 관한 중요한 사실을 많이 알고 있다. 내가 살던 집을 두 곳, 아니 내가 봐줬던 집까지 포함하면 세 곳이나 방문했다. 그들은 션과 조디를 만났다. 그리고 나의 지하철 공포증, 퀴즈에서 얻은 프리랜서일, 심지어는 내가 아침 식사로 만들어 먹는 음식까지 알고 있다. 내가 진지한 연애를 원한다는 것도 알고 있고, 휴대전화 속에 내 사진도 갖고 있다.

그들에 대해 내가 아는 건 뭐지? 나는 그들의 아파트나 회사 안에 들어가본 적이 없다. 그들에게 무슨 고민이 있는지 모른다. 그리고 왜 그들이 친구처럼 굴다가 갑자기 돌아서버렸는지 전혀 모르겠다.

그들이 시나몬향 알토이즈나 요가나 모스코뮬을 정말 좋아하는 지조차 모르겠다.

어쩌면 그 모든 게 연기였을지도 모른다.

내 기억들을 전부 다 기록한 뒤, 무어 자매를 검색해서 그들의 회사 웹사이트를 쭉 훑어보고 클라이언트들의 이름을 적어둔다. 인터넷에는 그들에 대한 정보가 놀라울 정도로 빈약하고, 그나마도 대부분은 이미 본 것들이다. 그래도 나는 무슨 정보든 눈에 띄는 대로 메모해둔다.

이제 뭘 해야 할지 모르겠다.

작은 호텔 방에서 나는 침대 옆으로 난 비좁은 길을 마치 우리 안에 갇힌 짐승처럼 서성거린다. 내가 기록한 사실들을 이해해보려 애쓰지만, 여러 조각이 빠져 있는 퍼즐을 맞추는 기분이다. 무어 자매가 이렇게 기이한 행동을 보이는 이유가 분명 있을 텐데, 전혀 감이 오지 않는다.

이른 오후 즈음, 커피를 마시지 못해서 그런지 머리가 지끈거린다. 같은 층의 어느 방에서 남자와 여자가 시끄럽게 다투는 소리를 무시하기가 힘들다. 메시지를 확인해보지만, 프랜신에게선 아무런 소식도 없다. 테드 역시 답이 없어서 그에게 다시 문자를 보낸다.

이제 현금이 600달러도 남지 않았다. 계좌에 돈이 더 있으니까, 당분간은 이 호텔에 더 머물 수 있다.

그다음엔 어쩌지?

프랜신이 내 이메일을 받았는지 확인하기 위해 회사의 직통 번호로 전화를 걸어본다. 음성 사서함으로 넘어가자 메시지를 남길까 고민하다가 삐 소리가 나기 전에 끊어버린다. 그녀의 반응을 제대로 알려면 직접 통화하는 편이 낫다.

고용한 지 얼마 안 된 사람이 병가를 내서 짜증이 났을까? 나는 프리랜서다. 나를 대신할 사람을 찾기는 쉬울 것이다. 불안해서 미칠 것 같다.

딴 데로 정신을 돌리려고 데이터북을 획획 넘겨보지만, 기분이 더 울적해지기만 한다. 윤기 흐르는 머리를 뒤로 획 넘기고, 늘씬한 다리를 안으로 넣으며 택시를 타고, 완벽한 치열을 드러내며 웃는 커샌드라와 제인의 이미지가 페이지마다 떠오르는 것 같다.

이 방에서 나가야겠다.

하지만 그때 만약 프랜신에게 전화가 온다면, 도시의 시끌벅적한 소음이 또렷이 들릴 것이다. 아프다는 사람이 왜 밖에 나와 있는지 의아해하지 않을까.

나는 손으로 이마를 훑는다. 하루 종일 방에 처박혀서 그녀의 전화를 기다릴 수도 있다.

하지만 프랜신의 동료에게 메시지를 전할 수 있지 않을까 싶어 쿼츠의 대표 전화번호를 찾아본다. 그런 다음 전화를 걸어서 안내 직원에게 인사과로 연결해달라고 부탁한다.

"잠시만 기다리세요." 그녀가 이렇게 말하고 나서, 잠시 후 한 남자가 답한다. "앨런 피터스입니다."

"안녕하세요, 피터스 씨." 어젯밤 체크인을 한 후로 한마디도 하지 않아서 내 목소리가 조금 거칠게 들린다. "바쁘실 텐데 죄송합니다. 저는 뉴욕시의 프리랜서 셰이 밀러라고 해요."

"누구요?"

"셰이 밀러요. 최근에 고용됐는데…… 프랜신 더마코가 제 상관이에요."

"누구요? 잘못 거신 것 같은데요. 여기 그런 분은 없습니다."

나는 휴대전화를 침대에 떨어뜨리고는 위험한 물건인 양 거기서 살짝 물러난다.

나는 쿼츠에 고용된 적이 없다.

프랜신에게 받았던 첫 메시지를 떠올려 본다. 그녀의 이메일 주소에 쿼츠가 들어가 있었고, 전화번호 국번도 서부 지역에 해당하는 310번이었다. 면접을 앞두고 나는 쿼츠라는 기업을 검색해보았다. 하지만 링크드인을 통해 내게 연락해온 여자나 프랜신 더마코에 대해서는 그러지 않았다.

몸이 오들오들 떨리기 시작한다. 이 일의 배후에 틀림없이 무어 자매가 있을 것이다.

'모든 게 그들의 수작이었어.'

그리고 지금 그들은 나에 대해 훨씬 더 많은 걸 알고 있다. 나는 여섯 장 정도 되는 서류를 작성해서 '프랜신'에게 보냈다. 내 사회보장번호, 생일, 중간 이름, 비상 연락처로 적어놓은 엄마의 휴대전화번호가 그들의 손안에 있다. 이다음엔 그들이 내게 무슨 짓을 할까?

방이 빙빙 돌기 시작한다. 나는 호흡이 가빠진다.

침대로 풀썩 쓰러져 숨을 고르려 애쓴다. 나도 모르는 사이 무어 자매는 내 인생에 얼마나 침투해 들어온 걸까?

사방에서 벽이 나를 향해 좁혀 드는 느낌이다.

나는 벌떡 일어나 패딩 조끼를 입고, 지갑과 선불 휴대전화와 에너지바 하나를 주머니에 찔러 넣는다. 새 데이터북을 집어 들고, 나가기 전 문에 귀를 바짝 대어본다. 숨을 참고 귀를 쫑긋 세운다. 다른 방의 남자와 여자는 여전히 싸우고 있지만, 아까보다는 목소리가 잦아들었다. 나는 문을 확 당겨서 연다.

복도는 텅 비어 있다.

나는 천천히 숨을 내쉰다. 돌아올 때 이 우중충하고 오싹한 복도를 또 걸어와야 한다니. 그때 한 영화에서 본 수법이 떠오른다. 급하게 욕실로 돌아가 휴지 한 장을 작은 조각으로 뜯어낸다.

그러고는 문을 닫으면서, 휴지 조각을 문설주와 경첩 사이로, 정확히 내 눈높이에 맞춰 끼워 넣는다. 문 바깥쪽 손잡이에는 '방해하지 마시오' 팻말을 걸어둔다. 휴지는 거의 다 가려지고, 틈새로 아주 살짝 흰색이 보일 뿐이다. 일부러 찾지 않는 이상은 눈에 띄지 않을 것이다.

내가 돌아올 때 휴지가 제자리에 그대로 있다면, 아무도 내 방에 침입하지 않았다는 증거다. 하지만 누군가가 문을 열면 휴지 조각이 바닥으로 떨어질 것이다. 떨어지는 휴지를 그 사람이 본다 해도, 내가 정확히 어디에 끼워놨는지는 알 수 없다.

나 자신을 지키기 위해 할 수 있는 일은 이것밖에 생각나지 않는다.

나는 계단을 타고 로비로 내려가면서, 방향을 틀 때마다 고개를 홱 숙이고 모든 모퉁이를 둘러본다.

로비에 도착하니, 다른 직원이 근무 중이다. 나는 그에게 80달러를 건넨다. "하룻밤 더 묵을게요. 508호실이에요."

"성이 어떻게 되시죠?"

나는 순간 멈칫하다 답한다. "스미스요. 고마워요."

그런 다음 상쾌한 바람이 부는 바깥으로 나간다.

60

밸러리

셰이가 사라졌다.

조디가 미심쩍은 어맨다 사진을 경찰에 제보했지만, 셰이는 체포되지 않았다. 국선변호사인 베스가 검찰과 경찰의 데이터베이스에 접속해 그 사실을 확인했다.

조디는 제인에게 셰이가 집에 없다고 말했다. 어젯밤 셰이가 션에게 문자를 보내서 알리기를, 다른 친구네 집에서 잘 거라고, 곧 짐을 챙기러 가겠다고 했다고 한다.

스테이시는 셰이가 브루클린에 있는 멜라니의 집이나 뉴저지에 있는 어머니의 집에 없다는 사실을 확인했다. 커샌드라와 제인은 예전엔 어맨다의 집이었지만 지금은 셰이가 세 들어 사는 아파트에 들렀다. 셰이가 그 집을 임대하기 전 만들어둔 예비용 열쇠로 문을 따고 들어갔지만, 그곳에도 셰이는 없었다.

마치 이 도시가 셰이를 삼켜버리기라도 한 것 같다.

설리번 거리에 있는 무어 퍼블릭 릴레이션스 사무실에 새벽녘에 도착한 밸러리는 관자놀이를 문지른다. 머리가 지끈거리고, 사무실의 환한 불빛에 눈이 따갑다. 그녀는 지난 며칠 동안 두세 시간밖에 자지 못했다.

'경찰도 셰이를 찾지 못하면 상황은 셰이한테 더 불리해질 거야.' 밸러리는 생각한다.

책상에 있는 전화가 울리자 밸러리는 흠칫 놀란다. 유명 연예인에 관한 재미있는 얘깃거리를 원하는 잡지 칼럼니스트일 뿐이다.

"커샌드라나 제인한테 전화하라고 할게요." 밸러리는 밝고 침착한 목소리를 유지하며 말한다.

자매는 그들을 필요로 하는 클라이언트들과 사무실 운영을 위한 각종 업무가 있지만, 불필요한 약속은 취소하면서 일정을 비워두고 있다. 몇몇 중요한 일정은 그대로 진행할 것이다. 오늘 저녁엔 아티스트 윌로 다나카가 사무실에 들러 큰 돈벌이가 될 브랜딩 파트너십 계약에 서명하기로 했다.

무어 자매는 최대한 빨리 윌로를 내보낼 계획이다. 그런 다음 커샌드라와 제인과 밸러리는 어느 저녁 미팅에 가는 척하고, 셰이의 아파트에 다시 한번 찾아갈 것이다.

그 집에 몰래 두고 올 또 다른 물건이 있다. 경찰이 수색 영장을 얻어 살인 용의자의 집을 샅샅이 뒤진다면 찾아낼 수 있을 만한 곳에 그것을 숨겨둬야 한다.

경찰이 수색 영장을 받아내는 건 시간문제라고, 밸러리는 속으로 중얼거린다.

완벽한 장소를 찾기는 쉬울 것이다. 그들이 너무도 잘 아는 아파트니까. 그리고 이 마지막 증거는 깃털처럼 가볍고 인덱스 카드보다도 작다.

개인 휴대전화가 또 울리자 밸러리는 그냥 음성 사서함으로 넘길까 생각한다. 셰이가 사라졌다고 이렇게 심란해질 줄은 몰랐다. 하지만 벨 소리가 세 번째 울린 후, 그녀는 전화를 받아 따뜻하게 안부 인사를 건넨다. "토니! 잘 지냈어요?"

토니가 영주권을 얻고 밸러리가 그의 아파트에서 나온 후 15년간 그들은 가끔 연락을 주고받았지만, 그녀가 맨해튼에 온 뒤로는 연락이 끊겼다.

그는 곧장 본론으로 들어간다. "지역번호 917로 이상한 메시지가 왔어요. 어떤 여자가 당신에 대해 묻던데요."

밸러리는 목소리를 낮춘다. "그 여자가 이름을 남겼어요?"

"아니요." 토니는 불안함에 높아진 목소리로 답한다.

"걱정할 거 없어요. 영주권 심사는 이미 오래전에 끝났으니까요." 이렇게 겁 많은 사람이 살벌한 이민 인터뷰를 통과했다는 게 신기할 따름이다. "그 여자 번호 좀 알려줄래요?"

그녀는 토니가 불러주는 낯선 번호를 적어둔다.

"다음에 또 그 여자한테 전화 오거든 그냥 받지 말아요." 밸러리는 전화를 끊고 눈을 가늘게 뜨며 일어난다.

셰이가 분명하다.

그녀는 훨씬 더 가까운 곳에서 맴돌고 있다. 토니가 아무것도 모르고 그녀의 전화를 받았다면, 밸러리가 성인이 된 후 지금까지 잘 감춰왔던 정보를 까발리고 말았을 것이다.

밸러리는 커피를 한 모금 마신 다음, 책상에 씌워진 유리가 부서질 만큼 거칠게 머그잔을 쾅 내려놓는다.

왜 경찰은 아직 셰이를 체포하지 않았을까? 셰이는 어디로 갔을까?

경찰이 움직일 때까지 기다리고 있어선 안 되겠어, 하고 밸러리는 생각한다. 어쩌면 셰이는 영원히 사라지는 게 좋을지도 모른다.

61

세이

미국에서 하루 평균 1800명이 실종되는 것으로 추산되지만, 대다수의 실종 신고가 취소된다. 현재 미국에서 조사가 진행 중인 실종 사건은 대략 9만 건에 이른다.

—데이터북, 72쪽

나는 고개를 숙인 채 바람을 뚫고 타임스스퀘어를 걸으면서, 쿠키 몬스터 코스튬을 입고서 한 남자아이와 사진을 찍고 있는 사람, 자유의여신상과 엘리스섬 당일치기 여행을 권하는 관광버스 기사, 그리고 절대 꺼지는 법이 없는 번쩍이는 네온 불빛들을 지나친다.

본능적으로 발걸음이 설리번 거리에 있는 무어 자매의 사무실로 향한다. 자매에 관한 확실한 뭔가를 내 눈으로 직접 봐야겠다. 하다 못해 로비에 걸린 회사 간판에 적힌 이름만이라도.

내가 얻은 일자리가 거짓이었으니, 그들의 직장도 그럴지 모른다.

무어 자매의 사무실까지 걸어가는 동안 나는 불안한 기분을 불살라버리고 맑은 정신을 유지하려고 애쓴다. 800미터 정도 걸으니 얼굴과 손이 무감각해지기 시작하지만, 적어도 뭔가를 하고 있으니 괜찮다.

홍보회사 웹사이트에 나와 있는 주소에 도착한 나는 6층짜리 건물을 올려다본다. 정면은 소박하지만 우아하고, 바깥에 걸린 작은 깃발에 '무어 퍼블릭 릴레이션스'라고 적혀 있다. 그렇다면 그들의 이야기 중 적어도 한 가지는 사실인 모양이다.

주변은 맨해튼의 평범한 월요일처럼 흘러가고 있다. 인도를 바삐 걸어가며 휴대전화로 통화하는 사람들, 테이크아웃 커피나 포장 음식 봉투를 들고 가는 많은 사람들. 일주일 전만 해도 나 역시 이 도시의 160만 명과 똑같이 그렇게 살고 있었다는 사실이 믿기지 않는다.

커샌드라나 제인이 건물에서 나올 때까지 기다렸다가 그들을 미행하면 더 많은 걸 알아낼 수 있을 것이다.

두 자매가 세련된 옷차림으로 사무실을 돌아다니고, 그들의 관심을 갈망하는 사람들로 인해 휴대전화가 끊임없이 울려대는 풍경이 그려진다.

나는 기다리며 지켜본다. 그들도 이렇게 나를 지켜보고 있었겠지.

오래지 않아 온몸이 덜덜 떨리기 시작한다. 인도에서 올라온 한기가 내 몸으로 스며든다. 따뜻한 커피 한 잔이 절실하지만, 단 몇 분이라도 자리를 뜨기 싫다. 그래서 나는 피가 잘 돌도록 몸을 좌우로 흔든다.

4시 30분이 거의 다 됐을 때, 건물로 다가가는 한 여자가 보인다. 그녀는 빨간 가죽 바지에 검은색 울 케이프를 입고, 굽 높은 플랫폼

부츠를 신고 있다. 턱선에서 자른 백금발이 찰랑거리고, 이마에는 빗자루 같은 앞머리가 내려와 있다.

하지만 그녀의 인상적인 외모가 내 눈길을 끈 게 아니다. 무어 퍼블릭 릴레이션스 웹사이트에 올라온 사진을 본 덕에 그녀를 곧장 알아본 것이다. 월로 다나카.

나는 월로가 회전문을 지나 건물 안으로 사라지는 모습을 계속 지켜본다. 그녀가 다시 나오면 어떻게든 말을 걸어서, 무어 자매에 관해 뭐라도 알아낼 수 있을지 모른다.

헛된 시도가 될 수도 있지만, 나는 지금 절박하다.

도시의 고층 건물들 뒤로 해가 기울면서 거리에 거대한 그림자가 드리워지기 시작한다. 나는 두 손을 주머니에 더 깊숙이 찔러 넣고, 감각 없는 두 발을 콘크리트 바닥에 동동 구른다.

20분 정도 지나자, 그 독특한 머리와 빨간 가죽이 보인다.

월로가 건물에서 나오고 있다.

나는 기대어 있던 기둥에서 몸을 떼고 그녀 쪽으로 한 발 내디딘다. 그때 월로에 뒤이어 회전문을 빠져나오는 여자가 보인다.

나는 움찔 물러난다.

밸러리 리치다.

그녀는 몸에 딱 붙는 랩 스웨터에 회색 슬랙스를 입고, 머리는 위로 틀어 올렸다. 내가 앤으로 알고 있던 따뜻하고 수다스럽고 약간은 짓궂은 여자 위에 새로운 가면을 쓴 것처럼, 단정하고 유능한 인상을 풍긴다. 밸러리는 월로와 함께 인도에 서 있다가 손을 힘차게 치켜들어 택시를 부르고, 월로가 그 차에 올라탄다.

밸러리는 휙 돌아서서 건물 안으로 다시 들어간다.

커샌드라와 제인은 내 지하철 공포증을 극복하게 도와줄 거라면서 밸러리를 친구라고 설명했고, 집 봐주는 일을 소개해줄 적에도 그 아파트의 세입자가 그들의 친구라고 했다. 나는 그녀를 처음 만났을 때 전업주부 같다는 인상을 받았다.

지금은 혹시 밸러리가 무어 자매 밑에서 일하는 건 아닐까 하는 생각이 든다. 웹사이트에는 그녀의 이름이 전혀 언급되어 있지 않지만.

설마 그녀는 나를 지하철에 데려가고, 가짜 이름을 사용하고, 내가 그녀의 집 손님방에서 지낼 수 있도록 잠깐 집을 비워주는 대가로 무어 자매에게 돈을 받았을까? 말도 안 되는 소리 같다. 하지만 아예 허황한 억측은 아니다. 무어 자매는 내게 훨씬 더 잔인무도한 짓도 했으니까.

이런 생각을 하고 있을 때 세 여자, 커샌드라와 제인과 밸러리가 건물에서 나온다. 나는 다시 기둥 뒤로 숨는다.

우리 사이에 혼잡한 거리가 있으니 그들에게 내가 보일 리는 없다. 그들이 연석에 다가가자 배달용 트럭 한 대가 지나가면서 내 시야를 잠깐 가린다. 다시 그들이 보일 땐, 택시 한 대가 그들 앞에 서 있다.

도로로 되돌아가 수십 대의 다른 차들과 뒤섞이기 시작한 그 노란 택시에 눈을 고정한 채 나는 달리기 시작한다. 택시가 정지 신호를 받아 멈춰 서자, 거리를 훑어보며 손을 들어 올린다. 하지만 빈 택시는 한 대도 없다. 세 블록을 더 달리고 난 후에야 겨우 한 대를 잡아탄다.

"저 택시 좀 따라가 주세요." 나는 손가락으로 그 택시를 가리키며 말한다. "지붕에 샤넬 향수 광고가 붙어 있는 택시요."

내가 탄 택시는 도로를 획획 누비며, 워싱턴스퀘어 공원을 지난 다음 북쪽으로 향하면서 유니언스퀘어 공원을 지나간다. 나는 우리가 뒤쫓고 있는 택시 지붕에 붙어 있는 향수병만 뚫어져라 쳐다본다. 파크애비뉴사우스에서 정지 신호에 묶이는 바람에 잠시 그들을 놓치지만, 곧 다음 신호에 멈춰 선 그 택시가 눈에 들어온다.

마침내 내가 탄 택시가 그들 바로 뒤까지 바짝 따라붙는다. 뒷좌석에 앉아 있는 세 사람의 윤기 흐르는 머리가 보인다. 순간 누가 누구인지 구분이 안 되지만, 가만히 보니 가운데에 있는 사람은 밸러리고, 그 오른쪽에는 커샌드라, 왼쪽에는 제인이 앉아 있다.

내가 선과 조디와 함께 지냈던 아파트에 가까워지면서, 33번가 지하철역과 옛 동네의 스타벅스를 지나간다.

몇 블록을 지난 후 우리는 동쪽으로 꺾어 들어간다. 내 몸이 점점 더 굳어간다. 내가 잘 아는 경로다. 이 길은 여러 번 지나다녔다.

미친 소리 같지만, 나는 그들이 어디로 가고 있는지 정확히 알고 있다.

택시가 멈춰 서자, 커샌드라와 밸러리, 그리고 제인이 차례로 내린다.

그들은 바로 앞에 있는 건물 정문으로 걸어가 열쇠로 문을 따고 들어간다. 나는 그들이 갑자기 고개를 돌리기라도 할까 봐 몸을 낮게 웅크린다.

"손님?" 운전기사의 큰 목소리에 나는 움찔 놀란다. "여기서 내려드릴까요?"

무어 자매는 나의 새 아파트가 있는 건물, 그러니까 어맨다가 살았던 곳에 있다. 그들은 정문 열쇠를 가지고 있다. 내 아파트 열쇠도 가지고 있을까?

제인과 밸러리는 건물 안으로 사라지지만, 커샌드라는 보초처럼 입구 옆에 남아 있다.

"이 블록 끝에 세워주실래요?" 나는 지갑 안을 더듬어 귀한 20달러짜리 지폐를 한 장 꺼낸다.

그런 다음 운전기사에게 돈을 건네고 택시에서 슬그머니 내린다. 인도에 사람들이 꽤 있어서 눈에 띄진 않겠지만, 그래도 모퉁이에 있는 약국에 바짝 붙어 움직인다. 날이 어두워져 그늘로 숨어들 수 있는 게 다행이다.

내 아파트에서 뭘 하려는 걸까? 날 잡으러 온 건가?

5분도 지나지 않아, 셋 모두 다시 연석으로 다가가 택시를 잡는 모습이 보인다. 나는 몸을 휙 수그린 채 약국으로 들어가 그들이 어디로 가는지 보려고 통유리창 밖을 내다본다. 하지만 어느 택시에 탔는지 알 수가 없다.

나는 몇 분 더 기다리다가 인도로 나와, 그들이 아파트 건물 앞에 있는 모습을 선불 휴대전화로 찍어놓을걸, 하고 후회한다. 증거로 써먹을 수 있었을 텐데.

몇 분 전만 해도 커샌드라가 서 있었던 정문까지 몇 발 정도 남았을 때, 나는 멈칫한다. 안으로 들어가기가 두렵다.

그때, 어렴풋이 기억나는 한 젊은 부부가 건물 쪽으로 다가오는 것이 보인다. 남자는 가슴에 아기띠를 두르고 있다. 한 층 위에 살고 있는 가족이 분명하다. 평소와 다름없는 그들의 모습을 보니 안도감이 들어 앞으로 나아갈 용기가 생긴다. 나는 그들을 따라 건물 안으로 들어간다.

내가 사는 층에 도착하니, 천장에 달린 강렬한 전구 불빛이 복도를 환하게 밝히고, 복도 건너편에 있는 메리의 집에선 웃음소리가 새어 나온다.

아파트 문은 닫혀 있다. 겉으로 봐서는 별다를 것이 전혀 없어 보인다. 피 묻은 메스를 비롯한 이상한 물건들은 경찰이 분명 가져갔을 것이다.

그래도 복도에 울려 퍼지는 메리의 유쾌한 웃음소리를 듣지 못했다면 안으로 들어가기가 훨씬 꺼려졌을 것이다. 열쇠로 문을 열고 집 안으로 살며시 들어가자마자 전등 스위치부터 탁 켠다.

아파트를 재빨리 훑어본 다음, 문을 닫고 체인을 건다. 여기 오래 머물고 싶지 않다. 하지만 무어 자매는 나와 함께 시간을 보낼 때마다 무언가를 남기거나 아니면 무언가를 가져갔다. 커샌드라의 명함. 커샌드라의 레인코트. 그들이 되찾아 간 목걸이. 잡지에서 찢은 페이지. 하이라인 공원에서 찍은 사진들. 내가 여기서 그들을 맞은 첫날 밤 제인이 깜박 잊고 두고 간 책들. 예쁜 핸드백과 그 밖의 선물들.

그리고 물론, 남자의 손목시계와 지갑, 진한 베이지색 선드레스도 그들이 내 아파트에 몰래 남겨놓고 갔을 것이다.

그들이 또 뭔가를 가져갔거나 남겼다면 그게 뭔지 알아내야 한다.

먼저 부엌부터 시작해서 서랍, 찬장, 수납장을 샅샅이 뒤진다. 냉동실과 오븐 안의 선반까지 확인한다. 다행히 천성적으로 깔끔한 성격 덕분에 몇 주 전 이사 온 후로 내 집은 어질러진 적이 한 번도 없다. 나는 아파트 앞쪽에서 뒤쪽으로 나아가며 작업을 진행한다. 한 시간도 되지 않아, 방에서 침대 밑을 들여다보고 이불을 털고 있다.

여분의 헤드폰과 머리끈, 그리고 영화를 볼 때 쓰는 오래된 아이패드를 넣어둔 침대 옆 테이블 서랍을 열어본다. 그 물건들은 그대로 들어 있다.

하지만 아이패드 밑에 처음 보는 무언가가 감춰져 있다. 작은 종이 조각 하나. 집어 보니, 트위스트라는 생소한 술집의 영수증이다.

영수증의 맨 위에 술집 전화번호와 주소가 찍혀 있다. 그 옆에는 레몬 조각을 비틀어놓은 모양의 로고가 그려져 있고, 밑에는 위스키 소다 두 잔을 계산한 내역이 적혀 있다.

밸러리나 제인이 테이블 서랍을 스르륵 열고 내 아이패드를 들어 올리는 모습을 상상하니 몸서리가 쳐진다.

지금은 그들이 왜 이걸 숨겨놨는지 고민할 여유가 없다. 나는 영수증을 조심스럽게 접어 지갑에 끼워 넣는다. 그러고는 최대한 빨리 움직여 방을 마저 뒤지지만, 다른 이상은 없는 것 같다.

나는 깨끗한 스웨트셔츠와 청바지, 양말을 챙겨 더플백에 마구 집어넣는다. 문까지 절반 정도 갔을 때, 밖이 얼마나 추운지 기억나서 얼른 옷장으로 돌아가 얇은 패딩 조끼를 벗고 검은색 패딩 재킷을 빼낸다.

작은 문구멍으로 밖을 내다본다. 복도는 텅 비어 있는 것 같다. 나는 체인을 풀고 밖으로 뛰쳐나간다. 내 뒤에서 문이 쾅 닫히는 소리가 들리고, 나는 한 번에 두 계단씩 내려가 정문을 벌컥 열고 거리로 나간다. 계속 달리다가 다음 블록으로 넘어가자 속도를 늦추어 걷기 시작한다.

거의 1분마다 한 번씩 뒤를 돌아본다. 거리를 건너 반대편으로 되돌아가기를 여섯 번이나 한다. 작은 잡화점에 들어가 행인들을 지켜보며 아는 얼굴이 있나 살핀다. 하지만 나를 미행하는 듯한 사람은 한 명도 안 보인다.

나는 마치 핀볼 기계 속에 있는 것 같은 기분으로 타임스스퀘어를 누비며, 뮤지컬 〈해밀턴〉의 암표를 파는 여자, 가짜 레이밴을 내게 쑥 내밀며 "10달러"라고 중얼거리는 남자, 관광객들의 손에 전단지를 밀어 넣는 남자를 획 피한다.

마침내 호텔에 도착한다. 문을 열기 전에 흰 휴지 조각을 찾아본다.

사라지고 없다.

62

셰이

미국의 폭력 범죄, 특히 살인의 경우, 가까운 지인이 가해자일 확률이 매우 높다. 사법통계국의 한 획기적인 연구에 따르면, 15년간 발생한 살인 사건의 73~79퍼센트가 피해자의 지인에 의한 범행이었다고 한다.

—데이터북, 73쪽

나는 호텔에서 1킬로미터 넘게 떨어진 한 작은 식당의 부스에 웅크려 앉아 있다. 여기까지 달려오는 동안 심장이 터질 것 같았고, 더플백은 내 엉덩이를 계속 때려댔다.

어쩌면 호텔 메이드가 '방해하지 마시오' 팻말을 무시하고 방에 들어갔을지도 모른다. 하지만 커샌드라와 제인, 밸러리가 방에서 나를 기다리고 있으리라는 두려움을 지울 수가 없다.

"커피 리필해드릴까요?" 일렉트릭 블루 아이섀도를 바른 웨이트리스의 질문에 나는 화들짝 놀란다.

그녀는 내 대답을 듣기도 전에 머그잔에 커피를 따라준다.

이미 커피는 두 잔이나 마셨고, 오래 죽치고 있으려니 눈치가 보여서 그릴드 치즈 샌드위치 반쪽도 억지로 먹었다.

나는 식당 문을 마주 보며, 벽을 등진 채 옆으로 앉아 있다. 근처에 있는 손님들이라고는 내 뒤의 부스자리에 있는 노부부뿐이지만.

이제 뭘 해야 할지, 어디로 가야 할지 전혀 모르겠다. 이 도시의 어느 곳도 안전하게 느껴지지 않는다.

더 이상 참지 못하고 몸을 떨며 흐느껴 울기 시작한다. 올가미가 서서히 내 목을 조르고 있는 기분이다.

나는 안경을 벗고 소매로 눈물을 닦은 다음, 안경을 다시 낀다. 이렇게 감정에 취해 있을 여유 따위는 없다.

더플백에서 데이터북을, 지갑에서 영수증을 꺼낸다. 그리고 새로운 데이터를 기록하기 시작한다. '트위스트 바, 위스키소다 두 잔, 8월 15일……'

내 주변의 목소리들이 점점 희미해지기 시작한다. 물속으로 던져진 듯한 느낌이다.

경찰서의 그 삭막한 방에서 윌리엄스 형사가 내게 "8월 15일 목요일 밤에 어디 있었어요, 셰이?"라고 물었다.

나는 떨리는 손으로 선불 휴대전화를 집어 든다.

'8월 15일.' 검색창에 이렇게 입력한다.

셀 수도 없이 많은 검색 결과가 나온다.

'뉴욕'을 더해 범위를 좁혀본다.

그래도 수백만 건이나 된다.

그날 뭔가 중요한 일이 벌어졌다. 그러니 삭막한 취조실에서 윌리엄스 형사가 내게 그런 질문을 했을 것이다.

눈을 감으니 피 묻은 메스가 떠오른다. 처음 봤을 땐 어맨다가 직장에서 가져온 것이리라 생각했다. 나는 머릿속으로 온갖 가설을 세웠고, 추측은 점점 더 무서운 방향으로 흘러갔다. 어쩌면 어맨다는 그전에 그 칼로 자살 시도를 하려다가 마음을 바꿨을지도 모른다. 아니면 그 칼은 시립병원에서 일어난 어떤 부정행위의 증거일 수도 있다. 의사가 그 메스로 엉뚱한 환자를 수술했다든가.

하지만 다른 가능성도 수없이 많다.

나는 검색 결과를 걸러내기 위해 검색어에 '트위스트 바'도 추가한다.

휴대전화 화면에 한 헤드라인이 확 뜬다. '센트럴파크에서 사체로 발견된 사업가.'

내 두 눈은 미친 듯이 화면을 훑어 내린다. 몇 달 전인 8월 15일 목요일, 제임스 앤더스가 센트럴파크에서 살해된 채 발견되었다.

"시신은 잔혹하게 훼손되어 있었습니다." 한 경찰 관계자가 한 말이 신문에 실려 있었다.

'시신은 잔혹하게 훼손.' 이 끔찍한 말이 화면 밖으로 튀어나올 것만 같다.

나는 노트에 사실들을 기록하기 시작한다. 손이 심하게 떨려서 글자를 거의 알아볼 수가 없다. 그는 서른일곱 살이었다. 자녀를 한 명 둔 이혼남. 뉴욕주 북부의 모슬리라는 작은 마을 출신. 용의자 없음.

링크 몇 개를 더 클릭해서, 제임스 앤더스에 관해 나와 있는 모든 내용을 적어둔다. 한 지역 신문에 실린 부고에 따르면, 그는 시러큐스 대학에 입학했고 대학 시절에 만난 연인과 결혼했다. 이혼한 후에는 평생 살아온 모슬리와 맨해튼을 오가며, 스포츠 장비 맞춤 제작 사업을 시작하려 애썼다.

이 기사에는 사진도 실려 있다. 정장에 넥타이를 매고 있는 남자의 사진은 화질이 좋지 않아 나는 실눈으로 들여다본다.

"저기, 몇 분 있으면 문 닫아야 되거든요." 웨이트리스가 테이블에 계산서를 내려놓으며 말한다. 계산서에는 그녀의 이름인 '셜리'가 서명되어 있고, 그 옆에 미소 짓는 얼굴이 그려져 있다.

나는 등을 기대며 잠깐 눈을 감는다. 지난 이틀 동안 일어난 사건들을 생각하면 웬만한 충격에 무뎌질 법도 한데, 또 새로운 사실을 알고 나니 명치를 한 방 얻어맞은 기분이다.

식당 문이 덜거덕거리는 소리에 나는 눈을 번쩍 든다. 그냥 식당을 나가는 손님일 뿐이다.

하지만 내가 그만큼 나약해져 있다는 증거다. '계속 움직여.' 뇌가 내게 말한다.

몇 시간만 지나면 도시는 잠들기 시작할 것이다. 늦게 닫는 술집과 일찍 여는 식당을 찾아 헤매 다니고 싶지는 않다. 이제 호텔은 안전하게 느껴지지 않는다.

다른 은신처가 필요하다. 남의 방해를 받지 않고 생각할 수 있는 곳. 누구도 예상하지 못할 의외의 장소.

나는 휴대전화로 시간을 확인한다. 저녁 9시가 다 됐고, 배터리는 68퍼센트 남았다. 수중에 있는 돈은 몇백 달러로 줄어들었다.

그리고 또 한 가지 내가 알고 있는 사실. 나는 살인 누명을 쓰고 있다.

나는 선로를 따라 덜커덩거리며 달리는 지하철을 타고, 오늘 밤 두 번째로 퀸스의 파로커웨이로 향한다. 노선의 종점에 도착하면, 플랫폼을 건너 50킬로미터를 달려서 맨해튼 북단의 207번가로 되돌아갈 것이다.

그런 다음 몇 번이고 그 행로를 되풀이할 것이다. 날이 밝아올 때까지.

뉴욕의 지하철은 잠들지 않는다.

개찰구로 향하는 계단을 내려가기 직전에 전화 한 통을 했다. 윌리엄스 형사의 명함에 적힌 번호로 전화를 걸었다. 그녀는 받지 않았다. 내가 선불 휴대전화를 써서 번호를 알아보지 못했거나, 아니면 수사 때문에 바쁜 건지도 모른다.

나는 메시지를 남기며 정신없이 말을 쏟아냈다. "어맨다의 친구들이 나를 제임스 앤더스의 살인범으로 몰고 있지만, 난 범인이 아니에요! 그 사람들이 내 아파트에 증거를 몰래 숨겨둔 거예요. 제발 믿어주세요. 난 결백해요!"

그녀에게는 미친 소리처럼 들릴지도 모른다. 내가 상황을 더 악화시킨 건 아닌지 모르겠다.

지금 나는 차창 밖을 내다보고 있다. 터널 벽에 그려진 낙서가 보이다가, 열차가 지상으로 올라가자 교외의 풍경이 펼쳐진다. 나무와 단독주택, 반짝이는 현관 등이 휙휙 지나간다. 난간에 기대어져 있는 어린이용 자전거 한 대. 개집 하나.

나는 열차의 중간 부분에 앉아 있다. 승무원과 최대한 가까운 자리를 골랐지만, 그는 내게 전혀 신경을 안 쓰고 있다. 나는 이 칸의 비상 버튼이 어디에 있는지 정확히 알고 있다. 더플백 안에는 갈아입을 옷들, 지갑, 선불 휴대전화, 에너지바, 그리고 데이터북과 펜이 들어 있다. 나는 두 팔로 몸을 감싸 안은 채, 열차를 타고 내리는 사람들을 계속 주시한다. 모든 얼굴을 하나하나 살핀다.

내 주위에서 나타나고 사라지는 사람들은 마치 도시의 축소판 같다. 밤늦게까지 일하는 비싼 정장 차림의 월스트리트 사람들과 파란 앞치마를 두르고 똑같이 피곤한 표정을 한 청소부들이 뒤섞이고, 기타 케이스를 들고 있는 여자의 맞은편에는 제츠 풋볼팀 재킷을 입은 남자가 앉아 있다. 또 다른 한편에서는 파티를 즐기다 온 사람들이 시끌벅적 떠들어대고 있다. 스팽글이 잔뜩 달린 상의와 치마를 입은 여자들이 웃으며 셀카를 찍고, 한 무리의 남자들은 차가 갑자기 앞으로 쏠리자 넘어진 술 취한 친구에게 야유를 퍼붓는다.

하지만 밤이 깊어갈수록 사람들은 점점 줄어든다.

지금은 찻간에 나 혼자뿐이다. 나는 승무원을 다시 한번 쳐다본 다음, 더플백을 더 꽉 쥔다.

새벽 두세 시쯤 됐으려나. 배터리가 26퍼센트 남았을 때 휴대전화를 꺼버렸다. 수신 상태가 별로 좋지 못한 지하철 안에서 제임스 앤더스에 관해 이것저것 검색하다 보니 배터리가 많이 닳았는데, 충전기는 내 아이폰과 함께 호텔 방에 있다.

다음 역에서 더럽고 해진 옷들을 겹겹이 껴입은 젊은 남자가 나와 같은 칸에 올라탄다. 그가 내 쪽으로 걸어오기 시작하자 나는 두 눈을 휘둥그렇게 뜬 채 바짝 긴장한다. 그는 이가 몇 개 빠져 있는 치열을 드러내며 빙긋 웃더니, 해칠 생각이 없다는 걸 보여주려는 듯 두 손을 살짝 들어 올린다. 그런 다음 몸을 돌려 반대편 끝자리에 앉는다.

본능적으로 그런 반응을 보인 것이 미안해진다. 나 때문에 상처를 받지 말아야 할 텐데. 큰 키에 우람한 체격인 그가 가까이 있으니 왠지 마음이 놓인다. 열차는 최면을 일으킬 듯한 굉음을 요란하게 울리며 우리를 태우고 달린다.

상황이 내게 불리하다는 건 나도 알고 있다. 내게는 8월 15일 밤 알리바이가 없다. 밖에서 오랫동안 달린 사실은 내 휴대전화 일정표에 기록되어 있어 윌리엄스 형사에게 보여주었다. 하지만 정확한 경로나, 헤드폰으로 들었던 음악이나, 하다못해 집에 도착한 시간조차 기억나지 않는다.

나는 제임스 앤더스를 죽이지 않았다. 그럼 누가 죽였을까?

그를 알았던 누군가. 오늘 저녁에 발견한 한 통계에 따르면, 살인 사건의 73~79퍼센트는 피해자의 지인이 범인이었다고 한다.

한 기사에는 제임스 앤더스가 지갑과 손목시계를 도난당했지만 트위스트를 떠나기 직전 술값을 냈다고 적혀 있었다.

그렇다면 제임스를 죽인 범인이 그 물건들을 가져간 게 틀림없다.

내 아파트 바닥에 놓여 있던 갈색 가죽 지갑과 금 손목시계, 그리고 밑단에 마른 피 얼룩이 묻은 진한 베이지색 선드레스가 아직도 눈에 선하다.

그날 저녁 무어 자매는 내 아파트에 있었고, 게다가 그들 혹은 밸러리는 그 집의 열쇠까지 가지고 있다. 그들이 그 물건들을 증거로 심어둔 게 확실하다. 내가 수집한 모든 데이터를 종합해보면, 제임스를 죽인 범인은 틀림없이 그들이다.

하지만 왜?

그들의 인생과 그의 인생이 어떻게 교차하는지 알아내야 한다.

나는 휴대전화를 다시 켜고, 얼마 남지 않은 배터리를 사용해 커샌드라와 제인 무어, 밸러리 리치, 제임스 앤더스의 이름을 다 함께 검색해본다. 하지만 아무것도 나오지 않는다.

논리적으로 생각해보면, 그들의 인연은 뉴욕에서 시작되었을 가능성이 크다.

제임스는 작년에 이곳에 살다시피 하며 주말마다 모슬리의 고향

집으로 갔다.

그들은 제임스를 뉴욕시의 어딘가에서, 술집이나 피트니스클럽이나 식당이나 거리에서 만났을지도 모른다. 혹시 그들 중 한 명이 제임스의 연인이었을까?

그렇다면 분명 경찰이 그들을 수사했을 것이다.

머릿속으로 수천 번을 생각해봐도 그들이 어떻게 이어지는지 도통 알 수가 없다. 나는 제임스의 뉴욕 주소와 회사 이름에 힘주어 밑줄을 긋는다. 어쩌면 그의 동료들 중에 무어 자매를 아는 사람이 있을지도 모른다.

열차는 또 다른 역으로 들어가 멈추고 쉬익 하는 소리를 내며 문이 열린다. 아무도 타지 않는다. 저 끝에 앉아 있는 남자는 이제 작은 소리로 코를 골고 있다. 문이 닫히고 열차가 다시 움직인다.

나는 휴대전화 화면을 다시 내려다보며 제임스 앤더스의 또 다른 부고를 읽어본다. 그의 추도식을 주최한 장례식장에서 게재한 몇 단락의 짧은 글이다. 그의 가족들 이름은 이미 적어놓았다. 딸 애비, 어머니 시시 앤더스, 전 부인 테사. 부고에 따르면 그의 아버지는 이미 사망했다. 시러큐스에서 보낸 4년의 대학 시절을 제외하곤 제임스는 평생 모슬리에서 살았다.

나는 몇 개의 탭을 하나씩 클릭해본다. 첫 번째는 교회에서 열리는 장례식에 진열할 꽃을 살 수 있는 페이지다. 두 번째는 조문객들이 애비의 교육비를 기부할 수 있는 곳을 알려준다. 마지막은 '추모의 벽'처럼 애도의 글을 남기는 공간이다.

나는 그 글들을 쭉 읽어보기 시작한다. 천사에 관한 성경 구절을 인용한 사람도 있고, 제임스를 죽인 범인이 아직 잡히지 않은 데 대해 분개한 사람도 있었다. 어떤 사람은 빌리 조엘의 노래 가사를 적

어놓았다. '좋은 사람들은 왜 이리 빨리 떠나는 걸까…….'

아쉽게도 몇몇 조문은 익명으로 쓰여 있다. 나는 서명되어 있는 이름들을 적기 시작한다.

열차가 다시 지하로 들어가면서 휴대전화의 인터넷 접속이 끊긴다. 열차의 전등 불빛이 깜박거리자 나는 숨을 죽이지만, 등은 금세 정상으로 돌아온다.

다시 지상으로 올라가자, 나는 조문을 남긴 사람들의 이름을 최대한 많이 휘갈겨 쓴다. 인터넷이 계속 끊기다 말다 하지만, 배터리가 다 떨어지기 전까지 괜찮은 단서가 될 법한 이름을 몇 개 찾는다.

아마도 제임스가 다녔던 고등학교의 교장인 듯한 해리스, 그리고 포커 게임, 바비큐 파티, 난장 파티를 언급한 몇몇 친구들. 챈들러 퍼거슨이라는 사람은 성과 이름을 모두 남겼는데, 흔치 않은 이름이라 찾을 수 있을 것 같다. 그를 통해 제임스의 다른 친구들을 찾거나, 고등학교 졸업 앨범을 보여달라고 부탁해서 더 많은 단서를 얻어낼 수도 있다. 벨린다라는 이름만 남긴 한 여자는 이렇게 썼다. "넌 항상 내게 아들 같았단다. 신의 은총이 함께하기를." 이웃 사람, 아니면 친척이려나 싶다.

제임스를 제일 잘 아는 사람을 만나서 내 의문의 답을 얻으면, 제임스와 무어 자매 사이의 관련성을 밝힐 수 있을 텐데.

마침내 배터리가 다 되어 휴대전화 화면이 캄캄해졌고, 맹렬하게 움직이던 손은 쑤시고 눈은 심하게 뻐근하다.

제임스가 살해당했을 때 나는 무어 자매와 모르는 사이였다. 그들의 친구 어맨다의 끔찍한 죽음 이후에야 그들을 만났다. 그러니까 처음부터 나를 이런 함정에 빠트릴 계획은 아니었을 것이다.

왜 그들은 나를 표적으로 삼았을까?

그런 잔혹한 순간에 내가 어맨다를 만난 건 순전한 우연이었다. 그 만남이 그들의 계략이었을 리는 없다. 후텁지근했던 8월의 그날 아침, 걸음을 멈추고 머리를 묶느라 22초를 허비하지 않았다면 나는 막 떠난 열차를 놓치지 않았을 것이다.

나는 머리를 뒤로 기댄 채, 시신이 잔혹하게 훼손되었다는 경찰의 말이 무슨 뜻일까 생각해본다. 커샌드라나 제인이 누군가를 죽일 수 있을까, 그것도 잔인하게. 도무지 상상이 안 된다.

종착역이 가까워지고 있다. 오늘 저녁 길모퉁이에서 본 비틀린 나무줄기가 눈에 띈다. 자리에서 일어나니 관절에서 뚝 하는 소리가 들린다.

약간 해진 옷들을 껴입은 젊은 남자는 여전히 잠들어 있다. 나는 더플백에서 마지막 남은 에너지바를 꺼낸 다음, 열차 통로를 조용히 걸어가 그 옆의 빈자리에 내려놓는다.

열차가 멈춰 선다. 나는 플랫폼이 안전해 보이는지 확인한 다음 내린다. 그리고 반대편으로 건너가 맨해튼행 열차를 기다린다.

63

커샌드라와 제인

19년 전

그 수요일 밤, 처음엔 모든 것이 평소와 똑같았다.

커샌드라와 제인이 식탁에서 닭구이와 깍지콩을 먹는 동안, 엄마는 화이트와인 스프리처 칵테일을 홀짝이며 계부에게 대접할 '크뤼디테'라는 프랑스식 전채 요리를 준비하고 있었다. 자매는 숙제를 끝냈고, 책가방은 새로운 등교일을 위해 현관 벽장 안에서 대기 중이었다.

그들이 계부의 집에 들어온 지도 이제 1년이 넘었고, 암묵적인 규칙이 확고히 정해졌다. 그가 집에 오면, 그들은 투명인간이 되었다.

보통은 평일 저녁 7시 즈음 그런 일이 벌어졌다.

하지만 커샌드라가 마지막 남은 콩들을 포크로 집어 먹기가 무섭게 현관문이 휙 열리더니 발소리가 부엌으로 다가왔다.

엄마는 조리대에 있는 핸드백을 집어, 반짝이는 냉장고 문을 거울 삼아 분홍색 립스틱을 새로 발랐다.

"빨리 왔네!" 스리피스 정장 차림의 계부가 나타나자 엄마가 외쳤다. 행복한 척 연기하는 목소리로. 커샌드라와 제인은 이미 수백 번은 들어본 목소리였다. 제인이 학교에서 만든 알록달록한 마카로니 목걸이를 엄마에게 줬을 때, 학교 크리스마스 파티에 필요한 쿠키를 구워줄 사람으로 엄마를 추천했다고 커샌드라가 말했을 때, 옆집 노인이 그의 토마토밭에 대해 얘기하기 시작했을 때.

"당신이 보고 싶어서." 이렇게 답하는 계부의 목소리도 이상했다. 엄마가 계부에게 다가가 키스할 때, 소녀들은 그가 고개를 한쪽으로 돌리는 걸 보았다.

"다 먹었니?" 엄마는 소녀들의 접시를 치우며 물었다. 제인은 바삭바삭한 닭고기를 마지막에 먹으려고 아껴두고 있었지만, 얌전히 일어났다.

왠지 분위기가 심상치 않았다.

커샌드라도 그걸 감지하고는 제인의 손을 잡으며 말했다. "자, 위층으로 올라가자."

그들 뒤로 계부의 비음 섞인 목소리가 또렷이 들렸다. "그래, 오늘하루 어땠어?"

"응, 괜찮았어." 엄마가 답했다. "당신도 한잔해."

소녀들이 계단을 올라갈 때, 얼음 틀에서 각 얼음을 떼어내는 소리가 날카롭게 울렸다.

"스텝에어로빅스는 재미있게 했고?" 계부가 물었다.

침묵. 그러다가 얼음 조각들이 유리잔 속으로 달그락거리며 들어갔다.

"잠깐." 커샌드라는 제인의 손을 꼭 잡으며 속삭였다. 그들은 맨 위 계단에 같이 웅크려 앉았다. 그날 가사도우미가 난간을 닦을 때 사용한 레몬향 세정제 냄새가 났다. 그들은 바닥 전체에 깔린 보드라운 고급 카펫 위를 양말 신은 발로 다녔다. 엄마는 그들에게 신발을 신고 카펫을 걸어 다니지 못하게 했었다.

"그래, 좋았어." 엄마는 이렇게 답하고는 멈칫하다 물었다. "술이 별로야?"

또 침묵. 집 안에 이상한 기류가 흐르고 있었다. 자매는 어떤 공포영화 속에 들어와 있는 듯한 기분이 들었다.

무언가가 슬금슬금 다가와 그들을 덮치려 하고 있었다.

"아저씨가 화난 거야?" 제인이 속삭였다.

커샌드라는 어깨를 으쓱하고는 집게손가락을 입술에 댔다.

"그럼, 저녁은 닭고기인가?" 계부가 물었다. "난 당신이 스테이크를 먹고 싶어 하는 줄 알았는데."

커샌드라는 제인의 손을 꽉 쥐었다.

"여보, 그게 무슨 소리야?" 엄마의 목소리는 이제 날카로워졌다. "우린 붉은 살코기 안 먹잖아……. 의사가 당신한테 뭐라고 했는지 기억 안 나?"

"그랬지, 그래도 오늘은 당신이 좀 색다른 걸 원하지 않을까 싶어서 말이지."

제인은 커샌드라를 쳐다보며 얼굴을 구겼다. 계부는 암호 같은 말을 하고 있었다.

하지만 엄마는 알아들은 모양이었다. "여보……."

계부는 엄마의 말을 끊었다. "오늘 아침에 깜짝 놀랄 일이 있었지.

편지를 하나 받았거든. 누가 내 사무실 건물의 정문 밑으로 밀어 넣어놨더군."

"누가 보낸 건데?"

"이름은 안 적혀 있었어."

"뭐, 뭐라고 쓰여 있었어?" 엄마는 말을 더듬었다.

"자, 내가 읽어주지." 부스럭거리는 소리가 들리더니, 계부가 목청을 가다듬었다. "'당신 아내가 수요일마다 스텝에어로빅스 수업에 나가는 척하고 정말로 어디로 가는지 확인해보시오.'"

쥐 죽은 듯 고요해졌다.

그러고는 그들의 목소리가 커졌고, 계부의 목소리가 엄마의 목소리를 짓뭉개버렸다. 계부는 소녀들이 아는 추잡한 단어 몇 개와 그들이 난생처음 들어보는 욕을 하나 뱉었다. 엄마는 울기 시작했다.

계부가 마지막으로 한 말은 "내일 아침까지 전부 다 내 집에서 나가줬으면 좋겠군"이었다.

그 수요일 밤 이후로 모든 것이 달라졌다. 그들 가족은 쪼개졌고, 이제 커샌드라와 제인, 엄마는 그들끼리만 작은 셋집에 살았다. 자매는 예전에 다니던 공립학교로 돌아갔고, 엄마는 다시 직장에 다니기 시작했다. 조개껍데기 빛깔의 페인트를 갓 바른 벽이나 도버솔 따위는 딴 세상 이야기가 되어버렸다.

하지만 철사 울타리가 쳐진 낡고 작은 집에 들어갈 때는 신발을 벗어서 벽장에 조심스럽게 넣어둘 필요가 없었다. 저녁 7시에 투명인간이 될 일도 없었다. 그리고 커샌드라와 제인은 다시 한방을 쓰면서, 밤늦게까지 귓속말을 속삭이고 악몽이라도 꾸는 날엔 다른 자매의 안정된 숨소리에 마음을 놓았다.

엄마는 가끔, 특히 저녁을 먹은 뒤 피곤한 발을 높이 올려놓고 담배를 피우면서, 익명의 편지를 쓴 사람이 누굴까 추측해보기도 했다.

"누가 그런 편지를 보냈을까?" 엄마는 분홍색 립스틱이 묻은 담배꽁초를 재떨이에 비비며 이렇게 묻곤 했다. "누가 나한테 벌을 주려고 한 것 같아."

그러면 커샌드라와 제인은 말없이 시선을 주고받았다.

64

셰이

갓난아기들도 얼굴에 아주 관심이 많으며 얼굴을 인지하는 능력을 금방 키운다. 뇌의 많은 영역이 안면 인식과 연관되어 있는데, 그중 전두엽이 큰 역할을 맡는다.
—데이터북, 75쪽

5번 애비뉴 42번가에 있는 뉴욕 공립 도서관이 아침 10시 정각에 열리자마자, 나는 제일 먼저 입장한다. 입구 양쪽에 서 있는 대리석 사자 두 마리 사이에서 기다리고 있던 참이다. 오래전 그 사자들의 별명은 '인내'와 '불굴의 정신'이었다. 뉴욕 시장이었던 피오렐로 라과디아는 대공황을 이겨내려면 시민들에게 그런 자질이 필요하다고 생각했다.

샹들리에와 작은 테이블 갓등 들이 켜져 있는 웅장한 로즈 주열람실을 걸으며 나는 숨을 크게 들이쉰다. 우아한 아치형 창들이 벽을 따라 나 있고, 꼬불꼬불한 금빛 테두리 사이에 무늬를 새겨 넣은 천장 벽화는 흡사 예술 작품 같다. 이 고풍스러운 장관 속에, 도서관 카드만 있으면 누구나 쓸 수 있는 컴퓨터들이 있다.

오늘 아침 나는 지하철에서 내린 후, 7시에 문을 여는 전자 제품 가게를 발견해서 선불 휴대전화에 쓸 충전기를 새로 샀다. 그런 다음 어느 작은 식당으로 가서, 콘센트 근처 자리를 달라고 한 다음 커피와 달걀을 주문했다. 휴대전화 화면이 되살아날 때까지 기다리는 사이에 깜빡 잠들었다가 고개가 푹 꺾이는 바람에 깜짝 놀라며 깨어났다. 이틀 전 호텔에서 두어 시간 자다 깨다 한 후로는 한숨도 자지 못했다.

노곤함에 감각이 무뎌지고 있었다. 웨이트리스가 접시를 바닥에 떨어뜨려 산산조각 났는데도 나는 움찔하지도 않았다. 몸이 무겁고 둔하게 느껴지고, 계속 눈을 깜박여야 눈앞이 제대로 보였다.

나는 블랙커피를 한 번에 쭉 들이켠 후, 밤사이 내 휴대전화에 남겨진 단 한 통의 메시지를 확인했다.

윌리엄스 형사의 목소리는 평소보다 훨씬 더 퉁명스러웠다. "셰이, 대체 어디 있는 거예요? 당장 돌아와요. 이 메시지 들으면 바로 전화해줘요."

그녀가 건 부재중 전화도 두 통 있었다. 그녀는 어떻게든 내게 연락하려 안달이 나 있다. 돌아오라는 그녀의 말은 명령처럼 들렸다.

무어 자매와 밸러리가 내 아파트를 떠난 후 무슨 짓을 했는지는 몰라도, 나를 확실한 범인으로 몰고 갈 음모를 꾸미지 않았을까. 윌리엄스 형사를 흔들어놨을지도 모른다. 조디와 션을 흔들어댄 것처럼.

내가 체포될 수도 있다는 가능성이 실감 나자 속이 울렁거린다.

이제 윌리엄스 형사가 내 선불 휴대전화 번호를 알고 있으니 경찰이 그 번호로 나를 추적할 수 있지 않을까 걱정된다. 그래서 가능한 한 휴대전화를 쓰고 싶지 않다. 하지만 조사해야 할 것들이 많이 남아 있고, 그러한 이유로 여기 공립 도서관에 와 있다.

나는 한 노트북 앞에 앉아 손가락을 살며시 자판 위로 올린다. 이제 조그마한 화면을 실눈으로 보지 않아도 되니 속이 시원하다. 나는 제일 먼저 제임스의 어머니인 시시 앤더스를 검색해본다. 전화번호를 찾으려 여러 경로를 헤매다가 그녀의 페이스북 계정을 통해 마침내 번호를 알아낸다. 제임스의 전처 테사의 번호는 전화번호부에 등록되어 있어서 받아 적긴 하지만, 그녀가 제임스의 뉴욕 생활에 대해 얼마나 알고 있을까 싶다. 제임스의 뉴욕 사무실, 모슬리의 고향 집, 이스트 91번가 아파트 건물의 관리 회사 전화번호도 쉽게 찾는다.

줄 달린 독서용 안경을 목에 건 할머니가 책을 한 무더기 들고서 내 옆자리에 앉는다. 나는 반사적으로 그녀의 얼굴을 확인한 다음, 장례식장의 조문 페이지에서 발견했던 이름들로 넘어간다. 먼저, '해리스'와 '모슬리', '교장'을 한꺼번에 검색해본다. 곧장 '모슬리 사립고등학교'라는 검색 결과가 뜬다. 그 학교의 웹사이트로 들어가 보니 해리스 드라이어가 전 교장으로 나와 있다. 지금쯤은 은퇴했을 것이다.

나는 장례식장 페이지에서 봤던 이름들을 계속 검색한다. 벨린다 앤더스라는 사람은 없는 걸 보면, 아무래도 그녀는 제임스의 친척이 아닌 것 같다. 하지만 모슬리의 부동산 중개인인 챈들러 퍼거슨의 소재는 파악된다. 제임스처럼 그도 고향을 떠나지 않은 모양이다. 나는 데이터북에 적혀 있는 챈들러의 이름 옆에 별표를 그려 넣는다. 그는 제임스와 가까운 친구였을지도 모른다.

컴퓨터 화면에 표시된 시간을 보니, 컴퓨터가 나를 쫓아내고 다른 사용자를 맞아하기까지 4분밖에 남지 않았다. 45분의 시간제한이 있다는 걸 까맣게 잊어버렸다. 하지만 이 정도면 충분하다.

적어도 이제 전화는 해볼 수 있으니까.

나는 짐을 챙겨 화장실로 향한다. 똑같은 옷을 며칠이나 입은 데다, 지하철의 불결함이 내 몸에 들러붙어 있는 듯한 기분이다. 나는 화장실 칸에 휙 들어가 문을 잠그고 스웨트셔츠를 벗는다. 청바지 단추를 막 풀고 있을 때 하이힐이 바닥을 밟는 소리가 또각또각 들린다.

누군가가 내 칸 앞에 몇 발짝 떨어져서 발끝을 내 쪽으로 향하고 서 있다. 악어가죽 무늬 하이힐, 우아한 아치형의 발, 가느다란 발목…….

심장이 방망이질 친다.

세면대에서 물이 흘러나온다.

나는 최대한 조용히 몸을 앞으로 기울여, 문 옆의 가는 틈으로 그쪽을 내다본다. 몸에 꼭 맞는 코트, 목덜미 언저리까지 짧게 자른 금발……. 그녀가 물을 잠그고 손을 닦으며 거울을 볼 때 얼굴이 얼핏 보인다.

모르는 사람이다.

그녀가 또 또각또각 소리를 내며 화장실에서 나가자 나는 숨을 내쉰다.

청바지를 벗느라 한 발로 서 있으려니 다리가 힘없이 덜덜 떨려서 쓰러지지 않으려고 화장실 칸의 옆벽을 짚는다.

벗은 옷들을 둘둘 뭉쳐서 더플백에 쑤셔 넣은 다음, 깨끗한 옷들로 갈아입는다. 밖으로 나가 세면대 물로 입을 헹군다. 얼굴에도 찬

물을 조금 끼얹었고 안경 렌즈를 씻는다.

거울에 비친 내 얼굴을 힐끔 보고는 얼른 고개를 돌려버린다. 머리는 기름기가 낀 채 볼품없이 쭉 뻗어 있고, 얼굴은 누렇게 떠 있다.

나는 도서관에서 나가 걷기 시작한다. 다행히도 패딩 재킷 덕분에 이젠 춥지 않다. 몸이 묵직하니 제대로 움직여지지 않는 느낌이다. 사물들이 둘로 보여서, 눈을 깜박이고 고개를 흔들어 시야를 맑게 만든다.

지금 내게는 휴식이 절실하다. 내 몸과 뇌가 더 이상은 버티지 못할 것이다. 집중력은 이미 흐트러지고 있고, 수면 부족으로 인한 증상들도 나타나고 있다. 사흘 밤을 자지 못하면 사람들은 환각에 시달리기 시작한다. 나도 이제 멀지 않았다.

브라이언트 공원에 도착한 나는 빈 벤치를 찾아 앉아 싸구려 휴대전화로 전화를 걸기 시작한다.

제임스의 새 회사 번호는 이미 끊긴 상태다. 스포츠 장비 맞춤 제작 사업을 함께 했던 그의 옛 동료에게 전화를 걸어보지만, 그는 제임스가 커샌드라나 제인 무어, 혹은 밸러리라는 이름을 언급한 적이 없다고 말한다. 제임스가 세 들어 살았던 원룸 아파트 건물 관리인에 따르면, 그런 이름을 가진 여자들은 그 건물에 살지 않는다고 한다. 모슬리의 부동산 중개소에 전화를 걸어 나의 가장 유력한 단서인 챈들러 퍼거슨을 바꿔달라고 하니, 음성 사서함으로 넘어가버린다. 그에게 메시지를 남기는 사이, 전화가 걸려와 휴대전화가 윙윙거린다.

또 윌리엄스 형사다.

나는 전화를 받지 않는다.

그 대신에 휴대전화를 몇 분 동안 꺼놓고, 공원에서 몇 블록 떨어진 버스 정류장으로 걸어간다. 그런 다음 작은 쉼터 안의 벤치에 앉아 휴대전화를 다시 켠다. 점점 더 줄어들고 있는 명단에 남은 사람들 가운데 이번에는 제임스의 전처 테사에게 전화를 걸어본다. 그녀는 전화를 받지 않는다.

다음엔 제임스의 어머니 시시 앤더스에게 전화를 건다.

두 번째 통화 연결음이 들렸을 때 그녀가 전화를 받는다.

나는 제임스와 함께 모슬리 사립고등학교를 다녔고 동문들이 그를 위해 작은 추모식을 열고 싶어 한다는 거짓말부터 시작한다.

이런 말을 떠들어대는 동안 욕지기가 일어나고, 배 속이 너무 심하게 뒤틀려서 아플 지경이다. 어맨다의 어머니에게서 제인의 목걸이를 몰래 가져왔을 때보다 훨씬 더 불편한 기분이 든다.

계획된 추도식 같은 건 없다는 사실을 알게 되면 앤더스 부인의 아물지 않은 상처는 또 한번 덧나게 될 것이다. 하지만 내가 그의 아들을 살해한 범인을 찾아내면 용서해주지 않을까.

이제, 미리 연습해둔 다음 부분으로 넘어갈 참이다. 커샌드라와 제인, 밸러리의 이름을 꺼낸 후 앤더스 부인의 반응을 볼 작정이다. 만약 제임스가 뉴욕에서 제인이라는 멋진 여자와 데이트를 했다고, 혹은 어떤 사업가 교류 행사에 나갔다가 일류 홍보회사에서 일하는 커샌드라라는 사람을 만났다고 어머니에게 얘기한 적이 있다면, 그래서 그녀가 자매의 이름을 알아본다면, 나는 필요한 모든 정보를 얻어낼 수 있을 것이다.

하지만 내가 한마디도 더 하기 전에, 앤더스 부인이 말을 툭 뱉는다. "사기꾼."

"네, 뭐라고요?"

"원하는 게 뭐야, 돈이야?" 그녀가 쏘아붙인다. "모슬리 고등학교에서 이미 작은 추도식을 열어줬고, 지난달에 내 아들을 기념하는 나무까지 심었어."

그녀가 수화기를 쾅 내려놓는다.

숨이 턱 막힌다. 뺨으로 눈물이 흘러내리고, 나는 소매로 코를 닦는다. 내가 하는 모든 행동이 잘못된 것 같다. 나는 영영 빠져나오지 못할까 봐 무서운 구렁텅이로 점점 더 깊이 추락하고 있다.

이제 단 하나의 연락처만 남아 있다. 전 교장인 해리스 드라이어.

그는 저음의 굵직한 목소리로 전화를 받으며, 마치 사무실에 있는 것처럼 자신의 성과 이름을 모두 댄다.

나는 그에게도 진실을 말할 수 없다.

"안녕하세요, 귀찮게 해서 죄송하지만, 제임스 앤더스 때문에 전화 드렸어요. 대학 동문 회보에 제임스에 관한 글을 실을 건데, 혹시 좋은 말씀 해주실 게 있나 해서요."

"아, 제임스, 정말 비극적인 일이지." 해리스가 한숨을 내쉰다. "미안하지만, 그 훌륭한 청년에 대해 따뜻한 기억을 갖고 있다는 것밖에는 할 말이 없군요."

"제임스의 단짝 친구들은요?" 내가 불쑥 묻는다. "제임스와 가깝게 지냈던 사람들 좀 알려주실래요?"

고등학교 친구들과 계속 연락을 주고받는 사람이 얼마나 많은지에 관한 통계는 찾기 어렵지만, 제임스는 자기 고향과 인연이 깊은 사람이니 모슬리 고등학교 시절의 절친한 친구들, 심지어는 다른 곳으로 떠난 친구들과도 계속 긴밀하게 연락을 주고받았을 가능성이 크다.

"나도 도와주고 싶지만, 옛 제자들에 관한 정보는 절대 누설할 수 없습니다. 이해해주셨으면 좋겠군요."

나는 그에게 고맙다고 인사하고 전화를 끊는다. 그런 다음 두 팔로 나를 감싸 안은 채, 딱딱한 나무 벤치 위에서 몸을 앞뒤로 흔든다.

지금까진 아무런 성과도 없다.

어떻게든 연결고리를 찾아내야 한다. 오직 그것만이 나를 구해줄 수 있을 것 같다.

나는 벤치에서 벌떡 일어나, 제임스가 지냈던 이스트 91번가의 아파트를 향해 걷기 시작한다. 그의 이웃을 찾거나, 아니면 퍼즐에 들어맞는 무언가를 보게 될지도 모른다. 무어 자매의 홍보회사에서 나오는 밸러리를 발견했을 때처럼.

걷는 동안 나는 시러큐스 대학 동문회 사무실에 전화를 걸어본다. 무어 자매나 밸러리가 어느 대학에 다녔는지 모르니까. "졸업생들 몇 명을 찾고 싶어서요." 하지만 전화를 받은 여자는 그들 중 누구도 시러큐스 대학에 다니지 않았다고 답한다.

제임스가 뉴욕에 올 때마다 지냈던 아파트에 드디어 도착한 나는 더플백을 발밑에 내려놓고 입구 옆에 서서 누군가가 들어가거나 나오기를 기다린다.

하지만 평일 낮이라 그런지, 세 시간을 기다리는 동안 건물 안에 들어가는 사람이라곤 개를 산책시키고 온 사람 한 명과 택배 배달원 한 명뿐이다. 내가 그들에게 여기 살았던 제임스 앤더스를 아느냐고 묻자, 둘 모두 의아한 표정으로 나를 쳐다본다.

어쩌면 이 방법은 통하지 않을지도 모른다. 제임스가 뉴욕에서 지낸 시간은 1년이 채 되지 않는다. 그렇게 짧은 기간에 깊은 인연을 만들었을 리 없다. 그를 제일 잘 아는 사람들은 전부 모슬리에 있다.

나는 데이터북을 꺼내, 내가 휘갈겨 써놓은 명단을 내려다본다. 하지만 성이 없는 이름들뿐이고, 벨린다를 제외하고는 다들 아주 흔한 이름이다. 케빈, 샘, 로빈, 캐시, 매트. 이들 중 고등학교 시절 친구가 있다면, 모슬리 고등학교 졸업 앨범을 찾아서 대조해보면 될 텐데.

나는 지금까지 앉아 있던 정문 앞 계단에서 힘겹게 몸을 일으켜 거리를 걷다가, 몇 집 건너에 있는 세탁소에 들러 작은 휴대전화 화면에 띄운 제임스의 사진을 책상 뒤의 여자에게 보여준다. 그녀는 제임스의 얼굴도 이름도 모른다고 말한다. 하지만 나는 내 번호를 남긴다. 그녀는 나중에 세탁소 주인이 오면 나에게 연락하라고 말해주겠다고 약속한다. 나는 모퉁이에 있는 햄버거 가게와 길 건너의 주류 판매점에도 들른다. 이런 곳의 누군가가 제임스를 알고 있을 확률은 그다지 높지 않다. 그런데 무어 자매 중 한 명과 함께 있는 그를 목격한 사람이 과연 있기나 할까. 하지만 시도는 해봐야 한다.

나는 애플 스토어를 향해 다시 걷기 시작한다. 가는 길에 제임스의 전처인 테사에게 또 전화를 걸어보지만, 답이 없다. 어쩌면 집이 아닌 다른 곳에 가 있을지도 모른다. 챈들러 역시 전화를 받지 않는다.

새 아이폰이 막 출시돼서인지 가게 안이 북적거려 몇 분을 기다린 뒤에야 컴퓨터 자리가 하나 빈다. 나는 더플백을 두 발 사이에 꼭 끼워둔 채 모슬리 사립고등학교 웹사이트로 들어가서 예전 졸업 앨범 링크를 찾아본다.

아무것도 없다. 하지만 《태틀러》라는 학교 신문이 20년 전의 발간호까지 온라인에 보존되어 있다. 그때 제임스는 열일곱 살, 아마 졸업반이었을 것이다.

나는 신문을 한 장씩 훑어보며, 기자 이름을 쓰는 칸이나 사진 아래 붙어 있는 설명에 내 명단과 일치하는 이름이 있나 살핀다. 수십 장을 넘긴 후, 홈커밍 특집호에서 드디어 첫 단서를 찾아낸다. 케빈

오도널이라는 남자가 홈커밍 파티의 왕으로 뽑혔다. 강가에서의 난장 파티에 관해 쓴 케빈과 동일 인물일지도 모른다.

오래된 흑백 면들을 계속 훑다 보니 '또 다른 승리를 준비하는 사자들!'이라는 헤드라인이 보이고, 그 밑에는 축구를 하는 남자들의 사진이 실려 있다.

사진을 봐도 그 안에 제임스가 있는지 알 수가 없다. 공을 뒤쫓고 있는 금발의 남자일 수도 있지만, 얼굴이 옆모습만 나와 있다. 내가 본 거라고는 그가 성인이 된 후 찍은 저화질의 흑백 사진뿐이다.

나는 욱신거리는 눈을 문지른 다음, 사진과 기사를 계속 훑어보다가 두 명의 캐시를 발견한다. 토론 팀에 관한 기사를 쓴 캐시와 크로스컨트리 대회에서 우승한 캐시. 나는 그들의 성을 적어둔다.

"손님? 도와드릴까요?" 고개를 들어보니, 애플 로고가 찍힌 남색 티셔츠를 입은 남자가 내 옆에 서 있다. 지금 내 꼴이 얼마나 엉망일지 갑자기 의식되기 시작한다. 지하철에서 밤을 보낸 데다 샤워는 고사하고 머리도 빗지 않았다. 그보다, 내 속을 휘젓고 있는 불안감과 두려움이 남들 눈에도 고스란히 보이겠지.

"그냥 좀 보는 거예요." 이렇게 말하며 나는 다시 컴퓨터 화면으로 눈을 돌린다.

다섯 장을 더 넘기자, 졸업반의 가을 연극을 위해 리허설을 하고 있는 연극부 학생들의 사진이 큼직하게 실려 있다. 10여 명의 학생이 무대에 서 있지만, 사진 밑에는 두 사람의 이름만 적혀 있다. '에밀리 웹을 연기하는 리사 스콧과 조지 깁스를 연기하는 앤디 첸이 첫날 밤 공연에서 관객들을 열광시킬 준비를 하고 있다.'

나는 그 이름들을 적은 다음, 다른 아이들의 얼굴을 훑어보며 제임스를 찾는다.

내 피곤한 두 눈은 무대 끄트머리에 앉아 다리를 흔들거리고 있는 검은 머리의 여자아이를 그냥 지나치려다가 멈칫한다.

곧게 뻗은 일자 눈썹. 특별할 건 없지만 왠지 친숙한 이목구비. 카메라를 쳐다보는 강렬한 눈빛.

내 주변이 컴컴해지는 기분이다. 금방이라도 기절할 것만 같다. 나는 심호흡을 하며 그 감각을 힘겹게 털어낸다.

밸러리 리치와 닮았다.

만약 그녀와 제임스가 모슬리 사립고등학교에 함께 다녔다면, 숨겨진 연결고리가 드러난 셈이다.

밸러리가 배우였다는 사실이 떠오르자 맥박이 빨라진다. 그녀는 뉴욕으로 오기 전 로스앤젤레스에서 살았다. 그러니 학교 연극에 참여했다고 해도 이상한 일은 아니다.

나는 몸을 앞으로 구부려 컴퓨터 화면에 얼굴을 바짝 댄다. 이 사진은 20년 전에 찍은 것이다. 어린 시절의 밸러리인 것 같긴 하지만, 100퍼센트 확신은 할 수 없다.

미국에는 3000개 이상의 카운티가 있다. 밸러리와 제임스가 우연히 같은 카운티 출신일 확률이 얼마나 될까?

제로에 가깝다. 우리가 살면서 벼락에 맞을 확률이 대략 3000분의 1인데, 나는 그런 일을 당한 사람을 한 번도 만난 적이 없다.

새롭게 솟아난 기운으로 옛 신문들을 획획 넘기며, 밸러리가 모슬리 사립고등학교에 다녔음을 보여주는 또 다른 증거를 찾아본다. 내게 간절히 필요했던 걸 드디어 찾았다. 이제 내 결백을 증명하고, 윌리엄스 형사는 진짜 범인들을 수사할 수 있게 될 것이다.

그해의 마지막 호는 졸업생들을 특집으로 다루면서 두 쪽에 걸쳐서 그들의 명단을 실어놓았다.

나는 몸을 바르르 떨며 그 이름을 하나씩 읽어나간다.

그때 그녀의 성은 리치가 아니었겠지만, 밸러리라는 이름도 없다.

그래서 이번에는 얼굴들을 쭉 훑어본다. 연극 무대에 있던 여자아이가 보이지 않는다.

내가 착각한 걸까?

환각은 사흘 밤을 자지 못하면 시작된다. 아직 그럴 단계가 아니다.

신문 첫 장부터 꼼꼼히 살피면서 밸러리가 학교에 남긴 흔적을 찾아야겠다.

휴대전화가 울리자 나는 반사적으로 힐끔 내려다본다. 또 윌리엄스 형사다.

전화를 받아서 내가 우연히 발견한 사실을 말해버리고 싶지만, 확실한 증거를 찾은 후에 그녀에게 전화하는 편이 훨씬 나을 것이다. 그래서 나는 음성 사서함으로 넘어가게 내버려둔다.

모슬리 사립고등학교에 전화해볼까 하는 생각도 들지만, 이제 날이 어두워졌다. 모든 고등학교가 이미 문을 닫았을 테고, 어차피 졸업생에 관한 정보를 알려줄 것 같지도 않다.

조금만 더 파헤치면 이 모든 일의 진상을 밝힐 수 있을 것 같은 기분이다.

잠시 후 또 휴대전화가 울리지만, 이번에는 모슬리의 지역번호가 뜬다. 나는 얼른 휴대전화를 집어 든다.

부동산 중개인 챈들러 퍼거슨이다.

"전화 주셔서 정말 고마워요!" 나는 거의 히스테릭하게 들릴 만한 목소리로 대뜸 말해버린다. "모슬리 사립고등학교에 다니셨죠?"

"네에?" 그가 의아한 듯 되묻는다.

"아니, 그게, 동창이신 밸러리 리치에 관해서 알아보고 있는 중이거든요. 그땐 성이 달랐을 거예요. 그녀를 아세요?" 나는 쉴 새 없이 말을 뱉어낸다.

그는 아무 말이 없다.

"밸러리를 꼭 찾아야 해서요." 나는 속삭인다. "제발 부탁이에요."

"저기요." 한 여자가 큰 소리로 말한다. "컴퓨터 안 쓰실 거면 제가 좀 쓸게요."

나는 더플백을 바닥에 둔 채 옆으로 물러난다.

"밸러리요?" 그가 말한다. 차 안에서 스피커폰을 켜놓고 있는지 쇳소리 같은 울림이 느껴진다. 나는 숨을 죽인다.

"내가 생각하는 그 애가 맞는다면, 네, 우리 학교에 잠깐 다녔어요." 그는 이렇게 말하고는 살짝 웃는다. "대단한 별종이었죠, 그 녀석."

눈앞이 핑 돈다. 발밑의 땅이 한쪽으로 기울어지는 기분이다.

커샌드라와 제인은 제임스를 몰랐다. 살해당한 남자와 연관된 사람은 밸러리라는 사실을 챈들러가 방금 확인해주었다. 그들은 아마 같은 마을에서 자랐을 것이다. 같은 고등학교에 다녔으니까.

"'별종'이었다니, 무슨 뜻이에요?" 나는 숨 가쁜 목소리로 간신히 묻는다.

누군가가 나를 톡톡 친다. "이거 당신 거예요?" 내가 쓰던 컴퓨터를 차지한 여자가 더플백을 가리키며 묻는다. 나는 가방을 획 집어들고 자리를 뜬다. 가게 안이 너무 시끄러워서 챈들러의 말이 잘 들리지 않는다. "실례지만, 누구시죠?"

"그냥 옛 친구예요."

그가 경적을 울리며 나지막이 욕하는 소리가 들린다. "오늘 밤따라 고속도로에 멍청이들이 너무 많네요. 당신한테 한 말이 아니에요. 애석하게도 나는 밸러리와 잘 아는 사이가 아니었고 20년 동안 보지도 못했어요. 저기, 혹시 집을 사고 싶으시면……." 그가 조금 웃는다. 그에게 다른 전화가 들어오는지 삐 하는 소리가 들린다. "저기, 그렇게 급한 일이면, '립아이'에 한번 가보세요. 밸러리 어머니가 아직도 거기서 일하고 계실 겁니다. 저번에 갔을 때 그분한테 서빙을 받았거든요. 그분한테 물어보세요."

"어머니 성함이 어떻게 되죠?" 나는 다급하게 묻는다.

"벨린다요. 이제 끊을게요, 행운을 빕니다."

나는 내 주변을 이리저리 돌아다니는 사람들 속에서 휴대전화를 귀에 댄 채 가게 한복판에 서 있다.

벨린다가 밸러리의 어머니라니.

머릿속이 뒤죽박죽이 돼버려서 둘 사이를 연결 지을 수가 없다. 나는 데이터북을 앞으로 휙 넘겨 본다. 보통 내 데이터북은 깔끔하지만, 지금은 이런저런 정보에 사선이나 화살표가 그어져 있다. 벨린다의 이름을 찾아보니, 조문 페이지에 '넌 항상 내게 아들 같았단다'라고 쓴 바로 그 사람이다.

밸러리와 제임스는 고등학교 시절 연인 사이였을까?

벨린다에게 연락해야 한다. 그녀가 마지막 퍼즐 조각을 쥐고 있다.

"누구라고요?" 벨린다가 묻는다.

나는 휴대전화를 들고 거리를 서성이며 그녀의 전화를 기다리고 있었다. 스테이크 가게의 지배인이 벨린다의 근무가 끝나면 내게 전화하도록 일러주겠다고 약속했다.

밤 9시가 다 됐고, 피로감과 아드레날린 때문에 내 몸은 정상이 아니다. 힘이 너무 없어서 거의 휘청거리고 있다. 오늘 먹은 거라곤 스크램블 몇 입뿐이고, 심한 탈수 상태에 빠져 있다. 그래도 가만히 서 있을 수가 없다. 그랬다가는 쓰러져버릴 것만 같다.

"안녕하세요, 전 리사 스콧이라고 해요. 따님인 밸러리와 같이 모슬리 사립고등학교에 다녔어요." 나는 밸러리와 함께 연극 무대에 서 있던 여학생의 이름을 댄다. "밸러리를 찾으려고……."

"아, 밸러리는 지금 뉴욕에 살고 있는데."

나는 휴대전화를 더 세게 쥔다. "다음 동창회 때 제임스 앤더스를 위한 특별 추도식을 열려고 하거든요. 두 사람이 친했잖아요."

'제발 미끼를 물어요.' 나는 속으로 간절히 빈다.

하지만 그녀는 곧장 대답하지 않는다.

"음, 밸러리한테 초대장을 보낼까 하는데요……."

"……친했다고?" 벨린다는 놀란 듯한 목소리로 마침내 답한다. "밸러리는 제임스하고 그냥 친한 사이가 아니었어. 내가 제임스 아버지랑 잠깐 부부로 같이 살았거든. 그러니까 제임스와 밸러리는 의붓남매 사이였지."

나는 멍해져서 아무 말도 하지 못한다.

"하지만 밸러리는 아마 제임스의 추도식에 안 갈 거야." 벨린다가 말을 잇는다.

그럼 그렇지. 경찰에게 넘겨줄 증거가 생겼다. 이제 윌리엄스 형사는 밸러리를 수사할 것이다.

몸이 바르르 떨리기 시작하고 뺨으로 눈물이 흘러내린다.

"둘이 별로 사이가 안 좋았거든. 그리고 밸러리는 연극 리허설이나 친구들 때문에 늘 집 밖으로 나돌기만 했어. 그 나이 때 여자애들이 다 그렇지 뭐."

벨린다의 말이 귀에 잘 들어오지 않는다. 어서 전화를 끊고 윌리엄스 형사에게 연락하고 싶다.

"내 딸들 중에는 나머지 둘이 참석하겠지."

온몸이 감전된 듯 찌릿해지고, 팔의 털이 쭈뼛 선다.

"밸러리한테 두 자매가 있나요?" 나는 속삭이듯 묻는다.

"있지." 벨린다가 놀란 목소리로 답한다. "커샌드라랑 제인."

나는 두 눈을 질끈 감는다. 택시 뒷좌석에 가까이 붙어 있던 세 사람의 매끈한 머리가 떠오른다.

"고맙습니다, 무어 부인." 나는 간신히 답한다.

"그래서 트레이 추모식이 어디서 열린다고? 아니, 제임스. 옛날 별명이 트레이라 맨날 그렇게 불러버린다니까. 어쨌든, 동창생들만 참석하는 거야, 아니면……."

벨린다의 목소리가 점점 사그라든다.

"여보세요?" 그녀의 이 말을 듣자마자, 나는 전화를 끊어버린다.

65

밸러리

19년 전

부잣집 아이들이 다니는 모슬리 사립고등학교로 전학 온 후로 그 날은 밸러리에게 최고의 날이었다.

아직 친해진 아이는 한 명도 없었다. 마지막 학년을 새 학교에서 시작하는 건 힘든 일이었다. 하지만 점심시간 직전에 연극부 교사가 봄에 있을 〈그리스〉 공연에 출연할 부원의 명단을 게시했다.

그녀는 끝내주는 독창곡이 있는 리조 역할을 따냈다.

"축하해." 항상 주연을 도맡았던 금발의 버릇없는 리사 스콧은 이렇게 말했다. 그녀는 샌디 역을 맡았다.

"고마워." 밸러리는 이렇게 답하며 속으로 생각했다. '사람들이 네가 무대에 있는지도 모르게 만들어줄게.'

밸러리가 맑은 공기를 들이마시고 머릿속에 맴도는 노래를 흥얼거리며 집으로 걸어가고 있는데, 계부의 아들이 아우디 컨버터블을 그녀 옆에 세웠다. "탈래?"

트레이는 사립학교의 부잣집 아이다운 매력이 있었지만, 그녀의 타입은 아니었다. 게다가, 이제는 가족이 된 그를 이성으로 생각하는 건 징그러운 일이었다. 하지만 그를 집에서 마주치는 일은 거의 없었다. 그는 2주마다 주말에만 집에 왔고, 그녀는 별난 계부가 있는 그 답답한 집에 웬만하면 붙어 있지 않았다. 시간이 날 때마다, 엄마의 재혼 때문에 헤어지게 된 옛 학교 친구들의 집에 놀러 갔다.

하지만 가끔 트레이가 집에 와서 둘이 마주칠 때면, 그는 마리화나를 들어 올리며 눈썹을 꿈틀거렸고, 그들은 뒤뜰 근처 숲속으로 몰래 들어가곤 했다. 그는 자기 친구들을 흉내 내기도 하고, 어떻게 손에 넣었는지 다음 시험에 나올 문제 복사본을 슬쩍 찔러주기도 했다. 트레이와 함께 있으면 재미있기도 했다.

밸러리는 차에 휙 올라탔다.

오늘도 그의 아우디 재떨이에는 마리화나가 있었다. "강에 들렀다 가자." 그는 마리화나를 한 모금 빨고는 그녀에게 건넸다. 그녀는 연기를 빨아들여 폐 속에 담아두었다.

"아니, 집에 갈래." 그녀는 얼른 대사를 외우고 싶었다.

"빼지 말고." 그는 자기가 가고 싶은 방향으로 차를 돌렸다. "다들 거기 가 있어."

그녀는 어깨를 으쓱했다. "그럼 그러든가."

그날 오후엔 모두가 강가에 있었다. 밸러리가 좋아하는 마테오라는 졸업반 남자아이도. 흑백 사진을 좋아하고 베이스를 연주하는 멋진 아이였다.

연극의 주연을 따낸 데다 마리화나에 취해 한껏 대담해진 밸러리는 트레이가 자기 친구들과 어울리게 내버려두고 마테오 옆으로 가서 앉았다. 그녀를 쳐다보는 트레이의 시선이 느껴졌고, 한번은 그가 맥주를 마시라며 불렀지만 그녀는 손사래를 쳤다.

도착한 지 30분도 지나지 않았을 때 트레이가 와서는 그녀를 빤히 내려다보았다. "집에 가자." 그녀는 마테오에게 기댄 채, 그가 니콘 카메라로 찍은 사진들을 구경하며 감탄하고 있었다.

밸러리는 손으로 눈 위를 가리고 트레이를 올려다보았다. 그의 뒤에 해가 떠 있어 그는 검은 실루엣으로만 보였다.

마테오의 다리가 그녀의 다리에 찰싹 붙어 있었고, 그 따뜻함이 참 기분 좋았다.

"아직은 싫어." 그녀가 트레이에게 말했다.

그는 잠깐 더 서 있다가 말했다. "난 갈 거야."

밸러리는 마테오를 보며 눈알을 굴렸지만, 그는 손목시계를 보고 있었다.

"젠장, 나도 가야겠다."

그래서 밸러리는 엉덩이를 털며 일어났다. "잠깐만, 나도 갈래." 그녀는 트레이를 급하게 뒤따라가며 소리쳤다.

트레이는 그녀가 조수석에 타자마자 액셀을 밟아 쌩하고 달리기 시작했다. 그녀는 문도 제대로 닫지 못했다.

"깜짝이야. 트레이, 뭐가 이렇게 급해?"

그는 대답하지 않고 굽잇길을 돌았다.

"이 길이 아니잖아."

그는 운전대를 휙 돌려 차를 막다른 길에 세우면서 내뱉듯이 말했다. "이 걸레야."

그녀는 기가 막혀 그를 빤히 쳐다보았다. 농담으로 한 말인가? 그의 얼굴은 시뻘겋고, 목의 힘줄이 툭 불거져 나와 있었다.

그녀의 손이 저절로 문손잡이를 향해 슬그머니 움직였다.

하지만 그는 그녀가 문을 열 틈을 주지 않고 계기판 위로 몸을 획 돌렸다. 그녀가 정신을 차리기도 전에 그는 어느새 그녀 위에 올라와 있었다.

"트레이! 이게 무슨 짓이야?"

그는 다리를 벌리고 그녀를 올라타는 동시에, 그녀 자리 옆에 있는 레버를 휘어잡아 등받이를 뒤로 넘겼다.

그녀는 충격으로 얼어붙었다가 비명을 질렀다. "비켜!"

그의 입술이 그녀의 입술을 짓뭉갰다. 그의 한 손이 그녀의 치마를 위로 걷어 올리며 살갗을 할퀴었다. 그의 손가락들이 그녀 안으로 밀고 들어왔다.

그녀는 몸을 꿈틀대 그의 손가락을 피하며 그를 밀어내려 애썼다. 하지만 운동으로 다져진 우람하고 강한 몸은 쉽게 그녀를 제압했다.

"이 걸레야." 그는 한 손으로 그녀의 두 손목을 한꺼번에 붙잡아 그녀의 머리 위에다 짓누르며 또 이렇게 중얼거렸다. 그러고는 자신의 사타구니를 그녀에게 비벼댔다.

트레이가 청바지 지퍼를 열기 위해 손을 내리자 그녀는 무릎을 위로 차올렸다. 그는 움직임을 멈추더니 기이하고 새된 소리를 질렀다. 그녀는 간신히 그를 밀어내고 문손잡이를 붙잡으며 그의 밑에서 빠져나갔다.

자갈길로 거칠게 떨어진 그녀는 허둥지둥 일어나 뒤뜰을 가로질러 안전한 곳으로 달려갔다.

잠시 후 밸러리는 여전히 숨을 헐떡이며 계부의 집 현관문을 벌컥 열고 들어갔다. 요즘 사랑스러운 주부를 연기하고 있는 엄마가 저녁으로 만든 닭구이 냄새가 났다.

밸러리는 부엌으로 뛰쳐 들어가 냉장고에서 다이어트콜라 캔을 꺼내 뚜껑을 따다가 흰 타일 바닥에 몇 방울을 흘렸다.

그녀는 사시나무 떨듯 온몸을 바들바들 떨었다. 트레이의 손가락이 그녀의 몸속을 파고드는 사이 그녀의 입으로 밀고 들어오던 그의 혀가 아직도 느껴졌다. 그를 후려갈기고 싶었다. 그에게 또 고통을 주고 싶었다. 그녀는 다이어트콜라를 길게 들이켜며, 입안에 남아 있는 그의 혀 맛을 지우려 애썼다.

"왜 이렇게 늦었어." 엄마가 그녀를 꾸짖었다. "그리고 내 음료를 네가 마시면 안 되지."

밸러리는 엄마를 똑바로 쳐다보며 한 모금 또 마셨다. 그녀의 동생들인 커샌드라와 제인은 여전히 교복 차림으로 나무 식탁에 앉아, 냅킨을 무릎에 깔고, 우유를 한 잔씩 앞에 두고 있었다.

"안녕, 언니." 커샌드라가 새된 소리로 말했다.

"있잖아, 나 철자 시험에서 백 점 받았다!" 제인이 말했다.

밸러리는 숨을 내쉬고 중얼거렸다. "잘했어." 평소라면 가서 두 동생을 안아줬을 것이다. 하지만 지금은 그녀의 몸에 다른 사람의 손길이 닿는 것을 견딜 수 없었다.

"저녁 다 됐어." 엄마가 말했다.

"배 안 고파요." 밸러리는 이렇게 중얼거렸다.

엄마가 새 남편에게 줄 샐러드를 만드느라 법석을 떠는 대신 딸을 한 번이라도 쳐다봤다면 밸러리의 상태를 단번에 알아챘을 것이다.

'그놈이 나한테 몹쓸 짓을 했어요.'

슬개골이 따끔거렸고, 손바닥에는 자갈길로 세게 떨어질 때 난 피가 말라붙어 있었다.

엄마는 한숨을 푹 내쉬며 허리를 굽혀, 바닥에 튄 다이어트콜라를 닦았다. "오늘 저녁은 제발 좀 조용히 넘어가자."

밸러리는 위층으로 뛰어 올라가 문을 쾅 닫았다. 얼른 샤워를 하고 싶었다. 방으로 들어가자마자 청재킷을 벗어 저 멀리 던져버렸다. 재킷은 전기스탠드를 맞혀 넘어뜨렸다.

잠시 후 엄마가 노크도 없이 그녀의 방문을 확 열었다. "왜 이래! 이제 곧 아빠 오실 텐데! 얌전히 좀 굴어."

"그 사람은 우리 아빠가 아니에요!" 뜨겁고 민감해진 밸러리의 몸은 마치 트레이가 바꿔놓은 것처럼 생소하게 느껴졌다. 모든 걸 씻어내야 했다.

엄마는 방 한가운데에 서서 밸러리를 쳐다보지도 않은 채 말했다. "지금 당장 태도를 바꾸지 않으면 외출 금지 당할 줄 알아."

밸러리는 숨을 크게 한 번 쉬었다. "엄마는 아무것도 몰라요." 그녀는 두 팔로 자신의 몸을 감싸 안았다. "트레이가, 그놈이 나를 붙잡았어요." 그녀의 턱이 바르르 떨렸다. 눈물이 핑 돌았다. "그놈이, 그놈이 나를 덮쳤다고요……."

엄마는 밸러리가 던져놓은 청재킷을 주워서 개키기 시작했다. "밸러리, 호들갑 떨지 마. 그게 무슨 말도 안 되는 소리야."

"또 그럴 거예요!" 밸러리는 불쑥 말했다. 마침내, 진짜 있었던 일을 말할 수 있었다. "그놈이 나를 강간하려고 했어요!"

엄마는 재킷을 침대에 올려놓고는 이미 깔끔하게 정돈되어 있는 이불을 매끈하게 폈다. "자기가 원하는 여자는 누구든 가질 수 있는 애가 그런 짓을 왜 하겠어?" 마치 날씨 얘기 하듯 무심한 말투였다. 하지만 밸러리를 쳐다보는 그녀의 눈이 무심한 듯 쌀쌀맞아지더니 밸러리의 눈을 피해버렸다.

"네가 오해한 거야." 엄마는 유쾌하게 말을 이었다. "샤워하고 마음을 가라앉혀. 나중에 먹고 싶어질지도 모르니까 네 저녁은 따뜻하게 데워둘게."

그런 다음 엄마는 방에서 나가며 조용히 문을 닫았다.

"엄마." 밸러리는 나지막이 엄마를 불렀다.

하지만 엄마는 이미 나가고 없었다.

트레이의 음흉한 시선, 그가 학교에 퍼뜨린 소문 때문에 그녀가 지나갈 때마다 개 짖는 소리를 내던 그의 친구들, 그리고 트레이가 방에 들어올 때마다 늘 꿈꾸던 완벽한 아들을 보듯 환하게 미소 짓는 엄마. 이 모든 걸 몇 주 동안 견딘 후 밸러리는 사라졌다.

트레이는 사람들을 홀리는 매력적인 남자, 인기 많은 운동선수, 선생님들에게 존칭을 쓰는 모범생이었다. 그녀는 짧은 치마를 입고, 눈 화장을 시커멓게 하고, B학점도 겨우 받고, 방과 후에 남는 벌도 여러 번 받은 10대 소녀였다. 제임스 스콧 앤더스 3세처럼 좋은 집안에 태어나 자기 명의로 된 신탁 자금을 가진 남자들은 지는 법이 없었다. 어느 누가 그녀의 말을 믿겠는가?

엄마마저 그녀를 믿어주지 않았는데.

밸러리는 계부의 지갑과 엄마의 핸드백에 들어 있는 현금을 모조리 훔쳐 할리우드행 버스표를 구했다.

마을을 떠난 날 아침, 그녀가 마지막으로 한 일이 한 가지 있었다.

필체를 위장하기 위해 왼손을 사용해서 계부에게 익명의 편지를 썼다. 그의 새 아내가 수요일마다 스텝에어로빅스 수업을 받는 척하고 스테이크 가게의 지배인과 놀아나고 있다는 내용의 편지를.

수년이 지난 후에야 커샌드라와 제인은 밸러리에 관한 진실을 알게 되었다.

　그들의 생각과 달리, 언니는 동생들을 내팽개치고 모슬리에서 달아난 것이 아니었다. 앙심을 품고 계부에게 그런 편지를 남긴 것이 아니었다.

　또 한 번 최악의 배신을 당한 후 로스앤젤레스를 떠난 그날 밤, 밸러리는 커샌드라와 제인에게 마침내 비밀을 털어놓았다. 익명의 편지를 남긴 이유는 계부와 엄마를 이혼시켜서 동생들을 트레이로부터 떨어뜨려놓기 위해서였노라고.

　밸러리는 트레이가 커샌드라나 제인을 다음 표적으로 삼으리라는 걸 직감으로 알아챘다. 그래서 어떻게든 동생들을 그 집에서 빼내야 했다.

　지금까지 밸러리는 동생들의 은밀한 보호자였던 것이다.

66

세이

한 광범위한 조사에 따르면, 한 가정에 세 명의 딸이 태어날 확률은 21퍼센트라고 한다. 1920년대 6남매 중 둘째였던 알프레드 아들러는 출생 순서가 성격에 미치는 영향을 연구하고, 맏이가 권력에 맛을 들여 동생들을 지배할 수 있다는 이론을 세웠다.

—데이터북, 75쪽

무어 세 자매. 두 자매가 아니었다.

가로등과 차들이 드리우는 기다란 빛줄기들이 물결치며 온 도시가 내 주위를 빙글빙글 돌고 있다. 사이렌 소리가 요란하게 울리기 시작하자 내 머릿속도 시끄러워진다.

커샌드라와 제인, 밸러리에게는 의붓형제가 한 명 있었다. 그의 별명은 트레이였지만, 성인이 되고 나서는 제임스로 불렸다. 그는 몇 달전 뉴욕에서 살해당했다. 새롭게 드러난 사실들이 머릿속에서 차례대로 폭탄처럼 터지며 충격을 일으킨다.

어딘가 안전한 곳으로 가야겠다.

나는 연석으로 가서 택시를 부른다. 한 대가 서자 나는 여성 기사에게 17관할서의 주소를 댄다.

윌리엄스 형사가 없다면, 그 낡은 나무 벤치에 앉아 밤새도록 그녀를 기다릴 작정이다. 그러면 적어도 무장한 경관과 가까이 있을 수 있으니까.

택시의 뒷좌석에 앉아 있자니 피로감이 밀려든다. 무어 자매가 내게 준 약 탄 샴페인을 마셨을 때만큼이나 정신이 혼미하고 몸에 힘이 없다.

운전기사가 룸미러를 보다가 나와 눈이 마주친다. 하지만 웃지 않는다.

'이 여자도 무어 자매들과 한통속일까?'

나는 안전벨트를 매지 않고, 차 문이 잠기지 않았다는 걸 확인한다. 하지만 잠시 후 그녀는 내게서 눈을 뗀다. 계기판에 놓인 그녀의 아이들 사진이 보인다.

'피해망상이야.' 나는 속으로 중얼거린다.

그래도, 내가 경찰서로 간다는 걸 윌리엄스 형사에게 미리 알려야 하지 않을까?

나는 데이터북의 깨끗한 페이지를 펼쳐, 그녀에게 정확히 무슨 말을 할지 적기 시작한다. 설득력 있고 그럴듯하게 들리도록 말해야 한다.

겨우 두 문장을 썼는데, 지역번호가 917인 낯선 번호로 전화가 온다. 나는 망설이다가 휴대전화를 집어 통화 수락 버튼을 누른다.

"셰이 밀러 씨?" 중년의 여자가 심한 뉴욕 억양으로 말한다.

"전데요."

휴대전화 너머로 덜컹거리고 달그락거리는 기계음과 희미한 목소리 같은 여러 소음이 들린다. "뉴욕 경찰서의 산티아고 형사라고 합니다."

산티아고 형사의 다음 말은 폭탄처럼 느껴진다. "제임스 앤더스 사건 수사를 지휘하고 있는 강력계 형사예요. 저기, 당신이 지금 이상한 일에 휘말려 있는 거 알아요. 수사가 빠르게 진행되고 있어요. 어맨다 에빙거의 자살도 수사 재개할 겁니다."

"네?" 나는 헉하고 숨을 몰아쉰다.

"어맨다가 뛰어내린 건 확실해요. 지하철 감시 카메라에 똑똑히 찍혔거든요. 하지만 누군가가 그녀를 뒤쫓고 있었다고 믿을 만한 정황이 있어요. 그리고 우리는 어맨다가 죽은 후로 쭉 무어 자매를 수사 중이었어요."

"그들은 제임스의……."

"의붓누이들이죠. 우리도 알아요. 죄송해요, 잠깐만요."

지하철이 역으로 들어오는 소리가 들린다. 그리고 한 남자가 외친다. "산티아고!"

"잠시만요!" 그녀가 큰 소리로 답한다. "셰이?"

"네."

"최대한 빨리 33번가 지하철역으로 와서, 그때 어맨다와 당신이 정확히 어디에 서 있었는지 현장을 자세히 설명해줬으면 좋겠어요. 언제쯤 도착할 수 있겠어요?"

내 주변에서 울리는 묵직한 엔진 소리와 도로의 차 소리가 그녀에게도 들릴까?

그녀의 모든 말이 그럴듯하게 들린다. 그리고 지금 난 지하철역에서 겨우 두어 블록 떨어져 있다. 5분이면 그곳에 갈 수 있다.

하지만 먼저 산티아고 형사의 신원부터 확인해야 한다. 그리고 윌리엄스 형사와 통화하기 전까지는 아무것도 하지 않을 생각이다.

나 자신도 놀랄 만큼 거짓말이 너무 쉽게 튀어나온다. "실은 지금 뉴욕시로 돌아가고 있는 중이에요." 아마 그녀에게도 차 소리가 들릴 것이다. "뉴저지에 있는 엄마 집에 다녀오는 길이거든요. 하지만 그렇게 멀리 있지는 않아요."

"아. 지금 프리웨이의 어느 출구 근처에 있어요?"

나는 멈칫한다. "이제 곧 뉴어크를 지나니까 45분 정도 더 가면 될 거예요. 최대한 빨리 갈게요."

전화를 끊자마자 윌리엄스 형사에게 전화를 건다.

그녀가 전화를 받길 기다리는 동안 나는 손가락 끝으로 데이터북 표지를 연신 두드린다.

67

밸러리

밸러리는 33번가역의 입구에 있는 녹색 기둥 옆에 서서 행인들을 지켜본다. 셰이처럼 보잘것없고 무료한 인생에 갇힌 채 계단을 오르내리고 있는 파리한 얼굴들이 대부분이다.

한 시간 내에 셰이는 뉴저지에서 돌아와, 산티아고 형사를 만나기 위해 정확히 이곳으로 서둘러 올 것이다. 그녀는 마침내 자매들을 이겼고 정의가 승리하리라 철석같이 믿으며 희망에 가득 차 숨 가쁘게 달려오겠지.

셰이는 자기에게 닥친 위협을 예감하는 능력이 떨어졌다. 밸러리가 더 이상 '엄마'로 생각하지 않는 벨린다를 추적해서 자매와 제임스의 관계를 알아낸 건 영리했지만. 세 자매의 맏이는 셰이의 이 묘수에 속으로 박수를 보낼 수밖에 없었다.

하지만 낯선 여자가 밸러리와 제임스의 관계를 알아낸 후 대화 중간에 전화를 끊어버린 일을 벨린다가 그냥 넘어가리라 예상한 건 셰이의 실수였다. "정말 밸러리의 동창이라면 둘 사이를 이미 알고 있지 않았을까?" 벨린다는 커샌드라에게 이렇게 물었다.

지금 커샌드라와 제인은 인기 많은 새 식당으로 가는 중이다. 셰이가 지하철역에 도착할 때 즈음 그들은 다른 손님들 속에 앉아서 술을 주문하며 알리바이를 확보할 것이다.

밸러리는 동생들 없이도 이 모든 일을 꾸밀 수 있었을 거라 생각하지만, 동생들과 함께할 수 있었던 것이 기쁘다.

어렸을 때 커샌드라와 제인은 나이 차도 많이 나지 않고 성격도 잘 맞아 둘도 없는 자매로 지냈다. 가끔 밸러리는 '출입 금지!' 팻말을 문에 걸어놓고도 동생들을 방 안으로 들여 이불 위에 벌렁 드러눕게 해주었다. 그리고 남자들과 키스를 하는 느낌이 어떤지, 다리털을 어떻게 미는지 알려주었다. 동생들은 넋을 잃은 표정으로 들었고, 항상 언니의 말에 쉽게 휘둘렸다.

성인이 된 지금, 밸러리가 뉴욕으로 와서 고향을 떠난 이유를 마침내 밝혔을 때 밸러리에 대한 동생들의 충성심은 천배는 더 강해졌다. 밸러리는 동생들을 버린 게 아니라, 그곳에 있으면 과거의 일이 계속 떠올라 너무 괴로워서 떠날 수밖에 없었다고 해명했다.

의붓형제인 트레이에 관해 밸러리가 동생들에게 들려준 이야기는 사실이었다. 그의 손가락이 그녀의 몸을 더듬던 감촉, 맏딸을 배신하며 벨린다가 지었던 조롱 섞인 표정까지 전부 다.

하지만 동생들과 재회한 그 폭우 내리던 밤 밸러리가 들려준 또다른 사연, 비열한 룸메이트 애슐리에게 속아 피해를 입었다는 이야기는 왜곡되고 수정된 한 편의 드라마였다.

어쨌든 밸러리는 배우니까.

애슐리는 중요한 2차 오디션 전날 밤 밸러리에게 약을 먹이지도, 휴대전화를 숨기지도 않았다. 그 세부 내용은 새빨간 거짓말이었다. 아니, 밸러리는 창조적 허용이라고 생각한다.

밸러리가 2차 오디션에 가지 못한 이유는, 밸러리의 오디션 일정이 잡히기 전에 애슐리가 먼저 오디션에서 정정당당하게 그 역할을 따냈기 때문이다. 애슐리는 밸러리가 똑같은 역할을 탐내고 있다는 사실조차 모르고 있었다.

하지만 밸러리는 내심 그 역할이 그녀의 것이라고, 그녀가 그 역할에 제격이라고 믿고 있었다. 그녀가 받은 어마어마한 충격만큼은 거짓이 아니었다.

그녀를 돕기 위해 동생들이 그들의 영향력을 이용해 애슐리의 경력을 망쳐놨을 때, 밸러리는 죄책감을 느끼지 않았다. 타블로이드 신문으로 흘러들어간 흉한 사진 정도는 넘어갈 수 있을지 몰라도, 성적 도착증 환자라는 소문은 너무도 불결하고 비도덕적이어서 연예계의 그 누구도 눈감아주지 못했다.

지금 애슐리는 결혼해서 피닉스에 살고 있다. 그 역할이 그녀에게 더 어울린다.

밸러리는 그녀의 앞길을 막은 또 다른 무고한 여자, 셰이에게 닥칠 일에 죄책감을 느껴야 할지도 모른다.

하지만 그렇지 않다.

밸러리에게는 이제 새로운 목표가 생겼다. 정해진 자리에 서서 어떤 인물을 연기하는 것보다 더 의미 있고, 관객의 박수를 듣는 것보다 훨씬 더 보람 있는 목표.

트레이, 아니 제임스(그는 대학에 들어가면서 어린 시절 별명을 버렸다)가 공원 벤치에서 죽어가는 모습을 지켜보며 밸러리는 그녀가 살아 있음을 다시 느끼기 시작했다.

앞으로 동생들과 다른 여자들을 이끌고 또 어떤 잔혹한 복수에 성공할 수 있을지 누가 알겠는가?

세 자매가 재회한 후부터 밸러리는 커샌드라와 제인을 은밀히 쥐락펴락하며 흥미진진한 새로운 삶으로 인도했다. 그들 그룹이 자행해온 모든 복수의 숨은 설계자는 밸러리다. 오랜 세월 혼자였던 그녀는 동생들과 함께하는 이 시간을 즐기고 있다.

아직 매듭지어지지 않은 일이 딱 한 가지 있다.

밸러리는 검은색 패딩 재킷을 입고 지하철역으로 다가오는 여자가 눈에 띄자, 고개를 살짝 들며 빙긋 웃는다.

드디어 셰이가 도착했다.

그룹의 다른 여자들은 커샌드라와 제인이 주연이고 밸러리는 조연이라고 생각한다.

하지만 처음부터 스타는 밸러리였다. 여기는 그녀의 무대다.

68

셰이

미국 수정헌법 제5조의 일사부재리 원칙은 한 사람이 같은 범죄로 두 번 재판받을 수 없다는 뜻이다. 살인 사건의 경우 공소시효가 없다. 뉴욕에는 현재 54개의 교도소가 있으며, 약 4만 7000명의 죄수들이 수감되어 있다.

—데이터북, 78쪽

거의 밤 10시가 다 돼서 나는 33번가 지하철역으로 들어간다.

둔탁한 굉음이 내 귀를 가득 메운다. 현기증이 심하게 일어서, 그냥 똑바로 걷는 것만 해도 상당한 집중력이 필요하다.

나는 난간을 붙잡고 천천히 계단을 내려가며 경찰을 찾아 두리번거린다. 한 명도 보이지 않는다.

불안감에 마음이 조마조마해진다.

내 위의 거리에는 사람들이 있지만, 계단은 텅 비어 있다.

평일의 이런 밤 시간에 드문 일이 아닌데도 다리가 떨려서 발을 헛디딜 뻔한다.

층계참에 도착하자, 한 여자가 출구로 급하게 올라가는 것처럼 내쪽으로 허겁지겁 다가온다.

하지만 그녀는 나를 지나치지 않고 몸을 빙 돌리더니 내 팔꿈치 위를 아플 정도로 세게 붙잡는다. 동시에 무언가가 내 허리를 짓누른다.

나는 그녀의 얼굴을 보기도 전에 밸러리라는 걸 알아챘다.

겨우 몇 주 전 우리는 정확히 이곳에 함께 있었다. 그때도 밸러리는 내 팔을 잡은 채, 웃고 농담을 던지며 내가 지하철 공포증을 극복할 수 있게 도와주었다.

하지만 그때 그녀는 상냥한 가면을 쓰고 있었다. 오늘 밤엔 그녀의 진짜 얼굴이 보인다.

그녀의 표정은 차분하지만, 녹색 눈동자는 번득이고 있다. "셰이, 나랑 같이 가요. 지하철 타러."

심장이 쿵쿵거리기 시작한다. 무서워서 온몸이 흐느적거린다.

"경찰이 와 있어요!" 나는 무심코 말해버린다. "만나기로 했다고요!"

"미안하지만, 당신을 여기로 부르려고 내가 속인 거예요, 셰이." 하지만 그녀의 입에서 나오는 건 밸러리의 목소리가 아니다. 뉴욕 억양이 심한 산티아고 형사의 목소리다.

그러고는 빙긋 웃는다.

전에는 밸러리가 무서웠다면, 이제는 소름 끼친다.

밸러리는 내 팔꿈치 관절 근처를 계속 아프게 누르며 플랫폼 쪽으로 걷기 시작한다. 나는 그녀를 따라가는 수밖에 별다른 도리가 없다. 아직 밑을 내려다보지는 않았지만, 분명 그녀가 내 몸에 총을 대고 있을 것이다.

서류 가방을 든 남자가 반대 방향으로 우리를 지나가고, 나는 그와 눈을 마주치려 애쓰지만 그는 휴대전화를 내려다보고 있다. 그가 우리를 본들 무슨 소용이 있을까? 우리 둘은 추워서 꼭 붙은 채 늦은 저녁을 먹거나 콘서트를 보러 가는 친구들처럼 보인다.

우리는 플랫폼으로 다가간다. "저기요, 셰이, 당신을 해칠 생각은 없어요."

대여섯 명의 사람들이 우리 주변을 서성이고 있다. 사업가들 몇 명, 큼직한 헤드폰을 낀 젊은 여자, 분홍색 유모차를 멍하니 앞뒤로 굴리고 있는 엄마. 하지만 그들 모두 자기만의 생각에 빠져 있는 것처럼 보인다.

이제 밸러리의 목소리는 부드럽고 다정하다. 그녀가 무슨 짓까지 저지를 수 있는 사람인지 몰랐다면 그녀의 말에 넘어갔을 것이다. "커샌드라와 제인과 나는 그저 당신과 얘기를 하고 싶을 뿐이에요."

열차가 들어오기 전의 플랫폼은 으스스할 정도로 조용하다.

"당신이랑 커샌드라, 제인이 자매지간이라는 거, 그리고 당신들한테 제임스라는 의붓형제가 있었다는 거 알아요." 입술이 바싹 마르고 딱딱하게 굳어서 말이 잘 나오지 않는다. "하지만 왜 나한테 살인 누명을 씌운 거죠?"

"커샌드라랑 제인이 개인적인 악감정은 없다고 전해달라더군요."

밸러리는 나를 플랫폼 저 멀리 있는 큰 기둥까지 데려간다. 그러고는 내가 어맨다를 처음 본 곳 근처에서 나를 멈춰 세우곤 내 바로 뒤에 선다.

시간이 점점 느려지는 것 같다. 내 폐를 들락거리는 떨리는 숨, 그리고 밸러리가 내 옆구리에 대고 조금 더 높이 끌어 올리는 총구가 선명하게 느껴진다.

그녀를 뿌리치고 계단을 뛰어 올라갈 수도 있다. 움직이는 표적은 맞히기 힘들다고 어디선가 읽은 적이 있다. 하지만 떨어진 체력에 흐리멍덩한 머리로 그런 위험을 감수할 순 없다. 그녀에게 금방 따라잡힐 것이다. 게다가 내 뒤쪽 어딘가에 작은 분홍색 유모차가 있다……. 만약 밸러리가 총을 쏘기라도 하면, 금속이 무척 많은 이곳에서 총알이 어디로 튈지 모른다.

밸러리가 내 쪽으로 더 가까이 기대어 오자 그녀의 머리칼이 내 뺨을 스친다.

"자, 커샌드라와 제인이 우리를 기다리고 있어요. 내 동생들을 만나기만 하면 모든 문제가 해결될 거예요."

전광판에 다음 열차가 2분 후에 들어온다는 안내문이 뜬다.

운동복을 입은 한 여자가 한 손은 주머니에 넣고 다른 한 손은 아무렇게나 흔들며 우리 쪽으로 어슬렁어슬렁 걸어온다.

"입 다물고 있어요." 이렇게 속삭이는 밸러리의 따뜻한 입김이 귀에 닿는다.

하지만 그 여자는 우리를 쳐다보지도 않는다. 이 도시의 누구에게도 내가 보이지 않는 것 같다.

나는 주위를 힐끔거린다. 도망갈 곳이 전혀 없다. 발밑으로 희미한 진동이 느껴진다.

'1분 후 도착'이라고 전광판에 안내가 뜬다.

여자는 더 가까워졌지만, 계단 돌출부 아래의 그늘을 힐끔 쳐다보고 있다. 그러다가 무심하게 오른손을 들더니, 뒤로 묶은 머리를 반드럽게 펴듯이 쓸어 넘긴다.

덜커덩거리는 열차 소리가 들리자 내 온몸이 돌처럼 굳어버린다.

밸러리가 크게 한 발짝 떼어, 나를 플랫폼 끄트머리로 밀친다.

너무 가깝다.

나는 갑자기 그녀의 의도를 깨닫는다. 커샌드라와 제인이 우리를 기다리고 있는 게 아니다. 밸러리는 내가 자살한 것처럼 꾸미려는 것이다. 어맨다의 마지막 순간을 그대로 모방해서.

정말로 나를 어맨다로 만들려는 속셈이다.

밸러리의 총이 내 몸을 파고들고, 열차는 거의 내 앞까지 왔다. 나는 두 개의 끔찍한 운명 사이에 끼어 있다.

천둥처럼 우르릉거리는 소리가 내 귓속에 가득 울려댄다.

그때 어떤 고함 소리가 들린다. "경찰이다! 밸러리 리치, 손 들어!"

우리 뒤에서 누군가가 명령을 내린다. 밸러리가 고개를 획 돌리며 내게서 살짝 떨어지고 아주 잠깐 총을 밑으로 내린다.

그 순간 나는 본능적으로 남아 있는 힘을 그러모아 두 다리와 몸통을 비틀어 밸러리를 내 앞으로 획 끌어당긴다. 그런 다음 팔꿈치로 그녀의 가슴을 때려 내게서 밀어낸다.

밸러리가 선로를 향해 뒤로 넘어질 때 지하철이 터널 입구에 나타난다.

열차가 획 지나가며 그녀를 내 시야에서 지워버리고, 나는 플랫폼으로 푹 쓰러진다.

사람이 내지르는 비명과 소름 끼치도록 닮은 쇳소리를 내며 지하철이 끼익하고 멈추자 나는 두 눈을 질끈 감는다.

사람들이 고함을 지르며 내 쪽으로 달려오지만, 나는 아무 감각이 없어 가만히 누워 있는다. 마침내 눈을 떠보니, 뒤집힌 분홍색 유모차에 플라스틱 인형이 대롱대롱 매달려 있는 것이 보인다.

유모차를 밀고 있던 여자도, 운동복을 입고 있는 여자도 경찰이었구나.

택시에서 전화했을 때 윌리엄스 형사가 약속했던 대로, 난 플랫폼에 있는 내내 혼자가 아니었다.

누군가의 손이 내 어깨를 짚고, 차분하고 익숙한 목소리가 귓가에 들린다. "이제 괜찮아요, 셰이."

'형사님이 전부 들어서 다행이야.' 나는 생각한다. 윌리엄스 형사가 내 패딩 재킷의 지퍼를 조심스럽게 열고, 내가 지하철역에 도착하기 직전 내게 달아준 도청기를 확인한다.

어쨌든 남은 두 자매는 벌을 받아야 한다.

EPILOGUE

셰이

2개월 후

나를 구해준 세 가지
1. 로스앤젤레스에서 온 전직 배우 밸러리는 심한 브루클린 억양을 쓰는 산티아고 형사를 연기하면서, 내가 '프리웨이'의 어느 출구 근처에 있느냐고 물었다. 분수식 식수대를 뜻하는 '버블러', 토마토소스를 뜻하는 '그레이비' 같은 사투리와 함께 내 데이터북에 적어둔 '프리웨이'는 서부에서 사용하는 용어다. 뉴욕에서 태어나 자란 사람이라면 '하이웨이'라고 말했을 것이다.
2. 제임스 앤더스가 살해당한 밤 그와 함께 있던 여자, 이제는 어맨다 에빙거로 밝혀진 그녀는 골드 링 귀걸이를 하고 있다가 트위스트에서 나갈 때 한 짝을 떨어뜨렸다. 바텐더가 귀걸이를 발견해 그녀를 불렀지만, 그녀는 듣지 못했다. 제임스의 시체가 발견된 뒤 바텐더를 신문한 진짜 산티아고 형사가 그 귀걸이를 입수했다. 그녀는 트위스트에서 제임스와 함께 있었던 여자가 나일 리 없다는 사실을 알았다. 나는 어맨다와 달리 귀를 뚫지 않았으니까.
3. 산티아고 형사가 조디에게 내 데이터북에서 발견한 어맨다 사진을 가져와 달

라고 부탁했을 때, 션이 조디와 함께 왔다. 그는 무어 자매가 내게 집 봐주는 일을 주선해주었고, 그들이 내 스무디에 대해 안다는 사실에 내가 큰 충격을 받았으며, 그들이 내게 위치나 집세가 비현실적으로 이상적인 어맨다의 빈 아파트에 들어가도록 설득하는 통화 내용을 들었다고 설명했다. 그리고 또 션은 경찰에게 내가 이 모든 일의 피해자라는 걸 자신의 인생을 걸고 확신한다고 말했다. 그 불길한 호텔에 있던 내 아이폰을 마침내 되찾았을 때 션의 메시지가 대여섯 통 남겨져 있었다.

—데이터북, 84쪽

나는 지하철 문이 닫히기 직전 찻간에 올라타 머리 위에 달린 금속 막대기를 붙잡고, 속도를 내며 달리기 시작하는 열차에 몸을 맡긴다.

내 어깨에는 데이터북이 들어 있는 옛 토트백이 다시 걸쳐져 있다.

나는 주변을 둘러보며 평소처럼 데이터를 수집한다. 이 찻간에는 나를 제외하고 서른다섯 명의 사람들이 있다. 미국인들의 감정에 관한 어느 연구에 따르면 자신이 아주 행복하다 여기는 사람은 33퍼센트라고 했으니, 여기 있는 총 서른여섯 명 가운데 열두 명이 거기에 해당한다. 약 11퍼센트가 아주 불행하다는 연구 결과가 맞는다면, 이 중 네 명이 그럴 것이다.

42번가역에 도착하자 나는 빈자리에 살며시 앉는다. 나는 지금 새 직장인 글로벌 메트릭스에서 집으로 돌아가는 길이다. 내가 면접을 망친 직후 회사는 다른 사람을 고용했는데 일이 잘 풀리지 않았고, 그래서 나는 다시 지원해 이번에는 합격했다. 오늘은 어퍼웨스트사이드의 내 원룸 아파트에서 조용한 밤을 보내고 싶다. 어맨다의 아파트처럼 매력적이진 않지만, 적어도 온전히 나만의 추억을 쌓을 수 있다.

행복의 스펙트럼으로 따지자면, 나는 지금 나머지 56퍼센트의 어딘가에 있다.

맞은편에 앉은 한 남자가 나를 빤히 쳐다보고 있다. 내가 마음에 들어서는 아닐 것이다. 《뉴욕포스트》는 무어 자매가 살인 공모죄로 체포당한 사실을 기사로 내면서 내 얼굴을 표지에 실었다. 현재 커샌드라와 제인은 그룹의 나머지 여자들과 함께 보석 없이 수감된 채 재판을 기다리고 있다. 그들이 유죄 판결을 받을 거라고 윌리엄스 형사는 확신하고 있다. 그들에게 불리한 증거가 엄청나게 많다면서.

요즘 내 외모는 조금 달라졌다. 층진 머리는 계속 길러서 층을 없애는 대신 부분 염색은 놔두기로 했고, 기분에 따라 콘택트렌즈를 끼기도 하고 안경을 쓰기도 한다. 마치 어맨다가 내 일부를 차지한 것처럼, 새로운 나는 우리 둘의 혼합체다.

무어 자매에 대해 생각하는 시간은 점점 줄어들고 있지만, 여전히 종종 그들이 떠오른다. 와인 한 병을 함께 마시며 웃는 세 여자를 볼 때나, 구부정한 몸을 똑바로 펴라고 나 자신을 타이를 때나, 서로 팔짱을 끼고 거리를 걸어가는 친구들을 볼 때.

인정하기 어렵지만, 그들 자매에게 그렇게 된통 당하고 나서도 마음 한구석에서는 그들이 그립다. 그들과 함께 있을 땐 외롭지 않았다.

지하철 플랫폼으로 들어갈 때도 늘 세 자매가 기억난다.

겨우 몇 달 사이에 정확히 똑같은 곳에서 일어난 두 사람의 참혹한 죽음을 목격할 확률은 얼마나 될까?

하지만 그 데이터는 굳이 곱씹지 않으려 한다.

요즘 자주 생각나는 통계가 하나 있다. 사람들은 평생 동안 평균 열여섯 명의 살인자를 길에서 지나친다고 한다.

한 여자가 지하철 통로를 따라 이쪽으로 오고 있다.

그녀가 내 앞을 지나는 동안 나는 계속 그녀를 빤히 쳐다본다. 그녀는 이제 남은 인생 동안 열다섯 명의 살인자를 더 마주치게 될까?

나는 손을 들라는 경찰의 고함 소리에 밸러리가 반사적으로 몸을 돌렸을 때, 몸을 비틀어 그녀를 나와 플랫폼 쪽으로 끌어당겼다는 얘기는 아무에게도 하지 않았다. 항상 움츠리며 작게 보이려 애썼던 내 몸이 그 순간엔 나의 가장 든든한 아군이었다. 나는 굵은 팔다리와 강한 근육, 그리고 큰 키를 여지없이 활용해 그녀를 제압했다. 그리고 마지막 남은 힘으로 그녀를 밀어냈다.

나는 선로로 떨어지는 그녀와 언뜻 눈이 마주쳤다. 그녀의 휘둥그레진 두 눈은 소리 없이 나를 비난하며 번득이고 있었다.

나를 살인범으로 생각하는 사람도 있을 것이다. 하지만 내 행동을 정당방위로 봐줬으면 좋겠다.

지하철이 서서히 멈추더니 문이 쉬익 하고 열린다. 몇 명이 내리고, 다른 사람들이 우르르 올라탄다.

나는 내 눈앞으로 나타나고 사라지는 사람들을 지켜본다. 어떤 사람은 내년에 임금이 인상될 것이고, 또 어떤 사람은 이혼을 요구당할 것이다. 1퍼센트는 골절에서부터 무서운 병까지 육체적인 고통을 겪을 것이고, 나머지는 사랑에 빠질 것이다. 통계 수치에 따르면 그렇다.

나에 관해 말하자면, 내 앞에 어떤 미래가 기다리고 있을지 나도 모른다. 하지만 지금은 통계상으로 내게 유리한 상황이라 믿고 싶다.

옮긴이 **이영아**

서강대학교 영어영문학과를 졸업하고 성균관대학교 사회교육원 전문번역가 양성 과정을 이수했다. 현재 전문 번역가로 활동 중이며, 옮긴 책으로 《익명의 소녀》, 《누군가는 거짓말을 하고 있다》, 《걸 온 더 트레인》 등 심리스릴러 소설을 비롯해, 《스티븐 프라이의 그리스 신화》, 《마음의 문을 닫고 숨어버린 나에게》, 《쌤통의 심리학》 등 인문서가 있다.

나의 친절하고 위험한 친구들

초판 1쇄 2020년 9월 1일

지은이 | 그리어 헨드릭스·세라 페카넨
옮긴이 | 이영아

발행인 | 문태진
본부장 | 서금선
책임편집 | 허문선   편집 4팀 | 박은영 허문선

기획편집팀 | 김혜연 이정아 김예원 정다이 오민정 송현경 박지영 김다혜
마케팅팀 | 김동준 이주형 김혜민 김은지 정지연   디자인팀 | 김현철
경영지원팀 | 노강희 윤현성 정헌준 조샘 최지은 김기현
강연팀 | 장진항 조은빛 강유정 신유리

펴낸곳 | ㈜인플루엔셜
출판신고 | 2012년 5월 18일 제300-2012-1043호
주소 | (06040) 서울특별시 강남구 도산대로 156 제이콘텐트리빌딩 7층
전화 | 02)720-1034(기획편집) 02)720-1024(마케팅) 02)720-1042(강연섭외)
팩스 | 02)720-1043   전자우편 | books@influential.co.kr
홈페이지 | www.influential.co.kr

한국어판 출판권 ⓒ ㈜인플루엔셜, 2020

ISBN 979-11-89995-20-1 (03840)